우리 옛 문학의 길눈·눈길

류해춘·오선주 엮음

보고사
BOGOSA

책머리에

이 책은 작품들을 통하여 우리 옛 문학의 역사와 갈래 및 작품내용을 아울러 살피면서 오늘의 삶과 사회까지 비추어보는 것을 목표로 삼았다. 책 제목에 '눈'이라 한 것은 시대와 갈래의 작품들에 공유된 삶 내용들을, '길'이라 한 것은 작품에 반영된 사유(思惟) 내용 그리고 문학인식의 역사적 변화를 가리킨 말이다. 이 두 말은 음양의 관계와 같아 떼어놓은 채 다룰 수 없다는 생각에서 '길눈'과 '눈길'이라고 이름한 것이다.

이 목표를 위하여 문학적 값어치, 공부하기 알맞은 분량, 읽기에 재미있는 내용을 가늠하여 작품들을 추렸다. 이 책에 실은 작품들은 우리 옛 문학 모든 면모를 다 보인 것은 아니지만, 전체의 큰 모양을 살펴볼 수 있는 길라잡이 구실을 할 수 있도록 엮었다.

이 책의 작품 수록 체제는 먼저 내용별로 구분하고, 그 다음은 시대순으로 하고, 그 다음은 갈래로 가름하고, 끝으로는 창작시기로 앞뒤차례를 가렸다.

이 책을 엮는 데에 옛날과 요즘의 여러 문헌들에서 도움을 받았다. 그 모든 분들에게 감사한다. 아울러 이 책은 앞서 펴낸 『한국 고전문학의 이해』(국학자료원, 2002)를 다시 손질한 것이다.

이 책에 실은 작품에 '한글漢字', '漢字한글'로 병기한 부분은 원전(原典) 그대로 입력한 것이고, '한글(漢字)', '漢字(한글)'처럼 팔호로 병기한 부분은 독자를 고려하여 엮은이가 기입한 것이다.

2010년 8월 두 엮은이

차 례

제6장 우리 문학에 대한 인식과 논리

우리 옛 작품 읽는 눈 보는 길

I. 우리 옛 문학작품의 내용內容

    우리 옛 문학작품의 내용에 관한 자료로는 옛 문헌들의 기록 그리고 요즘의 연구결과들이 있다. 이 자료들을 간추려 그 윤곽을 살펴보도록 한다.

    옛 기록에서, 작품내용을 다룬 사례는 시조(時調) 분야가 가장 두드러진다. 한시에서는 전혀 찾아볼 수 없는 현상이다. 고소설의 경우에 내용에 대한 기록은 있어도 일부 작품에 국한된 간략한 언급에 지나지 않는다. 그것도 우주 만물의 생성과 운용에 바탕 원리가 되는 도(道)를 작품내용에 다루어야 한다는 재도론(載道論)·관도론(貫道論)의 관점과 맞물려 소홀히 다루거나 거부하는 견해를 밝히는 가운데 언급된 정도이다.

    시조의 경우, 작품에 그 내용을 밝혀 기록해 둔 것은 일부 가집(歌集)인 (珍本)(진본) 『靑丘永言』(청구영언)·『東歌選』(동가선)·『古今歌曲』(고금가곡)·『槿花樂府』(근화악부)에 국한된다. 이 가운데 『청구영언』은 이삭대엽(二數大葉)의 일부인 〈無氏名〉(무씨명) 조항(條項)의 작품들에 국한되고, 다른 세 가집에서는 수록된 모든 작품을 대상으로 하였다. 아직 이 현상에 대해서는 구체적인 연구가 적고, 연구의 실행을 이끌 직접적인 관련 정보들도 없는 실정이다. 그러나 과거의 분류에 대한 검토를 위하여서도 객관적이고 합리적인 방법과 기준을 마련하려는 연구자들의 관심과 노력이 있어야 할 것이다.

『청구영언』·『동가선』·『고금가곡』에 제시된 분류 항목의 이름과 작품 수만 정리해보면 다음과 같다.

『청구영언』(52種)
① 戀君(4) ② 譴謫(3) ③ 報效(2) ④ 江湖(7) ⑤ 山林(3) ⑥ 閑寂(2) ⑦ 野趣(5) ⑧ 隱遯(2) ⑨ 田家(4) ⑩ 守分(3) ⑪ 放浪(4) ⑫ 悶世(2) ⑬ 消愁(2) ⑭ 遊樂(2) ⑮ 嘲奔走(2) ⑯ 修身(3) ⑰ 周便(2) ⑱ 惜春(2) ⑲ 壅蔽(2) ⑳ 歎老(4) ㉑ 老壯(2) ㉒ 戒日(2) ㉓ 戕害(3) ㉔ 知止(2) ㉕ 懷古(2) ㉖ 閨情(5) ㉗ 兼致(1) ㉘ 大醉(1) ㉙ 客至(1) ㉚ 醉隱(1) ㉛ 中道而廢(1) ㉜ 壯懷(1) ㉝ 勇退(1) ㉞ 羨古(1) ㉟ 自售(1) ㊱ 醉月(1) ㊲ 盈虧(1) ㊳ 命蹇(1) ㊴ 不爭(1) ㊵ 遠致(1) ㊶ 二妃(1) ㊷ 懷王(1) ㊸ 屈平(1) ㊹ 項羽(1) ㊺ 松(1) ㊻ 竹(1) ㊼ 杜宇(1) ㊽ 太平(1) ㊾ 戒心(1) ㊿ 勞役(1) 忠孝(1) 待客(1)

『동가선』(26種)
① 忠(36) ② 咏(詠;26) ③ 意(22) ④ 慨(20) ⑤ 述(16) ⑥ 老(12) ⑦ 思(10) ⑧ 孝(9) ⑨ 別(5) ⑩ 昇(5) ⑪ 景(4) ⑫ 壯(4) ⑬ 豪(4) ⑭ 問(3) ⑮ 懷古(3) ⑯ 古(2) ⑰ 酒(2) ⑱ 嘆(2) ⑲ 興比(2) ⑳ 遣意(1) ㉑ 明(1) ㉒ 問答(1) ㉓ 隱(1) ㉔ 隱逸(1) ㉕ 帝(1) ㉖ 春(1)

『고금가곡』(21種)
① 人倫(10) ② 勸戒(9) ③ 頌祝(7) ④ 貞操(6) ⑤ 戀君(12) ⑥ 慨世(22) ⑦ 寓風(11) ⑧ 懷古(11) ⑨ 歎老(12) ⑩ 節序(9) ⑪ 尋訪(6) ⑫ 隱遁(10) ⑬ 閑適(28) ⑭ 讌飮(10) ⑮ 醉興(11) ⑯ 感物(9) ⑰ 艶情(9) ⑱ 閨怨(8) ⑲ 離別(8) ⑳ 別恨(38) ㉑ 蔓橫淸流(34)

이 가운데 항목 이름이 같거나 비슷한 경우가 있는데, 가집들 사이에 분류된 작품들이 같고 다름을 가려보는 일이 먼저 이루어져야 할 것이다. 항목 이름이 서로 다른 경우에도 마찬가지이다. 이 항목 이름 및 분류 작품이 같고 다름을 가리는 데에 바로 나타나는 장애가 있다. 분류의 근거와 기준이 제시되어 있지 않아 왜 그렇게 설정·분류되었는지를 알 수 없다는 것이다. 이것은 요즘의 연구결과에서도 마찬가지이다. 무조건 하나의 분류 기준과 방법으로 통일시키는 것은 전혀 가치가 없다. 당연히 개별적인 견해는 존중하더라도, 각 견해마다 객관적이고 합리적인 기준과 방법을 제시해야 할 것이다. 그래야만 객관적이고 합리적인 분류라는 설득력을 확보할 수 있고, 발전을 위한 검토와 논의가 이어질 수 있을 것이기 때문이다. 이런 자세로 옛 문학작품 갈래마다의 내용분류는 신중하게 해야 할 것이다.

각 갈래의 내용분류에 대해서는 요즘의 연구결과인 고려시가(高麗詩歌)·시조(時調)·가사(歌辭)·고소설(古小說)의 분류 사례들을 열거하는 것으로 그친다.

고려시가
① 君臣 ② 頌禱 ③ 風流 ④ 遊賞 ⑤ 宴樂 ⑥ 父母 ⑦ 夫妻 ⑧ 男女 ⑨ 遊樂 ⑩ 民怨 ⑪ 譏諷 ⑫ 軍旅 ⑬ 民謠 ⑭ 逐邪 ⑮ 佛頌 ⑯ 讖謠 ⑰ 其他
〈梁柱東,『麗謠箋注』, 1954.〉

시조
① 戀主忠君 ② 感激君恩 ③ 丹心忠節 ④ 憂國慨世 ⑤ 思親孝道 ⑥ 綱常五倫 ⑦ 敎誨警戒 ⑧ 學問修德 ⑨ 寄托諷喩 ⑩ 致仕歸田 ⑪ 安貧樂道 ⑫ 守分知止 ⑬ 江湖閑情 ⑭ 田家間居 ⑮ 聖世逸民 ⑯ 尋訪招待 ⑰ 逍遙遊覽 ⑱ 感物敍景 ⑲ 四季節候 ⑳ 追慕讚頌 ㉑ 古事懷古 ㉒ 福數頌祝 ㉓ 空閨怨慕 ㉔ 好色貪花 ㉕ 戀慕相思 ㉖ 離別哀傷 ㉗ 離別哀傷 ㉘ 人生行樂 ㉙ 飮酒醉樂 ㉚ 人生無常 ㉛ 白髮嗟嘆 ㉜ 懷抱逋義 ㉝ 丈夫豪氣 ㉞ 思鄕歸心
〈徐元燮,『時調文學研究』, 1977.〉

가사

①江湖閑情 ②戀主忠君 ③追慕讚頌 ④福數頌祝 ⑤道德敎訓 ⑥寄托諷喩 ⑦遊覽紀行 ⑧風流行樂 ⑨風物敍景 ⑩戀慕相思 ⑪無常嗟歎 ⑫丈夫豪氣 ⑬古事懷古 ⑭懷抱述義 ⑮風俗勸農 ⑯宗敎布德 (500편 대상 16종)

〈徐元燮, 『歌辭文學論』, 1983.〉

①江湖歌辭 ②紀行歌辭 ③流配歌辭 ④閨房歌辭 ⑤敎訓歌辭 ⑥宗敎歌辭 ⑦開化歌辭 ⑧戰亂歌辭 ⑨愛情歌辭 ⑩現實批判歌辭 ⑪雜歌

〈鄭在鎬 편저, 『韓國歌辭文學硏究』, 1996.〉

고소설

①傳奇小說 ②夢遊小說 ③寓話小說 ④愛情小說 ⑤歷史小說 ⑥英雄小說 ⑦理想小說 ⑧家庭小說 ⑨倫理小說 ⑩諷刺小說 ⑪家門小說 ⑫판소리系 小說

〈金起東, 『韓國古典小說硏究』, 1987〉

이 책에서 사용한 분류는 시대와 갈래의 작품내용에서 현저한 특징적 성향에 주목한 것이고, 아직 세부적인 기준으로 세밀하게 분류한 것이 아니다. 조선 초기의 악장 등 각 시대와 갈래의 작품에 찾아볼 수 있는 '송축'(頌祝) 같은 내용을 다루지 않은 것이나, 기존 분류에 설정된 '연군'(戀君) '견적'(譴謫) '정조'(貞操) '탄로'(歎老) 등과 같은 세부 항목으로도 분류하지 않은 것은 전반적으로 큰 양상을 우선 살피는 데 초점을 맞추었기 때문이다. 그리고 운문류에 비하여 산문류의 자료 수가 적지만, 고소설·문헌설화·야담·민담을 골고루 다루었다.

분류한 큰 양상은, 개인과 사회의 삶에 대한 행위와 인식(제1-4장), 신앙류(제5장), 작품 이해를 위한 중세 비평 몇 사례(제6장)로 나누어 다루었다. 이 중에 내용분류는 제1-5장에 해당되는데, 제1장에서 '인간관계'를 남녀 사이의 일반적 관계성으로 애정과, 가족 사이 및 군신 사이의 보편적 관계성으로 윤리 이 두 성향으로 나누었다. 제2장에서는 사회와 개인의 관계에서 세태(사회현상)-비판(현실인식)-해결(미래지향의 한계)라는 세 성향으로 나누었다. 제3장에서는 개인의 공적(公的)인 삶에 대한 사적(私的)인 삶의 바탕요소와 자세(인식과 지향 포함)로 나누었다. 제4장에는 여성이 행위주체인 작품이 대부분인데, 남녀 애정도 포함하여 폭을 더 넓힐 수 있는 내용 성향을 가지고 있다. 애환 / 웃음 / 성의 구분은 여성 행위주체를 근거로 하는 공통성은 있으나, 제2장의 작품군에서처럼 긴밀한 내적 상호관계가 강하지 않아 개별적 내용 성향으로 분류된다고 말하는 것이 무난할 것 같다. 제5장의 분류를 신성(神聖)과 신앙적 성찰(省察)로 한 것이지만, 아직 분명한 기준을 적용한 것은 아니다. 앞의 분류들도 세부적인 기준을 마련하지 않은 것에는 마찬가지인데, 큰 내용 성향의 줄기를 가늠해본 것이라는 데에서 이 분류의 의의를 찾는다.

2. 작품 감상의 요건要件

『東歌選』(동가선) 서문에 작품의 창작요인(創作要因)과 효용가치(效用價値)를 분명하게 일러주는 말이 있다.

충신 열사의 빼어난 절개와 분개 원망의 심정, 수자리 나간 군사와 그 아내가 오래 헤어져 지내며 서로 걱정하고 그리워하는 답답한 속마음, 태평한 기상을 가진 사람이 전원에서 안락하게 사는 즐거움, 산림에 깃들어 사는 사람이 거문고와 학으로 소요하는 모습들 같은 내용들은, 작품을 지은 당시에는 소리에 의탁하여 그 속마음을 다 풀어낸 것에 지나지 않을 따름이지만, 후대 사람이 노래하면서 느끼게 되어 … 분개하고 원망하는 사람은 이로 말미암아 분원을 덜고, 우울한 사람은 이로 말미암아 우울함을 떨쳐 화락하게 되고, 즐기는 사람은 이로 말미암아 더욱 흥을 돋우고, 한가한 사람은 이로 말미암아 소일한다.

若夫忠臣烈士奇節憤惋之心 征夫怨女憂思幽鬱之懷 太平氣像康衢烟月之樂 山林隱逸琴鶴逍遙之聞 當時不過托於聲 寫其情而已 後人咏歎 … 憤惋者由是而洩之 幽鬱者由是而暢之 樂者由是而興起 閒者由是而消遣

이 말대로 누구나 자신의 느낌을, 속마음을 터놓고 말하고 싶을 때가 있다. 이 말을 글로 쓰게 되면, 그 글을 읽는 이도 있게 된다. 읽는 이는 그 글의 내용에 대해 나름으로 판단하여 그 글을 애호하기도 할 것이고, 자신의 취향에 맞는 다른 글을 다시 고르기도 할 것이다.

글을 쓰는 사람은, 박지원(朴趾源) 선생이 「騷壇赤幟引」(소단적치인)에서 글쓰기 방법을 병법(兵法)에 비유한 것과 같이, 야전장군처럼 내용을 엮고 얽고 짜서 훌륭한 글을 지으려고 할 것은 당연하다. 바로 요령을 터득해야 하는 것인데, 글쓰기나 글읽기 모두 마찬가지이다. 첫째, 쓰는 이가 자기 생각을 명확하게 드러내면, 읽는 이는 그 생각을 분명하게 알아내어야 할 것이다. 둘째, 쓰는 이가 자신의 느낌을 효과적으로 표현하면, 읽는 이는 그 표현의 의도와 방법을 간파할 수 있어야 그 글의 자잘한 재미까지 맛볼 수 있다. 셋째, 쓰는 이에 따라 글의 흐름[文脈]을 짜는 방법이 각양각색인데, 이 방법은 내용을 재미있게 전달하는 효과를 거두는 것이 그 목적이다. 읽는 이가 이 흐름 짜기 방법을 제대로 파악한다면, 내용을 분명하게 알 뿐만 아니라 글쓴이의 전체 내용 짜기 솜씨까지 감지(感知)하게 되어 부분의 표현과 아울러 그 글 전체에 배어 있는 재미를 그대로 다 감상할 수 있을 것이다.

모든 글에는 글쓴이들이 자기 글을 읽는 이들에게 가지는 똑같은 기대가 담겨 있다. 이 기대가 읽는 이들에게서 이루어진다면, 그 글은 성공한 글이라고 일단 말할 수 있다. 그 좋은 예로, 백거이(白居易;772-846, 당나라 시인) 선생은 '시를 한 편 지으면 노파에게 들려주어, 그녀가 이해하면 그대로 사용하고 이해하지 못하면 시구를 다시 고쳤다.'는 일화를 들 수 있다. 여기서 글을 읽는 이들이 관심을 가져야 할 것은, 왜 자신이 그 글에 호감을 가지는가를 스스로 확인할 수 있어야 한다는 사실이다. 어렴풋이 그럴 것이 아니라 나름대로 분명하게 그것을 설명할 수 있어야 참되고 좋은 감상 자세이다. 왜냐 하면, 글쓴이들이 글 읽는 이들의 삶에 도움이 될 내용을 더 많이 넓고 깊게 생각하게 할 뿐만 아니라, 읽기에 더욱 재미있고 매력적인 글쓰기 방법을 만들어 낼 수 있도록 격려하고 자극하는 것이 바로 글 읽는 이들의 감상(鑑賞)하는 눈과 비평(批評)하는 입이기 때문이다.

3. 작품 감상의 요령要領

　작품 감상은 작품내용을 정확하게 읽어 정리하고, 내용과 형식의 짜임새 각각을, 그리고 이 둘을 합쳐 세밀하게 풀이[분석과 종합으로 유기적 짜임새를 해명]해 작품의 정체를 파악하고 평가하는 과정 전체를 일컫는다. 작자는 작품에 자신의 의도를 담아 보여주기 위하여 내용을 효과적으로 엮고 얽어 짜는 개별적인 방법을 사용한다. 독자가 작품을 읽는 것은 이 방법(에 의해 짜인 내용)을 읽는 것이다. 독자들이 작품 감상을 효율적으로 하기 위하여 주목해야 할 이 방법, 곧 읽는 눈과 보는 길에 대하여 간략하게 설명하기로 한다. 이것은 글감, 형상화, 문맥에 관한 것이다.

　낱말들과 표현들은, 오랜 세월 속에, 비유에 의하여 처음에는 새로운 말뜻을 갖던 것이 그 뒤에 굳어진 채 여전히 새로운 말뜻을 인정받으며 쓰이다가 일상의 말뜻으로 바뀌거나 더 이상 쓰이지 않게 되기도 한다. 이 생성(生成)-고착(固着)-소멸(消滅)의 언어현상은 일상과 문학작품 안에서 거듭 나타난다. 그러므로 한 사회 안에서 글을 쓰고 읽는 구성원들은 언제나 낱말의 활용과 새로운 표현의 생성에 관심을 가지는 것은 당연한 필요충분조건이다. 그리고 문맥은 글쓰기의 요령인 만큼 다양한 논리적 사고(思考)의 본보기이므로, 개인적 사고만 아니라 사회적 사고에 대한 교육과 연구와 활용에도 소중

한 바탕이 됨을 잘 생각해보아야 할 것이다.

(1) 글감의 정체(正體)

글은 문장으로 이루어지고, 문장의 각 요소를 이루는 것은 낱말들
이다. 문학작품에서는 이 문장을 표현(表現), 이 낱말들을 글감[소재
(素材)]이라고 일컫는다. 낱말들이 글감이 되기 위해서는 작품의 전
체 내용 또는 한 부분의 의도를 드러내는 특별한 말뜻을 가져야 한
다. 그런데 낱말의 일상적 말뜻만으로는 충분하지 않기 때문에 문학
적인 의미구실을 할 수 있는 특별한 낱말들을 찾거나 여러 낱말들을
조합하여 새로운 말뜻을 만들어내기도 한다. 후자의 흔한 예로, 일
상의 대화에서도 자주 사용되는 비유(比喩)를 들 수 있다. 비유는 문
학, 특히 시에서 하나의 새로운 의미를 효과적으로 생성(生成)해내기
위해 사용하는 중요한 방법이다. 이 비유는 낱말들(사이의 말뜻들)을
조합하여 하나의 의도하는 의미를 만드는 방법이며, 절이나 문장의
형태를 갖춘다. 흔히 비유된 문장을 '표현'이라고 일컬으며, 글감으
로는 다루지 않는다. 그러나 절이나 문장 전체가 하나의 의미를 생
성할 경우는 글감으로 다루는 것이 합당할 것이다. 예컨대, '물 찬
제비 같은 몸놀림'은 '몸놀림이 날렵함'을 형용한 것이고, '내 마음은
호수'는 바다처럼 무한하다고 인식되는 엄청난 넓이가 아닌 '호수만
큼 넓으면서 일정한 한계가 있는' 마음을 형용한 것이다. 이 두 예는
'몸놀림'과 '마음'의 특별한 조건을 충족시킨 표현이다. 이 표현들과
는 달리 다음에 다룰 장형시조의 한 표현 "힝금흔 목을 에후로혀 안
고 엄파 ᄀᆞ튼 손으로 빈를 쟈바 뜻거든"은 이 절 전체가 하나의 의미

(비파연주행위)를 형용한 것이다. 이 중에 "엄파 ㄱ튼 손"은 앞 비유의 예와 다르지 않은데, 이것만으로는 작자가 의도한 의미를 전혀 드러내지 못한다. 이 절 전체가 하나의 의미를 생성하기 때문에 글감으로 다루어야지 글감의 상위 차원인 표현으로 간주해서는 안 될 것이다. 글감은 반드시 그것이 포함되는 글의 전체나 부분에서 '하나의 의미로서 구실하는 것'이란 필요충분조건을 근거로 표현과 구별되어야 한다는 점을 신중하게 생각해야 할 것이다.

　이처럼 새로운 말뜻을 담은 낱말과 문장·절 형태의 글감을 만들기 위하여 작자들은 일상의 낱말들을 담금질하기를 그치지 않는다. 그러므로 작품을 읽을 때에 문장·절과 낱말들에서 일상적 말뜻과 그 작품만의 새로운 말뜻을 가려내고, 글감이 한 낱말로 된 것인지 여러 낱말들로 조합된 것인지 가리는 데에도 주의해야 할 것이다. 그래야 작품내용의 전체나 부분들의 특별한 의미를, 그리고 작의(作意)까지 제대로 파악할 수 있을 것이기 때문이다.

> 琵琶야 너는 어이 간 듸 녠 듸 앙쥬아리는
> 힁금흔 목을 에후로혀 안고 엄파 ㄱ튼 손으로 비를 쟈바 뜻거든 아니
> 앙쥬아리랴
> 아마도 大珠小珠落玉盤 ᄒ기는 너섚인가 ᄒ노라
> 〈珍本 『靑丘永言』 蔓橫淸流〉

　이 작품의 내용은 비파로 연주할 때 나는 아름다운 선율을 극찬(極讚)한 것이며, 비파와 사람이 대화하듯이 하는 표현방법을 사용하였다. 이 작품의 표현에서 없어도 본래 내용이 손상되지 않는 부수적(附隨的)인 부분들을 걷어내어 보기로 한다.

　걷어낼 부분들이 부수적인 까닭을 설명하면 다음과 같다. 초장에

서 '너'는 '琵琶(비파)'의 대명사이고, '간 듸 녠 듸'는 부사구인데, 이
두 어구가 없어도 표현의 내용에 무리가 없다. 이 중에 '간 듸 녠 듸'
는 '가는 곳마다' 또는 '가는 모든 곳에서'라는 뜻으로 '앙쥬아림'의
행위를 강조할 뿐, 다른 특별한 구실은 없다. 중장에서 '힝금흔'과
'험파 굿튼 손으로'는 수식어구이다. 이 두 어구가 포함된 절 전체는
연주행위를 묘사한 것인데, 이 두 어구는 '목', '손'과만 관계를 가질
뿐, 이 절 전체 내용과는 상관이 없다.

> 琵琶야 어이 앙쥬아리느
> 목을 에후로혀 안고 손으로 빈를 쟈바 뜻거든 아니 앙쥬아리랴
> 아마도 大珠小珠落玉盤ᄒ기는 너뿐인가 ᄒ노라

　초장 중장 두 문장의, "어이 앙쥬아리느"이라는 물음에 "아니 앙쥬
아리랴"라는 비파의 대답에서 '앙쥬아리다'[앙알거리다]는 비파로 연
주할 때 비파에서 나는 소리를 형용한 것임을 알 수 있다. 그리고
종장의 "大珠(대주)小珠(소주)落玉盤(낙옥반)ᄒ기"는 크고 작은 여러
구슬들이 옥쟁반에 떨어지는 장면으로 구슬들이 떨어지면서 내는
크고 작고 길고 짧은 소리를 비유한 것이다. 이 비유는 "너"[비파]의
소리를 대상으로 한 것이다. 따라서 이 비유로 '앙쥬아리다'도 비파
의 아름다운 선율(旋律)을 묘사한 새로운 말뜻을 가졌음이 확인된
다. 그러므로 "앙쥬아리느"-"앙쥬아리랴"-"大珠(대주)小珠(소주)落玉
盤(낙옥반)ᄒ기" 이 셋은 비파의 선율에 초점이 맞추어진 일관된 관
계를 이루고 있다. 이로써 이 일관된 관계가 이 작품내용의 바탕흐
름[문맥(文脈)]이며, '비파의 선율'이 바탕글감[제재(題材)]이라는 것을
바로 알 수 있다. 그리고 바탕글감 '비파의 선율'을 형용하고 묘사한

'앙쥬아리다'와 '大珠(대주)小珠(소주)落玉盤(낙옥반)ᄒ기' 또한 글감으로 인정한다. 이 서술어나 서술명사절을 형용하고 묘사하는 서술 기능만 인정된다면, 일상의 말뜻을 벗어날 수가 없고, 새로운 말뜻도 생성할 수 없다. '大珠(대주)小珠(소주)落玉盤(낙옥반)ᄒ기'의 비유는 그 자체가 하나의 새로운 뜻을 생성하고, '앙쥬아리다'는 '大珠(대주)小珠(소주)落玉盤(낙옥반)ᄒ기'와 연결되어 '비파의 소리가 아름답다'는 새로운 뜻을 확정하게 된다. 이 새로운 뜻들이 작용하여 이 작품의 내용을 성립시키는 것이다. 그러므로 새로운 뜻을 가진 이 낱말과 이 절은 글감으로 인정되는 것이다.

바탕글감을 '비파'와 '선율' 둘로 한다면, 이 둘은 아무 상관관계가 없는 개별적인 단순한 글감으로 존재할 뿐이다. 바탕글감이라는 것은 그 글감 자체로서 작품내용을 감지(感知)할 수 있는, 내용의 핵심이 되는 특별한 글감이다. 그러므로 '비파의 선율'이 바탕글감이지 '비파'와 '선율' 각각을 바탕글감이라고 할 수 없는 것이다. 마찬가지로, '대주', '소주', '옥반'은 일상의 낱말이고, 大珠(대주)小珠(소주)落玉盤(낙옥반)ᄒ기'가 이 작품의 글감이다. '목을 에후로혀 안고 손으로 빈를 쟈바 뜻다'도 '목', '손', '빈'가 이 작품의 글감이 아니라 '연주하는 모습'을 뜻하는 이 절 자체가 이 작품의 글감이다.

이렇게 구분한다면, 이 작품의 바탕글감에 대하여 바탕글감과 직접 관계를 맺으면서 작품내용을 형성하는 나머지 글감 일반들은 '비파', '너', '앙쥬아리다', '목을 에후로혀 안고 손으로 빈를 쟈바 뜻다', '大珠(대주)小珠(소주)落玉盤(낙옥반)ᄒ기'이다.

끝으로 생각해볼 것이 있다. 작품의 글감이란 작품의 주제 및 작의, 그리고 내용의 각 부분들을 형성하는 것이어야 함은 당연한 규정(規定)이다. 그런데 명사형 또는 개념어 등으로 글감을 제시한다면, 문장론의 측면과 범위를 벗어나지 못한 단순하고 기계적인 인식에서 비롯된 것이라고 지적할 수 있다. 바꾸어 말하면, 글감의 본질을 알고 있으면서도 실제로는 잊고 있으며, 일상의 말뜻과 작품의 특별한 말뜻을 구별하지 않고 있다는 사실이다. 그러므로 일상의 낱말과 작품의 글감을 작품 밖의 일상적 말뜻과 작품 안의 새로운 말뜻으로 구별하여 작품을 읽고 보는 습관이 중요한 것이다.

(2) 형상화(形象化)의 방법

형상화는 내용을 정확하고 효과적으로 전달하기 위한 표현 자체나 그 방법을 말한다. 그런데 형상화의 작용 범위는 작품 전체 내용을 형성하는 각 부분에 국한된다. 그렇지만, 앞뒤의 형상화 사이에 의미의 병렬, 연쇄, 반복, 반대, 발전 등과 같은 상관관계가 없다면, 그런 형상화는 독자적(獨自的)이어서 아무 쓸모가 없다. 따라서 전체 내용의 문맥 속에서 앞뒤에 자리한 형상화들이 그 의미들로 자연스럽고 조화롭게 연결되고 결합될 때, 형상화는 완성되고 제 구실을 하게 되는 것이다. 그리고 형상화는 문맥의 흐름을 단조롭지 않게 변화시키는 묘미를 성취하는 구실까지 해야 충분한 값어치를 확보하게 된다.

앞의 시조 작품에서 물음 "어이 앙쥬아리는"의 '어이'에 대해 그 대답인 '(팔로) 목을 에후로혀 안고 손으로 빈를 쟈바 뜻거든'이 그 값어치를 충분히 한 형상화이다. 이 대답 대신에 그 형상화의 본래 의미인 '연주하니'로 표현한다면 전혀 문학작품답지 않게 될 것이다. 이 사례에서 문맥에서의 구실만 아니라 미적 표현 가치까지 확보하는 형상화는 그 빛을 더하게 됨을 알 수 있다. "엄파 ᄀᆞᄐᆞᆫ 손"은 연주하는 손을 양파의 갓 돋아난 움에 비유하여 연주자가 여성임을 암시한다. 이와 짝을 이룬 "힝금흔 목"은 비파 윗부분의 갸름하고 길쭉한 모양을 비유한 것인데, 이것을 앞의 여성 연주자와 상대적인 관계로 풀이하여 남성을 뜻한다고 할 근거는 없다. 그렇지만, 여성 연주자가 연주하기 위해 비파를 잡은 모습을 "힝금흔 목을 에후로혀 안고"로, 연주행위를 "엄파 ᄀᆞᄐᆞᆫ 손으로 빈를 쟈바 ᄠᅳ다"로 비유함으로써 여성이 상대를 안고 애무하는 관능적인 분위기를 자아내는 것이 "아니 앙쥬아리랴"의 교태부리는 선율과 아주 잘 조화를 이룬다. 그리고 '大珠(대주)小珠(소주)落玉盤(낙옥반)ᄒᆞ기'에 연결되면 맑고 고운 소리가 겹쳐져 어울리면서 앞의 교태부림이 순연(純然)한 아름다움으로 변한다. 이러한 형상화들 사이의 연결과 의미 결합에서 이 형상화들을 아주 잘된 형상화라고 평할 수 있는 것이다.

이처럼 작자는 언제나 새로운 형상화를 만들려고 애쓴다. 새로운 형상화는 작자 자신만의 개별적인 표현방법을 만들어내려는 욕구에 의해서 나타난다. 이런 형상화는 개성적이라거나 참신하다는 평가를 받기 마련이다.

다음 시조 작품에서 이런 형상화의 방법과 효과를 확인할 수 있다.

> 蓬萊山 님 겨신 ᄃᆡ 五更 틴 나믄 소ᄅᆡ
> 셩 넘어 구름 디나 슌풍의 들리ᄂᆞ다
> 江南에 ᄂᆞ려옷 가면 그립거든 엇디리
>
> 정철(鄭澈)

이 작품은 오경(五更)에 통금을 해제하는 파루(罷漏) 쇠북소리의 여운(餘韻)과, 화자가 강남으로 가는 도중의 거리(距離)를 조응(照應)시켜 임금을 그리워하는 신하의 속마음[사군이충(事君以忠)의 충심(衷心)]을 형상화한 작품이다.

이 작품의 형상화에서 초장의 "蓬萊山 님 겨신 듸"와 중장의 "셩 너머 구름 디나"는 "蓬萊山(봉래산)"과 "님 겨신 듸"가, "셩 너머"와 "구름 디나"가 각각 같은 뜻을 중복시킨 형태이다. 그리고 "蓬萊山"의 불명확한 장소를 "님 겨신 듸"로 구체화시키고, "셩 너머"의 장애(障碍) 높이를 "구름 디나"의 허공 높이까지 높인 것은 장애를 초월하게 하려는 의도를 드러낸 심리적인 묘사이다. 이 형상화방법은 흔히 강조라고 말하는 효과도 포함하여 말뜻을 점층적으로 확산시키는 표현방법이며 그 효과가 분명하다. 그 다음, 초장의 "五更 틴 나믄 소릭"는 쇠북소리의 여운을 사실적으로 제시하여, 중장의 "슌풍의 들리ᄂ다"로 "셩 너머 구름 디나"의 장애도 거침없이 먼 거리까지 울려 퍼질 수 있었다는 것을 "슌풍"을 근거로 사실처럼 말한 것이다. "슌풍의 들리ᄂ다" 이 표현이 '바람소리'로 쇠북소리의 여운을 대신한 것임은, 그 먼 거리와 실제 장애를 허구적으로 초월시킨 것을 근거로 논증할 수 있다. 이 형상화는 바람소리를 쇠북소리의 여운으로 허구화한 상상의 소리이며, 이럴 정도만큼 임을 그리워하는 속마음이 이 형상화의 의미로 살아난다. 종장에서 "江南에 ᄂ려옷 가면"은 외직 부임길인지 귀양길인지 이 작품에서는 알 수 없지만, 임과의 거리가 더 멀어지는 것을 형용한 것이다. 그리고 "그립거든 엇디리"는 "슌풍의 들리ᄂ다"의 함의(含意)를 사실적(寫實的)으로 표출한 것인데, 이 노출된 형상화 의도로 앞에서 풀이된 중장의 형상화 의미가 확연해지고, 초장의 "나믄 소릭"가[여운이] 임의 체취를 대신하고 있음을 확인할 수 있다. 이렇게 임을 향한 간절한 속마음과, 초장의 "蓬萊山"에 내포되어 있는 신선(神仙)으로 드러내는 고귀한 신분, 그리고 먼 거리와 "셩"과 "江南"까지 포함하여 임을 임금으로, 임 계신 곳을 한양(漢陽)이라고 밝히는 것이 가능하리라고 여겨진다.

이렇게 초장 처음에서 종장 끝까지 풀이하고 나서, 다시 종장 끝에서 초장 처음까지 거꾸로 검토하듯이 확인하는 과정에서 이 작품의 형상화는 초장과 중장에서의 점층적 의미 확산과, 중장의 허구화 기법이 주목된다. 특히, 허구화는 사실과 사물들을 활용함으로써 실제처럼 받아들이게 하는 아주 자연스러운 형상화기법으로서 돋보인다.

(3) 문맥(文脈)의 성격

형상화된 표현들이 유기적이고 통일성 있게 연결되고 결합된 상태가 문맥이다. 이 문맥은 형상화보다 더 복잡하지만, 작자의 의도를 실현하는 방법과 목적은 둘 다 같다. 형상화가 작품내용의 한 부분에 국한된다면, 문맥은 작품내용의 전체 흐름을 대상으로 한다. 강은 원천에서 하구까지 한 방향의 일정한 흐름새를 유지하여 결코 거꾸로 흐를 수는 없다. 그러나 작품의 문맥, 내용의 흐름은 그렇지 않다. 물론, 시작-중간-끝이라는 외형의 형식논리적 틀은 강의 흐름처럼 고정되어 있다. 그러나 내용의 내적 흐름새는 외형적 형식논리를 벗어나지 않는 범위 안에서 그 짜는 방법이 다양하다. 이 다양한 짜임새가 표현의 다양한 형상화방법과 함께 작품을 읽고 보기에 재미를 주는 중요한 요인이다.

민담 한 편을 사례로 들어 간략하게 살펴보기로 한다.

⑴ 옛날에 바보 같은 며느리가 있어.

⑵ 하루는 시어머니에게 '아이를 어디루 낳느냐'고 물으니께 '배꼽으로 낳는다'고 했지.

⑶ 밭에 가다 오는 길에 오줌이 마려워 풀밭에서 소변을 보니께 풀밭에 있던 메뚜기가 놀래어 날아가.

⑷ 며느리는 자기 아들인 줄 알고 "아가, 아가, 너거 부친 상멘하고 가거라." 하고 쫓아가 잡아 보니

⑸ 그 메뚜기아들은 머리는 증조부 대머리 닮고, 입은 쭉 째진 장터거리 고모 닮고, 앞정강갱이는 종조부처럼 길더래.

　이 작품은 일단 다섯 도막으로 나누어진다. 이 다섯 도막을 다시 크게 세 토막으로 나눌 수 있다. 전체 내용을 압축하여 소개하는 첫 번째 도막 ⑴. 이 ⑴의 압축된 내용을 구체적으로 상세하게 다룬 ⑵ ⑶ ⑷의 세 도막. 그리고 ⑷의 부연으로 '메뚜기아들'의 모습을 세밀하게 형용한 다섯 번째 도막 ⑸. 이 세 토막이다. 다섯 번째 도막 ⑸를 큰 한 토막으로 네 번째 도막 ⑷와 분리한 까닭은 ⑴의 '바보 같은 며느리'의 성격을 증명하는 ⑵ ⑶ ⑷의 토막과 문맥에서의 성격이 다르기 때문이다. 그리고 ⑵-⑶-⑷가 문맥 속에서 서로 관계 맺는 성격을 확인해보면, 도막 ⑵의 '배꼽으로 출산한다는 잘못된 출산 정보'를 실마리로 도막 ⑷에서 며느리가 메뚜기를 아들로 오인 (誤認)하는 실제 사건이 발생한다. 이 둘의 상관관계는, 인과적 성격을 띠고 있는, 전제와 결과의 논리적 관계라고 할 수 있다. 도막 ⑶은 도막 ⑷의 사건이 일어날 수 있는 환경('오줌이 마렵다'와 '풀밭에 메뚜기가 있다')과 원인('풀밭에서 오줌을 누다')을 조성하는 구실을 한다. 이 둘의 관계는 인과관계(원인 : 오줌을 누다; 결과 : 뛰어나온 메뚜기를 아들이라 하다)로 밀접하게 연결되어 한 토막으로 결합되어도 무

방한 관계이다. 이와는 달리 도막 (2)와 도막 (3) 사이에는 서로 연결될 수 있는 상관요인이 전혀 없다. 따라서 도막 (3)과 (4)의 결합에 대하여 도막 (2)는 그 결합력이 약하다. 문맥에서 도막 (2)는 사건의 발단이라는 점에서 그 사건의 과정과 결과를 담고 있는 도막 (3) (4)의 앞에 놓인 것이다. 그런데 도막 (2)의 자리에 대하여 생각해봄직한 문제가 있다. 도막들 사이의 상관적 성격과 결합력을 감안할 때 도막 (2)가 도막 (3) (4)와의 관계를 벗어나 자리를 옮김도 가능하다고 판단되기 때문이다. 이럴 경우에 도막 (5)는 도막 (4)와의 부연이라는 종속관계 때문에 분리될 수 없다는 것이 먼저 결정된다. 그리고 도막 (2)의 자리 이동과 함께 도막 (1)의 자리 이동도 고려해볼 수 있다.

이 자리 이동으로 다섯 도막의 순서가 바뀌게 되는데, 이 순서 바꾸기는 두 경우만 성립된다. 다른 경우는 문맥의 흐름이 끊어져서 온전한 내용을 갖추지 못하기 때문이다. 그리고 그 이동될 자리는 도막 (5)의 뒤밖에 없다. 자리를 이동한 한 경우는 (1)–(3) (4)–(5)–(2)의 순서가 되고, 다른 경우는 (3) (4)–(5)–(2)–(1)의 순서가 된다.

첫째, (1)–(3) (4)–(5)–(2)의 순서는 도막 (2)만 옮긴 경우이다. 이 도막 (2)의 표현을 문맥에 맞게 고쳐보면, "하루는 <u>그 며느리가</u> 시어머니에게 '아이를 어디루 낳느냐'고 물으니께 '배꼽으로 낳는다'고 <u>했다지?[했다네?/했더래./하더래./했다는구먼./했다지 뭐야?]</u>"로 행위주체인 '며느리'를 삽입하고, 표현 끝자리 술어를 문맥의 끝부분에 어울리게 "했지"를 "했다지?" 등으로 바뀌게 된다. 이렇게 자리가 바뀐 상태에서 도막 (2)는, 본래 전제의 성격이었는데, 도막 (3) (4)의 사건 발생에 대한 원인의 성격으로 바뀌어 그 사건이 발생하게 된 까닭을 밝히는 구실을 하게 된다. 그래서 본래 작품순서에서는 시어머니가 잘못된 정보를 알려주었더라도 며느리의 어리석은 행위에 초점이 맞추어졌는데, 바뀐 순서에서는 며느리의 어리석은 행위에 대한 비난보다 시어머니에 대한 비난도 강하게 드러나는 변화가 나타난다.

둘째, (3) (4)-(5)-(2)-(1)의 순서는 도막 (1)과 도막 (2)의 자리를 옮긴 경우이다. 이 경우에 토막 (3) (4)가 맨 앞에 놓여 본래 작품순서에서처럼 어떤 사전 설명이나 전제가 없이 작품을 읽는[듣는] 재미에 초점을 맞춘 것이라는 의도가 돋보인다. 두 도막의 표현을 문맥에 맞추어 고치면, 도막 (2)는 첫째 경우에서 "했다지?[했다네?/했더래./하더래./했다는구먼.]"을 여전히 사용할 수 있다. 도막 (1) "옛날에 바보 같은 며느리가 있어."는 "그런 바보 같은 며느리가 있었어.[있었다네?/있었대./있었더래./있었다는구먼./있었다지 뭐야?]"로 바꾸고, "옛날에"는 삭제되어 도막 (3)에 넘겨진다. 그리고 토막 (3)의 표현 첫머리에 "옛날에 어떤 며느리가"를 삽입하면 문맥의 흐름이 자연스럽다. 이렇게 자리가 바뀐 상태에서 도막 (2)에서는 시어머니에 대한 비난의 강도가 앞의 첫째 경우보다 많이 약해진다. 그 까닭은 시선이 문맥 끝에 나오는 며느리의 어리석음에 쏠리기 때문이다. 도막 (1)은 문맥 맨 끝에 자리하면서 본래 단순한 정보 제공의 성격만 있던 것이 그 어리석음을 아주 강하게 비난받는 변화가 일어난다.

이 두 경우에서 시어머니가 비난의 대상이 되거나 며느리가 비난을 받게 되는 것은 문맥의 끝에 자리한 데서 야기된 현상이다. 본래 내용에서 마지막 부분 도막 (5)로 이 작품의 성격이 해학적이던 것이, 도막의 순서 바꾸기로 해학성은 약해지면서 두 인물에 대한 평가가 두드러지는 결과가 나타난다. 이 결과에서 내용 구성 부분의 자리 바꾸기로 작품의 성격에 변화가 일어난다는 것을 알 수 있다.

이 현상은 작자의 그 의도가 문맥에 반영된다는 사실을 확인할 수 있는 근거이다.

　다음은 한시(漢詩) 한 수를 예로 든다. 문맥이 소설 등의 산문에서만 관심의 대상이 되는 것은 결코 아니다. 이 한시의 사례에서 그것을 확인할 수 있다면, 모든 문학작품에서 문맥을 요긴하게 살펴야 한다는 것을 알 수 있을 것이다.

　　(기) 籬弊翁嗔狗　　울타리 헤쳐 놓아 늙은이 개 야단치고는
　　(승) 呼童早閉門　　아이 불러 일찌감치 문 닫아라 하네
　　(전) 昨夜雪中跡　　간밤에 내린 눈 위에 난 자국이
　　(결) 分明虎過村　　분명코 마을을 거쳐 간 범 혼적이라네
　　　　　　　　　　　　　　　　　〈김득신(金得臣), 전가(田家)〉

　이 작품을 처음 한 번 읽고는 앞 기구(起句)와 승구(承句)의 내용이 뒤의 전구(轉句) 결구(結句) 두 구의 내용과 어떻게 연결되는지 쉽게 알기 어렵다. 그러나 두 번 세 번 읽으면서 문맥의 흐름 상태를 자세하게 살펴보면, 그 앞뒤의 내용이 서로 연결되는 관련성이 있음을 파악할 수 있을 것이다. 이렇게 작품내용의 짜임새를 알고 난 다음에는 아래와 같이 압운과는 무관한 채로 내용 파악에만 초점을 맞추어 네 구의 자리를 바꾼 사례 둘을 만들 수 있다.

　　(결) 分明虎過村　　분명코 범이 마을을 거쳐 간 게야
　　(전) 昨夜雪中跡　　간밤에 내린 눈 위 발자국이 그 혼적이야
　　(승) 呼童早閉門　　아이 불러 일찌감치 문 닫아라 하고
　　(기) 籬弊翁嗔狗　　울타리 개구멍에 늙은이는 개를 야단치네

(전) 昨夜雪中跡   간밤에 내린 눈 위에 난 자국이
(결) 分明虎過村   분명코 마을을 거쳐 간 범 흔적이네
(기) 籬弊翁嗔狗   울타리 헤쳐 놓았다고 늙은이는 개를 야단치고
(승) 呼童早閉門   아이 불러 일찌감치 문 닫아라 하네

　이 두 사례에서 본래 작품의 번역에서 두어 곳을 바꾼 것은 문맥이 자연스럽게 이어지도록 하기 위해서일 뿐이다. 첫 번째 사례는 본래 작품의 순서를 거꾸로 한 것이다. 이렇게 순서를 바꾸어 본 결과로 본래 작품의 순서보다 작품내용을 분명하게 알 수 있다. 두 번째 사례는 두 구를 묶어 자리를 바꾸었는데, 내용을 알 수 있기는 첫 번째 사례와 마찬가지 효과가 있다.

　앞의 민담은 애초에 자연스럽게 이어 흐르는 짜임이라면, 뒤의 한시는 시인이 첫 번째 사례와 같은 흐름의 순서를 의도적으로 바꾼 것이라고 판단할 수 있다. 이처럼 문맥의 흐름은 작자의 의도에 따라 다양한 짜임새를 보인다. 특히, 민담의 자리 바꾸기 사례들은 작품을 읽을 때 작자가 보여주는 문맥만을 보는 데 그쳐서는 안 된다는 본보기이기도 하다. 작품의 문맥을 다양하게 정리해보는 것이 중요함은, 작자가 처음 구상하고 마지막으로 결정하는 과정(의 모습)을 확인하고, 그 최종 결정된 문맥이 가장 효과적인가도 검토해볼 수 있는 방법이기도 한 것이기 때문이다.

제1장
인간관계와 자화상

(1) 黃鳥歌

三年 秋七月 作離宮於鶻川 冬十月 王妃松氏薨 王更娶二女以繼室
一曰禾姬 鶻川人之女也 一曰稚姬 漢人之女也 二女爭寵不相和 王於凉
谷 造東西二宮 各置之 後王田於箕山 七日不返 二女爭鬪 禾姬罵稚姬
曰 汝漢家婢妾 何無禮之甚乎 雉姬慙恨亡歸 王聞之 策馬追之 雉姬怒
不還 王嘗息樹下 見黃鳥飛集 乃感而歌曰 翩翩黃鳥 雌雄相依 念我之
獨 誰其與歸

〈三國史記 卷 第十三 高句麗本紀1 琉璃王〉

유리왕(琉璃王;BC.19~AD.17) 삼년(BC.17) 가을 칠월, 골천(鶻川)에
이궁(離宮)을 지었다.

그 해 겨울 시월에 왕비 송씨(宋氏)가 죽자, 왕은 다시 두 여자에게
장가들어 이들을 후처(後妻)로 삼았다. 한 사람은 화희(禾姬)이니 골천
사람의 딸이고, 또 한 사람은 치희(稚姬)인데 한(漢)나라 사람의 딸이다.
두 여인이 왕의 사랑을 받으려고 서로 다투며 화목하지 않으므로, 왕은
양곡(凉谷)의 동쪽과 서쪽에 궁(宮)을 지어 각각 살게 하였다.

그 후에 왕이 기산(箕山)으로 사냥을 가서 칠일 동안 돌아오지 않은
사이에 두 여인이 서로 다투었다. 화희가 치희를 꾸짖으며 말하길, "너

는 한나라 출신의 천한 첩이거늘 어찌 무례함이 심할 수 있는가?" 하였
다. 이 말에 치희는 부끄럽고 분하여 친정으로 돌아가 버렸다. 왕이 이
소식을 듣고 말을 채찍질하여 급히 쫓아갔으나 치희는 화를 내며 돌아
오지 않았다.

왕은 일찍이 나무 아래서 쉬다가 꾀꼬리들이 나무에 날아드는 것을
보고 감회(感懷)가 있어 다음과 같이 노래하였다.

翩翩黃鳥	훨훨 나는 꾀꼬리는
雌雄相依	암수가 서로 의지하는데
念我之獨	외로운 이내 몸은
誰其與歸	누구와 함께 돌아갈꼬

(2) 가시리

가시리 가시리잇고 나는
보리고 가시리잇고 나는
위 증즐가 대평셩디大平盛大

날러는 엇디 살라 하고
보리고 가시리잇고 나는
위 증즐가 대평셩디大平盛大

잡스와 두어리마나는
선하면 아니 올셰라
위 증즐가 대평셩디大平盛大

셜온 님 보내옵노니 나는
가시는 듯 도셔 오쇼셔 나는
위 증즐가 대평셩디大平盛大

〈樂章歌詞·時用鄕樂譜〉

(3) 李生窺墻傳 김시습(金時習;1435~1493)

松都有李生者 居駱駝橋之側 年十八 風韻淸邁 天資英秀 常詣國學
讀詩路傍 善竹里 有巨室處崔氏 年可十五六 態度艶麗 工於刺繡 而長
於詩賦 世稱 風流李氏子 窈窕崔家娘 才色若可餐 可以療飢腸
　李生嘗挾冊詣學 常過崔氏之家 北牆外 垂楊裊裊 數十株環列 李生憩
於其下 一日窺牆內 名花盛開 蜂鳥爭喧 傍有小樓 隱映於花叢之間 珠
簾半掩 羅幃低垂 有一美人 倦繡停針 支頤而吟曰

　　　獨倚紗窓刺繡遲　百花叢裏囀黃鸝
　　　無端暗結東風怨　不語停針有所思
　　　路上誰家白面郎　靑衿大帶映垂楊
　　　何方可化堂中燕　低掠珠簾斜度墻

生聞之 不勝技癢 然其門戶高峻 庭闈深邃 但怏怏而去 還時以白紙一
幅 作詩三首 繫瓦礫投之曰

　　　巫山六六霧重回　半露尖峰紫翠堆
　　　惱却襄王孤枕夢　肯爲雲雨下陽臺
　　　相如欲挑卓文君　多少情懷已十分
　　　紅粉墻頭桃李艶　隨風何處落繽紛
　　　好因緣邪惡因緣　空把愁腸日抵年
　　　二十八字媒已就　藍橋何日遇神仙

崔氏 命侍婢香兒 往取見之 卽李生詩也 披讀再三 心自喜之 以片簡
又書八字 投之曰 將子無疑 昏以爲期 生如其言 乘昏而往 忽見桃花一
枝 過墻而有搖裊之影 往視之則以鞦韆絨索 繫竹兜下垂 生攀緣而踰 會
月上東山 花影在地 淸香可愛 生意謂已入仙境 心雖竊喜 而情密事秘
毛髮盡竪 回眄左右 女已在花叢裏 與香兒 折花相戴 鋪闒僻地 見生微
笑 口占二句 先唱曰

　　　桃李枝間花富貴　鴛鴦枕上月嬋娟

生續吟曰

他時漏洩春消息　風雨無情亦可憐

女變色而言曰 本欲與君 終奉箕箒 永結歡娛 郎何言之若是遽也 妾雖
女類 心意泰然 丈夫意氣 肯作此語乎 他日閨中事洩 親庭譴責 妾以身
當之 香兒可於房中 賷酒果以進 兒如命而往 四座寂寥 闃無人聲 生問
曰 此是何處

女曰 此是北園中小樓下也 父母以我一女 情鍾甚篤 別構此樓于芙蓉
池畔 方春時 名花盛開 欲使從侍兒遨遊耳 親闈之居 閨閣深邃 雖笑語
啞咿 亦不能卒爾相聞也 女酌綠蟻一巵勸生 口占古風一篇曰

曲欄下壓芙蓉池　池上花叢人共語
香霧霏霏春融融　製出新詞歌白紵
月轉花陰入酕酕　共挽長條落紅雨
風攪淸香香襲衣　賈女初踏春陽舞
羅衫輕拂海棠枝　驚起花間宿鸚鵡

生卽和之曰

誤入桃源花爛熳　多少情懷不能語
翠鬟雙綰金釵低　楚楚春衫裁綠紵
東風初拆竝帶花　莫使繁枝戰風雨
飄飄仙袂影婆婆　叢桂陰中素娥舞
勝事未了愁必隨　莫製新詞敎鸚鵡

吟罷 女謂生曰 今日之事 必非小綠 郎須尾我 以邃情款 言訖 女從北
窓入 生隨之 樓梯在房中 綠梯而昇 果其樓也 文房几案 極其濟楚 一壁
展煙江疊嶂圖 幽篁古木圖 皆名畫也 題詩其上 詩不知何人所作 其一曰

何人筆端有餘力　寫此江心千疊山
壯哉方壺三萬丈　半出縹緲烟雲間
遠勢微茫幾百里　近見崒崔靑螺鬟
滄波淼淼浮遠空　日暮遙望愁鄕關
對此令人意蕭索　疑泛湘江風雨灣

其二曰

幽篁蕭颯如有聲　古木偃蹇如有情

狂根盤屈惹莓苔　老幹夭矯排風雷

胸中自有造化窟　妙處豈與傍人說

韋偃與可已爲鬼　漏洩天機知有幾

晴窓嗒然淡相對　愛看幻墨神三昧

一壁貼四時景 各四首 亦不知爲何人所作 其筆 則摹松雪眞字 體極精
妍 其一幅曰

芙蓉帳暖香如縷　窓外霏霏紅杏雨

樓頭殘夢五更鐘　百舌啼在辛夷塢

燕子日長閨閣深　懶來無語停金針

花底雙雙飛蝶蛺　爭趨落花庭院陰

嫩寒輕透綠羅裳　空對春風暗斷腸

脉脉此情誰料得　百花叢裏舞鴛鴦

春色深藏黃四家　深紅淺綠映窓紗

一庭芳草春心苦　輕揭珠簾看落花

其二幅曰

小麥初胎乳燕斜　南園開遍石榴花

綠窓工女幷刀饗　擬試紅裙剪紫霞

黃梅時節雨簾纖　鶗𪆶槐陰燕入簾

又是一年風景老　楝花零落笋生尖

手拈靑杏打鶯兒　風過南軒日影遲

荷葉已香池水滿　碧波深處浴鸂鶒

藤牀筠簟浪波紋　屏畫瀟湘一抹雲

懶慢不堪醒午夢　半窓斜日欲西曛

其三幅曰

秋風策策秋露凝　秋月娟娟秋水碧

一聲二聲鴻雁歸　更聽金井梧桐葉

床下百蟲鳴唧唧　床上佳人珠淚滴

良人萬里事征戰　今夜玉門關月白
新衣欲裁剪刀冷　低喚丫兒呼熨斗
熨斗火銷全未省　細撥秦箏又搔首
小池荷盡芭蕉黃　鴛鴦瓦上粘新霜
舊愁新恨不能禁　況聞蟋蟀鳴洞房
其四幅曰
一枝梅影向窓橫　風緊西廊月色明
爐火未銷金筋撥　旋呼丫髻換茶鐺
林葉頻驚半夜霜　回風飄雪入長廊
無端一夜相思夢　都在氷河古戰場
滿窓紅日似春溫　愁鎖眉峰著睡痕
膽瓶小梅腮半吐　含羞不語繡雙鴛
剪剪霜風掠北林　寒鳥啼月正關心
燈前爲有思人淚　滴在穿絲小挫針

一傍 別有小室一區 帳褥衾枕 亦甚整麗 帳外熱麝臍 燃蘭膏 焚煌映
徹 恍如白晝 生與女 極其情歡 遂留數日 生謂女曰 先聖有言 父母在 遊
必有方 而今我定省 已過三日 親必倚閭而望 非人子之道也 女惻然而頷
之 踰垣而遣之 生自是以後 無已不往

一夕 李生之父 問曰 汝朝出而暮還者 將以學先聖仁義之格言 昏出而
曉還 當爲何事 必作輕薄子 踰垣牆 折樹壇耳 事如彰露 人皆譴我敎子
之不嚴 而如其女 定是高門右族 則必以爾之狂狡 穢彼門戶 獲戾人家
其事不小 速去嶺南 率奴隸監農 勿得復還 卽於翌日 謫送蔚州

女每夕 於花園待之 數月不還 女意其得病 命香兒 密問於李生之鄰
鄰人曰 李郞 得罪於家君 去嶺南 已數月矣 女聞之 臥疾在床 轉轉不起
水醬不入於口 言語支離 肌膚憔悴 父母怪之 問其病狀 喑喑不言 搜其
箱篋 得李生前日唱和詩 擊節驚訝曰 幾乎失我女子矣 問曰 李生誰耶
至是 女不能復隱 細語在咽中 告父母曰 父親母親 鞠育恩深 不能相匿
竊念男女相感 人情至重 是以 標梅迨吉 咏於周南 咸腓之凶 刑於羲易

自將蒲柳之質 不念桑落之詩 行露沾衣 竊被傍人之嗤 絲蘿托木 已作渭
兒之行 罪已貫盈 累及門戶 然而彼狡童兮 一儈賈香 千生喬怨 以眇眇
之弱軀 忍悄悄之獨處 情念日深 沈痾日篤 濱於死地 將化窮鬼 父母如
從我願 終保餘生 倘違情款 斃而有已 當與李生 重遊黃壤之下 誓不登
他門也

於是 父母已知其志 不復問病 且警且誘 以寬其心 復修媒妁之禮 問
于李家 李氏問崔家門戶優劣曰 吾家豚犬 雖年少風狂 學問精通 身彩似
人 所冀捷龍頭於異日 占鳳鳴於他年 不願速求婚媾也 媒者 以言返告
崔氏復遣曰 一時朋伴 皆稱令嗣才華邁人 今雖蟠屈 豈是池中之物 宜速
定嘉會之晨 以合二姓之好 媒者 又以其言 返告李生之父 父曰 吾亦自
少 把冊窮經 年老無成 奴僕逋逃 親戚寡助 生涯疎闊 家計伶俜 而況巨
家大族 豈以一人寒儒 留意爲贅郞乎 是必好事者 過譽吾家 以誑高門
也 媒又告崔家 崔家曰 納采之禮 漿束之事 吾盡辦矣 宜差穀旦 以定花燭
之期 媒者 又返告之 李家至是 稍回其意 卽遣人 召生問之 生喜不自勝
乃作詩曰

　　　　破鏡重圓會有時　　天津烏鵲助佳期
　　　　從今月老纏繩去　　莫向東風怨子規
女聞之 病亦稍愈 又作詩曰
　　　　惡因緣是好因緣　　盟語終須到底圓
　　　　共輓鹿車何日是　　倩人扶起理花鈿
於是 擇吉日 遂定婚禮 而續其絃焉 自同牢之後 夫婦愛而敬之 相待
如賓 雖鴻光鮑桓 不足言其節義也 生翌年 捷高科 登顯仕 聲價聞于朝著

辛丑年 紅賊據京城 王移福州 賊焚蕩室廬 矋炙人畜 夫婦親戚 不能
相保 東奔西竄 各自逃生 生挈家 隱匿窮崖 有一賊 拔劍而逐 生奔走得
脫 女爲賊所虜 欲逼之 女大罵曰 虎鬼殺啗我 寧死葬於豺狼之腹中 安
能作狗彘之匹乎 賊怒 殺而剮之

生竄于荒野 僅保餘軀 聞賊已滅 遂尋父母舊居 其家已爲兵火所焚 又
至女家 廊廡荒凉 鼠喞鳥喧 悲不自勝 登于小樓 收淚長噓 奄至日暮 塊

然獨坐 佇思前遊 宛如一夢

　將及二更 月色微吐 光照屋梁 漸聞廊下 有橙然之音 自遠而近 至則
崔氏也 生雖知已死 愛之甚篤 不復疑訝 遽問曰 避於何處 全其軀命 女
執生手 慟哭一聲 乃敍情曰 妾本良族 幼承庭訓 工刺繡裁縫之事 學詩
書仁義之方 但識閨門之治 豈解境外之修 然而一窺紅杏之墻 自獻碧海
之珠 花前一笑 恩結平生 帳裏重逢 情愈百年 言至於此 悲愍曷勝 將謂
偕老而歸居 豈意橫折而顚溝 終不委身於豺虎 自取磔肉於泥沙 固天性
之自然 匪人情之可忍 却恨一別於窮崖 竟作分飛之匹鳥 家亡親沒 傷殂
魄之無依 義重命輕 幸殘軀之免辱 誰憐寸寸之灰心 徒結斷斷之腐腸 骨
骸暴野 肝膽塗地 細料昔時之歡娛 適爲當日之愁寃 今則鄒律已吹於幽
谷 倩女再返於陽間 蓬萊一紀之約綢繆 聚窟三生之香芬郁 重契闊於此
時 期不負乎前盟 如或不忘 終以爲好 李郞其許之乎 生喜且感曰 固所
願也 相與款曲抒情 言及家産被寇掠有無 女曰 一分不失 埋於某山某谷
也 又問 兩家父母骸骨安在 女曰 暴棄某處 敍情罷 同寢極歡如昔

　明日 與生俱往尋瘞處 果得金銀數錠及財物若干 又得收拾兩家父母
骸骨 貿金賣財 各合葬於五冠山麓 封樹祭獻 皆盡其禮 其後 生亦不求
仕官 與崔氏居焉 幹僕之逃生者 亦自來赴 生自是以後 懶於人事 雖親
戚賓客賀弔 杜門不出 常與崔氏 或酬或和 琴瑟偕和 茌苒數年

　一夕 女謂生曰 三遇佳期 世事蹉跎 歡娛不厭 哀別遽至 遂嗚咽 生驚
問曰 何故至此 女曰 冥數不可躱也 天帝以妾與生 緣分未斷 又無罪障
假以幻體 與生暫割愁腸 非久留人世 以惑陽人 命婢兒進酒 歌玉樓春一
関 以侑生 歌曰

　　　干戈滿目交揮處　　玉碎花飛鴛失侶
　　　殘骸狼籍竟誰埋　　血汚遊魂無與語
　　　高唐一下巫山女　　破鏡重分心慘楚
　　　從玆一別兩茫茫　　天上人間音信阻

　每歌一聲 飮泣數下 殆不成腔 生亦悽惋不已曰 寧與娘子 同入九泉
豈可無聊獨保殘生 向者 傷亂之後 親戚僮僕 各相亂離 亡親骸 狼籍原

野 儻非娘子 誰能奠埋 古人云 生事之以禮 死葬之以禮 盡在娘子 天性
之純孝 人情之篤厚也 感激無已 自愧可勝 願娘子 淹留人世 百年之後
同作塵土 女曰 李郎之壽 剩有餘紀 妾已載鬼錄 不能久視 若固眷戀人
間 違犯條令 非唯罪我 兼亦累及於君 但妾之遺骸 散於某處 倘若垂恩
勿暴風日 相視泣下數行云 李郎珍重 言訖漸滅 了無踪迹

　生拾骨 附葬于親墓傍 旣葬 生亦以追念之故 得病數月而卒 聞者莫不
傷歎 而慕其義焉

<金鰲神話>

　송도(松都)의 낙타교(駱駝橋) 옆에 이생(李生)이란 사람이 살았다. 나
이는 열여덟이며, 풍채가 말쑥하고 재주가 뛰어났다. 늘 국학(國學)에
다녔는데, 길을 가면서도 시를 읊었다. 한편 선죽리(善竹里)에 한 명문
가의 최씨 낭자가 살았는데, 나이는 열대여섯쯤 되었고 맵시가 아리땁
고 자수에 능했으며, 시와 문장에도 뛰어났다. 그리하여 세상 사람들이
그들을 다음과 같이 칭찬하였다.

風流李氏子	풍류로워라, 이씨 댁 자제
窈窕崔家娘	아리따워라, 최씨 댁 낭자
才色若可餐	그 재질과 그 용모는
可以療飢腸	보는 이의 마음을 넉넉케 하네

　이생은 일찍이 책을 옆에 끼고 국학에 다닐 때면 언제나 최씨 댁 북
쪽 담 밖 옆으로 지나다녔는데, 수십 그루의 수양버들이 휘휘 늘어져 그
담에 둘러쳐져 있었다.
　하루는 이생이 그 나무 아래에서 쉬다가 문득 담 안을 엿보았더니, 아
름다운 꽃들이 만발하였고, 그 사이를 벌과 새들이 다투어 날아다니고
있었다. 곁에는 작은 누각이 꽃송이들 사이로 살포시 보이는데, 주렴(珠

簾)은 반쯤 쳐 있고 비단 휘장은 낮게 드리워져 있었다. 그 안에 한 아리
따운 여인이 수를 놓다가 잠시 손을 멈추고 턱을 괴더니 시를 읊었다.

獨倚紗窓刺繡遲　　사창(紗窓)에 홀로 기대어 수놓기 지겨운데
百花叢裏囀黃鸝　　온갖 꽃떨기 속에 꾀꼬리 지저귀네
無端暗結東風怨　　부질없이 봄바람을 원망하며
不語停針有所思　　말없이 바늘 멈추고는 생각에 잠겼어라

路上誰家白面郎　　저기 가는 저 총각은 뉘댁 자제일까
靑衿大帶映垂楊　　푸른 깃 넓은 띠가 수양버들 사이로 빛나네
何方可化堂中燕　　이 몸이 변하여 대청 위의 제비 된다면
低掠珠簾斜度墻　　주렴을 살짝 빠져나가 담장 위를 날아 넘으리

　　이생은 그녀가 읊은 시를 듣고는 자신의 재주를 뽐내고 싶어 안달이
났다. 그러나 그 집의 담장이 높고도 가파르며, 안채가 깊숙한 곳에 있
었으므로 어쩔 수 없이 서운한 마음을 안고 국학에 갔다. 그는 국학에서
돌아오는 길에 흰 종이 한 장에다 시 세 수를 써서 기와조각에 매달아
담 안으로 던져 넣었다.

巫山六六霧重回　　무산(巫山) 열두 봉우리 첩첩이 쌓인 안개 속에
半露尖峰紫翠堆　　반쯤 드러난 봉우리는 붉고도 푸르구나
惱却襄王孤枕夢　　양왕(襄王)의 외로운 꿈을 수고롭게 하지 마오
肯爲雲雨下陽臺　　구름 되고 비가 되어 양대(陽臺)에서 만나보세

相如欲挑卓文君　　사마상여(司馬相如) 되어 탁문군(卓文君) 꾀어내려니
多少情懷已十分　　마음속에 품은 생각 벌써 흠뻑 깊어지네
紅粉墻頭桃李艶　　담장 위에 피어있는 요염한 저 도리(桃李)는
隨風何處落繽紛　　바람에 날려서 어디로 떨어지나

好因緣邪惡因緣　　좋은 인연 되려는지 나쁜 인연 되려는지

空把愁腸日抵年　부질없는 이내 시름 하루가 일년 같네
二十八字媒已就　스물여덟 자 시 한 수로 기약 이미 맺었나니
藍橋何日遇神仙　남교(藍橋)에서 어느 날 고운 님 만나려나

최랑이 몸종 향아(香兒)를 시켜서 그 편지를 주워보니, 바로 이생이
지은 시였다. 최랑이 그 시를 읽고 또 읽은 후, 마음속으로 기뻐하면서
종이에 여덟 자를 써서 담 밖으로 던졌다.

"그대는 의심 마세요. 황혼에 만나기로 해요.(將子無疑 昏以爲期)"

이생이 그 말대로 황혼이 되자 최랑의 집을 찾아갔더니, 갑자기 복사
꽃 한 가지가 담 너머로 휘어져 넘어오면서 간들거렸다. 이생이 가까이
가서 살펴보니 그넷줄에 매달린 대광주리가 아래로 드리워져 있었다.
이생은 그 줄을 타고 담을 넘어 들어갔다.

마침 달이 동산에 떠오르고 꽃 그림자가 땅에 비껴 맑은 향내가 사랑
스러웠다. 이생은 자기가 신선 세계에 들어오지나 않았나 하여 마음은
비록 기뻤지만, 은밀하게 만나는 일인지라 머리칼이 곤두서도록 긴장하
였다.

이생이 좌우를 둘러보니, 최랑은 꽃떨기 속에서 향아와 같이 꽃을 꺾
어 머리에 꽂고는, 구석진 곳에 자리를 펴고 앉아 있었다. 최랑은 이생
을 보자 방긋 웃으면서 시 두 구절을 먼저 읊었다.

桃李枝間花富貴　도리(桃李) 가지 사이에 꽃송이 탐스럽고
鴛鴦枕上月嬋娟　원앙침 위엔 달빛도 고와라

이생이 뒤를 이어 시를 읊었다.

他時漏洩春消息　이 다음 어쩌다가 봄소식이 새나간다면
風雨無情亦可憐　무정한 비바람에 더욱 가련해지리라

최랑이 얼굴빛이 변하면서 말하였다.

"저는 본디 도련님과 함께 부부가 되어 끝까지 남편으로 모시고 영원히 즐거움을 누리려고 했습니다. 그런데 도련님은 어찌 그런 말씀을 하십니까? 저는 비록 여자의 몸이오나 조금도 걱정함이 없는데, 의기(意氣)를 지닌 대장부로서 어찌 그런 말씀을 하십니까? 뒷날 규중(閨中)의 일이 누설되어 부모님께 꾸지람을 듣게 되더라도, 제가 책임을 지겠습니다."

최랑은 향아를 시켜 방에 들어가서 술과 안주를 가져오게 했다. 향아가 명을 받고 가버리자 사방이 고요하여 아무런 인기척도 없었다. 이생이 최랑에게 물었다.

"이곳은 어디입니까?"

"이곳은 저희 집 뒷동산에 있는 작은 누각 밑입니다. 제가 무남독녀이기 때문에 부모님께서는 저를 매우 사랑하십니다. 그래서 연못가에다 이 누각을 따로 지으시고 봄이 되어 이름난 꽃들이 활짝 피면 시녀와 함께 즐기게 하였습니다. 부모님의 거처는 깊숙한 곳에 있기 때문에 비록 웃고 떠들며 이야기한다 해도 쉽게 들리지는 않을 것입니다."

최랑이 술 한 잔을 따라 이생에게 권하면서 고풍(古風)의 시 한 편을 읊었다.

曲欄下壓芙蓉池	연못 푸른 물을 난간에서 굽어보고
池上花叢人共語	못가 꽃떨기 속에서 님들이 속삭이네
香霧霏霏春融融	향기로운 안개 걷히고 봄빛이 화창하니
製出新詞歌白紵	새 가사를 지어내어 백저사(白紵詞)를 부르네
月轉花陰入氍毹	꽃그늘엔 달빛 비껴 털방석에 스며들고
共挽長條落紅雨	긴 가지 함께 잡으니 붉은 꽃비가 쏟아지네
風攪淸香香襲衣	바람이 향내를 끌어와 옷 속에 스미는데
賈女初踏春陽舞	첫봄 맞은 아가씨는 햇살 속에 춤을 추네

羅衫輕拂海棠枝	비단 적삼 가볍게 해당화를 스쳤다가
驚起花間宿鸚鵡	꽃 사이에 졸고 있던 앵무새만 깨웠구나

이생도 바로 시를 지어 화답하였다.

誤入桃源花爛熳	잘못 찾은 선경에는 복사꽃이 만발한데
多少情懷不能語	무수한 이내 정회(情懷)를 어찌 다 말할꼬
翠鬟雙綰金釵低	구름 모양 쪽찐 머리에 금비녀 낮게 꽂고
楚楚春衫裁綠紵	산뜻한 봄 모시적삼 새로 지어 입었네
東風初拆竝帶花	나란히 달린 꽃송이들 봄바람에 피어나니
莫使繁枝戰風雨	저 많은 꽃가지에 비바람아 부지 마소
飄飄仙袂影婆婆	나부끼는 선녀의 소맷자락 그림자도 하늘하늘
叢桂陰中素娥舞	계수나무 그늘 속에선 항아가 춤을 추네
勝事未了愁必隨	좋은 일 다 하기 전 시름이 따르나니
莫製新詞敎鸚鵡	함부로 새 노래를 앵무새에 가르치랴

술자리가 끝나자 최랑이 이생에게 말하였다.

"오늘의 일은 결코 작은 인연이 아닙니다. 도련님이 저를 따라 오신다면 두터운 정의를 맺게 될 것입니다."

말을 마치고 최랑이 북쪽 창문으로 들어가자 이생도 그 뒤를 따라갔다. 누각에 걸쳐진 사다리를 타고 올라갔더니 다락이 나타났다. 문방사우와 책상이 아주 말끔했으며, 한쪽 벽에는 「연강첩강도」(煙江疊嶂圖)와 「유황고목도」(幽篁古木圖)가 걸려 있었는데, 모두 유명한 그림이었다. 그림 위에는 시가 써 있었으나 누가 지은 것인지는 알 수 없었다.

첫째 그림에 쓰인 시는 이러하였다.

何人筆端有餘力	어떤 사람 붓끝에 힘이 넘쳐
寫此江心千疊山	이 강과 겹겹이 쌓인 산을 그렸던가
壯哉方壺三萬丈	웅장해라, 삼만 길의 저 방호산(方壺山)

半出縹緲烟雲間　　아득한 구름 사이로 반쯤 드러난 봉우리
遠勢微茫幾百里　　저 멀리 산세(山勢)는 몇 백 리까지 뻗어 있고
近見嵂崔靑螺鬟　　푸른 소라처럼 쪽진 머리 가까이 보이네
滄波森森浮遠空　　끝없이 푸른 물결 먼 하늘에 닿았는데
日暮遙望愁鄕關　　저녁노을 바라보니 고향 생각 간절하네
對此令人意蕭索　　이 그림 보니 내 마음이 쓸쓸해져
疑泛湘江風雨灣　　상강(湘江) 비바람에 배 띄운 듯하여라

둘째 그림에 쓰인 시는 이러하였다.

幽篁蕭颯如有聲　　쓸쓸한 대숲에선 가을 소리가 들리는 듯
古木偃蹇如有情　　비스듬히 누운 고목은 옛정을 품은 듯
狂根盤屈惹莓苔　　구부러진 대 뿌리엔 이끼가 가득 끼었고
老幹夭矯排風雷　　앙상한 저 가지는 바람과 천둥을 이겨 왔네
胸中自有造化窟　　가슴속에 간직한 조화가 끝이 없으니
妙處豈與傍人說　　미묘한 이 경지를 누구에게 말할 텐가
韋偃與可已爲鬼　　위언(韋偃)과 여가(與可)도 이미 귀신이 되었으니
漏洩天機知有幾　　천기를 누설할 자가 그 몇이려나
晴窓嗒然淡相對　　개인 창 그윽한 곳에서 말없이 바라보니
愛看幻墨神三昧　　신기하고 묘한 필법 삼매경(三昧境)에 들었어라

또 한쪽 벽에는 춘하추동 사시(四時)의 경치를 읊은 시가 각각 네 수
씩 붙여 있었으나, 이 역시 누가 지었는지는 알 수 없었다. 글씨는 송설
체(松雪體)를 본받아 자체(字體)가 아주 곱고도 단정하였다.
　그 첫째 폭에 쓰인 시는 이러하였다.

芙蓉帳暖香如縷　　연꽃 그린 휘장 깊은 향기 은은히 날리고
窓外霏霏紅杏雨　　창밖에 붉은 살구꽃은 비 내리 듯 지는구나
樓頭殘夢五更鐘　　누대 위 새벽 종소리에 남은 꿈 깨고 보니
百舌啼在辛夷塢　　개나리 무성한 둑에 백설조(百舌鳥)만 우짖네

燕子日長閨閣深　　제비새끼 커 가는데 골방에 들어앉아
懶來無語停金針　　귀찮은 듯 말도 없이 바느질을 멈추었네
花底雙雙飛蝶蛺　　꽃 아래로 쌍쌍이 짝 지어 나는 나비
爭趣落花庭院陰　　그늘진 동산으로 지는 꽃을 따라가네

嫩寒輕透綠羅裳　　꽃샘추위가 초록 치마를 스쳐 가면
空對春風暗斷腸　　무정한 봄바람에 이내 간장 끊어지네
脉脉此情誰料得　　말없는 이 심정을 뉘라서 알아줄까
百花叢裏舞鴛鴦　　온갖 꽃 만발한 속에 원앙새만 춤추누나

春色深藏黃四家　　무르익은 봄빛은 사방에 가득 차고
深紅淺綠映窓紗　　진홍빛 꽃잎 푸른 나뭇잎 사창에 비치누나
一庭芳草春心苦　　뜰 안의 꽃과 풀들은 봄 시름에 겨웠는데
輕揭珠簾看落花　　주렴을 사뿐히 걷고 지는 꽃을 바라보네

그 둘째 폭에 쓰인 시는 이러하였다.

小麥初胎乳燕斜　　밀보리 처음 베고 제비 새끼 날아들 제
南園開遍石榴花　　남녘 뜰에 석류꽃은 여기저기 피었구나
綠窓工女幷刀饗　　푸른 창가에 홀로 앉아 길쌈하는 아가씨는
擬試紅裙剪紫霞　　붉은 비단 마름질하여 새 치마를 짓고 있네

黃梅時節雨簾纖　　매실 열어 이미 익고 부슬부슬 비가 내리는데
鶯囀槐陰燕入簾　　홰나무 그늘에 꾀꼬리 울고 제비는 주렴으로 날아드네
又是一年風景老　　이 봄도 어느덧 풍경조차 시들어가니
棟花零落笋生尖　　나리꽃 떨어지고 죽순이 삐죽 솟았네

手拈靑杏打鶯兒　　푸른 살구 손에 집어 꾀꼬리에게나 던져볼까
風過南軒日影遲　　난간에 바람 일고 해 그림자 더디어라
荷葉已香池水滿　　연잎엔 향내 가시고 못에는 물이 가득한데

碧波深處浴鸂鷞　　　푸른 물결 깊은 곳에 가마우지 목욕하네

藤牀筠簟浪波紋　　　등나무 평상 대자리에 무늬가 물결 지고
屛畵瀟湘一抹雲　　　소상강(瀟湘江) 그린 병풍에는 한 점의 구름 있네
懶慢不堪醒午夢　　　낮잠을 깨어도 나른해 누웠더니
半窓斜日欲西曛　　　창가에 비낀 해만 뉘엿뉘엿 지는구나

그 셋째 폭에 쓰인 시는 이러하였다.

秋風策策秋露凝　　　가을바람 쌀쌀해서 찬이슬 맺히고
秋月娟娟秋水碧　　　달빛은 고와서 물빛 더욱 푸르구나
一聲二聲鴻雁歸　　　이따금씩 기러기 울며 돌아갈 제
更聽金井梧桐葉　　　우물에 떨어지는 오동잎 지는 소리

床下百蟲鳴喞喞　　　평상 밑에 온갖 벌레 처량하게 울고
床上佳人珠淚滴　　　평상 위에 아가씨 구슬 눈물을 떨구네
良人萬里事征戰　　　머나먼 싸움터에 몸을 바친 님에게도
今夜玉門關月白　　　오늘밤 옥문관(玉門關)에 저 달빛 환하겠지

新衣欲裁剪刀冷　　　새 옷을 마르려니 가위조차 차갑네
低喚丫兒呼熨斗　　　나직이 아이 불러 다리미를 가져오라니
熨斗火銷全未省　　　불 꺼진 다리미인 줄 미처 몰랐었네
細撥秦箏又搔首　　　피리대로 헤치다가 다시금 머리 긁네

小池荷盡芭蕉黃　　　연꽃도 지고 파초 잎도 누레지자
鴛鴦瓦上粘新霜　　　원앙 그린 기와 위에 첫서리가 내렸네
舊愁新恨不能禁　　　묵은 시름 새 원한을 막을 길이 없는데
況聞蟋蟀鳴洞房　　　게다가 귀뚜라미 울음소리 골방에 들리누나

그 넷째 폭에 쓰인 시는 이러하였다.

一枝梅影向窓橫	한 가지 매화 그늘 창문에 걸렸고
風緊西廊月色明	바람 센 서쪽 행랑에 달빛 더욱 밝아라
爐火未銷金筯撥	화롯불 꺼졌는지 부저로 헤쳐 보고
旋呼丫鬟換茶鐺	곧이어 아이 불러 차 솥을 얹어 놓네

林葉頻驚半夜霜	밤 서리에 놀란 잎이 우수수 흔들리고
回風飄雪入長廊	돌개바람 눈을 몰아 긴 마루로 들어오네
無端一夜相思夢	부질없는 상사몽(相思夢)에 밤새 뒤척이니
都在冰河古戰場	빙하(冰河)가 어디런가, 그 옛날 전쟁터일세

滿窓紅日似春溫	창에 가득한 붉은 해는 봄날처럼 따스한데
愁鎖眉峰著睡痕	시름에 잠긴 눈썹엔 졸음마저 더하네
膽瓶小梅腮半吐	병에 꽂힌 작은 매화 봉오리 필 듯 말 듯
含羞不語繡雙鴛	수줍어 말도 못하고 원앙새만 수놓는구나

剪剪霜風掠北林	쌀쌀한 서리 바람 북쪽 숲을 스치는데
寒鳥啼月正關心	처량한 까마귀가 달을 보며 우는구나
燈前爲有思人淚	등불 앞에 님 생각 눈물 되어 흐르니
滴在穿絲小挫針	실을 타고 바늘귀에 방울지네

한쪽에 별도의 작은 방 하나가 있는데 그 안에 있는 휘장, 요, 이불, 베개 등이 또한 매우 정결했다. 휘장 밖에는 사향(麝香)을 사르고 난향 (蘭香)의 촛불을 켜놓았는데 환하게 밝아서 마치 대낮 같았다. 이생은 최랑과 더불어 즐거움을 마음껏 누리면서 머물렀다.

며칠 후 이생이 최랑에게 말하였다.

"옛 성인의 말씀에, '어버이가 계시면 나가 놀더라도 반드시 가는 곳을 알려두어야 한다.'고 했습니다. 이제 내가 집을 나온 지 벌써 사흘이나 되었습니다. 부모님께서는 분명 마을 어귀에 나와서 나를 기다리실 것이니, 이 어찌 자신된 도리라고 하겠습니까?"

최랑은 서운하게 여기면서도 이를 옳게 여겨 고개를 끄덕이고는 담을 넘어 가게 했다. 이생은 이후 저녁마다 최랑을 찾아가지 않는 날이 없었다.

어느 날 저녁 이생의 아버지가 이생을 꾸짖으며 말하였다.

"네가 아침에 나갔다가 저녁에 돌아오는 것은 옛 성현의 어질고 의로운 가르침을 배우기 위해서이다. 그런데 요즘에는 저녁에 나갔다가 새벽에 돌아오니 어찌 된 까닭이냐? 틀림없이 경박한 놈들의 행실을 배워 남의 집 담을 넘어 가서 단향목(檀香木)을 꺾고 다니는 것이겠지? 이런 일이 만일 드러나면 남들은 모두 내가 자식을 잘못 가르쳤다고 책망할 것이요, 또 그 처녀도 지체 높은 집안의 딸이라면 반드시 너의 못된 행위로 인하여 그 가문에 누를 입게 될 것이니, 이는 작은 일이 아니다. 너는 한시 바삐 영남(嶺南)으로 내려가서 노복들의 농사짓는 것이나 감독하거라. 그리고 다시는 돌아올 생각을 말아라."

이튿날 아버지는 이생을 울주(蔚州)로 내려 보냈다.

최랑은 저녁마다 화원에서 이생을 기다렸지만 여러 달이 지나도 이생은 돌아오지 않았다. 최랑은 이생이 병에 걸린 것은 아닌지 염려되어 향아를 시켜 몰래 이생의 이웃들에게 물어 보게 하였다. 이웃들이 이렇게 말하였다.

"이 도령은 아버지께 죄를 지어 영남으로 내려간 지가 벌써 여러 달이나 되었다오."

최랑은 이 소식을 듣고 병이 나서 침상에 쓰러져 일어나지 못했다. 물조차 넘기지 못하고 말도 두서가 없었으며 살이 마르고 피부가 거칠어졌다. 최랑의 부모는 이를 이상하게 여겨 병의 증상을 물어 보았으나 최랑은 묵묵히 말이 없었다. 최랑의 부모가 딸의 상자 속을 들추어보았더니, 이생과 지난날에 주고받은 시들이 있었다. 최랑의 부모가 그제야 놀라서 무릎을 치며 말하였다.

"이런! 까딱 잘못했더라면 우리 귀한 딸자식을 잃을 뻔했구나."

그리고는 딸에게 물었다.

"이생이 누구냐?"

일이 이 지경에 이르게 되자 최랑도 더 이상 숨길 수 없어 목구멍에서 간신히 나오는 소리로 부모께 사뢰었다.

"저를 고이 길러주시고 가르쳐주신 아버지와 어머니께 어찌 사실을 숨기겠습니까? 가만히 생각해보건대, 남녀간의 사랑은 인간의 정리(情理)로서 가장 중대한 일입니다. 그러므로 혼인할 적당한 시기를 늦추어서는 안 된다는 것을 『시경』(詩經)의 주남(周南) 편에서 노래하고, 여자가 정조를 지키지 못하면 흉하다는 것을 『주역』(周易)에서 경계하였습니다. 저는 갯버들처럼 연약한 몸으로 얼굴빛이 시드는 것은 생각하지 않고 절개를 지키지 못하여, 이웃사람들의 비웃음을 받게 되었습니다. 덩굴과 이끼가 나무에 의지해서 살듯이 저는 벌써 위당(渭塘)의 처녀 노릇을 하게 되었으니, 죄가 이미 가득 차 집안에까지 누를 끼치게 되었습니다. 그러나 저 교동(狡童)과 한 번 정을 통한 뒤부터는 도련님께 대한 원망이 첩첩히 쌓이게 되었습니다. 저의 연약한 몸으로 괴로움을 참으며 홀로 살아가려 하였으나, 사모하는 정이 날로 깊어 가고 아픈 상처는 나날이 더해 가서 죽을 지경에 이르러 이제는 원한 맺힌 귀신으로 화해 버릴 것만 같습니다. 부모님께서 제 소원을 들어주신다면 남은 목숨이나마 보전되겠으나, 만약 저의 이 간곡한 청을 거절하신다면 죽음만이 있을 뿐입니다. 도련님과 저승에서 다시 만나 노닐지언정, 맹세코 다른 가문에는 시집가지 않겠습니다."

최랑의 부모도 이미 딸의 뜻을 알았으므로 다시는 병의 증세를 묻지 않고 타이르고 달래면서 그녀의 마음을 누그러뜨려 주었다. 그리고는 중매쟁이를 사이에 넣어 예를 갖추어 이생의 집으로 보냈다. 이생의 아버지가 최씨 집안에 대해서 묻고 난 뒤 이렇게 말하였다.

"우리 집 아이가 비록 어린 나이에 바람이 났지만 학문에 정통하고 풍채도 훤칠합니다. 훗날에 장원급제하고 이름을 세상에 떨칠 것이니, 서둘러 혼처를 정할 생각이 없습니다."

중매쟁이가 돌아가서 그대로 전하니, 최랑의 아버지가 다시 중매쟁이를 이씨 집으로 보내어 말하게 하였다.

"저의 친구들 모두 그 댁의 영식(令息)은 재주가 남달리 뛰어나다고 칭찬하고 있습니다. 아직은 등과하지 않았지만 어찌 끝까지 연못에 묻혀 있을 인물이겠습니까? 제 여식도 과히 남에게 뒤처지지는 않으니 이들의 혼사를 이루어 두 집안의 즐거움을 이루는 것이 어떻겠습니까?"

중매쟁이가 다시 그 말을 이생의 아버지에게 전하였더니, 이생의 아버지가 말하였다.

"나도 젊어서부터 책을 잡고 학문을 닦았지만 나이만 먹고 이루지 못하였습니다. 노복들은 도망가고 친척들의 도움도 적어 생업이 신통치 않아 살림이 궁색해졌습니다. 그런데 문벌 좋고 번성한 집안에서 어찌 한갓 빈한한 선비의 자제를 사위로 삼으려 하십니까? 이는 반드시 일 만들기 좋아하는 이들이 우리 집안을 지나치게 칭찬해서 귀댁을 속이려는 것입니다."

중매쟁이가 돌아와서 또 최씨 집안에 전하자, 최씨 집안에서는 이렇게 말하였다.

"모든 예물 드리는 절차와 옷차림은 저희 집에서 다 처리할 것이니, 좋은 날을 가려서 화촉의 시기만 정해 주시면 좋겠습니다."

중매쟁이가 또 돌아가서 이 말을 전하였다. 이씨 집안에서도 이렇게까지 되자 뜻을 돌려, 곧 사람을 보내어 이생을 불러다 그의 의사를 물었다. 이생은 기쁨을 이기지 못하여 시를 지었다.

| 破鏡重圓會有時 | 깨진 거울 다시 합쳐지니 만남에 때가 있음이라 |
| 天津烏鵲助佳期 | 은하의 까마귀 까치들 아름다운 기약 도왔네 |

從今月老纏繩去　이제야 월하노인(月下老人) 붉은 실 맺어주니
莫向東風怨子規　봄바람 건듯 불더라도 소쩍새 원망마소

최랑이 이 소식을 듣고 병이 차차 나아져, 그녀도 시를 지었다.

惡因緣是好因緣　나쁜 인연이 바로 좋은 인연이던가
盟語終須到底圓　그 옛날 맹세 마침내 이루어졌네
共輓鹿車何日是　어느 때나 남과 함께 작은 수레 끌고 갈까
倩人扶起理花鈿　아이야, 나를 일으켜다오. 꽃비녀를 매만지련다

　그리하여 길일을 택하여 마침내 혼례를 이루니, 끊어졌던 사랑이 다시 이어지게 되었다. 그들은 부부가 된 이후에는 서로 사랑하고 공경하여 마치 손님처럼 대하니, 비록 양홍(梁鴻)·맹광(孟光)이나 포선(鮑宣)·환소군(桓少君)의 부부일지라도 그들의 절개와 의리를 말할 수 없었다.
　이생이 이듬해 대과(大科)에 급제하여 높은 벼슬에 오르자 그의 이름이 조정에 알려졌다.
　신축년(1361년, 공민왕 10년)에 홍건적이 서울을 점령하자 임금은 복주(福州)로 피난을 갔다. 적들이 집을 불태우고 사람을 죽이고 가축을 잡아먹으니, 사람들은 부부와 친척을 서로 보호하지 못하고 동서로 달아나 숨어서 제각기 살길을 찾았다.
　이생은 가족들을 이끌고 외진 산골로 숨었는데, 한 도적이 칼을 빼어들고 뒤를 쫓아왔다. 이생은 달아나 겨우 목숨을 건졌지만 최랑은 도적에게 사로잡히고 말았다. 도적이 최랑을 겁탈하려고 하자 최랑이 크게 꾸짖었다.
　"이 호랑이 창귀 같은 놈아, 나를 죽여 먹어라. 내 차라리 죽어서 이리와 승냥이의 밥이 될지언정 어찌 개돼지의 배필이 되겠느냐?"
　도적은 노하여 최랑을 단칼에 죽이고 살을 도려내었다.

한편 이생은 황폐한 들판에 숨어서 목숨을 간신히 보전하다가 도적의 무리가 이미 다 떠났다는 소식을 듣고 부모님이 살던 옛집을 찾아갔다. 그러나 집은 이미 병화에 불타버리고 없었다. 다시 최랑의 집에도 가보니 행랑채는 황량하고, 집안에는 쥐들이 우글거리고 새들만 지저귈 뿐이었다. 이생은 슬픔을 이기지 못해 작은 누각으로 올라가서 눈물을 거두고 길게 한숨을 쉬었다. 날이 저물도록 우두커니 홀로 앉아 지난날의 일들을 생각해 보니 완연히 한바탕 꿈만 같았다.

이경(二更)쯤 되자 희미한 달빛이 들보를 비치었다. 문득 발자국 소리가 먼 데서 가까이 다가오는 듯이 행랑 아래에서 들려왔는데, 이르고 보니 곧 최랑이었다. 이생은 그녀가 이미 이승 사람이 아님을 알고 있었지만, 너무도 사랑하는 마음에 의심하지도 않고 물어 보았다.

"부인은 어디로 피난하여 목숨을 보전하였소?"

여인이 이생의 손을 잡고 한바탕 통곡하고 난 후, 이내 사정을 이야기하였다.

"저는 본디 양가의 딸로서 어릴 때부터 가정의 교훈을 받아 수놓기와 바느질에 힘쓰는 한편 시서(詩書)와 예법을 배웠습니다. 그래서 규방의 법도만 알 뿐이지, 그 밖의 일이야 어찌 알겠습니까? 언젠가 당신이 붉은 살구꽃이 핀 담 안을 엿보았을 때 저는 스스로 몸을 바쳤으며, 꽃 앞에서 한 번 웃고 난 후 평생의 가약을 맺었고, 휘장 속에서 다시 만났을 때에는 정이 백년을 함께 한 듯 깊었습니다."

말이 여기에 이르자 슬픔을 견디지 못하였다.

"장차 백년을 함께 하자고 하였는데, 뜻밖에 횡액(橫厄)을 만나 구렁에 넘어질 줄이야 어찌 알았겠습니까? 끝내 이리 같은 놈들에게 정조를 잃지는 않았지만, 제 몸은 진흙탕에서 찢김을 당하고 말았습니다. 진실로 천성이 저절로 그렇게 만든 것이지, 인정으로야 어찌 그럴 수 있었겠습니까? 저는 당신과 외딴 산골에서 헤어진 뒤에 짝 잃은 새가 되고 말았습니다. 집도 없어지고 부모님도 돌아가셨으니, 피곤한 혼백을 의지할 곳이 없는 것이 한스러웠습니다. 의리는 중하고 목숨은 가벼우니, 쇠잔한 몸뚱이일망정 치욕을 면한 것을 다행스럽게 여겼습니다만, 산산조각난 제 마음을 그 누가 불쌍하게 여겨 주겠습니까? 다만 잿더미 같은 마음이 애끊는 썩은 창자에만 맺혀 있을 뿐입니다. 해골은 들판에 내던져졌고 몸뚱이는 땅바닥에 널렸으니, 가만히 옛날의 즐거움을 생각해 보면 오늘의 슬픔을 위해 마련된 것이 아니었던가 싶습니다. 그러나 이제 봄바람이 깊은 골짜기에도 불어와 저도 환신(幻身)하여 이승으로 돌아왔습니다. 당신과 저와는 삼세(三世)의 깊은 인연이 맺어져 있는 몸이니, 오랫동안 뵙지 못한 정을 이제 되살려서 옛날의 맹세를 저버리지 않겠습니다. 당신이 지금도 그 맹세를 잊지 않으셨다면, 끝까지 잘 모시고자 합니다. 허락하시겠습니까?"

이생이 기쁘고 또 고마워서 말하였다.

"그것이 나의 소원이오."

그리고는 서로 정답게 심정을 털어놓았다. 이윽고 재산을 얼마나 도적들에게 빼앗겼는지에 대한 이야기에 이르자, 최랑이 말하였다.

"조금도 잃지 않았습니다. 어느 산 어느 골짜기에 묻어 두었습니다."

이생이 또 두 집안 부모님의 해골을 어디에 안치했는지에 대해 묻자, 최랑이 말하였다.

"하는 수 없이 어느 곳에다 그냥 버려두었습니다."

서로 쌓였던 이야기를 끝낸 뒤에 잠자리를 같이 하였는데, 지극한 즐거움은 예전과 같았다.

다음날 이생과 함께 옛날 살던 곳을 찾아가니, 과연 금·은 몇 덩어리와 재물이 약간 있었다. 그들은 금·은과 재물을 팔아서 두 집안 부모님의 해골을 거두어 각각 오관산(五冠山) 기슭에 합장하고는 나무를 세우고 제사를 드려 모든 예절을 다 마쳤다.

그 후 이생은 벼슬을 구하지 않고 최랑과 함께 살게 되었다. 목숨을 구하려고 달아났던 노복들도 또한 스스로 돌아왔다. 이생은 이때부터 인간세상의 모든 일에 염증을 느끼고 비록 친척과 손님들의 길흉사(吉凶事)가 있더라도 방문을 닫아걸고 나가지 않았으며, 언제나 최랑과 더불어 시를 지어 주고받으며 금실 좋게 지냈다.

  그럭저럭 몇 년이 지난 어느 날 저녁에 최랑이 이생에게 말하였다.

  "세 번이나 가약을 맺었지만 세상일은 뜻 같지 않아 즐거움이 다하기도 전에 슬픈 이별의 날이 닥쳐왔습니다."

  마침내 목메어 울자 이생이 깜짝 놀라면서 물었다.

  "무슨 까닭으로 그런 말씀을 하시오?"

  여인이 대답하였다.

  "저승의 법도는 피할 수가 없답니다. 하느님께서 저와 당신의 연분이 끊어지지 않았고 또 전생(前生)에 아무런 죄도 지지 않았다면서, 이 몸을 환생시켜 당신과 잠시라도 시름을 달래게 해주었던 것입니다. 그러나 오랫동안 인간 세상에 머물면서 산 사람을 현혹시킬 수는 없습니다."

  그리고는 몸종에게 명하여 술을 올리게 하고, 「옥루춘곡」(玉樓春曲)에 맞추어 노래 한 가락을 지어 부르며 이생에게 술을 권하였다.

干戈滿目交揮處	칼과 창 어우러진 처참한 싸움터에
玉碎花飛鴛失侶	옥 부서지고 꽃 떨어지니 원앙도 짝을 잃었네
殘骸狼籍竟誰埋	흩어진 해골을 그 누가 묻어 주리
血汚遊魂無與語	피투성이로 떠도는 혼은 하소연할 곳도 없네
高唐一下巫山女	무산(巫山)의 선녀가 고당에 한 번 내려온 뒤에
破鏡重分心慘楚	진 종이 다시 갈라지니 마음 더욱 쓰라려라
從玆一別兩茫茫	이제 헤어지면 둘이 서로 아득해질 테니
天上人間音信阻	저승과 이승 사이 소식조차 막히리라

  노래를 한 마디 부를 때마다 눈물에 목이 메여 거의 곡조를 이루지

못하였다. 이생도 또한 슬픔을 걷잡지 못하며 말하였다.

"내 차라리 당신과 함께 황천(荒天)으로 갈지언정 어찌 무료하게 홀로 여생을 보전하겠습니까? 지난 번 난리를 겪고 난 뒤 친척과 노복들이 저마다 서로 흩어지고, 돌아가신 부모님의 해골이 들판에 내버려져 있었을 때, 부인이 아니었다면 그 누가 장사를 지내 주었겠습니까? 옛 사람 말씀에, '어버이가 살아 계실 때에는 예로써 섬기고 돌아가신 뒤에는 예로써 장사지내라'고 하셨는데, 이런 일을 모두 부인이 감당해 주었습니다. 부인은 정말 천성이 효성스럽고 인정이 두터운 사람입니다. 나는 부인에게 고맙기 그지없고, 부끄러움을 견디지 못하겠습니다. 부인도 인간 세상에 더 오래 머물다가 백년 뒤에 나와 함께 세상을 떠나는 것이 어떻겠습니까?"

최랑이 말하였다.

"당신의 목숨은 아직 남아 있지만, 저는 이미 귀신의 명부(冥府)에 이름이 실려 있으니 더 오래 머물러 있을 수가 없습니다. 제가 굳이 인간 세상을 그리워해서 미련을 가진다면 명부의 법도를 어기게 되니, 그렇게 되면 저에게만 죄가 미치는 게 아니라 낭군님에게도 또한 누가 미칠 것입니다. 저의 유골이 어느 곳에 흩어져 있으니, 만약 은혜를 베풀어 주시려면 그 유골을 거두어 비바람이나 맞지 않게 해 주십시오."

두 사람은 서로 바라보며 눈물만 줄줄 흘렸다. 조금 있다가 최랑이 말했다.

"낭군님, 부디 몸을 보중하십시오."

말이 끝나자 차츰 사라지더니 마침내 자취가 없어졌다.

이생은 부인의 말대로 유골을 거두어 부모님의 무덤 곁에다 장사를 지내 주었다. 장사를 지낸 후 이생 또한 아내를 지극히 생각한 나머지 병을 얻어 몇 달 만에 세상을 떠났다.

이 이야기를 들은 사람들마다 모두 슬퍼하고 탄식하면서 그들의 아름다운 절개를 사모하지 않는 사람이 없었다.

(4) 시조

보거든 슬뮈거└ 못 보거든 닛치거└
제 └지 말거나 니 져를 모로거나
출하로 니 몬져 츼여셔 글이게 ᄒ리라

〈고경명(高敬命;1533～1592), 花源樂譜〉

花灼灼(화작작) 범나븨 雙雙(쌍쌍) 柳青青(류쳥쳥) 괴ᄭ오리 雙雙(쌍쌍)
눌즘승 길즘승 다 雙雙(쌍쌍) ᄒ다마└
엇디 이내 몸은 혼자 雙(쌍)이 업└다

〈정철(鄭澈;1536～1593), 松江歌辭〉

가슴에 궁글 둥시러케 뚤고
왼숫기를 눈 길게 너슷노슷 ᄭ오와 그 궁게 그 숫 너코 두 놈이 두 긋
마조 자바 이리로 홀근 져리로 홀젹 홀근홀젹 홀져긔└ 나남즉 늠대되
그└ 아모ᄯ죠로나 견듸려니와
아마도 님 외오 살라면 그└ 그리 못ᄒ리라

〈珍本 青丘永言 ; 蔓横清流〉

燈盞(등잔)불 그므러갈 제 窓前(창전) 너머 드던 님과
새배 달 뎌갈 적의 다시 안아 누은 님은
이 몸이 쎠가 골니 된들 니줄이 이시랴

〈古今歌曲 ; 艶情〉

닭 흔 홰 우다 흐고 흐마 니러 가지 마소
게 좀간 안자 이셔 쏘 흔 홰를 듯고 가소
그 닭이 왼듸 둙이라 제 어미 글여 그르히

〈古今歌曲 ; 艶情〉

臺(대) 우희 웃득 션 소나모 ㅂ람 블 젹마다 흔덕흔덕
기올의 션는 버드나모 무스 일 조차 흔들흔들
님 그려 우는 눈물은 올커이와 입하고 코는 어이 무슴 일노 조차셔
후로록 빗쥭ᄒ느나

〈古今歌曲 ; 蔓橫淸流〉

64 우리 옛 문학의 길눈·눈길

(5) 無語別　임제(林悌;1549~1587)

十五越溪女	열다섯 살 아리따운 아가씨
羞人無語別	남부끄러워 말도 못하고 헤어지네
歸來掩重門	돌아와 겹겹이 문을 걸어 잠그고
泣向梨花月	달빛 어린 배꽃 보며 하염없이 눈물짓네

〈林白湖集〉

(6) 詠半月　황진이(黃眞伊)

誰斷崑崙玉	뉘라서 곤륜산(崑崙山) 옥을 잘라다가
裁成織女梳	직녀의 얼레빗을 만들었나
牽牛一去後	견우가 한 번 떠나간 뒤
愁擲碧空虛	시름겨워 푸른 하늘에 던져버렸네

〈韓國女流漢詩選〉

(7) 閨情　이옥봉(李玉峰)

有約來何晩	약속해놓고선 왜 이리 늦을까
庭梅欲謝時	뜰에 핀 매화도 바야흐로 지려 하네
忽聞枝上鵲	홀연히 가지 위의 까치 소리에
虛畫鏡中眉	부질없이 거울 대해 눈썹 그리네

〈玉峰集〉

(8) 掃雪

古有一宰 爲關西伯 有獨子而率居 時有童妓 與之同庚 而容貌佳麗
與之相押 恩情之篤 如山如海 箕伯遞歸 其不母憂其不能斷情而別妓 問
曰 汝與某妓有情 今日倘能割情 而決然歸去否 其子對曰 此不過風流好
事有 何係戀之可言乎 其父母幸而喜之 發行之日 其子別無惜別之意 及
歸 使其子 負笈山寺 俾勤三餘之工 生讀書山房 而一日之夜 大雪初霽
皓月滿庭 獨倚欄檻 悄然四顧 萬籟收聲 千林闃寂 若雲間獨鶴 失羣而
悲鳴 巖穴孤猿 喚侶而哀號 生於此時 心懷愀然 關西某妓 忽然入想 其
妍美之態 端麗之容 森然如在目前 相思之懷 如泉湧出 欲忘而未忘 終
不可抑 因坐而苦候晨鍾 不使傍人知之 獨自草履結襪 佩如干盤費 步出
山門 直向關西路而行 翌日諸僧及同窓之人 大驚搜索 終無形影 告于其
家 擧家驚遑 遍尋山谷而不得 意謂虎豹所噉 其寃痛之狀 無以形言矣
生間關作行 行僅幾日 到浿城 卽訪其妓之家 則妓不在焉 只有妓母
見生之行色草草 冷眼相對 全無欣款之意 生間曰君之女何在 對曰方入
於新使子弟守廳 一入之後 尙不得出來 然而書房主 何爲千里徒步而來
也 生曰吾以君女思想之故 柔腸欲斷 不遠千里而來者 全爲一面之地 老
妓冷笑曰 千里他鄉 空然作虛行矣 吾女在此 而吾亦不得相面 何況書房
主乎 不如早歸 言罷還入房中 少無迎接之意 生乃慨歎 出門而無可向處
仍念營吏房曾親熟 且多受恩於其父者 仍問其家而往見 則其吏大驚 起
而迎之座曰 書房主此何乎 以貴价公子 千里長程 徒步作行 誠是夢外
敢問此來何意 生告之其故 其吏掉頭曰 大難大難 是今巡使子弟 寵愛此
妓跬步不暫離 實無相面之道 然 姑留小人之家幾日 庶圖可見之機 仍接
待款洽 生留數日 天忽大雪 吏曰今則有一面之會 而未知書房主能行之
否 生曰若使吾 一見其妓之面 則死且不避 何況其外事乎 吏曰明朝 調
發邑低人丁 將掃雪營庭 小人 以書房主 充於冊房掃雪之役 則或可瞥眼
相面矣 生欣然從之 換着常賤衣冠 渾入於掃雪役丁之叢 擁箒而掃冊室
之庭時以眼 頻頻偸視廳上 終不得相面 過食頃之後 房門開處 厥女 凝

粧而出 立於曲欄之上 翫雪景而立 生停掃而注目視之 厥女 忽然色變
轉而入房 更不出來 生心甚恨之 無聊而出 吏問曰見其妓乎 生曰霎時
見面仍道其一入不出之狀 吏曰妓兒情態 本自如此 較冷煖而送舊迎新
何足責乎 生自念行色 進退不得 心甚悶然

　厥妓一見生之面目 心知其下來 欲出一面 而其奈冊室 暫不得使離 何
哉 仍心思脫身之計 忽爾揮淚 作悲哀之狀 冊室驚問曰 汝何作此樣也
妓掩抑而對曰 小人家無他兄弟 故 小人在家之日 親自掃雪於亡父之墳
墓矣 今日大雪 無人掃雪 是以悲矣 冊室曰然則吾使一隷 掃之矣 妓止
之曰 此非官事 當此寒沍 使渠掃雪於不當之小人先山 則小人之亡父 必
得無限辱說 此則大不可 小人暫往而掃之 旋卽入來 無妨矣 此父墳 在
於城東十里之地 去來之間 不過數食頃矣 冊室憐其情事而許之 厥妓卽
往其家 問母曰某處書房主 豈不下來乎 母曰數日前 暫來見而去矣 妓吞
聲而責其母曰 人情固如是乎 彼以卿相家貴公子 千里此行 專爲見我而
來 則母親何不挽留而通我乎 母以冷落之心 相接 彼肯留此乎 仍揮涕不
己 欲訪其所在處 而無處可問 忽念前營吏房 每長近於冊室 無或寄宿於
其家耶 乃忘步往尋則果在矣 相與執手 悲喜交切 妓曰妾旣一見書房主
則斷無相捨之意 不如從此相携逃避矣 因還至其家 則母適不在 搜其箱
篋中所貯五六兩銀子 且以渠之資粧貝物作一負 賈人背負 往其吏家 使
吏貰得二匹馬 吏曰貰馬往來之際 蹤跡易露 吾有數匹健馬可以贐之 又
出四五十兩 俾作路需 與厥妓 卽地發行 向陽德孟山之境 買舍於靜僻處
居焉

　伊日營中 怪其妓到晚不來 使人探之 無去處矣 問于其母 則母亦驚遑
而不知去向 使人四索 終莫能知矣 厥妓 一日謂生曰 郎旣背親 而此行
則可謂父母之罪人也 贖罪之道 惟在登科 結科之道 在乎勤課 衣食之憂
付之於妾 自今用力於課讀 然後可以有爲矣 使之遍求書冊 賣之 不計其
價 自此勤業 科工日就 過四五年之後 邦國有慶 方設科取士 女勸生作
科行 準備資斧而送之 生上京 不得往其家 萬於旅舍 及期赴場 懸題後
一筆揮灑 呈券而待榜 榜出 生嵬然第一人矣

自上招吏判 近榻前而教曰 曾聞卿之獨子 讀書山寺 爲虎所噉去云矣
今見新榜壯元封內 則的是卿之子 而職啣何爲而書大司憲也 是可訝而
父子之同名 亦是異事 且朝班宰列 寧有卿名之二人乎 誠莫曉其故也 上
使呼新恩來 吏判俯伏榻下而俟之 及新恩入侍 則果是其子 父子相持 暗
暗流淚不忍相捨 上異之 使之近前 詳問其委折 新恩俯伏而起 以其背親
逃走之事 掃雪營庭之擧 以至與妓逃避 做工登科之由 一一詳達 上 拍
案稱奇曰 汝非悖子 乃孝子也 汝妻之節槩志慮 卓越於他 不知賤娼流
乃有如此人物 此則不可以賤娼待之 可陞副室 卽日下諭關西道臣 使之
治送其妓 新恩謝恩而退 隨其父還家 家中慶喜之狀 溢於內外

封內職啣之書以大司憲者 盖是上山時所帶職故也 妓名紫鸞 字玉簫仙云

〈溪西野談〉

어느 재상이 평양 감사로 있을 때 외아들이 따라와 있었다. 동갑내기
동기(童妓)가 용모가 아리따워 서로 좋아지내더니, 어느덧 둘 사이의 두
터운 정은 산과 바다 같이 되었다. 감사가 임기를 끝내고 돌아가게 되자
아들이 기생과 쉽게 정을 끊고 떠날 수 있을지 걱정이 되었다.

"네가 아무개와 정이 든 모양인데, 장차 정을 끊고 훌훌 돌아갈 수 있
겠느냐?"

"한갓 풍류호사(風流豪奢)에 불과합니다. 무슨 미련이 있겠습니까?"

부모는 그렇다니 다행이고 반가울 따름이었다. 정작 떠나는 날도 소
년은 이렇다할 석별의 정이 없는 듯싶었다.

소년은 책을 짊어지고 절로 들어가서 학문에 힘쓰게 되었다. 소년이
절에서 독서하던 어느 날 밤 대설(大雪)이 그치고 하얀 달빛이 뜰에 가
득하였다. 우연히 혼자 난간에 비껴 앉았다가 쓸쓸히 사방을 둘러보니
모든 소리가 그치고 온 산천이 고요한데, 자신은 마치 구름 속에서 무리
를 잃은 한 마리 학이 슬프게 울고, 바위틈에서 구슬프게 짝을 부르는

외로운 잔나비 같은 심정이었다. 그러자 평양의 그 기생이 문득 떠올랐다. 그녀의 아리따운 자태와 아담한 용모가 눈에 선하게 떠올라 그리움이 샘솟는 듯하였다. 잊으려고 해도 잊혀지지 않는, 도저히 주체할 수 없는 감정이었다. 그대로 앉아서 새벽 종 치기를 기다리다가, 옆 사람도 모르게 살짝 빠져 나와 짚신에 들메끈을 매고 약간의 노자를 차고 걸어서 그 길로 평양으로 향했다.

아침에 여러 중들과 글 읽던 동창들이 깜짝 놀라 수색해 보았으나 끝내 그림자도 안보여 그의 집으로 기별을 했다. 온 집안이 경황없이 산골을 이 잡듯이 뒤져도 나오지 않아 결국 호랑이에게 물려간 것으로 생각하니, 그 애통한 형상은 이루 형언할 수 없었다.

소년은 고생고생 길을 가서 여러 날 걸려 평양성에 당도하자마자 바로 그 기생집을 찾았으나 기생은 없고, 기생어미가 나오더니 소년의 행색이 초라함을 보고 쌀쌀한 눈으로 대하여 전혀 반가이 맞는 기색이 아니었다.

"자네 딸은 지금 어디 갔는가?"

"바야흐로 신임 사또 자제의 수청을 들고 있지요. 한 번 들어간 뒤로 통 못 나온답니다. 그런데 도련님은 무슨 연고로 천리 길을 도보로 오셨습니까?"

"자네 딸 생각으로 창자가 끊어질 듯하네. 불원천리(不遠千里)하고 온 것은 한 번 만나기 위해서네."

기생어미는 냉소하며 말했다.

"천리타관에 공연히 허행(虛行)을 하셨소. 내 딸은 이곳에 있지만 나 역시 상면(相面)조차 못하는 형편이거늘 하물며 도련님이야……. 어서 돌아가시오."

기생어미는 말을 마치자 방으로 쏙 들어가더니 전혀 내다보지도 않았다.

소년은 개탄하며 나와서 올 데 갈 데 없이 망설이다가 감영(監營)의 이방이 일찍이 친숙했고, 자기 아버지에게 허다한 은혜를 입었음을 생각해내고, 그 집을 물어 찾아갔다. 이방이 깜짝 놀라 맞이하며 물었다.

"도련님, 이게 웬 일이십니까? 귀하신 몸으로 천리 머나먼 길을 걸어오시다니요. 이게 꿈인지 생신지…… 대체 무슨 일이 있으신지요?"

소년이 그 연유를 고백했다. 이방이 머리를 흔들었다.

"난처하군요. 정말 난처해요. 요새 사또 자제가 그 기생을 독차지해서 촌보(寸步)도 곁을 못 떠나게 하니 실로 상면할 도리가 없습니다. 어쨌든 우선 소인의 집에서 묵으면서 기회를 엿보기로 하시지요."

이방은 소년을 극진히 대접했다. 소년이 그 집에서 며칠 묵는데 또 눈이 내렸다.

"상면할 기회가 바로 지금인데, 도련님이 하실 수 있겠는지요?"

"여부가 있겠는가. 얼굴을 보게만 된다면야 죽음이라도 피하지 않겠네."

"내일 아침 시중(市中)의 인부를 뽑아서 감영 뜰의 눈을 쓸게 되죠. 소인이 도련님을 소설(掃雪)의 인부로 충당하여 책실 앞에서 눈을 쓸게 하오면 혹시 잠깐 상면할 기회가 있을지 모르겠네요."

소년은 흔연히 이 말을 따라 상놈의 복장을 하고 눈 쓰는 인부들 중에 끼어 한 자루 비를 메고 책실 뜰로 나갔다. 눈을 쓸면서 자주자주 눈을 들어 마루 쪽을 훔쳐보는데, 기생의 얼굴이 종내 나타나지 않았다. 한참 후 방문이 열리더니 기생이 짙은 화장으로 난간에 나와 서서 설경(雪景)을 완상(玩賞)하는 것이 아닌가. 소년이 눈 쓸기를 멈추고 뚫어져라 바라보자, 그녀는 안색이 싹 변하더니 부리나케 방으로 들어가서는 다시는 감감 무소식이었다. 소년은 마음속으로 무한히 서운해 하며 낙심천만하여 돌아왔다. 이방이 물었다.

"그 기생을 보셨습니까?"

"잠깐 얼굴은 보았네."

그리고는 그 기생이 한 번 들어가더니 다시는 나오지 않던 전말을 이야기했다.

"기생이란 본디 그런 거죠. 차고 덥고를 재어서 송구영신(送舊迎新)하기 마련이니 족히 책망할 것도 못됩니다."

소년은 자기 행색을 돌아보니 진퇴양난이라 내심에 몹시 민망했다.

한편 기생은 소년의 모습을 보고는 그가 왜 내려왔는가를 마음으로 알아챘다. 나가서 만나고 싶었으나 책실이 한사코 옆에만 붙어 있으니 도리가 없었다. 몸을 뺄 도리를 곰곰이 생각하다가, 문득 눈물을 뚝뚝 떨어뜨리면서 가장 슬픈 표정을 지었다. 책실이 놀라 물었다.

"애, 왜 그러니?"

기생이 울먹이며 대답했다.

"소인네는 다른 형제가 없는 고로 소인이 집에 있을 때는 제 손으로 죽은 아비의 산소에 눈을 쓸었지요. 오늘 같은 대설에 눈 쓸 사람이 없어 슬픕니다."

"그거야 방자를 보내 쓸게 하면 그만 아니니?"

기생이 고개를 가로저었다.

"이것은 관청의 일이 아닌데, 이런 추운 날 방자를 시켜 소인 선산의 눈을 쓸게 하오면, 소인의 죽은 아비가 욕설을 무한히 듣고 말걸요. 결코 안 될 말씀이에요. 소인이 잠깐 가서 쓸고 나는 듯이 돌아올 테니 보내주세요. 우리 아버지 산소가 성(城) 동쪽 십리 밖에 있으니 가고 오고 불과 수식경(數食頃)이에요."

책실은 그 사정을 딱하게 여겨서 허락했다. 기생은 자기 집으로 달려가서 어미에게 물었다.

"아무 도련님이 오시지 않으셨나요?"

"며칠 전에 잠깐 들렸다가 가더라."

기생은 눈물을 흘리며 자기 어머니를 원망했다.

"어머니, 인정이 어디 이럴 수가 있어요? 그분은 양반 댁의 귀공자요,

천리 걸음이 오로지 날 보자고 오신 것 아녜요? 그런데 왜 만류해두고 제게 기별하지 않으셨어요? 어머니께서 쌀쌀히 대해서 그렇지. 그렇지 않으면 그 분이 왜 그냥 갔겠어요?"

소년의 거처를 찾으려고 했지만 물을 곳이 없었다. 문득 전에 이방과 친근했음이 생각나서 혹시 그 집에 가 있을까 싶어 바쁜 걸음으로 이방 집을 찾아갔다. 소년과 기생은 만나자 손을 맞잡고 슬픔과 기쁨을 교환했다.

"전 오늘 도련님을 뵈오니 결단코 떨어지고 싶지 않네요. 이 길로 이 곳에서 손을 이끌고 도피하기로 해요."

기생이 다시 자기 집으로 가보니 마침 어미가 부재중(不在中)이어서 상자 속에 넣어둔 은자 다섯 냥과 자신의 패물 등속으로 한 짐을 만들어 인부를 사서 지우고 돌아왔다. 이방에게 두 필 말을 세(貰)내어 달라고 하자, 이방이 사, 오십 냥을 노자로 쓰라고 내놓으면서 말했다.

"세마(貰馬)로 왕래하다가는 종적이 탄로 나기 쉽습니다. 제게 두어 필 건장한 말이 있으니 타고 가시지요."

소년은 기생과 함께 당장 길을 떠나 양덕(陽德)·맹산(孟山) 근처의 조용하고 후미진 곳에 집을 사서 살았다.

그 날 감영에서는 그 기생이 늦도록 돌아오지 않음이 수상하여 사람을 시켜 찾았더니 간 곳이 없었다. 그 어미에게 물어보아도 몹시 당황할 뿐 역시 종적을 모르는 것이었다. 사방으로 사람을 풀어 수색했으나 끝내 찾아내지 못하였다.

하루는 기생이 소년에게 말하였다.

"낭군은 부모를 배반하고 이렇게 되었으니 죄인입니다. 속죄할 길이란 오직 과거 급제에 있고, 급제하는 길은 부지런히 공부하는 데 있지요. 먹고 사는 걱정은 제게 맡기시고, 이제부터 학업에 전력하시면 뒤에 방법이 생길 것입니다."

기생은 널리 서책을 구하여 값의 고하를 묻지 않고 사들였다. 그때부터 소년은 부지런히 글을 읽어 과거 글이 날로 늘었다. 어느덧 사, 오년이 지났다. 나라에서는 무슨 경사가 있어 별시(別試)를 보여 선비를 뽑는데, 기생이 소년에게 권하여 과거 길을 떠나라 하고 노자를 마련하여 전송하였다. 소년은 상경하여 자기 집에 가지 못하고 여관에 들었다. 시험장에 들어가서 제목이 걸리자 일필휘지(一筆揮之)하여 글을 올리고 방(榜)이 나기를 기다렸다. 방이 나는데 소년이 장원으로 급제한 것이다. 왕이 이조판서를 어전(御殿)에 가까이 불러 물었다.

 "일찍 듣기로 경의 독자가 절에서 독서하다가 호환(虎患)을 입었다고 하더니, 이번 신방장원(新榜壯元)의 봉내(封內)를 보니 곧 경의 아들인데, 직함을 어찌하여 대사헌(大司憲)으로 썼는지 괴이하오. 부자동명(父子同名)이란 드문 일이요, 조정의 재상 반열에 경과 동명도 없지 않소? 실로 무슨 영문인지 모르겠구려."

 왕이 신은(新恩)을 부르고, 이조판서는 어탑(御榻) 아래 부복(仆伏)하여 기다리고 있었다. 들어오는 데 과연 그의 아들이었다. 부자가 서로 붙잡고 말이 막혀 눈물만 흘리며 손을 놓지 못했다. 왕이 가까이 불러 그 곡절을 물었다. 소년은 부복했다가 일어나서 부모를 저버리고 도망한 일로부터 감영 책실 앞의 눈을 쓸던 일, 기생과 함께 도피하여 글을 읽어서 등과(登科)하기까지의 경과를 일일이 아뢰었다. 왕은 책상을 두드리며 기특한 일이라고 칭찬하였다.

 "너는 패자(悖子)가 아니라 효자로다. 네 처의 절개와 지모는 누구보다 탁월하도다. 천한 창기(娼妓) 중에 이런 인물이 있을 줄은 몰랐도다. 이런 사람을 천창(賤娼)으로 대접할 수 없느니라. 부실(副室)로 맞이하는 것이 옳도다."

 그 날로 평양 감사에 하명(下命)하여 기생을 칭송하게 하였다. 소년이 사은(謝恩)하고 물러나 자기 부친을 따라 집으로 돌아오니 온 집안은 축

제 분위기에 넘쳐 있었다.

봉내(封內)에 직함을 대사헌으로 쓴 것은 소년이 절에 있을 당시의
부친의 관직이었다. 기생은 이름이 자란(紫鸞), 자(字)는 옥소선(玉簫仙)
이었다고 한다.

2. 가족의 윤리와 사랑

(1) 都彌의 妻

都彌 百濟人也 雖編戶小民 而頗知義理 其妻美麗 亦有節行 爲時人
所稱 蓋婁王聞之 召都彌與語曰 凡婦人之德 雖以貞潔爲先 若在幽昏無
人之處 誘之以巧言 則能不動心者 鮮矣乎 對曰 人之情不可測也 而若
臣之妻者 雖死無貳者也 王欲試之 留都彌以事 使一近臣 假王衣服馬從
夜抵其家 使人先報王來 謂其妻曰 我久聞爾好 與都彌博得之 來日入爾
爲宮人 自此後 爾身吾所有也 遂將亂之 婦曰 國王無妄語 吾敢不順 請
大王先入室 吾更衣乃進 退而雜飾一婢子薦之 王後知見欺 大怒 誣都彌
以罪 曜其兩眸子 使人牽出之 置小船 泛之河上 遂引其婦 强欲淫之 婦
曰 今良人已失 單獨一身 不能自持 況爲王御 豈敢相違 今以月經 渾身
汗穢 請俟他日薰浴而後來 王信而許之 婦便逃至江口 不能渡 呼天慟哭
忽見孤舟隨波而至 乘至泉城島 遇其夫未死 掘草根以喫 遂與同舟 至高
句麗蒜山之下 麗人哀之 丐以衣食 遂苟活 終於羇旅

〈三國史記 卷 第四十八 列傳〉

도미(都彌)는 백제 사람이다. 비록 호적에 편입[編戶]된 미천한 백성
이었지만, 자못 의리를 알았다. 그의 아내는 아름답고 예뻤으며 또한 절
조 있는 행실을 하여 당시 사람들의 칭찬을 받았다.

개루왕(蓋婁王;?~166)이 소문을 듣고 도미를 불러 더불어 말하였다.

"대저 부인의 덕(德)은 비록 지조를 지킴을 앞세우지만, 만약 그윽하고 어두운 사람이 없는 곳에서 교묘한 말로 유혹한다면 능히 마음을 움직이지 않는 사람은 드물 것이다."

도미가 대답하였다.

"사람의 정은 헤아리기 어려운 것입니다. 그러나 신의 아내는 비록 죽는다고 해도 두 마음을 갖지 않을 것입니다."

왕이 이를 시험하여 보기 위해 도미에게 일을 시켜 잡아두고는 측근 신하 한 명으로 하여금 거짓으로 왕의 의복을 입고 말을 타고 밤에 그의 집에 가게 하였다. 사람을 시켜 왕이 오셨다고 먼저 알리고, 그 부인에게 말하였다.

"나는 오래 전부터 네가 예쁘다는 말을 들었는데 도미와 내기를 하여 이겼다. 내일 너를 들여 궁인(宮人)으로 삼기로 하였으니, 지금부터 너는 나의 것이다."

마침내 난행(亂行)을 하려 하자 부인이 말하였다.

"국왕께서는 헛말을 하지 않으실 것이니, 제가 어찌 감히 따르지 않겠습니까? 청컨대 대왕께서는 먼저 방에 들어가소서. 제가 옷을 갈아입고 들어가겠습니다."

도미의 아내는 물러 나와 한 계집종을 치장하여 방으로 들여보냈다.

왕이 후에 속임을 당한 것을 알고는 크게 노하여 도미를 왕을 속인 죄로 처벌하여 두 눈을 빼고 사람을 시켜 끌어내 작은 배에 태워 강에 띄웠다. 그리고 그의 아내를 끌어다가 강제로 간음(姦淫)을 하려고 하니, 부인이 말하였다.

"지금 낭군을 이미 잃었으니 홀로 남은 이 한 몸을 스스로 지킬 수가 없습니다. 하물며 왕을 모시는 일이라면 어찌 감히 어길 수 있겠습니까? 그러나 지금은 월경 중이라서 온 몸이 더러우니, 청컨대 다음날 목욕을 하고 다시 오겠습니다."

왕이 이를 믿고 허락하였다. 부인은 곧바로 도망쳐 강어귀에 이르렀으나 건널 수가 없었다. 하늘을 우러러 부르며 통곡하니 문득 조각배 한 척이 물결을 따라 이르렀다. 그 배를 타고 천성도(泉城島)에 이르러 남편을 만났는데 아직 죽지 않았었다. 풀뿌리를 캐 씹어 먹으로 함께 배를 타고 고구려의 산산(蒜山) 아래에 이르니 고구려 사람들이 불쌍히 여겼다. 옷과 음식을 구걸하며 구차히 살아 나그네로 일생을 마쳤다.

(2) 井邑詞

(前腔)   둘하 노피곰 도딕샤
          어긔야 머리곰 비취오시라
          어긔야 어강됴리
(小葉)   아으 다롱디리
(後腔全) 져재 녀러신고요
          어긔야 즌 딕룰 드딕욜셰라
          어긔야 어강됴리
(過編)   어느이다 노코시라
(金善調) 어긔야 내 가논 딕 졈그룰셰라
          어긔야 어강됴리
(小葉)   아으 다롱디리

〈樂學軌範〉

(3) 思母曲

호미도 ᄂᆞᆯ히언 마ᄅᆞᄂᆞᆫ
낟ᄀᆞ티 들리도 업스니이다
아바님도 어이어신 마ᄅᆞᄂᆞᆫ
위 덩더둥셩
어마님ᄀᆞ티 괴시 리 업세라
아소 님하 어마님ᄀᆞ티 괴시 리 업세라

〈樂章歌詞・時用鄕樂譜〉

(4) 祭梁氏女文 김인후(金麟厚;1510~1560)

維嘉靖庚戌十一月庚寅朔己亥 乃父某 銜哀抱病于喪次 遠具醴餠 送
奠于梁氏女之靈 汝之生也 旣順而貞 汝之嫁也 能靜以承 乃生男子 喤
喤載路 六親咸慶 矧伊尊章 飮食失節 邪祟旋嬰 庸醫妖巫 慙痛不慈 內
厥夫家 古今通義 自克者鮮 在哲或難 于何有得 是重是切 抵死諄諄 音
猶在耳 拜舅廟見 汝曾不及 災荐襁褓 俗云義絶 眷眷一念 豈欲其遠 女
子有行 惟適其從 汝旣知止 寧間存亡 汝病之辰 不得手撫 衰麻在身 恐
妨嬰孩 汝病旣殆 視之無及 陽春玉氷 去我何之 滿腔悲酸 實激心恙 忍
淚吞聲 夫豈有他 大故方罹 慈親衰疚 徑情輕生 有所不敢 今又天寒路
遠 不克臨省以一訣 嗚呼哀哉 斂殯葬祭 允惟終始 姻恩偶義 汝自知之
汝之姻親 皆吾通家 舊好 連墻接屋 藹然有忠厚之風 其誰欲薄汝者乎
且昌平爲縣 實汝母黨之鄕 四顧無非族里 汝之歸也 益不爲無聊 長號送
哀 我情曷已 嗚呼哀哉 尙饗

〈河西全集〉

가정(嘉靖) 경술년(庚戌年) 십일월 경인삭(庚寅朔) 기해일(己亥日)에
아비는 슬픔을 머금고 병을 안은 채 상중(喪中)에 있으면서 제물을 갖추
어 멀리 양씨 집에 출가한 여식의 영전(靈前)에 보낸다.

너는 태어나서는 성품이 순하고 절개가 곧았으며, 출가(出家)해서는
능히 조용히 시어른들의 뜻을 받들었지. 네가 아들을 낳았을 땐 아기의
울음소리가 길가에까지 들릴 만큼 우렁차 친지들이 모두 경사로 여겼으
니, 네 시부모님의 기쁨이야 오죽했겠느냐? 그런데 네가 음식에 탈이 생
겨 병이 들었건만 의원은 용렬하고 무당은 요망하여 고치지를 못하니,
이 아비의 마음은 비통하기 그지없었단다. 여자가 시집을 가는 것은 고
금의 도리이나, 그 생활에서 자기의 미혹되고 약한 마음을 극복하는 일

은 현명한 사람이라도 어려운 일이거늘, 너는 어디에서 배워 그토록 행동거지가 조신했던가? 몸은 비록 죽었지만 너의 소리는 여전히 내 귀에 남아 있구나.

네가 시아버지 앞에 죽고 강보에 쌓인 어린 아이에게마저 재앙이 거듭하니, 세상에서는 의(義)가 끊어졌다고 말한단다. 그리워하는 마음이야 서로가 같으려니 어찌 멀리 떨어지려 하겠냐마는 여자란 행함에 오직 여필종부(女必從夫)해야 하는 법이란다. 너도 이미 알고 있을 터, 어찌 살고 죽음으로써 달라질 수 있겠느냐?

네가 병이 들었을 때 내가 차마 어루만져주지 못했던 것은 상중에 있는 몸이라 네 어린 아이에게 혹시 무슨 탈이 생기지 않을까 염려한 탓이란다. 그러나 네 병이 위태로워졌을 때는 이미 때가 늦고 말았구나.

봄볕같이 따스하고 빙옥처럼 맑은 네가 나를 버리고 어디로 간단 말이냐? 가슴에 가득한 슬픈 설움이 마음의 병을 더함에도 불구하고 눈물을 참고 울음을 삼키는 것이 다른 이유가 있어서이겠느냐? 상중에 있는 몸인데다 자친(慈親)마저 노쇠하여 병중에 계시니, 부정(父情)에 치우쳐 산목숨을 경솔히 하는 것은 감히 못할 짓이구나. 이제 또 날이 차고 길조차 멀어 친히 가서 살펴보고 영결(永訣)을 못하게 되니, 아아 슬프구나. 염습(斂襲)하고 장사지냄에 절차가 바르니, 시댁의 은혜와 남편의 의리를 네 스스로도 알 것이다. 너의 시댁과 친지들은 오랫동안 우리와 친했고 옛정으로 지붕이 맞닿을 정도로 가까우며, 충후(忠厚)의 기풍이 있었으니, 그 누가 너를 박대했겠느냐? 더구나 창평(昌平)이란 마을은 실로 너의 외가(外家)가 있는 곳이라 사방을 둘러보아도 친족 아닌 곳이 없으니, 네가 죽어서도 쓸쓸하지는 않을 거다.

길게 탄식하면서 애도하나니, 아비의 정이야 어찌 다 할소냐? 아아 슬프구나.

(5) 시조

어버이 사라신 제 셤길 일란 다 ᄒᆞ여라
지나간 後(후)ㅣ면 애닯다 엇지ᄒᆞ리
平生(평생)에 곳쳐 못홀 일이 잇분인가 ᄒᆞ노라

〈정철(鄭澈;1536~1593), 珍本 靑丘永言〉

ᄒᆞᆫ 몸 둘헤 논화 夫婦(부부)를 삼기실샤
이신 제 홈ᄭᅴ 늙고 주그면 ᄒᆞᆫ대 간다
어듸셔 망녕앳 거시 눈 흘긔려 ᄒᆞᄂᆞᆫ고

〈정철(鄭澈;1536~1593), 珍本 靑丘永言〉

네 아들 孝經(효경) 닑ᄃᆞ니 어드록 ᄇᆡ환ᄂᆞ니
내 아들 小學(소학)은 모릐면 ᄆᆞᆺᄎᆞᆯ로다
어니제 이 두 글 ᄇᆡ화 어질거든 보려뇨

〈정철(鄭澈;1536~1593), 珍本 靑丘永言〉

뭇노라 저 바회야 네 일홈이 兄弟岩(형제암)가
兄友弟恭(형우제공)은 우리도 ᄒᆞ려니와
每日(매일)의 쎄날 뉘 업스니 그를 불워ᄒᆞ노라

〈古今歌曲 ; 人倫〉

泰山(태산)이 다 ᄭᅳᆯ니여 슛돌만치 되올 지나
黃河水(황하수) 다 여위여 씌만치 되올 지나
그제야 父母兄弟(부모형제)를 여희거나 말거나

〈古今歌曲 ; 頌祝〉

(6) 燕岩憶先兄 박지원(朴趾源;1737~1805)

我兄顔髮曾誰似　우리 형님 얼굴 수염 누구를 닮았던고
每憶先君看我兄　돌아가신 아버님 생각날 때마다 우리 형님 쳐다봤지
今日思兄何處見　이제 형님 그리우면 어디서 본단 말고
自將巾袂映溪行　두건 쓰고 도포 입고 가서 냇물에 비친 나를 보아야겠네

〈燕巖集〉

(7) 젹셩의젼(狄成義傳)

화셜(話說) 강남(江南)에 안평국(安平國)이란 나라히 잇스니 산천이
슈려ᄒ고 옥애쳔리(沃野ㅣ千里)요, 보홰(寶貨ㅣ) 만흔고로 국부민강(國
富民康)하며 의관문물이 번셩ᄒ야 남방(南方)에 유명ᄒ더라. 국왕의 셩
은 젹(狄)이니 젹문공(狄文公)에 후예라. 치국지되(治國之道ㅣ) 요순(堯
舜)을 효칙(效則)하며 인심이 순박하며 국틱민안(國泰民安)ᄒ야 도불습
유(道不拾遺)ᄒ고 야불폐문(夜不閉門)이러라. 국왕이 왕비로 더부러 동
쥬(同住) 이십여 년에 두 아들을 두엇스니 장ᄌ(長子)의 명(名)은 향의
(享義)요, 차ᄌ(次子)의 명은 셩의(成義)라. 셩의에 텬픔(天品)이 순후ᄒ
고 긔골(氣骨)이 쥰수하며 왕에 부뷔(夫婦ㅣ) 과이(過愛)하고 일국(一
國)이 흠션(欽羨)하니 항의 미양 불측(不測)ᄒ 마음으로 셩의에 인효(仁
孝)ᄒ믈 싀긔(猜忌)ᄒ야 미양 히(害)할 뜻을 두더라.

이러구러 셩의 졈졈 ᄌ라민 진덕(才德)이 겸비ᄒ야 요순을 본바드민
왕이 셩의로뼈 셰ᄌ(世子)를 봉(封)코ᄌ ᄒ되 공경대신(公卿大臣)이 간
(諫)ᄒ야 갈오디,

"ᄌ고로 국가는 장ᄌ로 셰ᄌ를 봉하는 것시 쩟쩟하옵거늘 이졔 뎐
(前)히 차례를 걸너 셰ᄌ를 봉코ᄌ ᄒ사 윤리를 상(傷)코ᄌ ᄒ시니 ᄉ례
(事例)에 불가ᄒ니이다."

상이 침음양구(沈吟良久)에 향의로써 셰ᄌ를 봉ᄒ시니라.

차시(此時)에 왕비 홀연 득병(得病)ᄒ야 졈졈 침즁(沈重)ᄒ시민 십분
위틱ᄒ신지라. 일국(一國)이 진동ᄒ고 황황(遑遑)ᄒ야 ᄒ나 맛춤니 일분
도 쾌차하미 업고 빅약이 무효라. 왕이 초황(焦遑)ᄒ사 각읍에 젼지(傳
旨)를 나려 명의(名醫)를 구ᄒ야 치료하나 무가너히(無可奈何ㅣ)라. 셰
ᄌ 향의는 돈연무려(頓然無慮)ᄒ되, 차ᄌ 셩의는 쥬야로 불탈의디(不脫
衣帶)하고 시탕(侍湯)ᄒ며 하늘게 츅슈(祝手)ᄒ야 왈,

"불초즈(不肖子) 셩의로 명(命)을 디신ᄒᆞᆸ고 모후에 병을 낫게 ᄒᆞ야 쥬옵소셔."

ᄒᆞ고 흔굴 갓치 축원터니 일일(一日)은 궐문 밧게 흔 도인(道人)이 와 왕게 뵈와지라 ᄒᆞ거늘, 왕이 즉시 쳥입(請入)ᄒᆞ시니 도시 완연(緩然)이 드러와 례필좌졍(禮畢坐定) 후에 왕이 문왈(問曰),

"도스는 어디로 좃ᄎᆞ 일으시며 무슴 허믈을 이르고즈 ᄒᆞ느뇨?"

도시 공순히 디왈(對曰),

"빈되(貧道ㅣ) 듯즈오니 왕비의 환휘(患候ㅣ) 극중ᄒᆞ사 왕즈 셩의에 효셩이 지극ᄒᆞᆸ기로 이에 일으러 환후를 뵈오고즈 ᄒᆞ오니 젼하는 맛당히 긴 노호로 왕비에 우슈(右手)를 미여 노 끗흘 쥬옵소셔."

왕이 응락(應諾)고 이에 근시(近侍)로 ᄒᆞ야금 니뎐(內殿)에 통ᄒᆞ니 셩의 듯고 즉시 노 끗흘 쥐여 니보니니, 도시 노를 잡아 진믹(診脈)ᄒᆞ고 물너나와 왕게 고왈(告曰),

"니뎐 환휘 근원이 깁스와 고항(膏肓)에 드럿스오니 만일 일녕쥬(一靈珠)가 아니면 회츈(回春)키 어렵도소이다."

왕 왈,

"일녕쥬는 어디 잇ᄂᆞ니잇고?"

도시 디왈,

"셔역(西域) 쳥룡스(天龍寺)에 잇스오니 만일 졍셩이 부족ᄒᆞ오면 엇지 못ᄒᆞᄂᆞ이다."

ᄒᆞ고 인ᄒᆞ야 팔을 드러 읍(揖)ᄒᆞ며 계하(階下)에 나리더니, 믄득 간 디 업거늘 셩의 ᄎᆞ경(此景)을 보고 대경(大驚)ᄒᆞ야 공중을 향ᄒᆞ야 무슈비례(無數拜禮)ᄒᆞ고 부왕젼에 주왈(奏曰),

"소ᄌᆡ(小子ㅣ) 비록 년소(年少)ᄒᆞ오나 셔쳔(西天)에 가 일녕쥬를 어더 올가 ᄒᆞᄂᆞ이다."

왕 왈,

"아희 효셩은 지극ᄒᆞ나 셔쳔은 하늘가히라. 만경창파(萬頃蒼波)에 엇지 인간 션쳑(船隻)으로 득달ᄒᆞ며 ᄯᅩᄒᆞᆫ 약슈(弱水) 삼쳔리를 엇지 건너리오? 오활(迂闊)ᄒᆞᆫ 말을 말나."

ᄒᆞ고 ᄂᆡ뎐에 드러가 도ᄉᆞ에 말과 셩의에 말을 젼ᄒᆞ니 왕비 ᄃᆡ왈,

"허탄ᄒᆞᆫ 도ᄉᆞ에 말을 고지 듯고 셔쳔을 엇지 가리오? 인명이 ᄌᆡ천(在天)이니 일녕쥬로 엇지 ᄉᆞ롬을 살니리오? 오아(吾兒)는 망녕된 의ᄉᆞ(意思)를 두지 말나."

셩의 ᄃᆡ왈,

"녯젹에 ᄐᆡ항산(太行山) 운림 션싱이 일광로 명으로 한(漢) 공주에 명을 구ᄒᆞ얏ᄉᆞ오니, 이졔 도ᄉᆞ에 말이 비록 허탄ᄒᆞ오나 소ᄌᆡ ᄯᅩᄒᆞᆫ 신통ᄒᆞ믈 어덧ᄉᆞ오니 결단코 약을 어더 모후에 환후를 구ᄒᆞ옵고 소ᄌᆞ에 불효를 만분지일(萬分之一)이라도 면ᄒᆞᆯ가 ᄒᆞᄂᆞ이다."

왕비 탄왈(歎曰),

"네 효셩이 지극ᄒᆞ니 지셩(至誠)이면 감텬(感天)이라. 요힝으로 약을 어더 오나 ᄎᆞ도(差度) 엇기를 엇지 바라리오? 너를 보ᄂᆡ고 내 병즁에 심녜되리로다."

셩의 ᄃᆡ왈,

"모후는 과려(過慮)치 마르시고 소ᄌᆞ에 왕환간(往還間) 귀톄(貴體)를 보즁ᄒᆞ옵소셔."

ᄒᆞ고 즉시 션쳑을 예비ᄒᆞ야 력군(役軍) 십여명을 다리고 ᄯᅥ날ᄉᆡ 부왕과 모후게 하직ᄒᆞ온ᄃᆡ 왕비 왈,

"내 이졔 네 지셩을 막지 못ᄒᆞ거니와 엇지 쥬소(晝宵)로 의문지망(依門之望)을 억졔ᄒᆞ리오? 다만 뎐하에 신약(神藥)을 어더 무ᄉᆞ 회환ᄒᆞ믈 바라거니와 만일에 불힝ᄒᆞ야 다시 보지 못ᄒᆞ면 디하(地下)에 가도 눈을 감지 못ᄒᆞ리로다."

ᄒᆞ고 락루(落淚)ᄒᆞ니 셩의 호언(豪言)으로 위로ᄒᆞ고 인ᄒᆞ야 발힝(發行)

홀식, 동문 밧게 나와 비를 타고 순풍을 만나 힝션(行船)흔 지 칠일 만에
홀연 대풍(大風)을 만나 순식간에 흔 셤을 다다르니 비를 머믈고 셩의
문왈,

"셔역이 언마나 되나뇨."

ᄉ공이 디왈,

"이짜흔 셔희오니 여긔셔 슈천리를 가오면 염포셤이 잇고 그 셤에셔
슈천리를 더 가면 셔쳔 영보산 쳔룡ᄉ니이다."

셩의 탄 왈,

"만경창파에 동셔(東西)를 불변(不辨)ᄒ니 언졔나 득달ᄒ리오?"

ᄉ공 왈,

"이 곳은 소상(瀟湘)이라 ᄉ면 산이 뵈거니와 약슈(弱水)는 하늘가히
니, 일년을 간들 엇지 가 보리잇고? 혜아리건디 양진(陽辰)을 보면 셔쳔
을 바라보리이다."

ᄒ고 즉시 돗을 달고 힝션ᄒ야 흔 곳에 다다르니 홀연 풍낭이 이러나며
우뢰ᄀᆺ흔 소리 희즁(海中)이 진동ᄒ거늘 쥬즁졔인(舟中諸人)이 대경ᄒ
야 망지소조(罔知所措)러니, 문득 일홈 모르는 큰 짐싱이 슈즁으로 조초
머리를 들고 입으로 물을 토ᄒ니 선즁인이 망지소조ᄒ더라. 당장 경식
은 슈즁 흉믈ᄒ야 비가 츌몰ᄒ니 력군등이 혼비빅산(魂飛魄散)ᄒ야 아
모리 홀 줄 모르더라. 셩의 앙텬탄식(仰天歎息)ᄒ며 고츅(告祝) 왈,

"소ᄌ는 안편국 왕ᄌ 셩의 옵더니 모환이 극즁ᄒ와 셔쳔으로 일녕쥬
를 어드라 가오니 복걸(伏乞) 텬디신명(天地神明)과 ᄉ희룡왕(四海龍王)
은 소ᄌ의 졀박흔 ᄉ졍을 살피사 셔역을 득달ᄒ와 약을 구ᄒ야 오게 ᄒ
옵소셔."

ᄒ며 무수히 츅슈ᄒ니 그 즘싱이 문득 드러가고 물결이 고요ᄒ며 텬디
명낭(天地明朗)ᄒ더라. 홀연이 희상으로셔 일엽편쥬(一葉片舟)에 일위
션낭(仙郎)이 쳥건홍삼(靑巾紅衫)으로 봉미션(鳳尾扇)을 ᄀ리오고 쳥의

동지(靑衣童子ㅣ) 션두(船頭)에 셔셔 옥져(玉箸)를 쳥아이 불고 뒤히 쏘 일위 션관(仙官)이 ᄉ즈를 타고 빅우션(白羽扇)을 들고 나는 드시 지나며 흔 곡조를 읊흐니 왈,

　　항산 놉흔 봉은 하늘을 접흐야 잇고
　　약슈 엿흔 물은 날즘싱의 깃시 좀기는도다.
　　망녕된 져 아히는 일편쥬를 타고 어디로 향흐는고?

흐거늘 셩의 이 말을 드르미 즈연 슬프고 씨닷는 마음이 잇셔 외여 왈,
　"슈샹(水上) 션관은 길 일흔 ᄉ롬을 구흐소셔."
하니, 그 션관이 쳥이불문(請而不聞)흐고 가는지라 셩의 탄왈,
　"슈샹에 신션이 왕리흐니 션경(仙境)이 불원(不遠)흐나 눌다려 길흘 물으며 어디로 향흐리오?"
　앙텬 탄식 고왈,
　"불초ᄌ 셩의 모환을 위흐야 셔쳔으로 약을 구흐라 가오니 텬디 신령은 하감(下鑑)흐사 일녕쥬를 엇게 흐옵소셔."
　빌기를 맛츠미 문득 귀이흔 운무(雲霧) 우히 탄금(彈琴) 소리 쳥아이 나거늘 셩의 거안시지(擧眼視之)흐니 쳥포션관(靑袍仙官)이 파초 입을 타고 거문고를 희롱흐며 쏘 흔 션관은 고리를 타고 흑건(黑巾)을 쓰고 풍월을 읊흐더니 고리 탄 션관이 문왈,
　"너는 엇던 속긱(俗客)이완디 인간 비를 타고 어디로 가는다?"
　셩의 지비(再拜) 왈,
　"소ᄌ는 안평국 왕ᄌ 셩의러니 모친 환휘 만분 위중키로 셔쳔에 일녕쥬를 구흐라 가오니 바라건더 길을 ᄀ라쳐 주실가 흐ᄂ이다."
　션관 왈,
　"나는 봉니(蓬萊), 방장(方丈), 영쥬(瀛洲)를 다 구경흐얏스되 셔쳔을

못 보앗거든 ᄒᆞ물며 너ᄀᆞᆺᄒᆞᆫ 속긱이 약슈를 엇지 건너가리오? 밧비 도라가 모친에 얼골이나 다시 보미 맛당홀가 ᄒᆞ노라."

셩의 다시 지비 왈,

"소지 모친을 위ᄒᆞ야 팔십 여일에 종시 셔쳔을 득달치 못ᄒᆞ옵고 죽스오면 하면목(何面目)으로 디하에 가셔 부모를 뵈오리 잇고? 바라건더 하ᄒᆡ지틱(河海之澤)을 드리오사 약을 구ᄒᆞ야 도라가게 ᄒᆞ옵소셔."

파초(芭蕉) 탄 션관이 탄금을 물니치고 왈,

"네 졍셩이 지극ᄒᆞ도다. 네 나히 몃 살이뇨?"

셩의 디왈,

"시년(時年)이 십이 셰로소이다."

션관이 소왈(笑曰),

"네 몬져 가든 션관을 보앗느뇨?"

셩의 디왈,

"여러 션관이 지나가시되 넝넝ᄒᆞ야 시이불견(視而不見)ᄒᆞ옵더니 금번에 어진 션관을 뵈오니 원을 일울가 ᄒᆞᄂᆞ이다."

션관 왈,

"년소쳑동(年少尺童)이 ᄌᆞ모(慈母)를 위ᄒᆞ야 만리 험로(險路)에 쳔신만고(千辛萬苦)ᄒᆞ야 왓스니 네 효셩은 족히 명텬(明天)이 감동ᄒᆞ실지라. 엇지 아니 구ᄒᆞ리오? 그러나 슈만ᄒᆞᆫ 속긱은 약슈를 능히 못 건너ᄂᆞ니 너히 동ᄒᆡᆼ을 져 슈변(水邊)에 두고 너 홀노 파초션에 올으라."

ᄒᆞ거늘 셩의 즉시 비를 슈변에 미고 스공에게 기다리라 ᄒᆞ고 션관을 ᄯᅡ라 갈ᄉᆡ 션관이 부작(符籍)을 주며 왈,

"이 부작을 몸에 감초고 ᄒᆡᆼᄒᆞ면 ᄒᆡ즁룡신(海中龍神)이라도 감히 범치 못ᄒᆞᄂᆞᆫ이라."

ᄒᆞ고 거문고를 타며 표연이 가더니 순식간에 ᄒᆞᆫ ᄀᆞ희 다다르니 션관 왈,

"이곳은 셔역 ᄒᆞᆫ가이라. 동즁에 드러가 텬셩(天性) 금불보탑(金佛寶

塔) 존亽(尊師)를 추져 지셩으로 약을 구ㅎ라."

셩의 왈,

"약을 엇亽온들 엇지 이곳을 추지며 또 션관이 아니 계시면 엇지 ㅎ
오리잇가?"

션관 왈,

"그런 일은 믈여(勿慮)ㅎ고 다만 졍셩으로 약을 구ㅎ라. 나는 봉닉산
(蓬萊山) 亽각봉(紫閣峰)에 젹송亽(赤松子), 왕亽진(王子晋), 엄군평(嚴
君平), 두목지(杜牧之)로 긔약ㅎ얏기로 잠간 단여 일광노 션싱을 뵈옵고
삼일이 못ㅎ야 이곳에 와 기다릴 거시니 의심치 말고 가라."
ㅎ며 거문고만 희롱ㅎ더니 믄득 운뮈 亽면으로 일면 션관에 가는 곳을
아지 못홀네라.

츠셜(且說) 셩의 션관을 하직ㅎ고 몸을 두루혀 졈졈 나아가며 亽면을
바라보니 놉고 놉흔 봉에는 취란亽봉(翠鸞紫鳳)이 왕릭ㅎ며 긔화이쵸
(奇花異草ㅣ) 곳곳이 무셩ㅎ고 창송취쥭(蒼松翠竹)은 벽계(碧溪)를 돌
넛는디, 셔쳔 팔십亽 봉에 경긔졀승(景槪絶勝)ㅎ니 진짓 별유셰계(別有
世界)러라. 셩의에 긔운이 운린쳥텬ㅎ야 운간(雲間)을 드러가니 이윽고
충충디샹(層層臺上)에 황금루각(黃金樓閣)은 운외(雲外)에 령농ㅎ고 옥
루금뎐(玉樓金殿)은 굉장흔디 칠십 디봉탑(多寶塔)은 벽공(碧空)에 연
ㅎ얏고 샹운향무(祥雲香霧)는 亽면에 둘넛는디, 팔만 졔지 대장경 외오
는 소리 귀에 亽못더라. 셩의 십분 조심ㅎ야 보탑 아리 나아가니 믄득
흔 샹지(上佐ㅣ) 머리에 곳갈을 슉여 쓰고 경문을 외오면셔 나오다가 셩
의를 보고 합장(合掌) 왈,

"이곳은 셔방 셰계라. 속긱이 엇지 드러왓느요?"
ㅎ거늘 셩의 디왈,

"나는 안평국 亽롬이러니 금불보탑 존亽를 뵈오라 왓노라."

샹지 왈,

"보탑 존스는 금강경 천불시(千佛師ㅣ)시라. 인간 육신이 이곳에 드러 왔스니 그 졍셩을 신령이 감동ᄒ미라. 그러나 마음과 졍셩이 부족ᄒ면 대스를 일우지 못ᄒ리니 칠십일을 지계 ᄒ 후 드러와 대스를 뵈오라." ᄒ거늘 셩의 쳥파(聽罷)에 안연락루(愕然落淚)ᄒ다가 다시 졀ᄒ고 왈,

"쇽직이 ᄒ상에 표류ᄒ와 쳔신만고ᄒ야 왓거늘 엇지 믈너가리 잇고? 찰하리 이곳에셔 죽스오니 어엿비 넉이시믈 바라나이다."

상지 왈,

"이곳을 ᄒ 번 보면 이십팔슈(二十八宿) 삼지팔난(三災八難)을 멸삭 (滅削)ᄒ고 션록(仙錄)에 올으ᄂ니, 일즉 대시 일으시더 명일 신유시(辛 酉時)에 안평국 왕ᄌ 젹셩의 올거시니 알외라 ᄒ시더니 과련 그디을 일 으도다."

ᄒ고 드러가더니 이윽고 나와 쳥ᄒ거늘, 셩의 깃브믈 이긔지 못ᄒ야 ᄯ라 드러가니 칠층련각(七層蓮閣) 우히 일위 존시 머리에 눌은 송락을 쓰 고 칠건 가스(袈裟)를 메엿스며 우슈에 빅팔염주를 두루며 좌슈에 금강 경을 쥐고 경문을 외오니 좌우에 오빅 졔지 일시에 염불ᄒ더라. 셩의 황 공ᄒ야 칠보더 아러셔 지비ᄒ온디 대시 왈,

"내 일즉 슈도(修道)ᄒ야 텬하 졔국 즁싱에 션악(善惡)을 듯는지라. 네 위친지셩(爲親之誠)이 지극ᄒ야 만경창파에 쳔신만고ᄒ야 오ᄂ 줄을 아랏거니와 내 이졔 약을 주느니 슈히 도라가 모친을 구ᄒ라. 너는 본디 하계 스롬이 아니라 젼셰에 함일셩과 극흔 혐의(嫌疑) 잇기로 금셰에 형 뎨(兄弟)되여 허다 곤익(困厄)을 격그미 잇스나 필경은 원한이 플니이 라."

ᄒ고 인ᄒ야 동ᄌ을 명ᄒ야 구슬ᄀ흔 약 두 환을 가져오라 ᄒ야 셩의를 주며 왈,

"이 약명(藥名)은 일녕쥐니 쌜니 도라가 모후에 병을 구ᄒ라. 기간에 혹 별셰ᄒ얏슬지라도 약을 쓰면 다시 살고 빅병(百病)이 다 소삭(消削)

흐리라."

흐고 도라가기를 지촉흐거늘, 셩의 존亽를 향흐야 빅비亽례(百拜謝禮)
흐고 길을 츳쳐 슝산에 다다라 벽계를 지나 셕산 심곡을 나리오니 약슈
가히러라. 이윽고 문득 쳥아흔 옥져 소리 들니거늘 바라본즉 일편 빅운
간(白雲間)에셔 외여 왈,

  "안평국 왕즈는 일녕쥬를 어더 오는다?"

흐거늘 셩의 응셩(應聲)흐고 나오니 이는 동방삭(東方朔)이라. 셩의 지
비 왈,

  "션관이 지시흐시므로 약을 어더 오느이다."

  동방삭 왈,

  "그디 졍셩이 지극흐기로디 효를 일우러 구약(求藥)흐야 도라오거늘
엇지 나의게 치亽흐리오."

흐며 셩의를 파초션을 티오고 망망흔 창희를 순식간에 건너 희변에 다
다르니 亽공 등이 일시에 비를 타고 나와 마즈 반기며 무亽히 득달흐믈
치하흐며 약을 어더 오는 슈말을 듯고 져마다 칭찬 왈,

  "우리 대군은 진짓 텬상 신션이라."

흐더라. 이에 셩의 파초션에 나려 션관을 하직흐니 션관이 쏘흔 파초션
을 두루며 가는지라. 셩의 션관을 향흐야 빅비亽례흐고 인흐야 비에 올
나 돗을 달고 순풍을 만나 힝흐니라.

  각셜(却說) 안평국 왕비 셩의를 셔쳔에 보니고 불승감창(不勝感愴)흐
야 병셰 더욱 침중흔지라 쥬야 체읍(涕泣) 왈,

  "십여 셰 소이 허탄흔 도亽의 말을 듯고 어미를 위흐야 만리창파에 졍쳐
업시 어디로 향흐는고? 망망창파에 파도는 흉흉(洶洶)흐고 운산(雲山)은
쳡쳡흔디 하일하시(何日何時)에 회환흘고? 흔 번 쩌난 후 亽싱 존망(死生
存亡)을 몰을지라. 이졔 다시 못 보면 이 유한(有恨)을 엇지 흐리오?"
흐더라.

ᄎ셜(且說) 향의 헤오디,

'부왕과 모휘 셩의를 본더 ᄉ랑ᄒ시거늘, 만일 셩의 약을 어더 올진더 더욱 효셩을 아름다이 넉이실 것시오, 일국이 ᄯ흔 칭복(稱服)ᄒ올 터이니 내게 졈졈 유한이 되리라.'

ᄒ고 이에 왕과 후게 주왈,

"셔쳔에 가온 지 장근반년(將近半年)이 되도록 소식이 묘연ᄒ오니, 소지 즁노(中路)에 가셔 소식을 탐지ᄒ옵고 혹 흉파(凶波)에 불힝흔 일이 잇사와도 소지 셔쳔에 가셔 약을 구ᄒ야 오리이다."

ᄒ고 인ᄒ야 하직고 션쳑을 쥰비ᄒ야 일등무ᄉ(一等武士) 슈십 인을 다리고 셔히로 향ᄒ야 힝션흔 지 십여 일에 풍낭을 만나 강변에 비를 머므르고 밤을 지닐시 월식(月色)이 원근에 조용흔디 문득 셔다히로셔 일쳑 소션(小船)이 나는 드시 오거늘 향의 의심ᄒ야 대호(大呼) 왈,

"압히 오는 비가 안평국 대군이 안닌다?"

ᄒ니 셩의 문득 그 외는 소리를 듯고 쳔만대열(千萬大悅)ᄒ야 졉션(接線)ᄒ고 보니 이는 곳 셰지라. 슬프다! 향의에 불측흔 계교를 모르고 오직 반기믈 이긔지 못ᄒ는지라. 슬프고 가련ᄒ다. 향의 잇써 불측지심(不測之心)으로 흉계를 ᄭ몃는지라. 셩의를 보고 닐너 왈,

"현졔(賢弟) 만리 슈로(水路)에 독힝(獨行)ᄒ미 위퇴흔고로 부왕의 명을 밧ᄌ와 즁노(中路)에 와 맛거니와 아지 못게라. 약을 어더 오는다?"

셩의는 형의 불인지심(不仁之心)을 모르고 일녕쥬를 주며 모후에 환후를 무르니, 향의 문득 약을 밧고 왈,

"현졔 ᄯ난 후로 모휘 병셰흔 모양이 시미 현졔 오기를 고디 ᄒ얏노라."

셩의 왈,

"환휘 여ᄎᄒ시니 이 약을 급히 쓰오면 회복ᄒ시리이다."

흔디, 향의 문득 션상에 놉히 안즈며 여셩대미(厲聲大罵) 왈,

"네 거즛 셔쳔에 가 일녕쥬를 어더 오마 ᄒ고 병모(病母)를 바리고 불

도(佛道)에 침혹(沈惑)ᄒ야 도라오지 아니ᄒ고, 이졔야 도라오니 이는 텬하에 무쌍ᄒᆫ 불회라. 이졔 모휘 너를 보시면 병셰 더ᄒᆞ실지라. 여등(汝等)은 ᄲᆞᆯ니 물에 빠져 군부(君父)에 명을 순슈(順受)ᄒ라."

셩의 이 말을 듯고 심혼(心魂)이 아득ᄒ야 묵묵양구(默默良久)에 앙텬 탄식 왈,

"쇼지 쳔신만고ᄒ야 약을 어더 오믄 모후를 위ᄒ미러니 무슴 연고로 형장(兄長)이 무죄ᄒᆫ 우리를 죽이고ᄌᆞ ᄒ시니 이런 원억(寃抑)ᄒ미 어더 잇스리오?"

ᄒ고 통곡ᄒ야 왈,

"소뎨 죽기는 셜지 안니커니와 부모를 다시 못 뵈오니 쳔고에 무궁지통(無窮之痛)이 될 거시요. ᄯᅩ 날노 인ᄒ야 슈십이 명을 무죄히 죽게 ᄒ니 그 아니 가련ᄒ리오? 슬프다. 창텬후토(蒼天后土)와 일월셩신(日月星辰)은 조림(照臨)ᄒᆞ옵소셔."

ᄒ고 연ᄒ야 방셩대곡ᄒ니, ᄎᆞ시에 일월이 무광(無光)ᄒ고 산쳔 초목이 함루(含淚)ᄒ는 듯ᄒ더라. 션즁 졔인이 ᄯᅩᄒᆫ 셩의를 붓들고 통곡ᄒ야 왈,

"우리 슈십 인이 대군을 뫼시고 만리창파를 득달ᄒ야 션경에 드러가 일영쥬를 어더다가 곤뎐(坤殿) 환후를 평복(平服)ᄒ시게 ᄒᆫ 후 아등(我等)이 즁상(重賞)을 밧ᄌᆞ올가 ᄒᆞ얏더니 이제 무죄히 죽게 되니 엇지 원통치 아니 ᄒ리오? 우리등 소견에는 대군을 뫼시고 궐ᄂᆡ에 드러가 약을 밧치옵고 왕상에 쳐분을 기다려 죽ᄉᆞ와도 여한이 업슬가 ᄒᆞᄂᆞ이다."

향의 ᄎᆞ언(此言)을 듯고 대로대분(大怒大忿)ᄒ야 무ᄉᆞ를 호령ᄒ야 셩의와 쥬즁 졔인을 다 죽이라 ᄒ니 졔인이 대호 왈,

"대군과 우리등이 무슴 죄 잇관ᄃᆡ 모다 죽이라 ᄒ는다? 우리등이 너희 검하에 죽으미 더러오니 출하리 스스로 물에 ᄲᅢ져 죽으려니와 너희는 후ᄉᆞ를 안향(安享)치 못ᄒ리라."

ᄒ고 앙텬 통곡ᄒ니 향의 더욱 분로ᄒ야 무ᄉᆞ를 호령ᄒ야 칼을 들고 일

시에 줏치니, 격군(格軍)등이 일시에 셩의를 옹위ᄒᆞ야 왈,

"ᄉᆞ셰(事勢) 여ᄎᆞ(如此)ᄒᆞ니 대군은 동긔간(同氣間)이라. 지셩이걸ᄒᆞ야 존톄를 보즁ᄒᆞ사 우리등에 비명횡ᄉᆞ(非命橫死)ᄒᆞᆫ 혼이나 위로ᄒᆞ야 주소셔."

ᄒᆞ고 일시에 물에 ᄲᅱ여드니 산텬 금쉬 다 슬허ᄒᆞᄂᆞᆫ 듯ᄒᆞ더라. 향의 무ᄉᆞ를 눈 쥬어 셩의를 죽이라 ᄒᆞ니 무ᄉᆞ 즁 일인이 니다라 웨여 왈,

"셰지 왕명을 칭ᄒᆞ시나 엇지 동긔간 ᄉᆞ졍을 싱각지 아니 ᄒᆞ시ᄂᆞ요? 대군은 지극ᄒᆞᆫ 효ᄌᆞ시라. 셰지 엇지 인졍이 약ᄎᆞ(若此)ᄒᆞ고?"

ᄒᆞ고 칼을 드러 모든 무ᄉᆞ를 물니치니 원ᄂᆡ 이 사람은 셩명이 틱연이러라. 향의 불승분노(不勝忿怒)ᄒᆞ야 다라드러 셩의에 두 눈을 찌르고 비를 업ᄒᆞ니라. 셩의 량안(兩眼)에 피를 흘니고 파션 ᄒᆞᆫ 조각을 의지ᄒᆞ야 무변디히(無邊大海)로 졍쳐 업시 흘너가니 엇지 가련치 아니 ᄒᆞ리오. 아지 못게라. 하늘니 효ᄌᆞ를 보존ᄒᆞ게 ᄒᆞ시ᄂᆞᆫ가. 종말을 볼지어다.

ᄎᆞ셜(且說) 향의 비를 도로혀 황셩(皇城)으로 힝홀시 무ᄉᆞ를 당부ᄒᆞ야 왈,

"이는 이 말을 누셜치 말나."

ᄒᆞ고 금빅(金帛)을 만히 주어 심복인을 삼고 힝ᄒᆞᆫ 지 여러 날 만에 궐ᄂᆡ에 드러가 부왕과 모후게 뵈온디 부뫼 문왈,

"셩의에 소식을 드럿ᄂᆞ뇨?"

향의 디왈,

"소지 비를 타고 셔쳔을 향ᄒᆞ와 칠일 만에 약슈가히 다다라는 일위 션관이 파초닙 ᄀᆞᆺ흔 편쥬를 타고 오다가 소ᄌᆞ를 보고 일오디, '그디 안평국 셰지 아닌다?' ᄒᆞ옵기로 소지 비례ᄒᆞ온즉, 그 션관이 일으되 '나는 왕ᄌᆞ진(王子晉)이러니 셔쳔에 갓다가 안평국 왕ᄌᆞ를 만나 보니 셔쳔 셔역국에 일영주를 어덧스나 셩의 불도에 뜻을 두어 삭발위승(削髮爲僧)에 마음을 두어 진셰(塵世)에 나올 뜻이 망연ᄒᆞ기로 내 혜아리미 안평국 왕

비 병셰 급중ᄒ시니 국왕이 필연 기다리실지라. 맛춤 인간에 갈 길이 잇기로 전ᄒ여 쥬마ᄒ고 가져왓더니 다힝이 그디를 만낫스니 그디는 셩의를 싱각지 말고 이 약을 가져다가 밧비 쓰라.' ᄒᆞᆸ기로 가져왓ᄂᆞ이다."

ᄒ고 일영쥬를 드리니 왕비 청파에 낙심쳔만ᄒᆞ야 일영쥬를 ᄯᅡ히 더지고 통곡 왈,

"셩의는 쳘부지인이라. 엇지 일조에 마음이 변ᄒ리요? 연일 몽시(夢事 |) 불길ᄒ더니 이런 변괴 잇도다."

ᄒ고 우름을 끗치지 아니 ᄒ니 향의 왈,

"셩의 아즉 어린 마음으로 일시 변ᄒ미 잇스오나 나히 ᄎᆞ오면 ᄌᆞ연 회심(回心)ᄒ와 도라오리니 과도히 슬허 마르시고 이졔 이 약을 급히 쓰사 존톄를 도라보소셔."

ᄒ니 왕이 ᄯᅩᄒᆞᆫ 위로ᄒ며 약을 권ᄒᆞᆯ시 일영쥬 일환(一丸)을 가라 쓰니 졍신이 씩씩ᄒ고 병셰 소삭ᄒᆞᄂᆞᆫ지라. ᄯᅩ ᄒᆞᆫ 기를 쓰니 심신이 쾌락ᄒ고 ᄉᆞ지 강건ᄒᆞ야 빅병이 일시에 물너가되 다만 셩의를 싱각ᄒ고 쥬야로 비쳑(悲慽)ᄒᆞᆷ믈 마지 아니 ᄒ더라.

각셜(却說) 셩의 ᄒᆞᆫ 조각 널입흘 의지ᄒᆞ야 망망대ᄒᆡ에 지향 업시 흘너 가니 엇지 참연(慘然)치 아니ᄒ리요. 더욱 량안이 폐밍(閉盲)이 되여 불분쥬야(不分晝夜)ᄒ니, 다만 바람이 닝닝ᄒᆞ면 밤인 줄 알고 일긔(日氣) 훈훈ᄒᆞ면 나진 줄 짐작ᄒ나 만경창파에 오직 금수 소리도 업는지라. 삼쥬야(三晝夜) 만에 널조각이 다닷는 곳이 잇거늘 놀나 손을 더드머 보니 이는 곳 ᄒᆡ상암상(海上巖上)이라. 겨우 긔여올나 졍신을 슈습ᄒᆞ야 바위를 의지ᄒ고 탄식 왈,

"형이 불초ᄒᆞ야 무죄ᄒᆞᆫ 인명을 상ᄒᆞ오고, ᄯᅩ 날노써 만경창파에 이 디경이 되게 ᄒᆞ야 부뫼 겻히 계실지라도 뵈올 길이 망연ᄒᆞ오니 엇지 통한치 아니 ᄒ리오? 그러나 모친 환휘 엇더ᄒ시며, 일영쥬를 썻는지 아니 썻는지 알지 못ᄒ니 장ᄎᆞᆺ 엇지 ᄒ며, 만일 악형(惡兄)이 먹엇스면 모친

은 속절 업시 황천긱(黃泉客)이 되엿도다."

호고 비회를 이긔지 못호야 슬피 통곡호니 무정혼 디슈플이 잇셔 소리를 응호거늘 셩의 우름을 끗치고 혜오되,

"무변대히에 디 소리 엇지 나는고? 분명 초(楚)나라이로다."

호고 어로만져 나리고져 홀 지음에 믄득 오작(烏鵲)이 지져괴는 소리나며 손에 무어시 집피거늘 이는 실과(實果)라. 먹으미 비부르고 졍신이 상활(爽闊)혼지라. 이에 암상에 날여 죽림(竹林)을 추져가니 무셩혼 디 밧치라. 어루만즈니 그 중에 혼 디 잇스되 줄기에 마디마디 휘드러 죽셩(竹聲)이 요요졀졀 호거늘 낭중으로 조추 단검을 너여 그 디를 븨여 단져(短笛)를 민드러 혼 곡조를 부니 젹셩(笛聲)이 쳥아호여 여원여모(如怨如慕)호여 스룸에 심회를 산란케 호니 이는 반다시 산쳔이 위로호야 감동호니, 잇찌 셩의 희상에 지날 적에 신션에 져 소리를 듯고 곡조를 능통혼 비러라.

추셜(且說) 중국 사신 호승상이 안남국에 갓다가 일년 만에 슈로로 회환호더니 이곳에 일르러 비를 머믈고 일힝이 쉬더니 츈풍은 소슬호고 슈파는 고요혼디 쳐량혼 져 소리 풍편에 멀이 들니거늘 승상이 하리(下吏)를 명호야,

"져 소리 나는 곳을 차지라."

호니 하리 승명(承命)호고 나아가 보니, 일기 동지 암상을 의지호야 져를 슬피 불거늘 하리 문왈,

"동즈는 어디셔 살건디 이곳에서 져를 휘롱호느뇨?"

셩의 놀나 답왈,

"나는 의지 없는 스룸이로라."

하리 우왈(又曰),

"우리 로애(老爺ㅣ) 중국 스신으로 안남국에 갓다가 회환호시더니 동즈의 져 소리를 드르시고 쳥호야 오라 호시니, 흠게 가미 엇더호뇨?"

"밍인(盲人)이 촌부(寸步)를 옴기지 못ᄒ니 엇지 뵈오리오?"

하리 불상이 녁여 셩의를 붓들고 ᄒ변에 나아가 승상게 뵈오니, 승상이 일견에 그 비범ᄒᆫ 얼골에 폐밍이 되엿스믈 보고 ᄎ탄ᄒ야 왈,

"앗갑도다. 져러ᄒᆫ 인믈이 일월을 보지 못ᄒ니 가련ᄒ도다."

셩의 지비 왈,

"소지 부모를 일습고 유리표박(遊離漂迫)ᄒ다가 슈적(水賊)을 만나 량안을 일삽고 잔명을 계오 보존ᄒ와 무인졀도(無人絶島)에 일러 심시 번뇌ᄒ오민, 우연이 단져를 불미러니 상공이 드르신 비 되도소이다."

ᄒ고 언파(言罷)에 눈물을 흘니거늘, 승상이 쳥파에 츄연(啾然) 왈,

"네 나히 멋치뇨?"

셩의 디왈,

"시년(時年)이 십이 셰로소이다."

승상 왈,

"네의 용모를 보니 안평국 인믈이라. 내 너를 이곳에 버리고 가면 필경 명을 보젼치 못ᄒᆯ지라. 엇지 홀노 도라가리오?"

ᄒ고 하리를 명ᄒ야 셩의를 ᄃ리고 중국에 도라와 텬ᄌ게 복명(復命)ᄒᆫ 후 쥬왈,

"신이 회환 시에 즁노 ᄒ상에셔 여ᄎ여ᄎᄒ온 아ᄒ를 만나 ᄃ려왓ᄂ이다."

ᄒ오니 상이 드르시고 셩의를 불너 보시니, 그 옥골션풍(玉骨仙風)의 실목(失目)ᄒ믈 ᄎ탄ᄒ시며 문왈,

"짐이 드르니 네 져를 잘 분다 ᄒ니 ᄒᆫ 번 듯고ᄌ ᄒ노라."

셩의 고두(叩頭)ᄒ고 ᄒᆫ 곡조를 부니 쳥아ᄒᆫ 소리 진셰 음률과 다름이 잇ᄂᆫ지라. 상이 칭찬ᄒ사 왈,

"너는 진짓 신션이 나려와 인간을 희롱ᄒᄂᆫ도다."

ᄒ시고 후원에 두시니라.

츠시(此時) 황상(皇上)이 다만 흔낫 공쥬를 두엇스니 일홈은 치란이오, 년광(年光)이 십삼이라. 화용월틱(花容月態)는 월궁항익(月宮姮娥ㅣ) 하강흔 듯ㅎ고 쏘흔 지긔(才器) 민쳡ㅎ야 시셔빅가(詩書百家)와 음률이 능통흔지라. 상과 휘 지극 이즁ㅎ시고 궁즁 졔인이 막불흠앙(莫不欽仰)ㅎ더라.

츠시에 공쥐 흔가흔 씨면 거문고를 희롱ㅎ며 혹 후원에셔 무예를 연습ㅎ니 가위 녀즁군지(女中君子ㅣ)요 규즁호걸(閨中豪傑)이러라.

츠시 셩의 후원에 잇셔 의식은 유족ㅎ나 본국 소식이 묘연흔믈 슬허ㄱ오더,

"셔신(書信)을 뉘라셔 통ㅎ야 쥬리오? 맛당히 내가 길으든 기럭이 스랏는가 죽엇는가? 만일 스랏스면 부모긔 안부를 젼ㅎ련마는 홀 일 업도다." ㅎ고 불승비감(不勝悲感)ㅎ야 단져로 스향곡(思鄕曲)을 부니 쳥음(淸音)이 쇄락ㅎ야 벽공에 스못치며 이원쳐졀흔지라. 공쥐 맛춤 월식을 씌여 시녀를 드리고 완월루(玩月樓)에 올나 유완(遊玩)ㅎ다가 단져 소리를 듯고 희불ㅈ승(喜不自勝)ㅎ야 옥슈로 거문고를 희롱ㅎ고 ㅈ탄 왈,

"긔특다! 이 곡조여! 이는 왕ㅈ진 엄군령의 곡죄니 필연 후원에 스롬이 잇셔 단져를 희롱ㅎ미로다." ㅎ고 시녀 벽옥을 명ㅎ야,

"그 소리 나는 곳을 츠지라." ㅎ니 벽옥이 슈명ㅎ고 즉시 ㅈ운각으로붓터 능파더에 올나 스면을 살펴 보니 이윽고 후원에셔 흔 동지 홀노 안져 ㅈ단져를 슬피 불거늘, 벽옥이 희불ㅈ승ㅎ야 나아가 문왈,

"션동은 엇지 이 심야에 ㅈ지 아니ㅎ고 단져를 불문 엇지미뇨?"

셩의 놀나 왈,

"나는 외국인이라. 일월을 못 보는 밍인인고로 슈회교집(愁懷交集)ㅎ미 맛참 져를 희롱ㅎ미라. 그더는 엇지 ㅎ야 뭇느뇨?"

벽옥 왈,

"나는 옥쥬에 시녀러니 맛춤 공쥬를 뫼시고 완월루에 올나 월식을 완상ᄒ시더니 홀연 그디에 져 소리를 드르시고 ᄎ지라 ᄒ시미 왓노라."

셩의 대경 왈,

"내 비록 밍인이나 엇지 감히 옥쥬 안전에 뵈오리요? 이는 불가ᄒ도다."

벽옥이 묵연(默然)ᄒ고 도라와 그 용모와 문답ᄒ든 말ᄉᆞᆷ을 고ᄒ니 공쥐 문득 몽ᄉᆞ(夢事)를 싱각고 왈,

"내 드르니, 호승상이 도라오다가 희상에서 ᄒᆞᆫ 아히를 ᄃᆞ려다가 후원에 두엇다 ᄒ더니 필연 이 아희로다."

ᄒ고 즉시 불너 오라 ᄒ니, 옥이 승명ᄒ고 다시 나아가 셩의ᄃᆞ려 왈,

"옥쥐 비록 심궁(深宮)에 처ᄒ시나 약간 음률을 아시는고로 그디에 져 소리를 드르시고ᄌᆞ ᄒ야 부르시미니 ᄉᆞ양치 말고 가미 엇더ᄒ뇨?"

셩의 마지 못ᄒ야 ᄯᆞ라 완월루에 일으러 지비ᄒ니, 공쥐 ᄌᆞ세히 살펴본즉 비록 밍인이나 표표ᄒᆞᆫ 골격이 진짓 대장부 긔상이라. 공쥬 ᄌᆞ리를 쥬고 거쥬(居住)와 셩명(姓名)을 무르니 셩의 디왈,

"소싱은 죄악(罪惡)니 관영ᄒ와 부모를 실산(失散)ᄒ고 혈혈단신(子子單身)이 젼젼유리(戰戰遊離)ᄒ더니 텬힝으로 호승상을 만나 거두시ᄆᆞᆯ 입ᄌᆞ와 의식은 풍족ᄒ오나 신셰를 싱각ᄒᆞ옵고 감창ᄒ여 단져로 슈회나 펴ᄌᆞ ᄒ얏ᄉᆞᆸ더니 의외에 옥쥬게셔 부르심을 당ᄒ오니 황감무지(惶感無知)ᄒ오며, 부모 거쥬는 모로옵고 다만 나흔 십이 셰로소이다."

공쥐 쳥파에 ᄎᆞ탄 왈,

"가셕다. 일월을 보지 못ᄒᆞ미여! 그디에 단져 소리 가장 신긔ᄒ기로 ᄒᆞᆫ 번 듯고ᄌᆞ ᄒ야 쳥ᄒ얏ᄂᆞ니 몰ᄋᆞ미 슈고를 앗기지 말나."

셩의 승명ᄒ고 즉시 져를 ᄲᅦ여 들고 월하에 안ᄌᆞ 슬피 부니 ᄉᆞ람에 마음이 ᄌᆞ연 감동ᄒ는지라. 공쥐 왈,

"그디 필연 범인이 아니로다. 곡죄 졔칙 잇스니 그디는 슈고를 앗기지

말고 품은 지조를 다 ᄒ라."

셩의 디왈,

"옥쥐 소싱에 미쳔ᄒ물 혐의치 아니샤 이ᄀᆺ치 관디ᄒ시니 은혜 난망
이라. 엇지 지조를 은휘(隱諱)ᄒ리잇고?"

손으로 난간을 치며 고시(古詩)를 읇흐니, 공쥐 그 시흥(詩興)을 이긔
지 못ᄒ야 산호필(珊瑚筆)을 드러 화젼에 쓰고 ᄌ흥이 더ᄒ야 빅옥셔안
(白玉書案)을 치며 귀귀(句句)히 층찬ᄒ더라.

ᄎ셜 공쥐 옥비를 젼ᄒ야 왈,

"빅옥이 진토에 뭇치여 잇스나 명광을 갈히지 못ᄒᄂ니, 그디 일즉 부
모를 여희다 ᄒ니 지조를 뉘게 비홧ᄂ뇨?"

셩의 디왈,

"어려셔 흔 도인을 만나 비홧ᄂ이다."

공쥐 탄식 왈,

"그디는 반ᄃ시 젼셰에 도덕이 놉핫기로 금셰에 져런 지조를 비홧도다."
ᄒ더라.

ᄎ시 벽옥이 탄왈,

"공쥬에 탄금과 션동에 단져 소리 진짓 젹쉬라."
ᄒ더라. 이에 월식이 ᄉ창(紗窓)에 진ᄒ미 공쥐 시녀를 명ᄒ야 셩의를
인도ᄒ야 보니고 침소로 도라오니라.

이러구러 일년을 지니니 ᄯᅦ는 만화방챵(萬化方暢)흔 츈ᄉᆷ(春三)이라.
원산(遠山)에 빅화(百花)는 만발ᄒ야 가는 나뷔를 머므르고 셰류(細柳)
는 쳥쳥ᄒ야 츈ᄉᆨ(春色)을 ᄌ랑ᄒ미 황잉(黃鶯)은 쌍쌍이 왕니ᄒ야 ᄉ람
에 ᄆᆞ음을 호탕케 ᄒᄂ지라.

ᄎ시에 만셰황애 츈경을 ᄉ랑ᄒ사 후원 빅화졍에 티평연(太平宴)을
비셜ᄒ시고 문무졔신(文武諸臣)으로 더브러 즐기실시, 빅관이 금관옥디
(金冠玉帶)를 졔졔히 ᄒ야 텬상 션관이 하강흔 듯ᄒ더라. 황뎨 호승상을

명ᄒ사 셩의 부르라 ᄒ시니라.

 츠셜 셩의 홀노 안ᄌ 탄식ᄒ고 본국을 싱각ᄒ더니 홀연 황상이 브르심을 듯고 즉시 ᄉᄌ을 ᄯ라 나아가 탑하에 복지ᄒ온대, 상이 평신(平身)ᄒ라 ᄒ시고 자세히 보시니 옥골 풍치 ᄲᅢ혀나고 셩음이 쳥아ᄒ미 시로이 츙찬ᄒ시고 그 신세를 이련이 녀기시니, 좌우 졔신이 반렬(班列)에 셧다ᄀ 셩의를 보고 져마다 그 전후 ᄉ연을 알고ᄌ ᄒ거늘, 호승상이 여ᄎᆞ여ᄎᆞ 셜파ᄒ니 졔인이 차탄 왈,

 "셕일(昔日)에 ᄒᆡ풍쳥이 칠년 만에 눈을 ᄯᅥᆻ다 ᄒ더니 져 소동이 ᄯᅩᄒᆫ 긔질이 비범ᄒ니 타일에 반다시 신긔ᄒᆫ 일이 잇스리로소이다."
ᄒ더라. 일모파연(日暮罷宴)ᄒᆞ미 졔신은 믈너가고 상이 니뎐에 드러가 셩의에 이련ᄒᆫ 일을 일ᄏᆞ르시며 못니 이셕ᄒᆞ야 ᄒ시니 휘 왈,

 "그 아ᄒᆡ 비록 밍인이오나 지죄 신긔타 ᄒ오니 ᄒᆞᆫ 번 불너 보미 엇더ᄒ오니잇고?"

 상이 즉시 호승상을 명ᄒᆞᄉ 셩의를 인도ᄒᆞ야 다려오미 좌(坐)를 쥬시고 져를 불나ᄒᆞ야 ᄒᆞᆫ 곡조를 부니 과연 비상ᄒᆞ야 진셰 음률과 다른지라. 황휘 대찬(大讚)ᄒᆞᄉ 왈,

 "진짓 션아에 져 소리 ᄀᆺ도다."
ᄒ시고 문왈,

 "네 고향은 어듸며 부모는 뉘라 ᄒᆞᆫ다?"

 셩의 디왈,

 "소신이 삼 셰에 부모를 일ᄉᆞᆸ고 유리표박 ᄒᆞ얏ᄉ오니 거쥬와 부모에 셩명을 몰ᄋᆞ니이다."
ᄒ더라. ᄎᆞ시에 공쥐 장막(帳幕) 안ᄒᆡ 잇다가 셩의를 바라보고 그 아름다온 용모와 씩씩ᄒᆫ 풍치를 칭찬ᄒᆞ야 왈, 일륜명월(一輪明月)이 벽공을 헤치는 듯 표표ᄒᆫ 긔상은 월ᄒᆞ에서 단져를 불 젹과 다른지라. 심하(心下)에 그윽키 안폐(眼閉)ᄒᆞ믈 이셕ᄒᆞ야 ᄒ더라.

츠시 황휘 금빅을 만히 상사호시니 셩의 스은호고 후원에 도라와 금을 어로만져 울며 왈,

"량친(兩親)에 안부는 엇더호시며, 쏘 불초즈를 언마나 싱각호시는고?"
호며 탄식 왈,

"이 몸이 본국을 써는 지 슈삭 만에 셔쳔에 가 약을 어더 오다가 내 졍셩이 부족호무로 불측흔 형의게 독슈를 만나 명이 타국에 유락홀 쑨더러 일월을 못 보니 싱불여시(生不如死ㅣ)라. 망극호사, 이니 몸이여! 금은이 여산(如山)흔들 무엇시 쓰리오? 본국은 동남이라. 두 나리 업스니 엇지호리요? 창텬은 구버 살피소셔."
호고 인호야 젼젼불미(輾轉不寐)호더라.

츠시에 공쥐 야심호물 인호야 옥촉(玉燭)을 밝히고 난간을 의지호야 시를 읇흐다가 믄득 셩의에 고향스(故鄕事)를 염녀호물 싱각고 이에 춘난드려 왈,

"스람이 쳐셰호얏다가 리국(離國)호미 회푀 간결홀지라. 그 아니 가련호냐?"

춘난등이 디왈,

"요스이 그 소동에 말이 왕왕이 귀를 놀니더이다."

공쥐 탄왈,

"소비에 마음에도 임에 혜아린 비로소이다."
호고 즉시 셩의에 쳐소에 나아가 불너 왈,

"공쥬끠셔 맛춤 잠이 업스스 단져 소리를 듯고즈 호시니 잠간 가미 엇더호뇨?"

셩의 놀나 옷슬 닙고 의관을 졍졔호야 춘난을 쌋라 옥루에 일으니 공쥐 왈,

"우연이 그디와 음률을 화답호니 비록 례도(禮度)에 어그나 스모호는 마음이 간졀호기로 다시 쳥호야 월식을 씌여 그 시를 창화(唱和)코즈 호

ᄂ니, 그ᄃ는 슈고를 앗기지 말고 슈응(酬應)ᄒ소냐?”

ᄒ고 시녀를 명ᄒᆞ야 일비향온(一杯香醞)을 권ᄒᆞ거늘, 셩의 슈명ᄒ고 실
노 먹지 못ᄒ나 참아 ᄉ양치 못ᄒ야 바다 마신 후에 시를 읇ᄒ니 그 시
에 왈,

> 일신이 만리에 유락ᄒᆞ미여, 어ᄂ 씨 고향 ᄉᆡᆼ각이 업스리요?
> 홍안(鴻雁)조ᄎ 무졍(無情)ᄒ니 소식 젼키 어렵도다.
> 속졀업시 흐르는 눈물을 창회를 보ᄐᆡ는도다.

ᄒ얏거늘, 공쥐 ᄌᆡ삼 보다가 이에 화답ᄒ니 왈,

> 우연이 원긱(遠客)을 만나니 그 아니 연분인가?
> 일곡 단져 맑은 소리 ᄉ남에 심회를 돕는도다.
> 연이나 만ᄉ를 인력으로 못ᄒ나니 다만 일비쥬(一杯酒)로 위로 ᄰᅵᆫ이로다.

ᄒ얏더라. 공쥐 읇기를 다 ᄒᆞᆫ 후 문왈,

“시를 지으미 과연 마음으로 ᄂᆞᆫ다 ᄒ니 본ᄃ 쳔인(賤人)은 민간에셔
살고 왕ᄌᆞ(王子)는 궁즁에셔 ᄉᆡᆼ쟝ᄒᆞᄂ니, 쳥컨ᄃ 울울ᄒᆞᆫ 심회를 은휘치
말나.”

셩의 ᄃᆡ왈,

“그럴 리 업ᄂ이다.”

공쥐 부답ᄒ고 거문고를 나와 ᄒᆞᆫ 곡조로 희롱ᄒ니 소리가 쟝쳐량ᄒ야
긱회(客懷)를 돕는지라. 셩의 옷깃ᄉᆞᆯ 엳의고 ᄲᅮ러 고왈,

“옥쥐 쇼셩 갓흔 쳔인을 혐의치 아니시고 이러틋 관ᄃᆡᄒ신 은혜 ᄐᆡ산
이 가비압고 하ᄒᆡ가 엿튼지라. 여ᄎ 은혜는 ᄇᆡᆨ골난망(白骨難忘)이로소
이다.”

공쥐 왈,

“그ᄃ는 진짓 귀공ᄌᆞ(貴公子ㅣ)라. 금뎐옥ᄃᆡ(金殿玉臺)에 단풍시(丹楓

詩)를 희롱하니 심시 엇지 범연하리오?"

성의 묵묵 묵연이러니 믄득 금계(金鷄) 시벽을 보하는지라. 공쥐 몸을 이러 시녀로 하여금 성의를 인도하야 도라보내니 성의 하직고 쳐소로 도라와 내심에 혜오디,

'공쥬는 규중호걸이오, 녀중군지라. 진짓 군즈호구(君子好逑)언마는 도시 텬졍이라. 엇지 인력으로 하리오? 고국이 창망하니 나에 심회를 붓칠 곳이 업더니 도로혀 희힝하도다.'
하더라.

각셜 안평국 왕비 병세 쾌복하나 성의에 스싱을 몰나 쥬야로 슬허하더니 일일은 비회를 금치 못하야 성의에 잇든 곳에 드러가 보니, 산호성 안에 셔칙필연(書冊筆硯)은 의구(依舊)하되 형영이 묘연하야 심회 감창하물 이긔지 못하더니, 홀연 외기럭이 슬피 울물 듯고 괴이히 녀겨 시녀 드려 무르니, 시녀 디왈,

"이 기럭이는 대군에 기르시든 기럭이라. 대군이 남힝시(南行時)에 그 기럭이를 어로 만져 경계하사 왈, '너는 날노 더부러 일시도 써나미 업더니 이제 만리원별(萬里遠別)을 당하니 어늬 써나 다시 모도리오? 만일 무슴 일이 잇거든 네 두 나리를 붓쳐 소식을 젼하라.' 하고 가신 후 소첩 등이 밥을 먹이더니 요스이 밤마다 슬피 울기를 긋치지 아니하오되, 너뎐이 초원(稍遠)하므로 낭낭(娘娘)이 못 드러 계시니이다."

왕비 츠언을 듯고 즉시 기럭이를 어로 만져 왈,

"네 비록 미물이나 임지 어디 갓느뇨? 스랏는가 죽엇는가? 만일 스랏스면 압희셔 세 번 울나."
하니 기럭이 목을 늘희여 슬피 셰 번 울거늘, 왕비 깃거 왈,

"네 아는도다."
하고 왈,

"네 임지 스랏거든 이제 나의 필젹(筆跡)을 젼홀소냐?"

그 기럭이 머리를 세 번 좃거늘, 왕비 즉시 산호필을 드러 일봉셔(一奉書)를 닷가 기럭이 다리에 미고 경계 왈,

"네 두 나리는 만리를 나는 직죄 잇스니 이 글을 잘 젼ᄒᆞ라."

ᄒᆞ니 기럭이 세 번 소리ᄒᆞ고 두 나리를 펼치며 청텬에 써올나 운산으로셔 북으로 향ᄒᆞ야 가니 엇지된고. ᄎᆞ하(次下)를 분희ᄒᆞ라.

ᄎᆞ셜 치란 공쥐 금각당에 홀노 안ᄌᆞ 글을 닑다가 스창을 열고 보니 금풍이 소슬ᄒᆞ고 향염(香艶)은 포락ᄒᆞ니 심시 ᄌᆞ연 쳐량ᄒᆞ야 벽옥다려 왈,

"하졀(夏節)이 임의 진ᄒᆞ야 이슬과 셔리 미즛스니, 나는 옥궐 금뎐에 편안이 잇셔 영낙(榮樂)으로 지니되 마음이 ᄌᆞ연 쳐량ᄒᆞ거든, ᄒᆞ믈며 만리타국 긱에 심시 오작ᄒᆞ리오?"

벽옥이 디왈,

"원방(遠方) 기럭이 도라오고 뎌 아리 국화 만발 홀 ᄯᆡ는 문인묵긱(文人墨客)도 수회를 금치 못ᄒᆞ거든, 고국을 써나 만리타국에 고초ᄒᆞ는 ᄉᆞ롬에 심ᄉᆞ야 일너 무엇ᄒᆞ리잇고? 연이나 져 소동을 쳥ᄒᆞ야 외로이 잇는 긱회를 위로ᄒᆞ오미 올홀가 ᄒᆞᄂᆞ이다."

공쥐 탄왈,

"인졍은 본디 그러ᄒᆞ나 외간 남ᄌᆞ를 ᄌᆞ조 불너 보미 례모(禮貌)에 손상홀가 ᄒᆞ야 져허ᄒᆞ노라. 그러나 네 임에 발셜ᄒᆞ얏스니 쳥ᄒᆞ야 오라."

벽옥이 수명ᄒᆞ고 즉시 후원에 드러가 셩의를 부르니, 차시에 셩의 맛춤 잠을 깁히 드럿다가 부르는 소리를 듯고 놀나 이러 안즈니 공쥬에 시녀 벽옥이라. 반가온 마음을 층량치 못홀지라. 심하에 혜오되,

'앗가 꿈이 비상ᄒᆞ니 오늘날 일졍 조흔 일이 잇스리로다.'

ᄒᆞ고 디왈,

"그디는 궁중 귀인이라. 이 심야에 날 ᄀᆞᆺ흔 쳔인을 차즈니 무슴 일이 잇ᄂᆞ뇨?"

옥이 디왈,

"옥쥐 동亽를 쳥ᄒ시미 왓노라."

ᄒ고 셩의를 인도ᄒ야 금각당에 올나가니 공쥐 반겨 좌를 주고 문왈,

"그 亽이 긔회 엇더ᄒ뇨?"

셩의 ᄃ왈,

"쳔셩이 셩상의 히활지틱(海闊之澤)을 입亽와 아직 일신이 편안ᄒ오니 다힝ᄒ외다."

공쥐 시녀를 명ᄒ야 가진 셩찬(盛饌)을 풍비히 나오고 향온을 부어 권ᄒ며 담화ᄒ더니, 믄득 월식은 만졍(滿庭)ᄒ고 츄풍은 소슬ᄒᄃ 홀연 동남간을셔 외기력이 슬피우는 소리 졈졈 갓가와 즁텬에 놉히 떠 금각당으로 도라 단이며 슬피 울거늘, 공쥬와 좌우 시녀 나와 하늘을 울러러 살피며 심히 고이히 녀기고, 셩의는 혼빅이 비월(飛越)ᄒ야 심니(心裏)에 싱각ᄒ되,

'이 즘싱은 반다시 나에 기르든 기력인가?'

ᄒ고 어린 듯 취ᄒ 듯 안잣더니, 아이오 그 기력이 두 나릭를 펴고 졈졈 나려와 셩의 압히 안즈며 목을 늘희여 슬피 울거늘, 셩의 그계야 과연 본국 기력이 온 줄 알고 급히 두 손으로 기력이를 쥐고 등을 어로 만져 통곡 왈,

"네 이졔 오믄 반다시 모휘 승하(昇遐)ᄒ시도다."

ᄒ고 업더져 혼졀ᄒ니 좌우 시예 놀나 급히 구활시 공쥐 살펴보니 기력이 좌편 다리에 일봉셔를 미엿거늘 밧비 글을 보니 ᄒ얏스되 피봉(皮封)에 '안평국 국모는 아즈 셩의에게 붓치노라' ᄒ얏거늘, 공쥐 긔이히 녁여 일오디,

"기력이 다리에 일봉셔 미얏스니 그디는 졍신을 슈습ᄒ야 亽연을 드르라."

ᄒ고 봉셔를 씌혀보니 ᄒ얏스되,

'모연 모월 모일에 안평국 국모는 읍혈ᄒ고 아ᄌ 셩의에게 붓치노라. 슬프다, 네 나에 슬하를 떠난 지 긔 년이라. 망망ᄒ 텬디간에 어듸로 가셔 죽엇느냐 살앗느냐? 네 츌텬지효(出天之孝)로 나의 병을 위ᄒ야 황당ᄒ 도스의 말을 듯고 죠흔 궁궐을 바리고 만경창파에 일신을 편쥬에 붓치여 셔쳔에 가 약을 어덧스니 네 효셩을 하늘이 감동ᄒ시나, 네 효셩ᄒ는 소식은 업스니 슬프다. 내 아희여! 어별(魚鼈)에 밥이 되얏느냐? 어늬 디경에 의지ᄒ얏느냐? 네 형이 너의 소식을 아라오마 ᄒ고 가더니 무ᄉ 연괸지 너는 아니 오고 다만 일영쥬만 가져 왓스며, 형의 말을 드르니 네 삭발위승ᄒ고 불도에 잠심ᄒ야 부모를 바리고 이곳을 떠나 부귀를 부운(浮雲) ᄀᆺ치 녁인다 ᄒ니, 그 말을 가히 취신(取信)치 못홀지라. 그런고로 네 ᄉ싱 존망을 엇지 알니오? 내 일영쥬를 먹은 후 병이 즉시 낫고 ᄯᅩᄒ 빅병이 구퇴ᄒ야 완인이 되얏스니, 네 효힝은 대순(大舜)과 증ᄌ(曾子)에 밋츨지라. 슬프다! 천ᄉ만탁(千思萬度)ᄒ야도 네 형에 불효부졔(不孝不悌)ᄒ 힝실은 천고에 업슬지라. 로즁에서 불측ᄒ 환(患)을 만나 도라오지 못ᄒ미냐? 월명심야와 일모황혼에 망망ᄒ 텬디를 부앙ᄒ고 부르지져 슬피 울 ᄯᅳ름이러니, 일일은 심ᄉ 비창ᄒ야 너 잇든 별당에 가 고젹(古跡)을 살펴보니, 다만 씌글이 쓰이고 외기럭이 슬피 우니 이는 곳 너히 기르든 즘싱인고로 경계ᄒ고 부탁ᄒ즉 이거시 ᄉ람에 심신을 요동케 ᄒ는지라. 구만리 쟝텬에 지향무쳐(指向無處)ᄒ나 일봉셔 붓치나니 힝혀 명텬이 감동ᄒᄉ 소식을 전홀가 바라노라. 기럭이 회편에 답셔를 볼가 츅슈ᄒᄂ니 만힝으로 소식을 들을진디 구텬에 도라 가도 한이 업슬가 ᄒ노라. 만단슈회(萬端愁懷)를 펴고ᄌ ᄒ나 혈뉘 압흘 가리기로 이만 긋치노라.'

ᄒ얏더라.

셩의 듯기를 다 ᄒ미 가슴이 무여지고 간장이 녹는 듯ᄒ는 ᄀ온디 일편 반갑고 졍신이 쾌락ᄒ야 급히 이러나 빗ᄉ홀 즈음에 문득 량안이 번긔ᄀᆺ치 쯔이니, 이비컨디 구년지슈(九年之水)에 히빗츨 본 듯, 침침칠야(沈沈漆夜)에 월명을 만난 듯, 황텬에셔 ᄉ라온 듯, 하늘에셔 ᄯᅥ러진 듯, 싱신지 몽즁인지 ᄭᅢ닷지 못ᄒ야 도로혀 어린 듯 취ᄒ 듯 졍신이 황홀ᄒ지라. 이에 좌즁을 살펴보니 일위 공쥬 시녀를 거ᄂ리고 금슈셕상에 단

좌ᄒᆞ얏스니 옥모화용(玉貌花容)이 졀디가인(絶對佳人)이라. 왕뫼(王母ㅣ) 요디(瑤池)에 반도연(蟠桃宴)을 비셜ᄒᆞᆫ 듯 월궁항이(月宮姮娥ㅣ) 광한루에 됴회(朝會)ᄒᆞᆫ 듯 ᄒᆞᆫ 번 보미 졍신이 산란ᄒᆞᆫ지라.

잇ᄯᅢ 공쥐 우슈로 봉셔를 들고 그 보지 못ᄒᆞ믈 궁측이 녁여 낭낭ᄒᆞᆫ 소리로 ᄒᆡᆼ운츄수(行雲流水) ᄀᆞᆺ치 읽어 들니다가 쳔만 ᄯᅳᆺ밧게 셩의 눈을 ᄯᅥ ᄌᆞ긔를 유졍이 살펴보믈 보민, 혼ᄇᆡᆨ이 비월ᄒᆞ고 마음이 경공ᄒᆞ야 셤셤옥슈(纖纖玉手)로 나삼을 급히 드러 옥면을 ᄀᆞ리오고 거름을 ᄀᆞ비야이 옴겨 침소로 드러갈식, 츈난등이 ᄯᅩᆫ 놀나 일시에 공쥬를 좃ᄎᆞ가고 등촉 업는 침침야(沈沈夜)에 셩의 홀노 안져 그 셔간을 시로이 보고 안광이 더욱 명낭ᄒᆞ야 비록 칠야나 ᄒᆞᆫ 글ᄌᆞ도 희미ᄒᆞ미 업셔 지삼 보아도 분명ᄒᆞᆫ 모후에 필젹이라. ᄒᆞᆫ 번 보고 두 번 보미 비회교집(悲懷交集)ᄒᆞ야 아모리 홀 줄 몰나 흔흔이 안꺼더니, ᄎᆞ시 공쥐 도라가 츈난으로 말ᄉᆞᆷ을 젼ᄒᆞ여 왈,

"쳔고에 괴특ᄒᆞ고 희한ᄒᆞᆫ 일이 날밧게 업슬지라. 치하홀 바를 결을치 못ᄒᆞ거니와 그디 ᄒᆞᆫ갈 ᄀᆞᆺ치 심ᄉᆞ를 긔이시문 아녀ᄌᆞ에 틱되라. 그러나 이계로붓터 ᄂᆡ외현격(內外懸隔)ᄒᆞ얏스미 다시 만나 셔로 말ᄉᆞᆷᄒᆞ기는 고ᄉᆞᄒᆞ고 젼일ᄉᆞ를 싱각ᄒᆞᆫ즉 ᄌᆞ괴(自愧)ᄒᆞ미 만ᄉᆞ온지라. 바라ᄂᆞ니 귀톄를 보즁ᄒᆞ소셔."

ᄒᆞ거늘 셩의 쳥파에 이러나 ᄉᆞ례ᄒᆞ야 왈,

"소국 쳔인이 옥쥬에 싱활지은(生活之恩)을 입ᄉᆞ와 ᄌᆞ로 관졉ᄒᆞ시니 그 은혜을 싱각ᄒᆞ오면 틱산이얏고 하ᄒᆡ엿튼지라. 결초보은(結草報恩)ᄒᆞ오랴 ᄒᆞ얏더니 텬되(天道ㅣ) 유의ᄒᆞ사 고목(枯木)이 봉츈(逢春)ᄒᆞ고 졀쳐봉싱(絶處逢生)ᄒᆞ야 두 눈이 열니여 만물을 다시 보고 부모 안부를 듯ᄌᆞ오니 깃부기 무궁ᄒᆞ오나 ᄌᆞ금 이후로는 하산이 길이 멀고 약수물이 깁ᄉᆞ오니 다시 뵈올 길이 묘연ᄒᆞᆫ지라. 창결(悵缺)ᄒᆞ옴을 엇지 다 칭량ᄒᆞ오리잇가? 그러나 귀톄 안강ᄒᆞ소셔."

ᄒᆞ고 인ᄒᆞ야 기럭이를 안고 후원으로 도라가 기럭이 등을 쓰다듬어 왈,

"네 비록 미물이나 능히 만리에 소식을 젼ᄒᆞ야 부왕에 문안과 모후에 환후 평복ᄒᆞ시믈 알게 ᄒᆞ니 이제 죽어도 여한이 업슬지라. 내 이곳에 잇는 줄 네 엇지 아는다? 너 곳 아니면 엇지 눈을 써 일월을 다시 보리오? 네 은혜는 삼싱(三生)에도 갑지 못ᄒᆞ리로다."

ᄒᆞ고 다시 칭찬 왈,

"한무뎨(漢武帝) 시(時)에 소뷔(簫武ㅣ) 흉노(匈奴)의게 ᄉᆞ신 갓다 북히(北海)에 갓친 지 십구년이 되믹 기럭이 발에 글을 믹여 상님원(上林苑)에 소식을 통ᄒᆞ야 본국에 도라가믈 어덧더니, 아마도 네 빅안(白雁)에 후신(後身)이로다."

ᄒᆞ고 익일에 호승상 집에 나아가 승상을 뵈온디, 승상이 크게 놀나 급히 그 손을 잡고 문왈,

"네 엇지ᄒᆞ야 일조에 량안이 밝앗느뇨?"

셩의 그제야 ᄌᆞ초지종을 비로소 고ᄒᆞ니 승상이 청파에 신긔히 녁여 희식을 씌고 왈,

"이는 만고에 희한ᄒᆞᆫ 일이라."

ᄒᆞ고 즉시 궐닉에 드러가 셩의에 눈 쓴 ᄉᆞ연과 안평국 왕ᄌᆞ로 고초ᄒᆞᆫ ᄉᆞ연을 주ᄒᆞᆫ디, 텬지 드르시고 ᄯᅩᄒᆞᆫ 긔이히 녁여 셩의를 부르ᄉᆞ 그 손을 잡으시고 골오ᄉᆞ디,

"네 본이 션동으로 진셰에 나려와 밍인이 되여 인간을 희롱ᄒᆞ미로다."

ᄒᆞ시고 승상을 도라보사 왈,

"경에 지인지감(知人之鑑)이 ᄌᆞᆺ못 타인이 밋지 못ᄒᆞ리로다. 아직 셩의를 경에 집에 두어 입신양명(立身揚名)ᄒᆞ야 짐에 동양지신(棟樑之臣)이 되게 ᄒᆞ라."

ᄒᆞ시고 인ᄒᆞ야 니뎐에 드르ᄉᆞ 희식이 룡안이 ᄀᆞ득ᄒᆞ시믹 휘 문왈,

"폐하, 오늘날 무슨 일이 잇관디 져럿틋 희식이 만안(滿顔)ᄒᆞ시잇가?"

상 왈,

"공쥬에 비우(配偶)를 어덧기로 ㅈ연 희싴이 잇ᄂ이다."

휘 뭇ㅈ와 골오디,

"엇던 ᄉ롬이니잇고?"

상이 답왈,

"젼일에 단져 부든 소동이라. 호승상이 안남국에 ᄉ신갓다가 회환 시에 힝상에셔 다려온 아히오니, 비록 아름다오나 다만 량안이 폐밍인고로 미양 앗기더니 이졔 두 눈을 ᄯ고 ᄯᅩ흔 그 몸이 안평국 왕ㅈ로셔 여ᄎ여ᄎᄒᆞ야 긔특흔 일이 천고에 드무니 무슴 의심이 잇스리요?"

황휘 ᄯᅩ한 깃거ᄒᆞ사 다시 불너 보물 쳥ᄒᆞ거늘 상이 ᄉ관을 보니여 셩의를 소명(召命)ᄒᆞ시니 셩의 입궐 ᄉ은ᄒᆞ온디 휘 ᄯᅩ흔 인견(引見)ᄒᆞ시고 칭찬ᄒᆞᄉ 왈,

"명월이 구름을 헷치고 광일이 안긔를 버셔남과 ᄀᆞᆺ다."

ᄒᆞ시고 금은치단을 만히 상ᄉᆞ하시니, 잇ᄯᅥ 공쥬 금각당에셔 셩의를 작별흔 후로 소식이 막히믈 한ᄒᆞ더니 문득 황후 낭낭이 셩의를 소견ᄒᆞ시믈 듯고, 이에 츈난을 다리고 황후 침실에 드러가 쥬렴 ᄉᆞ이로 니여보니 관옥 ᄀᆞᆺ흔 얼골이요 팔ㅈ 눈셥은 산쳔 슈긔를 ᄯᅴ엿스니 당당흔 골격이 진짓 일디 호걸이오 만고 영웅이라. 흔 번 보믹 시로이 반갑고 마음이 락락ᄒᆞ나 ㅈ긔 젼일 지닉든 일을 싱각흔즉 ㅈ괴지심(自愧之心)을 못닉 이긔지 못ᄒᆞ더라. ᄎᆞ시에 상이 황후로 동좌(同坐)ᄒᆞ시고 셩의와 문답ᄒᆞ신즉 시셔빅가(詩書百家)를 무불통지(無不通知)ᄒᆞ고 언슌졍졍(言順淨淨)ᄒᆞ니 상과 휘 만심환희(滿心歡喜)ᄒᆞ사 호승상으로 ᄒᆞ야곰,

"셩의를 잘 거두라."

ᄒᆞ시니 승상이 돈슈(頓首)ᄒᆞ고, 셩의를 다려다가 후원 셔당에 두고 극히 인즁ᄒᆞ야 공궤범졀이 일호미진(一毫未盡)ᄒᆞ미 업스니, 셩의 풍치 일일빅승(日日百勝)ᄒᆞ며 문쟝(文章)은 입을 열미 귀신을 놀닉고 필법은 손을

들미 룡스(龍蛇)를 희롱ᄒᆞ니 뎐디간 긔남지라. 보는 스람마다 층찬치 아니 리 업더라.

ᄎᆞ시에 호승상이 ᄯᅩ흔 아들이 업고 다만 일녀(一女)를 두엇스니, 일홈은 옥란이라. 일일은 부인이 승상을 디ᄒᆞ야 왈,

"우리 로릭(老來)에 다만 녁식이 잇셔 틱셔(擇壻)ᄒᆞ야 후스(後嗣)를 젼ᄒᆞ랴 ᄒᆞ든지라. 들은즉 후당에 잇는 소동이 안평국 왕지요, 겸ᄒᆞ야 용뫼 츌즁ᄒᆞ고 문필이 유여ᄒᆞ며 지죄잇다 ᄒᆞ오니 우리 녀아와 혼스를 졍ᄒᆞ야 후스를 젼ᄒᆞ미 조홀가 ᄒᆞᄂᆞ이다."

승상 왈,

"그 소년이 당당흔 왕에 긔상이 잇고, ᄯᅩ 안평국 왕ᄌᆞ며 우리 녀ᄋᆞ는 흔낫 군ᄌᆞ에 비필될 긔상이니 이졔 공쥬에 방년(芳年)이 십오 셰니 셩의 당당이 간틱(揀擇)에 ᄲᅢ힐지라. 향ᄌᆞ에 궁인에 젼어를 드른즉 공쥐 현슉ᄒᆞ미 셕일 평양공쥬에 지닌다 ᄒᆞ니 이는 셩의에 비필이라. 엇지 의혼(議婚)ᄒᆞ기를 바라리잇고?"

부인이 쳥파에 악연이 ᄭᅵ다라 ᄎᆞ탄키를 마지 아니ᄒᆞ더라.

ᄎᆞ셜 황뎨 츈취(春秋ㅣ) 놉ᄒᆞ시미 후시 업스믈 한ᄒᆞ시더니, 일일은 황휘 일몽을 어드신 후 과연 그 달붓터 틱긔 잇셔 십삭 만에 싱남(生男)ᄒᆞ시니 황뎨 환희ᄒᆞᄉᆞ 경과(慶科)를 뵈실시 승상이 셩의를 입쟝ᄒᆞ기를 권ᄒᆞ거늘, 셩의 쟝즁에 드러가 일필휘지(一筆揮之)ᄒᆞ야 일쳔에 션쟝(先場)ᄒᆞ니 이윽고 젼두관(銓注官)이 호명 왈,

"금번 쟝원은 안평국인 젹셩의라."

ᄒᆞ거늘 셩의 즁인을 헷치고 옥계하(玉階下)에 츄진ᄒᆞ온디, 상이 스쥬ᄒᆞ시고 한림학ᄉᆞ(翰林學士)를 졔슈ᄒᆞ시니 한림이 텬은을 슉ᄉᆞᄒᆞ고 이원풍악(梨園風樂)을 거느려 승상부에 도라오니 승상에 희열ᄒᆞᆫ 일필난긔(一筆難記)라. 한림이 비록 영귀ᄒᆞ나 경ᄉᆞ를 고홀 곳이 업셔 루쉬 옷깃슬 젹시더라. ᄎᆞ시에 공쥐 젹셩의 쟝원급뎨하믈 심즁에 암희(暗喜)ᄒᆞ더라.

추셜 상이 셩의에 지질이 샌여남으로 부마(駙馬)를 유의ᄒ사 한림을 명초(命招)ᄒᄉ 왈,

"경이 비록 타국인이나 짐에 나라히 드러와 소년 등과(登科)ᄒ고 지명이 샌혀난지라. 딤이 ᄒ 쏠이 잇스니 비록 임스에 덕은 업스나 군즈에 건즐(巾櫛)을 소임홀지라. 이졔 경으로써 부마를 졍ᄒᄂ니 스양치 말나." ᄒ시니 한림이 복디(伏地) 주왈,

"신이 외국 인물노 명되(命途ㅣ) 천박(淺薄)ᄒ옵거늘 호승상에 하렴 지틱(河海之澤)을 입스와 일신이 영귀ᄒ온 중에 셩은이 륭즁(隆重)ᄒ와 셩교(聖敎) 여츠ᄒ시니 손복(遜服)홀가 ᄒᄂ이다."

상이 대열ᄒ사 스텬감(司天監)으로 틱일(擇日)ᄒ라 ᄒ시니 겨오 슈일이 격(隔)ᄒ지라. 길일(吉日)이 다드르미 한림이 위의를 ᄀ초아 젼안지례(奠雁之禮)를 힝홀시 신낭 신부에 풍치 셔로 츠등이 업더라. 이에 일락셔산(日落西山)ᄒ고 월츌동영(月出東嶺)ᄒ미 한림이 화쵹을 이어 동방(洞房)에 나아가 원앙금니(鴛鴦衾裏)에 운우지락(雲雨之樂)을 이루니 무산락희(巫山樂譜)라도 이에서 지나지 못홀네라. 명됴(明朝)에 한림 부뷔 텬즈게 입시ᄒ온디 상과 휘 시로이 무이ᄒ시더라. 한림 부뷔 승상부에 나아가 승상 부부게 뵈오니 승상이 답례ᄒ고 좌졍 후 부인이 하례ᄒ야 왈,

"귀쥐 금지옥엽(金枝玉葉)으로 루디(陋地)에 욕님(辱臨)ᄒ시니 광치 비승ᄒ도소이다."

공쥐 공경ᄉᄉ홀 쑨이러라.

셰월이 여류ᄒ야 슈삭이 지나미 일일은 한림이 비회교집ᄒ야 공쥬를 디ᄒ야 왈,

"복이 타국인으로 대국에 드러와 룡문(龍門)에 현달ᄒ고 겸ᄒ야 텬은이 망극ᄒ와 부미되고 쏘흔 일신이 영귀(榮貴)ᄒ나, 다만 본국을 싱각ᄒ미 망극ᄒ지라. 엇지ᄒ면 도라가 량친을 뵈오리오?"

ᄒᆞ고 루쉬 여우(如雨)ᄒᆞ거늘 공쥐 염용(斂容) 디왈,

"첩이 군ᄌᆞ를 좃츠미 녀필죵부(女必從夫)는 고금샹식(古今常事ㅣ)라. 부황게 쥬ᄒᆞ와 두어 달 말미를 어더 도라가ᄉᆞ이다."

ᄒᆞ고 공쥐 나아가 샹게 주왈,

"부매 리친(離親)ᄒᆞ온 지 오리미 ᄉᆞ친지회(思親之懷) 간졀ᄒᆞ옵고 신 도 ᄯᅩᄒᆞᆫ 구고(姑舅)게 현알(見謁)코ᄌᆞ ᄒᆞ오니, 복원(伏願) 폐하는 하힁지 틱을 나리ᄉᆞ 슈삭 말미를 주옵소셔."

상 왈,

"경등에 쥬시 여차ᄒᆞ니 이는 큰 회라. 짐이 엇지 막으리오?"

ᄒᆞ시니 한림 부뷔 ᄉᆞ은 후 인ᄒᆞ야 하직ᄒᆞ고 물너와 승상 부부게 하직ᄒᆞᆫ 후 발힁ᄒᆞᆯᄉᆡ, 상이 하교ᄒᆞᄉᆞ 군관 십여 인을 쥬시고 몬져 ᄉᆞ신을 보너ᄉᆞ 젼후 ᄉᆞ연을 안평국에 통ᄒᆞ니라. 한림이 힁션ᄒᆞᆫ 지 여러 날 만에 젼일 듁님(竹林)을 당ᄒᆞ미 ᄌᆞ연 비감ᄒᆞ야 나아가 ᄉᆞ례ᄒᆞ고, 슈일을 힁ᄒᆞ야 당 익(當厄)ᄒᆞᆫ 곳에 다다ᄅᆞᆫ 졔문(祭文) 지어 격군에 고혼(孤魂)을 위로 ᄒᆞᆯᄉᆡ, 기문(其文)에 왈,

> '유셰차 모년 모월 모일에 부마도위(駙馬都尉) 젹셩의는 통곡ᄒᆞ고 모든 격군등에 원혼(冤魂)을 위로ᄒᆞᄂᆞ니 오회라, 그디등이여! 날과 ᄀᆞᆺ치 만리 고힁을 지니고 이곳에 이르러 원억히 참ᄉᆞ(慘死)ᄒᆞ니 엇지 슬푸지 아니 ᄒᆞ리요? 연이나 도시(都是) 텬슈(天數)니 인력(人力)으로 못 ᄒᆞᆯ비라. 남을 원치 말고 조혼 귀신이 되여 향화(香火)를 바드라. 나는 텬우신죠ᄒᆞ야 일 신이 영귀히 도라오니 엇지 그디등에 도으미 아니리요? 맛당히 그디등에 ᄌᆞ손을 조용(調用)ᄒᆞ리니 여러 신령은 안심 흠향(歆饗)ᄒᆞ라.'

ᄒᆞ얏더라.

부미 닑기를 다ᄒᆞ미 일장대곡(一場大哭)ᄒᆞ니 슈운(愁雲)이 참담ᄒᆞ더 라. 이에 비를 직촉ᄒᆞ야 호호탕탕(浩浩蕩蕩)이 힁(行)ᄒᆞ니라. 션시(先時)

에 기력이 발에 답셔(答書)를 미여 보니엿더니, 차시 왕비 셩의를 싱각
ᄒ매 매일 벽공만 바라보더니 홀연 반공 중으로셔 기력이 슬피 울고 나
려와 안거늘 왕비 반겨 ᄌ셰히 보니 안족(雁足)에 셔찰이 미얏거늘 기탁
(開坼)ᄒᆫ즉 이곳 아즈 필적이라. 셔중(書中) ᄉ의(辭意) 참담ᄒ고 젼후
슈말(前後首末)을 버렷더라. 왕비 남필에 흉격(胸膈)이 막히고 긔운이
져상(沮喪)ᄒ야 기력이를 븟들고 대셩통곡ᄒ니 초목금쉬 다 슬허ᄒ더라.
차시에 셰즈 향의 모비에 우름소리를 듯고 대경ᄒ야 싱각ᄒ되,

　'셩의 만일 ᄉ라 도라오면 본젹(本迹)이 탈노홀지라.'

　크게 근심ᄒ야 ᄀ만이 심복 무ᄉ 젹부픠를 불너 여차여차ᄒ라 ᄒ니
부픠 응락고 가니라.

　차시 부마에 일힝이 졍히 본국을 향ᄒ야 힝ᄒ더니 홀연 일셩포향(一
聲砲響)에 일디 인민 니다라 길을 막고 대호(大呼) 왈,

　"여등은 타국지인(他國之人)이라. 무단이 우리 디방을 범ᄒ니 이는 도
젹이라."

ᄒ고 말을 맛츠며 다라드니 이는 젹부픠라. 부마와 공쥐 대경ᄒ야 엇지
홀 줄 모르더니, 대국 군관 중 일인이 용밍이 졀눈(絶倫)ᄒ 지 잇는지라.
이에 장창을 들고 말게 올나 대호 왈,

　"우리는 디국 장ᄉ라. 부마와 공쥬를 뫼시고 나오거늘 너는 엇던 담
큰 도젹이완디 항거ᄒᄂ뇨?"

ᄒ고 마즈 ᄊ화 슈합(數合)이 못ᄒ야 부픠를 버히고 여군(餘軍)을 좃친
후 위의를 찰혀 힝ᄒ니라.

　차셜 향의 부픠 죽으물 듯고 디경디로ᄒ야 친히 칼을 들고 나는 드시
다라오더니 믈득 일인이 니다라 ᄭ지져 왈,

　"이 무지ᄒᆫ 놈아, 동긔를 몰나 보고 골육샹징(骨肉相爭)ᄒ랴 ᄒ니 너
ᄀᆺᄒᆫ 놈은 고금(古今)에 ᄒ나히라. 너를 죽여 후인을 증계(懲戒)ᄒ리라."

ᄒ고 일합에 향의를 버히고 졔 쏘ᄒᆫ ᄌ문이ᄉ(自刎而死)ᄒ니 이는 안평

국 협긱이라. 엇지 상쾌치 아니리오.

이러구러 부마에 일힝이 화란(禍亂)을 버셔나 도셩으로 드러올시 만조빅관(滿朝百官)이 위의를 찰혀 영졉ᄒ니라.

차시 왕이 황ᄉ(皇使)를 마져 별궁에 드리고 조셔를 닑은 후 왕ᄌ와 공쥬를 만ᄌ 일희일비(一喜一悲)ᄒ고 여몽여싱(如夢如生)ᄒ시더라. 부미 슬푸을 먹음고 젼후 ᄉ연을 쥬ᄒ더 왕이 쳥파에 향의에 힝ᄉ를 골경심한(骨驚心寒)ᄒ여 ᄒ실 뿐 아냐 유체(流涕)ᄒ믈 마지 아니 ᄒ더라. 부미 문득 황명(皇命)을 싱각고 부왕게 고왈,

"소지 도라온 지 슈삭이오미 하직을 고ᄒᄂ이다."

ᄒ고 인ᄒ야 발힝ᄒ야 일삭만에 즁원에 득달ᄒ야 황상게 됴현ᄒ온더 상과 휘 시로이 반기사 이즁ᄒ믈 친ᄌ ᄀᆺ치 ᄒ시더라. 황샹이 츈취 놉흐ᄉ 티ᄌ게 젼위(傳位)ᄒ시니 티지 즉위ᄒ신 후 텬ᄒ티평(天下太平)ᄒ고 ᄉ방이 무ᄉᄒ더라.

차시에 호승상 부뷔 홀연 득병ᄒ야 맛춤너 기셰(棄世)ᄒ미 부마 부뷔 의논ᄒ고 본국으로 셰ᄌ 도라가믈 쥬ᄒ더, 상이 윤허(允許)ᄒ시고 특별이 안평국 셰ᄌ를 봉ᄒ사 금은치단을 만히 샹ᄉ하시니 셰ᄌ 부뷔 ᄉ은ᄒ고 본국으로 도라와 쌍친을 효양(孝養)ᄒ더니 모후와 부왕이 홀연 득병ᄒ야 훙(薨)ᄒ시미 셰지 즉위ᄒ야 치국평텬하ᄒ시니 만민이 연락(宴樂)더라. 션시에 기럭이도 본토로 도라가미 왕과 비 창연ᄒ믈 마지 아니ᄒ시더라. 그 후로 ᄌ손이 계계승승(繼繼承承)ᄒ야 왕업을 누리고 국부민강ᄒ야 루텬년(累千年)을 누리니라.

〈活字本古小說全集〉

(8) 말하는 염소

옛날에 형제가 살았는데 동생은 잘 살고 형은 가난하여 간구(艱苟)하기 이를 데 없었다. 형이 동생 집에 가서 겨라도 달라면 동생은 소를 먹일 것도 없는데 줄 게 어디 있느냐고 야단이었다.

하루는 형이 지게를 지고 나무를 하러 갔다. 눈이 쌓여 양지쪽에서 나무를 긁으며 "설눈은 쌓이고 설밥은 없고 우리 부모 어떡하나?" 하고 소리를 쳤다. 그랬더니 건너편 골짜기에서 자기와 똑같은 흉내를 내었다. 또 한번 같은 소리를 했더니 역시 똑같은 흉내를 내기에 그곳으로 가보았더니 염생이(염소)란 놈이 있었다.

흉내를 냈느냐고 물었더니 그렇다고 하여 어디 그럼 다시 한번 말을 해보라고 했더니 곧잘 하였다.

그래 그 염소를 끌고 큰 동네로 가서 "말하는 염생이 보쇼. 말 잘하는 염생이 보쇼!" 했다. 그러니까 동네 사람들이 모두 모여들었다. 그리고 염생이가 정말 말을 하는 것을 보더니 돈을 많이 던져주었다. 그래 염생이를 끌고 이 동네, 저 동네 다니면서 돈을 잔뜩 모아 가지고 집으로 돌아왔다.

이를 본 동생이 형의 염생이를 빌려 가지고는 "말 잘하는 염생이 보쇼." 하고 동네를 돌아다니니까 사람들이 역시 접때 왔던 염생이 왔다고 모두 모여들었다. 그러나 아무리 말을 시켜도 염생이는 말을 하지 않아 동네 사람들이 모두 집으로 돌아가 버렸다. 동생은 골이 잔뜩 나서 염생이를 끌고 산으로 가서 바위틈에다 놓고 짓쪄(짓이겨) 죽였다.

형이 동생보고 염생이를 어찌하였느냐고 하니까 말도 못해서 바위에다 놓고 죽였다고 했다. 형은 울면서 그곳으로 가서 뼈다귀를 주워서 울안에 갖다 묻었다. 그랬더니 거기서 대나무가 나와 무럭무럭 자라 나중에는 하늘에 있는 돈보에 찔러 집안에 돈이 가득 쏟아졌다.

이것을 안 동생은 또 **뼈다귀**를 주워다가 울안에 묻었다. 그랬더니 대나무가 나서 하늘에 있는 똥보를 찔러 똥에 파묻혀 죽었다.

〈한국의 민담〉

3. 군신의 정과 도리

(1) 怨歌

孝成王潛邸時 與賢士信忠 圍碁於宮庭栢樹下 嘗謂曰 他日若忘卿 有
如栢樹 信忠興拜 隔數月 王卽位賞功臣 忘忠而不第之 忠怨而作歌 帖
於栢樹 樹忽黃悴 王怪使審之 得歌獻之 大驚曰 萬機鞅掌 幾忘乎角弓
乃召之賜爵祿 栢樹乃蘇 歌曰 物叱好支栢史 秋察尸不冬爾屋支墮米 汝
於多支行齊敎因隱 仰頓隱面矣改衣賜乎隱冬矣也 月羅理影支古理因
淵之叱 行尸浪阿叱沙矣以支如支 貌史沙叱望阿乃 世理都之叱逸烏隱
第也 (後句亡)

〈三國遺事 卷 第五 避隱 信忠掛冠〉

효성왕(孝成王;737~742)이 왕위에 오르기 전에 어진 선비 신충(信忠)
과 궁궐 뜰의 잣나무 아래서 바둑을 두었는데, 일찍이 신충에게 말하였다.

"뒷날에 내가 만약 그대를 잊는다면 저 잣나무가 증거로 있을 것이네."

신충은 일어나 감사의 절을 올렸다. 몇 달이 지나 효성왕이 즉위하여
공신(功臣)들에게 상을 주면서 신충을 잊고 그 포상(褒賞) 서열(序列)에
넣지 않았다. 신충이 왕을 원망하여 노래를 지어 그 잣나무에 붙이니 잣
나무가 갑자기 말라버렸다. 왕이 이상하게 여겨 신하를 시켜 그 나무를
살펴보게 했다. 신하가 그 노래를 발견하여 왕에게 바쳤다. 왕은 무척

놀라며 탄식했다.

"나라 일에 바쁘다보니 각궁(角弓)을 잊을 뻔했구나."

왕이 신충을 불러 벼슬을 주자 잣나무가 다시 살아났다. 노래는 이러하다.

갓 됴히 자시   한참 무성한 잣나무
ᄀᆞ술 안둘곰 ᄆᆞᄅᆞ디매   가을에도 아니 말라 떨어지매
너를 하니져 ᄒᆞ시ᄆᆞ론   너를 중히 여겨 가리라 하셨지마는
울월던 ᄂᆞ치 가시시온 겨ᅀᅳᄅᆡ여 우러르던 얼굴 변하실 줄이야
다ᄅᆞ리 그르메 ᄂᆞ린 못ᄀᆞᆺ   달 그림자 내린 연못가
널 믌겨랏 몰애로다   지나가는 물결에 모래로다
즈ᅀᅳ삿 ᄇᆞ라나   모습이야 바라보지만
누리 모든갓 여희온ᄃᆡ여   세상 모든 것 여희어버린 처지여
                              (후구는 없어졌다)

〈金完鎭 解讀〉

(2) **鄭瓜亭** 정서(鄭敍;고려 인종~의종 때 문인)

(前腔) 내님믈 그리ᄉᆞ와 우니다니

(中腔) 山(산)졉동새 난 이슷ᄒᆞ요이다

(後腔) 아니시며 거츠르신 둘 아으

(附葉) 殘月曉星(잔월효성)이 아ᄅᆞ시리이다

(大葉) 넉시라도 님은 ᄒᆞᆫ 듸 녀져라 아으

(附葉) 벼기더시 니 뉘러시니잇가

(二葉) 過(과)도 허믈도 千萬(천만) 업소이다

(三葉) 물힛 마리신뎌

(四葉) ᄉᆞᆯ읏브뎌 아으

(附葉) 니미 나ᄅᆞᆯ ᄒᆞ마 니ᄌᆞ시니잇가

(五葉) 아소 님하 도람 드르샤 괴오쇼셔

〈樂學軌範〉

(3) 시조 왕방연(王邦衍;조선 세조 때 문인)

千萬里(천만리) 머나먼 길에 고은 님 여희옵고
내 모음 둘 딕 업서 냇フ에 안자이다
져 물도 내 안 フ도다 우러 밤길 녜놋다

〈珍本 靑丘永言〉

幽蘭(유란)이 在谷(재곡)ᄒ니 自然(자연)이 듯디 죠희
白雲(백운)이 在山(재산)ᄒ니 自然(자연)이 보디 됴해
이 중에 彼美一人(피미일인)을 더욱 닛디 몯ᄒ얘

〈이황(李滉;1501〜1570), 陶山十二曲〉

江湖(강호)의 期約(기약) 두고 十年(십년)을 奔走(분주)ᄒ니
그 모라ᄂᆞᆫ 白鷗(백구)더론 더듸 온다 ᄒ것마ᄂᆞᆫ
聖恩(성은)이 至重(지중)ᄒ기로 갑고 가려 ᄒ노라

〈정철(鄭澈;1587〜1588), 松江別集〉

겨월날 ᄃᆞ스ᄒᆞᆫ 볏츨 님 계신 ᄃᆡ 비최고쟈
봄미나리 술진 마슬 님의게 드리고쟈
님이야 무서시 업스리마ᄂᆞᆫ 내 못니저 ᄒ노라

〈珍本靑丘永言 ; 三數大葉〉

三冬(삼동)의 뵈옷 닙고 岩穴(암혈)의 눈비 마자
구름 씬 볏뉘를 본 적이 업건마ᄂᆞᆫ
西山(서산)의 ᄒᆡ 지다 ᄒ니 눈물겨워 ᄒ노라

〈古今歌曲 ; 戀君〉

(4) 次李伯生詠玉堂小桃 황정욱(黃廷彧;1532~1607)

無數宮花倚粉墻　궁중에 핀 숱한 꽃들 담장 위로 뻗어 있어
遊蜂戲蝶趁餘香　벌 나비 향기를 쫓아 어지러이 날아드네
老翁不及春風看　이 늙은이는 봄바람의 온기 입지 못하여
空有葵心向太陽　공연히 해바라기 마음으로 해를 향하네

〈芝川集〉

(5) **續美人曲** 정철(鄭澈; 1587~1588)

뎨 가는 뎌 각시 본 듯도 흔뎌이고
天上白玉京텬샹빅옥경을 엇디흐야 離別니별흐고
히 다 져 져믄 날의 눌을 보라 가시는고
어와 네여이고 이내 스셜 드러보오
내 얼굴 이 거동이 님 괴얌즉 흔가마는
엇딘디 날 보시고 네로다 너기실시
나도 님을 미더 군쁘디 젼혀 업서
이리야 교틱야 어즈러이 흐돗썬디
반기시는 눗비치 녜와 엇디 다른신고
누어 싱각흐고 니러 안자 혜여흐니
내 몸의 지은 죄 뫼ㄱ티 싸허시니
하늘히라 원망흐며 사롬이라 허믈흐랴
셜워 풀텨혜니 造物조믈의 타시로다
글란 싱각마오 미친 일이 이셔이다
님을 뫼셔 이셔 님의 일을 내 알거니
믈ㄱ튼 얼글이 편흐실 적 몃 날일고
春寒苦熱츈한고열은 엇디흐야 디내시며
秋日冬天츄일동텬은 뉘라셔 뫼셧는고
粥早飯쥭조반 朝夕됴셕 뫼 녜와 ㄱ티 셰시는가
기나긴 밤의 좀은 엇디 자시는고
님다히 消息쇼식을 아므려나 아쟈흐니
오늘도 거의로다 닉일이나 사롬 올가
내 ㅁ옴 둘 딕 업다 어드러로 가쟛 말고
잡거니 밀거니 놉픈 뫼희 올나가니

구름은 크니와 안개는 무스일고
山川산쳔이 어둡거니 日月일월을 엇디 보며
咫尺지쳑을 모르거든 千里쳔니롤 브라보랴
출하리 믈ᄀ의 가 비길히나 보랴ᄒ니
브람이야 믈결이야 어동졍 된뎌이고
샤공은 어디 가고 뷘 비만 걸렷ᄂᆞᆫ고
江天강텬의 혼자 서셔 디는 ᄒᆡ롤 구버보니
님다히 消息쇼식이 더옥 아득ᄒᆞᆫ뎌이고
茅簷모쳠 춘 자리의 밤듕만 도라오니
半壁靑燈반벽쳥등은 눌 위ᄒᆞ야 불갓ᄂᆞᆫ고
오르며 ᄂᆞ리며 헤뜨며 바자니니
져근덧 力盡녁진ᄒᆞ야 픗줌을 잠간 드니
情誠졍셩이 지극ᄒᆞ야 꿈의 님을 보니
玉옥ᄀᆞᆺ튼 얼구리 半반이나마 늘거셰라
ᄆᆞ음의 머근 말ᄉᆞᆷ 슬ᄏᆞ장 숣쟈ᄒ니
눈믈이 바라나니 말ᄉᆞᆷ인들 어이ᄒᆞ며
情졍을 못 다ᄒᆞ야 목이 조차 몌여ᄒ니
오뎐된 鷄聲계셩의 줌은 엇디 ᄭᆡ돗던고
어와 虛事허ᄉᆞ로다 이 님이 어디 간고
결의 니러 안자 窓챵을 열고 바라보니
어엿븐 그림재 날 조출 ᄯᅳᆫ이로다
출하리 싀여디여 落月낙월이나 되야 이셔
님 겨신 窓챵 안ᄒᆡ 번드시 비최리라
각시님 ᄃᆞᆯ이야 크니와 구준 비나 되쇼셔

〈松江歌辭 關西本〉

제2장
세상과 개인의 시선

I. 세태와 풍자

(1) 漁翁 김극기(金克己;고려 명종 때 시인)

天翁尙未貰漁翁 하늘이 아직 강 늙은이에게 너그럽지 않아
故遣江湖少順風 일부러 강호(江湖)에 순풍(順風)을 적게 보내네
人世嶮巇君莫笑 인간세상 험하다고 그대는 비웃지 말라
自家還在急流中 제 몸이 오히려 급한 물살 가운데 있는 것을

〈東文選〉

(2) 二十樹下 김병연(金炳淵;1807～1863)

二十樹下三十客 스무나무 아래 서러운 나그네
四十家中五十食 망할 놈의 집에선 쉰밥을 주네
人間豈有七十事 인간 세상에 어찌 이런 일이 있으랴
不如歸家三十食 집에 돌아가 설은 밥을 먹음만 못하리

〈金笠詩集〉

(3) 惰婦(其一) 김병연(金炳淵;1807~1863)

無病無憂洗浴稀	병도 근심도 없으면서 씻는 데 게을러
十年猶着嫁時衣	십년을 하루같이 시집올 때 입던 옷 그대로
乳連袴兒謀年睡	갓난애 젖 물리고 낮잠이나 자려 하고
手拾裙虱愛簷暉	치마 속 이 잡고 처마 밑에서 햇볕 쬐기
動身便碎廚中器	움직였다 하면 부엌 그릇 깨뜨리고
搔首愁看壁上機	베틀 바라보곤 머리만 긁적긁적
忽聞隣家神養慰	이웃집 제사 굿 한다 소리 들리면
柴門半掩走如飛	사립문 반만 닫고 나는 듯 달려가네

〈金笠詩集〉

(4) 元生夢遊錄 임제(林悌;1549~1587)

世有元子虛者 慷慨士也 氣宇磊落 不容於時 屢抱羅隱之悲 難堪原憲
之貧 朝出而耕 暮歸讀古人書 嘗閱史 至歷代危亡運移勢去處 則未嘗不
掩卷流涕 若身處其時 汲汲焉如見其垂亡而力不能扶者也 中秋之夕 隨
月披覽 夜闌 神疲倚榻而睡 身忽輕擧 縹緲悠揚 飄然若羽化而仙也 止
一江岸則長流透迤 群山糾紛 時夜將半 忽然擧目 如有千載不平之氣 乃
劃然長嘯 浪吟一絶曰

　　　恨入長江咽不流 荻花楓葉冷颼颼
　　　分明認是長沙岸 月白英靈何處遊

徘徊顧眄之際 忽有跫音自遠而近 有頃 蘆花深處 閃出一箇好男兒 幅
巾野服 神淸眉麗 凜凜乎有首陽之遺風 來揖于前曰 子虛來何遲 吾王奉
邀 子虛疑其山精水怪 然其形貌俊邁 擧止閒雅 不覺暗暗稱奇 乃肩隨而
行百餘步許 有亭突兀臨江 上有一人憑欄而坐 衣冠一如王者 又有五人
侍側 都是世間之豪俊 相貌堂堂 神采揚揚 胸藏扣馬蹈海之義 腹蘊擎天
捧日之志 眞所謂託六尺孤 寄百里命者也 見子虛至 皆出迎 子虛不與五
人爲禮 入謁王前 反走而立 以待坐定 而跪於末席 子虛之上 則幅巾者
也 其上五人 則相次而坐矣 子虛莫能測 甚不自安 王曰 夙聞蘭香 深慕
薄雲 良宵邂逅 無相訝也 子虛乃避席而謝 坐已定 相與論古今興亡 亹
亹不厭 幅巾者噓唏而言曰 堯舜禹湯之後 狐媚取禪者藉焉 以臣伐君者
名焉 千載滔滔 卒莫之救 咄咄四君 永爲嚆矢 言未旣 王乃正色曰 惡 是
何言也 有四君之聖 而處四君之時則可 無四君之聖 而非四君之時則不
可 四君者豈有罪哉 顧藉而名之者非也 幅巾者拜手稽首謝曰 中心不平
不自知言之至於憤也 王曰辭 佳客在坐 不須閒論他事 月白風淸 如此良
夜何 乃解錦袍 貰酒江村 酒數行 王乃持酒哽咽 顧謂六人曰 卿等盍各
言志以敍幽冤乎 六人曰 王庸作歌 臣等賡載 王乃愀然整襟 冤不自勝
乃歌曰

　　　江波咽咽兮流無窮 我恨長長兮與之同 生有千乘 死作孤魂 新是僞主

帝乃陽尊 故國臣民 盡輸楚籍 六七臣同 魂庶有託 今夕何夕 共上江樓
波光月色 使我心愁 悲歌一曲 天地悠悠

　歌罷 五人各詠一絶 第一坐者吟曰

　　　深恨才非可託孤 國移臣辱更捐軀

　　　如今俯仰慙天地 悔不當年早自圖

　第二坐者吟曰

　　　受命先朝荷寵隆 臨危肯惜殞微躬

　　　可憐事去名猶烈 取義成仁父子同

　第三坐者吟曰

　　　壯節寧爲爵祿淫 含章猶抱采薇心

　　　殘軀一死何能說 痛哭當年帝在郴

　第四坐者吟曰

　　　微臣自有膽輪囷 那忍偸生見喪淪

　　　將死一詩言也善 可能慙愧二心人

　第五坐者吟曰

　　　哀哀當日志何如 死已寧論死後譽

　　　最是千秋難洒恥 集賢曾草賞功書

幅巾者搔首濯纓長吟曰

　　　擧目山河異昔時 新亭共作楚囚悲

　　　心驚興廢腸猶裂 憤切忠邪涕自垂

　　　栗里淸風元亮老 首陽寒月伯夷飢

　　　一編靑史堪傳後 千載應爲善惡師

吟歇 屬子虛 子虛元來慷慨者也 乃抆淚悲吟曰

　　　往事憑誰問 荒山土一丘

　　　恨深精衛死 魂斷杜鵑愁

　　　故國何時返 江樓此日遊

　　　悲深歌數闋 殘月荻花秋

吟斷 滿坐皆悽然泣下 無何 突入一介熊虎士 身長過人 英勇絶倫 面

如重棗 目若明星 文山之義 仲子之淸 威容凜然 令人起敬 入謁王前 顧
謂五人曰 噫 腐儒不足與成大事也 乃拔劍起舞 悲歌慷慨 聲如巨鍾 其
歌曰

　風蕭蕭兮 木落波寒 撫劍長嘯兮 斗星闌干 生全忠節 死爲義魄 襟懷
何似 一輪江月 嗟不可兮慮始 腐儒誰責

　歌未闋 月黑雲愁 雨泣風噫 疾雷一聲 皆倏然而散 子虛亦驚悟 乃一
夢也

　子虛之友海月居士聞而痛之曰 大抵自古昔而來 主暗臣昏 皆至於顚
覆者多矣 今觀其主 想必賢明之主也 其六人者亦皆忠義之臣也 有以如
此等臣 輔如此等主 而若是其慘酷者乎 嗚呼 勢使然也 然則不可不歸之
於時與世 而亦不可不歸之於天也 歸之於天 則福善禍淫 非天道耶 不可
歸之於天 則冥然漠然 此理難詳 宇宙悠悠 徒增志士之懷也已

〈秋江集(卷八 撫遺 수록)〉

　세상에 원자허(元子虛)라는 강개(慷慨)한 선비가 있었다. 기개와 도량
이 넓고 커서 시속(時俗)에 용납되지 못했기 때문에 자주 나은(羅隱)의
슬픔을 품고 어렵게 원헌(原憲)의 가난 또한 견디어야 했다.

　아침에 나가서 밭을 갈고 저물 때 돌아와서 옛사람의 글을 읽었다. 일
찍이 역사책을 보다가 역대의 국가들이 위태로워 망할 지경에 처하거나
국운이 옮겨 가거나 운세가 떠나가는 곳에 이르면, 책을 덮고 눈물을 흘
리며 마치 자신이 그 시대에 처하여 망해 가는 것을 보고도 힘으로 부지
할 수 없는 것처럼 애태우지 않은 적이 없었다.

　팔월 보름 저녁에 달빛을 따라 책을 펼쳐 보다가 밤이 깊고 정신이
피로하여 의자에 기댄 채 잠들었다. 몸이 홀연히 가볍게 들리며 아득하
고 멀리 훨훨 날아올라 마치 날개가 돋아 신선이 된 듯하였다. 어떤 강
언덕에 멈추니 긴 강물이 굽어 흐르고 뭇 산들이 겹겹이 싸여 있었다.

이때가 한밤중이었는데 홀연히 눈을 들어보니, 천추(千秋)의 불평한 기운이 있는 듯하여 이에 휙 휘파람을 길게 한번 불고 낭랑하게 절구 한 수를 읊었다.

恨入長江咽不流   한이 장강에 들어 목메어 못 흐르는데
荻花楓葉冷颼颼   갈대꽃 단풍잎에 찬바람 우수수 부네
分明認是長沙岸   분명 이곳은 장사(長沙)의 언덕일 것인데
月白英靈何處遊   달 밝은 밤에 영령은 어디서 노니는가

그리고서 서성거리며 사방을 둘러보는 즈음에 홀연히 멀리서부터 가까워지는 발자국 소리가 있더니, 이윽고 갈대꽃 깊은 곳에서 호남아(好男兒) 한 사람이 불쑥 튀어나왔다. 복건(幅巾)을 쓰고 야복(夜服)을 입었으며, 풍채가 맑고 미목(眉目)이 수려하여 늠름한 수양산(首陽山)의 유풍(遺風)이 있었다. 앞으로 다가와서 읍하고 말하였다.

"자허께서는 오는 걸음이 어찌 더디셨습니까? 우리 임금께서 마중하라고 했습니다."

자허가 산신령이거나 물귀신이라고 의심했지만, 용모가 준수하고 행동거지가 한아(閑雅)하여 자신도 모르게 기이하게 여겼다. 이에 그를 따라 백여 걸음쯤 가니, 강가에 우뚝 선 정자가 있었다. 그 위에 어떤 사람이 난간에 기대어 앉아 있는데 의관이 한결같이 임금 같았다. 또 다섯 사람이 곁에서 모시고 있었는데 모두 세상의 호걸들로서 모습이 당당하고 풍채가 늠름하였다. 가슴속에는 고마도해(叩馬蹈海)의 의기(義氣)를 품었고, 뱃속에는 경천봉일(擎天捧日)의 뜻을 품고 있었으니, 참으로 육척(六尺)의 고(孤)를 부탁하고 백리(百里)의 운명을 맡길 만한 사람들이었다.

자허가 이르는 것을 보고 모두 나와서 맞이하였다. 자허는 다섯 사람과 더불어 예를 행하지 않고, 들어가서 임금께 배알한 뒤에 물러나 서서 자리가 정해지기를 기다렸다가 말석에 꿇어앉았다. 자허의 위쪽은 곧

복건을 쓴 사람이고, 그 위의 다섯 사람이 차례대로 자리하였다. 자허가 어찌 된 영문인지 헤아릴 수 없어 심히 스스로 편안하지 못했다. 임금이 말하였다.

"일찍이 그대의 고상한 인품에 대해 듣고서 하늘에 닿는 높은 의리를 깊이 사모하였소. 좋은 밤에 우연히 만났으니 의아하게 여기지 마시오."

자허가 이에 자리에서 일어나 사례하였다.

자리가 정해진 뒤에 고금의 흥망을 서로 토론하면서 지칠 줄 몰랐다. 복건자(幅巾者)가 크게 탄식하며 말하였다.

"요(堯)·순(舜)·우(禹)·탕(湯)이 나라를 주고받은 이후로, 간교한 꾀로 선양(禪讓)받는 자가 이들을 빙자하고 신하로서 임금을 치는 자가 이들을 명분으로 삼았습니다. 천년토록 모두 다 이와 같아서 마침내 구원할 수 없게 되었으니, 아아! 네 임금이 영원히 이들의 효시(嚆矢)가 되고 말았습니다."

미처 말이 끝나기도 전에 임금이 정색하고 말하였다.

"아, 이 무슨 말인가. 네 임금과 같은 성스러운 덕이 있으면서 네 임금과 같은 시대 상황에 처하면 괜찮겠지만, 네 임금과 같은 성스러움이 없는데다가 네 임금과 같은 시대 상황이 아니라면 옳지 않으니, 네 임금이 어찌 죄가 있겠는가. 도리어 빙자하거나 명분으로 삼는 자들이 잘못된 것이다."

복건자가 머리를 조아려 절을 하며 사죄하였다.

"속마음이 불평하여 자신도 모르게 말이 격분되었습니다."

임금이 말하였다.

"그만두어라. 귀한 손님이 자리에 계시니 모쪼록 부질없이 다른 일은 논하지 말아야 할 것이다. 달이 밝고 바람이 맑으니 이렇게 좋은 밤을 그냥 보내겠는가."

이에 비단 도포를 벗어 강촌(江村)에 가서 술을 사오게 하였다. 술이

몇 잔 돌았을 때 임금이 술잔을 잡고 목메어 흐느끼며 여섯 사람을 돌아
보며 말하였다.

"경들은 어찌 각각 자신의 뜻을 말하여 원통함을 서술해 보지 않는가?"
여섯 사람은 대답하였다.

"성상께서 노래를 지으시면 신들이 이어서 짓겠사옵니다."
임금이 이에 초연(愀然)히 옷깃을 바로잡고 원통함을 이기지 못하여
노래하였다.

江波咽咽兮流無窮	강 물결 오열하며 끝없이 흐르니
我恨長長兮與之同	나의 한 길고 깊이 강물과 같구나
生有千乘	살아서는 제후의 나라 차지했더니
死作孤魂	죽어서는 외로운 혼백이 되었도다
新是僞主	신(新)나라 왕망(王莽)은 거짓 임금이고
帝乃陽尊	의제(義帝)는 겉으로 높임일세
故國臣民	옛 나라의 신하와 백성들
盡輸楚藉	모두 초적(楚藉)에게 들어가니
六七臣同	육칠 명 신하가 함께하여
魂庶有託	혼백이 겨우 의탁할 수 있네
今夕何夕	오늘 저녁이 어떤 저녁인가
共上江樓	강가 누각에 함께 올랐구나
波光月色	물결 빛과 달빛은
使我心愁	내 마음을 근심케 하고
悲歌一曲	슬픈 노래 한 곡조에
天地悠悠	천지는 아득하기만 하네

노래가 끝나자, 다섯 사람이 각각 절구 한 수씩 읊었다. 첫 번째 자리
에 앉은 사람이 먼저 읊었다.

深恨才非可託孤	어린 임금 맡을 만한 재주가 아님을 통한하니
國移君辱更捐軀	왕위가 바뀌고 임금이 욕되어 다시 목숨 버렸네

如今俯仰慙天地　　이제는 처다보고 굽어보아도 천지에 부끄러우니
悔不當年早自圖　　당시에 일찍 스스로 도모치 못함을 후회하노라

두 번째 좌석에 앉은 사람이 이어 읊었다.

受命先朝荷寵隆　　선조의 고명(顧命) 받아 은혜 입음이 융성하니
臨危肯惜殞微躬　　위험이 임하여 이 몸 버림을 아까워할까
可憐事去名猶烈　　가련하다, 일 지나서 이름 오히려 빛나니
取義成仁父子同　　의(義)를 취하고 인(仁)을 이룸이 부자가 같구나

세 번째 좌석에 앉은 사람이 읊었다.

壯節寧爲爵祿淫　　굳센 절개 어찌 작록(爵祿)에 더럽혀지랴
含章猶抱采薇心　　충절 품고서 오히려 고사리 캘 마음 지녔네
殘軀一死何須說　　이내 몸 한번 죽음이야 어찌 말할 것 있으랴
痛哭當年帝在郴　　당년에 임금께서 침(郴) 땅에 계심을 통곡하노라

네 번째 좌석에 앉은 사람이 지어 읊었다.

微臣自有膽輪囷　　이내 몸은 본래부터 높고 큰 담력 가졌으니
那忍偸生見喪淪　　어찌 차마 목숨 훔치며 무도한 세상 볼 것인가
將死一時言也善　　죽으면서 남긴 시 한 수는 그 뜻 또한 좋으니
可能慚愧二心人　　두 마음 가진 사람을 부끄럽게 할 수 있다네

다섯 번째 좌석에 앉은 사람이 읊었다.

哀哀當日志何如　　슬프고 슬프도다, 그날의 뜻이 어떠하였던가
死已寧論身後譽　　죽으면 그뿐이거늘 사후의 명예를 어찌 논하랴
最是千秋難洒恥　　천만년에 씻기 어려운 가장 큰 부끄러움이라면
集賢曾草賞功書　　집현전(集賢殿)에서 일찍이 포상의 조서를 썼던
　　　　　　　　　일일세

복건자는 머리를 긁적이며 갓끈을 씻고 길게 읊었다.

擧目山河異昔時	눈을 들어 보매 산하가 옛날과 다르니
新亭共作楚囚悲	신정에서 함께 초수(楚囚)의 슬픔을 일으키네
心驚興廢腸猶裂	흥망(興亡)에 마음이 놀라 창자 오히려 찢어지고
憤切忠邪涕自垂	간사한 무리에 통분하여 눈물이 절로 쏟아지네
栗里淸風元亮老	율리(栗里)의 맑은 바람에 도연명(陶淵明)이 늙어가고
首陽寒月伯夷飢	수양산 찬 달밤에 백이(伯夷)는 굶주리네
一編靑史堪傳後	한 편의 청사(靑史)는 후대에 전할 만하니
千載應爲善惡師	천년토록 응당 선악(善惡)의 스승이 되리라

읊기를 마치고 자허에게 시를 지으라고 권하였다. 자허는 원래 강개
한 사람이다. 이에 눈물을 닦으며 슬프게 읊조렸다.

往事憑誰問	지난 일을 누구에게 물어볼까
荒山土一丘	황량한 산엔 한 무더기 흙뿐이네
恨深精衛死	한이 깊은 정위(精衛)의 죽음이고
魂斷杜鵑愁	혼 끊어지는 두견이 시름이라
故國何時返	고국에는 어느 때 돌아가려나
江樓此日遊	강가 누각에서 이날 놀이하네
悲深歌數闋	노래 몇 곡조에 슬픔이 깊은데
殘月荻花秋	지는 달 갈대꽃 핀 가을이로다

그가 읊기를 마치자, 자리에 가득한 사람이 모두 처연히 눈물을 흘렸
다. 조금 뒤에 범 같은 한 사나이가 뛰어들어 왔다. 신장이 몹시 크고 용
맹이 절륜(絶倫)하며, 얼굴은 대춧빛 같고 눈은 샛별 같으며, 문산(文山)
의 의리(義理)와 중자(仲子)의 청렴을 지녀 위용이 늠름하여 사람으로
하여금 공경심(恭敬心)을 불러일으켰다. 들어와서 임금께 배알하고 다
섯 사람을 돌아보며 말하였다.

"아, 썩은 선비는 함께 큰 일을 이룰 수 없도다."

그러고는 칼을 뽑아 춤을 추니, 슬픈 노래는 강개하고 소리는 큰 종이 울리는 듯하였다. 노래는 다음과 같다.

風蕭蕭兮	가을바람 쓸쓸히 부니
木落波寒	나뭇잎 떨어지고 물결 차갑구나
撫劍長嘯兮	칼 어루만지며 길게 휘파람 부니
斗星闌干	북두성이 비스듬히 걸려 있네
生全忠節	살아선 충절(忠節)을 온전히 했고
死爲義魄	죽어선 의로운 혼백 되었네
襟懷何似	이내 마음 어떠하던가
一輪江月	강물 위의 둥근 달일세
嗟不可兮慮始	아, 당초 계책이 틀렸으니
腐儒誰責	썩은 선비를 어찌 책망할까

노래가 미처 끝나기도 전에 달빛이 검어지고 구름이 어두워져서 비가 울며 내리고 바람이 탄식하며 불었다. 격렬히 내리치는 천둥소리에 모두가 갑자기 사라져버렸고, 자허 또한 놀라서 깨어보니 바로 한바탕 꿈이었다.

자허의 벗 해월거사(海月居士)는 듣고서 애통해하며 말하였다.

"대저 예로부터 임금이 어리석고 신하가 어두워서 모두 전복(顚覆)되는 지경에 이르는 경우가 많았다. 지금 보건대 그 임금도 반드시 현명한 임금이라 생각되고, 그 여섯 사람 또한 모두 충성스럽고 의로운 신하였다. 이러한 신하들이 이러한 임금을 보필했는데도 이처럼 참혹한 일이 있었는가. 오호라! 형세가 그렇게 만든 것이다. 그렇다면 시(時)와 세(勢)에다 돌리지 않을 수 없고, 또한 하늘에다 돌리지 않을 수 없다. 하늘에다 돌린다면 선인(善人)에게 복을 내리고 악인(惡人)에게 재앙을 내리는 것이 하늘의 도가 아니란 말인가. 하늘에 돌릴 수 없다면 어둡고 막연하여 이 이치를 상세히 알기 어려우니, 우주가 아득하기만 하여 한갓 뜻있는 선비의 회한만 더할 뿐이다."

(5) 시조

감장새 쟉다 ᄒ고 大鵬(대붕)아 웃지 마라
九萬里(구만리) 長天(장천)을 너도 눌고 저도 ᄂ다
두어라 一般飛鳥(일반비조)] 니 네오 긔오 다르랴

〈이택(李澤;1651~1719), 珍本 靑丘永言〉

어리거든 채 어리거나 밋치거든 채 밋치거나
어린 듯 밋친 듯 아ᄂ 듯 모로ᄂ 듯
이런가 져런가 ᄒ니 아므란 줄 몰래라

〈珍本靑丘永言 ; 放浪〉

말ᄒ기 죠타ᄒ고 ᄂ의 말을 마롤 거시
ᄂ의 말 내 ᄒ면 ᄂ도 내 말 ᄒᄂ 거시
말로셔 말이 만ᄒ니 말 모로미 죠해라

〈珍本靑丘永言 ; 三數大葉〉

世上(세상)의 險(험)구즌 사ᄅ 모하내여 범 주고
져 범 아니 먹거튼 불의나 녀허 두고
그졔야 님 向(향)ᄒ 情(정)을 다 펴볼가 ᄒ노라

〈古今歌曲 ; 慨世〉

들은 말 즉시 닛고 본 일 못 본드시
내 人事(인사) 이러므로 남의 是非(시비) 모르노라
다만지 풀이 셩ᄒᆞ여 盞(잔) 잡이만 ᄒᆞ리

〈古今歌曲 ; 慨世〉

빅사장 홍뇨변에 굽니러 먹는 져 빅노야
흔 닙에 두셋 물고 무에 낫빠 굽니느냐
우리도 구복이 웬슈라 굽니러 먹네

〈南薰太平歌〉

(6) 烈女咸陽朴氏傳 並序 박지원(朴趾源;1737~1805)

齊人有言曰 烈女不更二夫 如詩之柏舟是也 然而國典 改嫁子孫 勿叙
正職 此豈爲庶姓黎氓而設哉 乃國朝四百年來 百姓旣沐久道之化 則女
無貴賤 族無微顯 莫不守寡 遂以成俗 古之所稱烈女 今之所在寡婦也
至若田舍少婦 委衛靑孀 非有父母不諒之逼 非有子孫勿叙之恥 而守寡
不足以爲節 則往往自滅晝燭 祈殉夜臺 水火鴆縊 如蹈樂地 烈則烈矣
豈非過歟

昔有昆弟名宦 將枳人淸路 議于母前 母問奚累而枳 對曰 其先有寡婦
外議頗喧 母愕然曰 事在閨房 安從而知之 對曰 風聞也 母曰 風者 有聲
而無形也 目視之而無覩也 手執之而無獲也 從空而起 能使萬物浮動 奈
何以無形之事 論人於浮動之中乎 且若乃寡婦之子 寡婦子尙能論寡婦
耶 居 吾有以示若 出懷中銅錢一枚曰 此有輪郭乎 曰 無矣 此有文字乎
曰 無矣 母垂淚曰 此汝母忍死符也 十年手摸 磨之盡矣 大抵人之血氣
根於陰陽 情欲鍾於血氣 思想生於幽獨 傷悲因於思想 寡婦者 幽獨之處
而傷悲之至也 血氣有時而旺 則寧或寡婦而無情哉 殘燈吊影 獨夜難曉
若復簷雨淋鈴 窓月流素 一葉飄庭 隻鴈叫天 遠鷄無響 穉婢牢鼾 耿耿
不寐 訴誰苦衷 吾出此錢而轉之 遍摸室中 圓者善走 遇域則止 吾索而
復轉 夜常五六轉 天亦曙矣 十年之間 歲減其數 十年以後 則或五夜一
轉 或十夜一轉 血氣旣衰而吾不復轉此錢矣 然吾猶十襲而藏之者二十
餘年 所以不忘其功 而時有所自警也 遂子母相持而泣 君子聞之曰 是可
謂烈女矣 噫 其苦節淸修若此也 無以表見於當世 名堙沒而不傳何也 寡
婦之守義 乃通國之常經 故微一死 無以見殊節於寡婦之門

余視事安義之越明年癸丑月日夜將曉 余睡微醒 聞廳事前有數人隱
喉密語 復有慘怛歎息之聲 蓋有警急而恐擾余寢也 余遂高聲問鷄鳴未
左右對曰 已三四號矣 外有何事 對曰 通引朴相孝之兄之子之嫁咸陽而
早寡者 畢其三年之喪 飮藥將殊 急報來救 而相孝方守番 惶恐不敢私去
余命之疾去 及晚爲問咸陽寡婦得甦否 左右言聞已死矣 余喟然長歎曰

烈哉斯人 乃招群吏而詢之曰 咸陽有烈女 其本安義出也 女年方幾何 嫁
咸陽誰家 自幼志行如何 若曹有知者乎 群吏歔欷而進曰 朴女家世縣吏
也 其父名相一早歿 獨有此女而母亦早歿 則幼養於其大父母盡子道 及
年十九 嫁爲咸陽林述曾妻 亦家世郡吏也 述曾素羸弱 一與之醮 歸未半
歲而歿 朴女執夫喪盡其禮 事舅姑盡婦道 兩邑之親戚鄰里 莫不稱其賢
今而後果驗之矣 有老吏感慨曰 女未嫁時隔數月 有言述曾病入髓 萬無
人道之望 盍退期 其大父母密諷其女 女默不應 迫期 女家使人覸述曾
述曾雖美姿貌 病勞且咳 菌立而影行也 家大懼 擬招他媒 女斂容曰 囊
所裁縫 爲誰稱體 又號誰衣也 女願守初製 家知其志 遂如期迎婿 雖名
合巹 其實竟守空衣云

　旣而咸陽郡守尹侯光碩 夜得異夢 感而作烈婦傳 而山淸縣監李侯勉
齋 亦爲之立傳 居昌愼敦恒 立言士也 爲朴氏撰次其節義始終 其心豈不
曰弱齡孀婦之久留於世 長爲親戚之所嗟憐 未免隣里之所妄忖 不如速
無此身也 噫 成服而忍死者 爲有窆窆也 旣葬而恐死者 爲有小祥也 小
祥而忍死者 爲有大祥也 旣大祥則喪期盡 而同日同時之殉 竟遂其初志
豈非烈也

<燕巖集>

　제(齊)나라 사람이 말하기를, 열녀는 두 사내를 섬기지 않는다고 하였
는데 이는 『시경』(詩經) 백주편(柏舟篇)과 같은 뜻이다. 우리나라의 『경
국대전』(經國大典)에서는 재혼(再婚)한 여자의 자손에게는 벼슬을 주지
말라고 하였다. 이 법이 어찌 모든 백성들에게 적용되는 것이겠는가? 조
선(朝鮮) 사백년 동안 백성들은 이미 오랜 교화(敎化)에 젖어 버렸다. 그
래서 여자들이 그 신분의 귀천(貴賤)이나 집안의 현미(顯微)를 가리지
않고 절개를 지키지 않는 과부가 없어, 드디어 풍속(風俗)이 되었다. 옛
날의 이른바 열녀(烈女)가 이제는 과부에게 있게 된 것이다.

시골의 젊은 아낙네나 민가의 청상과부(靑孀寡婦)들을 부모가 억지로 다시 시집을 보내려는 것도 아니고 자손의 벼슬길이 막히는 것도 아니건만, 과부의 몸을 지키며 늙어 가는 것만으로는 수절했다고 할 수 없다고 생각하여 종종 삶의 빛을 스스로 꺼버리고 남편을 따라 죽기를 바란다. 불이나 물에 몸을 던지거나 독(毒)을 마시거나 혹은 끈으로 목을 졸라매면서도 마치 극락세계(極樂世界)를 밟는 것처럼 여긴다. 그들이 비록 열녀는 열녀지만 어찌 너무 지나치다고 하지 않겠는가?

옛날 어떤 형제가 높은 벼슬을 하고 있었는데 어떤 사람의 벼슬길을 막으려고 하면서 어머니에게 의논을 드렸다. 그 어머니가 물었다.

"무슨 잘못이 있기에 그의 벼슬길을 막으려 하느냐?"

"그의 선조(先祖)에 과부가 있었는데 세상에서 말이 자못 많습니다."

어머니가 깜짝 놀라며 물었다.

"규방(閨房)에서 일어난 일을 어떻게 알 수 있느냐?"

"풍문(風聞)으로 들었습니다."

"바람은 소리만 나지 형태가 없다. 눈으로 살펴도 보이지 않고 손으로 잡아도 잡을 수 없다. 허공(虛空)에서 일어나 만물을 흔드니 어찌 이 따위 근거 없는 일을 가지고 사람을 평가한단 말이냐? 게다가 너희들도 과부의 자식이니, 과부의 자식으로서 어찌 과부를 논할 수 있겠느냐? 잠시 내가 너희들에게 보여줄 것이 있다."

어머니가 품속에서 동전 한 닢을 꺼내 보이면서 물었다.

"이 돈에 윤곽이 있느냐?"

"없습니다."

"그럼 글자는 있느냐?"

"글자도 없습니다."

어머니가 눈물을 흘리면서 말했다.

"이게 바로 네 어미가 죽음을 참게 한 부적(符籍)이다. 내가 이 돈을 십년 동안이나 만지작거려서 다 닳아 없어진 것이다. 사람의 혈기(血氣)는 음양(陰陽)에 뿌리를 두고, 정욕(情慾)은 혈기에서 나오며, 생각은 매우 외로운 데서 생겨나며 슬픔은 생각으로 말미암는다. 과부는 매우 외롭게 살아 슬픔이 지극하며, 혈기는 때를 따라 왕성하니 과부라고 해서 어찌 정욕이 없겠느냐? 가물가물한 등잔불이 내 그림자를 조문(弔文)하는 것처럼 고독한 밤에는 새벽도 더디게 오더구나. 처마 끝에 빗방울이 뚝뚝 떨어질 때나 창가에 비치는 달이 흰 빛을 뿌리는 밤, 나뭇잎 하나가 뜰에 흩날릴 때나 외기러기가 먼 하늘을 울며 나는 밤, 닭 우는 소리도 들리지 않고 어린 종년은 코를 골며 깊이 잠든 밤, 가물가물 졸음도 오지 않는 그런 깊은 밤에 내가 누구에게 고충(苦衷)을 하소연하겠느냐? 그때마다 이 동전을 꺼내어 굴렸단다. 방안을 떼구루루 구르며 둥근 놈이 잘 달리다가도, 무엇에 부딪히면 그만 멈추었지. 그러면 내가 이놈을 찾아서 다시 굴렸는데, 밤마다 대여섯 번씩 굴리고 나면 하늘이 밝아오곤 했단다. 십년 지나는 동안에 그 동전을 굴리는 숫자가 줄어들었고 다시 십년 뒤에는 닷새 밤을 걸러 한 번 굴리게 되었지. 혈기가 이미 쇠약해진 뒤에서야 이 동전을 다시 굴리지 않게 되었단다. 그런데도 이 동전을 열 겹이나 싸서 이십년 되는 오늘까지 간직한 까닭은 그 공(功)을 잊지 않고 또 가끔은 이 동전을 보면서 스스로 깨우치기 때문이란다."

말이 끝나자 어머니와 아들은 서로 껴안고 울었다. 군자들이 이 이야기를 듣고 이야말로 열녀라고 말할 수 있겠다고 하였다.

아아, 슬프다! 이처럼 힘들게 절개를 지킨 과부들이 그 당시에 드러나지 않고 그 이름조차 인멸(湮滅)되어 후세에 전해지지 않은 까닭은 어째서인가? 과부가 절개를 지키는 것은 나라 사람 누구나 하는 일이기 때문에 죽지 않고서는 과부의 집에서 뛰어난 절개가 드러나지 않는 것이다.

내가 안의(安義) 고을을 다스리기 시작한 그 이듬해인 계축년(1793년. 영조 17년) 몇 월 며칠이었다. 날이 막 샐 즈음에 내가 어렴풋이 잠 깨어

들으니 청사(廳舍) 앞에서 몇 사람이 소곤거리는 소리가 들렸다. 다시 슬퍼 탄식하는 소리도 들렸다. 아마 무슨 급한 일이 생겼는데 내 잠을 깨울까 봐 주저하는 것 같았다. 내가 그제야 소리를 높여 물었다.

"닭이 울었느냐?"

사람들이 대답했다.

"벌써 서너 번이나 울었습니다."

"바깥에 무슨 일이 생겼느냐?"

"통인(通引) 박상효(朴相孝)의 조카딸이 함양(咸陽)으로 시집가서 일찍 과부가 되었는데, 오늘 지아비의 삼년상(三年喪)이 끝나자 약을 먹고 죽으려고 했습니다. 그 집에서 급하게 연락이 와서 구해 달라고 하지만 상효가 오늘 숙직 당번이므로 황공해 하면서 맘대로 가지 못하고 있었습니다."

나는 빨리 가보라고 명하였다. 날이 저물 무렵 함양 과부가 살아났느냐고 묻자, 옆에 있던 사람들에게 대답하였다.

"벌써 죽었답니다."

나는 서글프게 탄식하면서 말하였다.

"아아, 열녀로다! 이 사람이여."

그리고는 여러 아전들을 불러다 물었다.

"함양에 열녀가 났구나. 그가 본래 안의 사람이라 했는데, 나이는 올해 몇 살이며 함양 누구의 집으로 시집을 갔었느냐? 어릴 적 행실이 어떠했는지 너희들 가운데 잘 아는 사람이 있느냐?"

여러 아전들이 한숨을 쉬면서 말하였다.

"박씨의 집안은 대대로 이 고을 아전이었는데, 그 아비의 이름은 상일(相一)이었습니다. 그가 일찍이 죽은 뒤로는 이 외동딸만 남았는데 어미 또한 일찍 죽자 어려서부터 할아버지 할머니 손에서 자라면서 효도를 다했습니다. 그러다가 나이 열아홉이 되자 함양 임술증(林述曾)에게 시집가서 아내가 되었지요. 술증도 또한 대대로 함양의 아전이었는데 평소에 몸이 야위고 허약했습니다. 그래서 그와 한 번 초례(醮禮)를 치르고 돌아간 지 반년이 채 못 되어 죽었습니다. 박씨는 그 남편의 초상을 치르면서 예법(禮法)을 다하고 시부모를 섬기는 데에도 며느리의 도리를 다하였습니다. 그래서 두 고을의 친척과 이웃들 가운데 그 어진 태도를 칭찬하지 않는 사람이 없었으니, 이제 정말 그 행실이 드러난 것입니다."

한 늙은 아전이 감격하여 이렇게 말하였다.

"그 여자가 시집가기 몇 달 전에 아는 사람이 말하기를, 술증의 병이 골수에 들어 살 길이 없는데 어찌 혼인날을 물리지 않느냐고 했답니다. 그 할아버지와 할머니가 그 여자에게 가만히 알렸지만 그 여자는 아무런 대답도 하지 않았답니다. 혼인날이 다가와 색시의 집에서 사람을 보내어 술증을 보니 술증이 비록 생김새는 아름다웠지만 폐병이 심해 기침을 했습니다. 마치 버섯이 서 있고 그림자가 걸어 다니는 것 같았답니다. 색시의 집에서 매우 두려워하며 다른 중매쟁이를 부르려 했더니, 그 여자가 얼굴빛을 가다듬고 이렇게 말하더랍니다.

'지난번에 바느질한 옷은 누구의 몸에 맞게 한 것이며 또 누구의 옷이라고 불렀지요? 저는 처음 바느질한 옷을 지키고 싶어요.'

그 집에서는 그녀의 뜻을 알아차리고 원래 잡았던 혼인날에 사위를 맞아들였습니다. 비록 혼인을 했다지만 사실은 빈 옷을 지켰을 뿐이랍니다."

얼마 뒤에 함양 군수 윤광석(尹光碩)이 밤중에 기이한 꿈을 꾸고 느낀 바 있어 「열부전」(烈夫傳)을 지었다. 산청 현감 이면재(李勉齋)도 그를 위하여 전(傳)을 지어주었다. 거창에 사는 신돈항(愼敦恒)도 문장을 하는 선비였는데, 박씨를 위하여 그 절의(節義)를 서술하였다. 그는 처음부터 끝까지 마음이 한결같았으니 어찌 스스로 나이 어린 과부가 세상에 오래 머문다면 길이길이 친척에게 동정이나 받을 것이고, 이웃 사람들의 망령된 생각을 면치 못할 테니, 빨리 죽어 없어지는 것이 낫겠다고 생각하지 않았으랴?

아아, 슬프다! 그가 처음 상복(喪服)을 입고도 죽음을 참은 것은 장사(葬事)를 지내야 했기 때문이었고, 장사를 끝낸 뒤에도 죽음을 참은 것은 소상(小祥)이 있기 때문이었다. 소상을 끝낸 뒤에도 죽음을 참은 것은 대상(大祥)이 있기 때문이었다. 이제 대상도 다 끝나서 상기(喪期)를 마치자, 지아비가 죽은 것과 같은 날 같은 시각에 죽어 그 처음의 뜻을 이루었으니, 어찌 열부가 아니겠는가?

(7) 庸婦歌

흉보기도 슬타마는 져 부인의 거동 보소
시집간 지 셕달 만의 시집스리 심허다고
친정의 편지 허며 싀집 흉을 죱아니며
계엄헐스 싀아바니 암상헐스 싀어머니
고즈질의 싀누의와 엄슉(嚴肅)허기 맛동셰라
요악(妖惡)헌 아오동셰 여호 갓튼 시앗년의
드셰도다 남녀노복(男女奴僕) 들며나며 흥구덕에
남편이나 미덧더니 십벌지목(十伐之木) 되얏셰라
여긔져긔 살셜(辭說)이요 구셕구셕 모함(謀陷)이라
시집스리 못허겟네 간슈병을 기우리며 치마 쓰고 니닷기와
보씸 쓰고 도망(逃亡)질에 오락가락 못견디며
승(僧)드리나 따라갈가 긴 장쥭(長竹)이 벗시 되고
들구경 흐야볼가 문복(問卜)허기 소일(消日)이라
것흐로는 시름이요 속으로는 딴 싱각에
반분쩌(半粉黛)로 일을 슘고 털뽑기가 셰월이라
싀부모가 경계(警戒)허면 한 마디 지지 안코
남편이 걱정허면 뒤바다 맛녁슈요
들고나니 쵸롱군에 팔즈나 곳쳐볼가
양반 즈랑 모도 허며 싀쥬가(色酒家)나 흐야볼가
남문 밧 쎙덕어미 텬셩(天性)이 져러헌가
비워셔 그러헌가 본디 업시 즈라야셔
이리져리 두루맛침 싸홈질노 셰월이라
남의 말 말견쥬와 들며는 음식 공논(公論)
졔 조상은 부지(不知)허고 불공(佛供)허기 위업(爲業)헐 졔

무당 쇼경 푸닥거리 의복(衣服)가지 다 니쥬고

남편 모양 볼쪽시면 삽살기 뒷다리요

ᄌ식 거동 볼작시면 털 버슨 솔기미라

엿장ᄉ야 쩍장ᄉ야 아희펑게 다 부르고

물네 압히 션합품과 씨아 압히 기지기라

이집 져집 이간질과 음담퓌셜 일슴는다 모함(謀陷) 줍고 똥 먹이기

셰간은 쥬러 가고 걱정은 느러간다

치마는 졀노 가고 허리통이 기러 간다

총 업는 헌 집신에 어린 ᄌ식 둘쳐 업고

혼인장ᄉ(婚姻葬事) 집집마다 음식츄심(飮食推尋) 일을 슴고

아희 ᄊ홈 어른 쌈에 남의 죄에 미 마치기

까닥 업시 셩을 니고 의쑨 ᄌ식 두다리며

며나리를 쫏찻시니 아들은 홀아비라

쌀 ᄌ식을 다려오니 남의 집은 결단이라

두 손펵을 두다리며 방셩디곡(放聲大哭) 괴이허다

무신 꼴에 싱트집의 머리 쓰고 드러눕기

간부(姦夫) 달고 다라나기 관비졍속(官婢定續) 몃 번인가

무식(無識)헌 창싱(蒼生)드라 져 거동을 ᄌ셰 보고

그른 닐을 아라쩌든 고칠 기(改)ᄶ(字) 힘을 쓰소

오른 말을 드럿쩌든 힝허기를 위업(爲業)헐지어다

〈高大本 樂府〉

(8) 愚夫歌

니 말숨 광언(狂言)인가 져 화상을 구경허게
남촌활량(南村閑良) 긔똥이는 부모 덕에 편이 놀고
호의호식(好衣好食) 무식허고 미련허고 용통허야
눈은 놉고 손은 커셔 가량 업시 쥬져 넘어
시체(時體) 짜라 의관(衣冠)허고 남의 눈만 위허것다
장장츈일(長長春日) 낫줌 자기 조석(朝夕)으로 반찬 투정
미팔즈로 무상츌입(無常出入) 미일 장취(長醉) 계트림과
이리 모야 노름 놀기 져리 모야 투전(鬪牋)질에
기싱쳡(妓生妾) 치가(治家)ᄒ고 외입장이 친구로다
ᄉ랑의는 조방군(助幇軍)이 안방의는 노구(老嫗)할미
명조상(名祖上)을 쩌셰허고 셰도(勢道) 구멍 기웃기웃
염냥(炎凉) 보아 진봉(進奉)허기 지업(財業)을 까불니고
허욕(虛慾)으로 장ᄉ허기 남의 빗시 틱산(泰山)이라
니 무식은 싱각 안코 어진 사람 미워허기
후(厚)헐 데는 박(薄)ᄒ야셔 한 푼 돈의 쌈이 나고
박헐 데는 후ᄒ야셔 슈빅량(數百兩)이 헛것시라
승긔즈(勝己者)를 염지(厭之)허니 반복소인(反覆小人) 허긔진다
니 몸에 리(利)헐더로 남의 말을 탄치 안코
친구 벗슨 조화허며 졔 일가는 불목(不睦)허며
병(病) 날 노릇 모다 허고 인슘 녹용 몸 보키와
쥬식잡기(酒色雜技) 모도 ᄒ야 돈 쥬졍을 무진 허네
부모 조상 도망(頓忘)허여 계집 즈식 지물슈탐(財物搜探) 일가 친척 구박허며
니 인ᄉ는 나죵이요 남의 흉만 줍아닌다

니 힝셰는 기치반에 경계판(輕繫版)을 질머지고

업는 말도 지여니고 시비(是非)의 션봉(先鋒)이라

날 디 업는 용젼여슈(用錢如水) 샹하텅셕(上下撑石) 흐야가니

손님은 칙긱(債客)이요 윤의(倫義)는 니몰니라

입구멍이 졔일이라 돈 날 노릇 흐야보셰

젼답(田畓) 파라 변돈 쥬기 종을 파라 월슈(月收) 쥬기

구목(丘木) 버혀 장스허기 셔칙(書冊) 파라 빗 쥬기와

동니 샹놈 부역(賦役)이요 먼 데 사람 힝악(行惡)이며

줍아오라 꺼믈니라 즈장격지(自將擊之) 몽동이질

젼당(典當) 줍고 셰간 뺏기 계집 문셔(文書) 종슴기와

살 결박(結縛)에 소 뺏기와 불호령에 솟 뺏기와

여긔져긔 간 곳마다 젹실인심(積失人心) 허겟고나

사람마다 도젹이요 원망허는 소리로다 이스나 흐야볼가

가장(家藏)을 다 파라도 샹팔십(上八十)이 니 팔즈라

종손(宗孫) 핑계 위젼(位田) 파라 투젼질이 싱이로다

졔스(祭祀) 핑계 졔긔(祭器) 파라 관즈구셜(官災口舌) 이러는다

뉘라셔 도라볼가 독부(獨夫)가 되단말가

가련타 져 인싱아 일죠(一朝) 걸긱(乞客)이라

디모관즈(玳瑁貫子) 어디 가고 물네 줄은 무삼 일고

통냥(統凉) 갓슨 어디 가고 헌 파립(破笠)에 통 모즈라

쥬졔로 못 먹든 밥 칙녁 보아 밥 먹는다

양복기는 어디 가고 쓴바귀를 단쑬 쌔듯

죽녁고(竹瀝膏) 어디 가고 모쥬 한 잔 어려워라

울타리가 썰나무요 동니 소곰 반찬일세

각장(角壯) 장판 소라반즈 장지문이 어디 가고

벽 써러진 단간 방의 거젹자리 열두닙에

호적(戸籍) 조회 문 바르고 신쥬보(神主褓)가 갓끈이라

은안쥰마(銀鞍駿馬) 어듸 가며 선후구종(先後驅從) 어듸 간고

셕시집신 집힝이에 경강말이 제 격이라

슘슝보션 티셔헤(太史鞋)가 끌레발이 불상허고

비단 쥬머니 십륙스(十六絲)끈 화류면경(樺榴面鏡) 어듸 가고

보션목 쥬머니에 슘 노끈 쒸여 추고

돈피 빗조 담뷔 휘양 어듸 가며 릉라쥬의(綾羅紬衣) 어듸 가고

동지 셧달 베창웃세 슘복(三伏)다름 바지 겨쥭

궁둥이는 울근불근 엽거름질 병신갓치

담비 업는 빈 연쥭(煙竹)을 소일(消日)조로 손의 들고

어슥비슥 다니면셔 남에 문젼(門前) 걸식ᄒ며

역질(疫疾) 핑게 졔스 핑계 야속허다 너의 인심

원망헐스 팔조 타령 져 건너 꼼싱원은

제 아비의 덕분으로 돈 천이나 가졋드니

슐 한 잔 밥 한 슐을 친구 디졉 ᄒ얏든가

쥬져 넘게 아는 체로 음양슐슈(陰陽術數) 탐혼(貪混)ᄒ야

당발복(當發福) 구산(求山)ᄒ기 피란(避亂) 곳 츳져 가며

올젹갈젹 힝노상(行路上)에 쳐즈식을 훗허 녹코

유무상조(有無相助) 아니허면 조석난계(朝夕難計) 헐 슈 업다

긔인취물(欺人取物) 허즈 허니 두 번지난 아니 속고

공납범용(公納犯用) 허즈 허니 일가집에 부즈(富者) 업고

쓴 직물 경영(經營)허고 경향(京鄕) 업시 쓰다니며

지상가(宰相家)에 청질허다 봉변(逢變)허고 물너셔고

남의 골의 검티 갓다 혼검(閽禁)의 쏫겨 와셔

혼인즁미(婚姻仲媒) 혼즈 들다 무렵보고 쎔 마즈며

가디문셔(假代文書) 구문(口文) 먹기 핀잔먹고 잣바지기

불리힝사(不理行事) 씨그렁이 위조문셔(僞造文書) 비리호송(非理好訟)

부즈나 후려볼가 감언리셜(甘言利說) 쐬야 보세

엇(堰)막이며 보(洑)막이며 은(銀)졈이며 금(金)졈이며

디로변(大路邊)에 싴쥬가(色酒家)며 노름판에 푼돈 쩨기

남북촌(南北村)에 쑤장이로 인물쵸인(人物招引) 흐야 볼가

산진(山陣)미 수진(水陣)미에 산양질노 놀너갈 졔

디종손(大宗孫) 양반 즈랑 산소나 파라 볼가

혼인 핑게 어린 쌀은 빅양(百兩)쏘리 되엿구나

안악은 친졍사리 즈식드른 고싱사리

일가에 눈이 희고 친구의 손가락질

부지거쳐(不知去處) 나가더니 소문이나 드러 볼가

산 너머 찡싱원은 그야말이 흐우(下愚)로다

거드러셔 한 말 즈랑 디장부(大丈夫)의 결긔로다

동니 존장(尊長) 몰나 보고 이소능장(以少凌長) 욕 허기와

의관열파(衣冠裂破) 사람 치고 마즈싸기 쎄쓰기와

남의 과부 겁탈허기 투장(偸葬)간 곳 쳥병(請餠)허기

친쳑집에 소 쓸기와 쥬먹다짐 일슈로다

부즈집의 긴헌 쳬로 친헌 사람 이간질과

월슈돈 일슈돈 쟝별리 장쳬기며

졔 부모의 몹쓸 힝스 투젼군은 조화허며

손목 잡고 술 권허며 졔 쳐즈는 몰나 보고

노리기로 졍표 주며 즈식 노릇 못 헌셔

졔 즈식은 귀이 알며 며나리는 들보그며

봉양(奉養) 잘못 호령헌다 기동 베고 벽 쎠러라

텬하(天下) 난봉 즈칭(自稱)허니 붓그럼을 모로고셔

쥬리 틀려 경친 것슬 옷슬 벗고 즈랑허며

슐집이 안방이요 투전방이 스랑이라

늘근 부모 병든 쳐즈 손톱발톱 졔쳐 가며

줌 못 즈고 길숨헌 것 슐 너기로 장긔 두고

췩망 업시 바린 몸이 무삼 싱이 못허여셔

누의 즈식 죡하 즈식 싀쥬가로 환민허며

부모가 걱정허면 와락더라 부르디며

안악이 스셜허면 밥상 치고 계집 치기

도망산의 뫼를 쎳나 져녁 굼고 쏘 나간다

포쳥귀신(捕廳鬼神) 되엿는지 듯도보도 못 헐네라

〈高大本 樂府〉

(9) 假面

生員家洞里 山行砲手之妻 免醜 恒存於心 而其夫在家 無以乘隙
一日 謂砲手曰 汝何不山行乎 砲手曰 無路費 不得行 生員曰 路費有
幾許然後 行乎 砲手曰 多多益善 少不下十緡 生員曰 何其多也 砲手曰
非但路費 有山告祀 十緡無多矣 生員曰 吾當備給 汝須多多捉來 與吾分
半 可也 則給十緡 砲手 擄知其生員 有心渠妻矣 受十緡後 與其妻 約曰
吾當如此矣 汝如此如此 下直生員曰 小人發行 則家中只有一妻 生員主
忘勞種種顧視 伏望 生員曰 此事 汝雖不付托 余豈歇后哉 少勿慮焉
其日夕飯後 生員 橫長竹反乂而來言曰 今日主人不在家 獨守空房 不
難乎 女曰 如生員主之人 來遊 則何難之有 生員 卽入其房 以言戲之 隨
問隨答 以手弄之 善酬善應 生員心頗喜悅 欲狎昵 則女曰 生員主欲與
吾 有交合之心 則出彼縛面也 不然 則不聽矣 生員曰 彼物何物也 第出
視之 厥女卽於架上 出傀儡像 欲縛面 生員曰 此物縛面 則胡爲乎好哉
女曰 與吾夫 同寢時 每以此縛面 則好矣 不然 則不好矣 生員曰 汝言旣
如此 第當縛之也 厥女乃以厥像覆面 以後纓 緊緊縛之
如此戲謔之際 砲手自後庭持梃 高聲大喝曰 何許賊漢 入人之內房 欲
奸人之妻乎 如此之漢 必刺殺也 空打壁打窓 恐喝突入 生員大怯 欲脫
其像 卽後纓緊結 不能脫 因縛逃走 厥漢 連以高聲 追來大呼曰 賊漢入
生員宅矣 賊漢入於生員宅矣 生員家 大驚出視 則果何許怪物 突入內庭
以梃亂打駈逐之際 一洞皆驚 毋論男女老少 各持一梃而來 亂打矣 生員
曰 吾也 像裡言音 誰能辨知乎 一樣亂打 生員艱幸解脫 乃生員也 家中
大驚曰 是何貌樣耶 卽擔入房中 洞人各散
一自以後 不敢出頭於門外 又不敢言索錢之事

〈醒睡稗說〉

한 생원이 한 동네에 사는 포수의 처가 얼굴이 제법 반반한 것을 보고 항상 마음에 두고 있었다. 다만 포수가 늘 집에 붙어 있어서 틈을 얻지 못하였다.

어느 날 생원이 포수를 불러 물었다.

"왜 요즘은 산에 안 가느냐?"

"노비가 없어 못 가지요."

"노비는 얼마나 있으면 되느냐?"

"그야 물론 다다익선(多多益善)이겠지만 적어도 엽전 열 꿰미는 있어야죠."

"웬걸 그리 많이 드느냐?"

"어디 노비뿐인가요. 산신령님께 고사(告祀)도 지내야 하니 열 꿰미도 많은 게 아닙죠."

"내가 마련하여 줄 것이니 너는 아무쪼록 많이많이 잡아오너라. 나하고 반씩 나누자."

생원은 열 꿰미를 내주었다.

포수는 생원이 자기 처에게 흑심을 품고 있는 것을 이미 눈치 채고 있었다. 열 꿰미의 돈을 받은 다음에 자기 처에게 당부하였다.

"내가 여차여차할 것이니 너는 저차저차하라."

그리고 생원에게 하직을 여쭈었다.

"쇤네가 떠나고 나면 집안에 여자 혼자뿐이니 어르신께서 괴로우시더라도 보살펴 주시기 바라옵니다."

"그 일은 너의 부탁이 없더라도 내 어찌 소홀히 하겠느냐. 조금도 염려하지 말아라."

그날 저녁을 먹은 후에 생원이 장죽을 빼어 물고 어슬렁어슬렁 나타나서 포수의 아낙에게 말을 붙이는 것이었다.

"오늘 너의 남편이 집에 없어 독수공방(獨守空房)이 어렵지 않겠느냐?"

"만약 생원 같은 분이 놀러 오신다면야 어려울 것이 무어 있겠습니까?"

생원이 즉시 방으로 들어가서 주접을 떠는데 그 여인은 샐쭉 웃으면서 붙이는 말을 척척 받아넘기고, 손으로 희롱을 해도 피하지 않고 곧잘 응하는 것이었다. 생원이 마음속에 자못 희열을 느끼고 여인에게 달려들자 여인이 말하였다.

"어르신, 저와 교합하고 싶은 맘이 있으시면 저걸 꺼내서 얼굴에 쓰세요. 안 그러면 죽어도 말을 듣지 않을래요."

"저게 무엇이냐? 우선 내려보아라."

여인은 시렁 위에서 탈바가지를 꺼내 생원의 얼굴에 씌우려 들었다.

"이런 걸 얼굴에 덮어쓰면 무엇이 좋단 말이냐?"

"제 남편과 동침(同寢)할 때마다 언제나 이걸 얼굴에 써야 좋지 그렇지 않으면 좋지 않았어요."

"네 말이 그러하니 우선 써 보기나 하자."

그 여인은 탈바가지를 생원의 얼굴에 씌우고 뒤에 끈으로 꽁꽁 묶었다.

이처럼 장난치고 있을 때 포수가 몽둥이를 들고 고함을 치며 뛰어나왔다.

"웬 도둑놈이 남의 집에 들어와서 남의 여자를 손대느냐? 이런 놈은 반드시 때려 죽여야 한다."

포수는 벽과 방문을 몽둥이로 탕탕 치며 을러대었다. 생원은 크게 겁을 집어먹고 탈바가지를 벗으려고 하였으나 끈으로 단단히 옭아매 놓아서 풀 수가 없었다. 그래서 탈바가지를 쓴 채로 도주했다. 포수가 뒤쫓으며 연방 고함을 질렀다.

"도둑이야, 도둑! 저 도둑놈이 생원 댁으로 들어간다. 도둑놈이 생원 댁으로 들어갔어!"

생원 집에서 부리나케 내다보니 웬 괴물이 집안으로 뛰어오는 것이 아닌가. 모두들 몽둥이를 찾아들고 나서서 마구 두들기고 발길질을 했다. 온 동네가 놀라서 남녀노소 없이 급히 몽둥이를 하나씩 들고 구름처럼 밀려들어 마구 때렸다.

"나다, 나야."

생원이 호소했지만 탈바가지 속의 목소리를 누가 알아듣겠는가. 한참 두들김이 계속되었다. 스스로 간신히 탈바가지를 떼어낸 것을 보니 생원이 아닌가. 생원의 가족들이 어쩔 줄 몰라 했다.

"이게 웬 꼴입니까?"

그러고는 생원을 즉시 방안으로 떠메어다 놓았다. 동네 사람들은 어이없어 하며 흩어졌다. 그 이후로 생원은 낯을 들고 문 밖을 나다닐 수 없었으며, 포수에게 돈을 내놓으라는 말도 비치지 못하였다.

2. 세상 속 삶의 방향

(1) 安民歌

　德經等 大王備禮受之 王御國二十四年 五岳三山神等 時或現侍於殿庭 三月三日 王御歸正門樓上 謂左右曰 誰能途中得一員榮服僧來 於是適有一大德 威儀鮮潔 徜徉而行 左右望而引見之 王曰 非吾所謂榮僧也退之 更有一僧 被衲衣負櫻筒 從南而來 王喜見之 邀致樓上 視其筒中盛茶具已 曰 汝爲誰耶 僧曰 忠談 曰 何所歸來 僧曰 僧每重三重九之日烹茶饗南山三花嶺彌勒世尊 今玆旣獻而還矣 王曰 寡人亦一甌茶有分乎 僧乃煎茶獻之 茶之氣味異常 甌中異香郁烈 王曰 朕嘗聞師讚耆婆郎詞腦歌 其意甚高 是其果乎 對曰 然 王曰 然則爲朕作理安民歌 僧應時奉勅歌呈之 王佳之 封王師焉 僧再拜固辭不受 安民歌曰 君隱父也 臣隱愛賜尸母史也 民焉狂尸恨阿孩古爲賜尸知 民是愛尸知古如 窟理叱大肹生以支所音物生 此肹喰惡支治良羅 此地肹捨遺只於冬是去於丁爲尸知 國惡支持以支知古如 後句 君如臣多支民隱如爲內尸等焉 國惡太平恨音叱如

〈三國遺事 卷 第二 奇異 景德王忠談師表訓大德〉

　（당나라에서 보낸) 도덕경(道德經) 등을 경덕왕(景德王;742~765)이 예를 갖추어 받았다.

　왕이 나라를 다스린 이십사년에 오악(五嶽) 삼산(三山)의 신들이 때

때로 인간의 모습으로 궁궐 뜰에 나타나 왕을 모시곤 했다.

삼월 삼일에 왕이 귀정문(歸正門)의 누각 위에 올라 좌우의 신하들에게 말했다.

"누가 길에 나가서 영복승(榮服僧) 한 사람을 데려 오겠소?"

이때 마침 위의가 있고 말쑥한 한 큰스님이 이리저리 거닐면서 지나갔다. 신하들이 바라보고는 데려와서 왕에게 뵈었다. 왕이 말했다.

"내가 말한 영복승이 아니오."

그 스님을 물리쳤다.

다시 한 스님이 헤진 장삼(長衫)을 입고 앵두나무로 만든 통을 지고 남쪽 방향에서 오고 있었다. 왕은 그 스님을 보고는 기뻐하며 누각 위로 맞아들였다. 통 속을 보니 차(茶)를 달이는 기구만 가득하였다.

"그대는 누구요?"

"충담(忠談)입니다."

"어디서 오는 길이오?"

"소승은 매년 삼월 삼일과 구월 구일이면 차를 달여서 남산(南山) 삼화령(三花嶺) 미륵세존(彌勒世尊)께 공양(供養)하는데, 오늘도 차를 드리고 돌아오는 길입니다."

"과인에게도 한 잔 줄 수 있겠소?"

충담은 차를 달여 왕에게 바쳤는데, 차의 맛이 기이하고 그릇에서도 이상한 향기가 풍겼다.

"과인이 듣건대 스님이 기파랑(耆婆郎)을 찬미하여 지은 사뇌가(詞腦歌)가 그 뜻이 매우 고상하다 하는데 과연 그렇소?"

"그러하옵니다."

"그렇다면 과인을 위하여 백성을 다스려 편안히 할 노래를 지어주오."

충담은 즉시 명을 받들어 노래를 지어 바쳤다. 왕이 가상히 여겨 왕사(王師)로 봉하려 하니, 충담은 두 번 절하고 굳이 사양하며 받지 않았다.

안민가(安民歌)는 이러하다.

君은 아비야	임금은 아비요
臣은 ᄃᆞᄉᆞ실 어시야	신하는 사랑하는 어미요
民은 얼훈 아히고 ᄒᆞ실디	백성은 어리석은 아이라고 하시면
民이 ᄃᆞ슬디고다	백성이 사랑하리라
구릿대훌 내히슴 믈生	탄식하는 뭇 창생
이훌 좌히 다슬아라	이를 먹도록 다스릴지어다
이 ᄯᅡ훌 ᄇᆞ리격 어드리 가는뎡 홀디	이 땅을 버리고 어디로 갈까 하면
나라히 디니히디고다	나라가 지녀지리라
아으 君ㄷ 臣다히 民ㄷ ᄒᆞ놀든	아, 임금같이, 신하답게, 백성같이 하면
나라 太平흠짜	나라가 태평하리라

〈徐在克 解讀〉

(2) 鏡說 이규보(李奎報;1168~1241)

居士有鏡一枚 塵埃侵蝕掩掩 如月之翳雲 然朝夕覽觀 似若飾容貌者
客見而問曰 鏡所以鑑形 不則君子對之 以取其淸 今吾子之鏡 濛如霧如
旣不可鑑其形 又無所取其淸 然吾子尙炤不已 豈有理乎 居士曰 鏡之明
也 姸者喜之 醜者忌之 然姸者少醜者多 若一見 必破碎後已 不若爲塵
所昏 塵之昏 寧蝕其外 未喪其淸 萬一遇姸者而後磨拭之 亦未晩也 噫
古之對鏡 所以取其淸 吾之對鏡 所以取其昏 子何怪哉 客無以對

〈東國李相國集〉

거사(居士)에게 거울 하나가 있는데, 먼지가 끼어서 마치 구름에 가려진 달빛처럼 희미하였다. 그러나 조석으로 들여다보고 마치 얼굴을 단장하는 사람처럼 하였다.

어떤 손[客]이 보고 묻기를,

"거울이란 얼굴을 비치는 것이요, 그렇지 않으면 군자가 그것을 대하여 그 맑은 것을 취하는 것인데, 지금 그대의 거울은 마치 안개 낀 것처럼 희미하니, 이미 얼굴을 비칠 수가 없고 또 맑은 것을 취할 수도 없네. 그런데 그대는 오히려 얼굴을 비추어 보고 있으니, 그것은 무슨 까닭인가?" 하였다.

거사는 말하기를,

"거울이 밝으면 잘생긴 사람은 기뻐하지만 못생긴 사람은 꺼려하네. 그러나 잘생긴 사람은 수효가 적고, 못생긴 사람은 수효가 많네. 만일 못생긴 사람이 한 번 들여다보게 된다면 반드시 깨뜨리고야 말 것이네. 그러니 먼지가 끼어서 희미한 것만 못하네. 먼지가 흐리게 한 것은 그 겉만을 흐리게 할지언정 그 맑은 것은 상우지 못하니, 만일 잘생긴 사람을 만난 뒤에 닦여져도 시기가 역시 늦지 않네. 아, 옛날 거울을 대한 사람은 그 맑은 것을 취하기 위한 것이었지만 내가 거울을 대하는 것은 그 희미한 것을 취하기 위함인데, 그대는 무엇을 괴이하게 여기는가?" 하였다.

　그러자 손은 대답이 없었다.

(3) 시조

古人(고인)도 날 못보고 나도 古人(고인) 못뵈
古人(고인)을 못봐도 녀든 길 알픠 잇닉
녀든 길 알픠 잇거든 아니 녀고 엇졀고

〈이황(李滉;1501~1570), 珍本 靑丘永言〉

當時(당시)에 녀든 길홀 몃 히롤 브려두고
어듸 가 둔니다가 이졔야 도라온고
이졔야 도라오나니 넌 듸 모음 마로리

〈이황(李滉;1501~1570), 珍本 靑丘永言〉

무을 사룸들아 올흔 일 ᄒ쟈스라
사룸이 되여나셔 올치옷 못ᄒ면은
무쇼롤 갓 곳갈 씌워 밥 머기나 다르랴

〈정철(鄭澈;1587~1588), 珍本 靑丘永言〉

하눌이 놉다 ᄒ고 발져겨 셔지 말며
ᄯ하히 두텁다고 ᄆ이 넓지 마롤 거시
하눌 ᄯ 놉고 두터워도 내 조심을 ᄒ리라

〈주의식(朱義植;조선 숙종 때 무인), 珍本 靑丘永言〉

듯는 말도 오왕ᄒ면 셧고 셧는 쇼도 이라타 ᄒ면 가닉
深意山(심의산) 不惡虎(불악호)도 경셰ᄒ면 도지거든
閔氏(민씨)님 뉘 어믜의 쫄이완듸 경셰 不聽(불청)ᄒᄂ니

〈古今歌曲 ; 蔓橫淸流〉

(4) 五倫歌 五章 김상용(金尙容; 1561~1637)

어버이 子息(자식) 스이 하눌 삼긴 至親(지친)이라
父母(부모)곳 아니면 이 몸이 이실소냐
烏鳥(오조)도 反哺(반포)롤 ᄒ니 父母孝道(부모효도) ᄒ여라

님군을 셤기오더 正(정)ᄒ 길노 引導(인도)ᄒ야
鞠躬盡瘁(국궁진췌)ᄒ야 죽은 後(후)의 마라스라
가다가 不合(불합)곳 ᄒ면 믈너간들 엇더리

夫婦(부부)라 히온 거시 늄으로 되여 이셔
如鼓瑟琴(여고슬금)ᄒ면 그 아니 즐거오냐
그러코 恭敬(공경)곳 아니면 卽同禽獸(즉동금수) ᄒ리라

兄弟(형제) 두 몸이나 一氣(일기)로 ᄂ화시니
人間(인간)의 貴(귀)ᄒ 거시 이 外(외)예 쏘 잇는가
갑 주고 못 어들 거손 이 쑨인가 ᄒ노라

벗을 사괴오더 처음의 삼가ᄒ야
날도곤 나으 니로 굴히여 사괴여라
終始(종시)히 信義(신의)롤 딕회여 久而敬之(구이경지) ᄒ여라

〈仙源續稿〉

(5) 邊士行(第3話)

　邊士行曰 杆城有寡婦 養其姑甚孝 寡婦只有一女而八歲 家貧賣油爲生 寡婦適出外 未及還 而其姑老而盲 以油缸謂爲溺缸而出潟於灰堆中 未及盡潟而八歲女兒見之 默然無一語 旣盡潟而入 寡婦方還 八歲女 迎於門而泣曰 大母 可憐憫 不能辨油溺 並置之缸 而潟油缸於灰堆 未盡潟而吾則見之 欲明其爲油缸 而存其餘油 則恐老人傷惜無聊 以爲羞恨故 不言之耳 願母亦不明言其爲油缸也 寡婦抱其女而撫其背曰 汝眞吾女 何其智慮之早開也

　隣有不孝之婦 適自籬隙而見之 大感悟 歸語其姑曰 願自今 其自安 勿復搬柴種火 刮灰掃糞 繅兒飼蚕 整器滌鐺 淸竈灑庭 績麻拾綿 而坐臥隨意 忽慮賤婦之有言也 其姑泣而搔白首曰 吾於今日 有何不稱於汝意 而爲此不情之語也 翁乎翁乎 何不速捉我去 而日日迫困於子婦也 不孝之婦 跪而對曰 賤婦從前悍甚 失婦道 而今適有所感悟 而敢發此言 願姑安意 而勿過慮也 及暮 其夫歸 而其婦又言之如語于姑者 其夫驚怒而罵之曰 今日必有迫蹙嘖詈於吾母之端矣 汝之暴 使吾母俾不得自便者 積有年所矣 此言何爲發哉 乃是反語而炒爆之甚者者也 其婦曰 今日適見東隣寡婦及八歲女兒之事矣 其事如是 其言如此 彼亦人也 吾亦人也 彼乃孝於姑 孝於大母 至於斯極 而吾之所以事姑者 自覺無狀 至爲八歲兒之罪人 寧不可痛哉 吾則誓心改過 不復如前日之兇慝矣 其夫曰 其然 豈其然乎

　其後七八朔 其婦之孝心不衰 供養甚備 其姑甚安之 其夫大喜 釀酒椎犢 大會隣里 迎其東隣寡婦 及八歲女兒 大卓陳饌 各進於其前 跪而語其故曰 吾之娶婦 始不知其性行之兇惡矣 恒言曰 婦生二三子 方見其眞性 果生數子之後 肆其兇悖 迫困老母 豈不欲出此婦 以安吾母 而以其多子 且善持家故 不能出之 顧於心中 如對讎敵 少無宜家之樂 而常抱不孝之恥矣 今賴賢嫗母女 而感化兇性 免爲不孝之婦 得以小安老母之餘年 不腆之饌 敢致謝悃 鄕黨莫不感嘆而去

〈雪橋別集〉

간성(杆城)의 한 과부(寡婦)가 시어머니를 봉양함에 효성이 극진하였다. 오직 딸 하나를 두었는데 나이 여덟 살이었다. 집이 가난해서 기름을 팔아 살아갔다.

하루는 어머니가 밖에 나가서 아직 돌아오지 않았는데 할머니가 늙어서 눈이 멀어 기름단지를 요강으로 잘못 알고 들고 나가서 잿더미에다 비우고 있었다. 아직 다 쏟아 버리기 전에 여덟 살배기 소녀가 그것을 보았다. 그러나 소녀는 입을 다물고 아무 말도 하지 않았다. 할머니는 기름을 다 쏟고 들어갔다. 소녀는 대문 옆에 서서 어머니를 기다리다가 어머니가 돌아오자 울면서 말했다.

"엄마, 할머니가 참 불쌍하셔. 기름과 오줌을 분간 못 하시고 요강인 줄 알고 기름단지를 내다 잿더미에다 쏟아버렸어. 다 쏟기 전에 내가 보았어요. 기름단지라고 얼른 가르쳐드려서 더는 못 쏟게 하고 싶었지만, 그럼 할머니는 얼마나 아깝고 무안해 하시겠어? 그래서 말씀드리지 않았어. 엄마도 할머니께 기름단지라고 말하지 말아요."

어머니는 와락 딸을 끌어안고 등을 쓰다듬었다.

"아이고, 내 딸아! 아이가 어쩌면 이다지도 슬기로운 소견이 빨리 났을까."

그 이웃에는 불효막심(不孝莫甚)한 여자가 있었는데, 마침 그 여자가 울타리 틈으로 이 광경을 목격하고 크게 감동하여 돌아와서 자기 시어머니에게 아뢰었다.

"어머님, 오늘부터는 편히 앉아 계셔요. 나무를 갖다 불을 때는 거나 재를 퍼다 똥을 지는 거나, 애기를 보거나, 누에를 치는 것을 다 그만두셔요. 그리고 사기그릇 씻기, 놋그릇 닦기, 부엌 치기, 마당 쓸기, 삼 삼기, 목화 줍기 같은 일들도 이제 다 그만두시고 편히 앉아 노셔요. 못된 며느리가 무슨 말이 있을까 걱정 마시고."

그 시어머니는 눈물을 떨어뜨리고 파뿌리가 된 머리를 득득 긁으면서 한탄했다.

"네가 오늘 네 마음에 무엇이 틀려서 이런 비정(非情)한 말을 하느냐? 영감, 영감, 왜 나를 얼른 잡아가지 않고 허구헌날 며느리에게 이런 공박을 듣게 놓아두우?"

그 여자는 다시 무릎을 꿇고 아뢰었다.

"이 못된 년이 이 때까지 포악하여서 며느리의 도리를 전혀 지키지 못하였어요. 오늘 진정 뉘우치게 된 바가 있어 이렇게 말씀을 드리는 것이에요. 우선 마음을 놓으시고 과히 근심 마셔요."

저녁때 남편이 들어오자 그 여자는 자기의 개심(改心)한 바를 남편에게 고백했다. 남편도 불끈 화를 냈다.

"오늘도 필시 우리 어머니를 못 살게 굴고 성깔을 부리던 끝이로구나. 네가 몇 해나 사나움을 피워 어머니를 한시도 편할 날이 없게 하더니 오늘은 갑자기 무슨 바람이 불어 그런 소리를 다하느냐? 이게 필시 비꼬아 더욱 들볶으려는 것이지."

"오늘 우연히 이웃집 과부와 여덟 살배기 계집아이가 하는 양을 보았습니다. 일을 여차여차하고 말이 이래저래합디다. 저이들도 사람이고 나도 사람인데 저이들은 시어머니에게 효성하고 할머니에게 효성하기를 그토록 지성을 다합디다. 내가 어머님을 받드는 것은 스스로 보아도 상없기 그지없어, 여덟 살배기 아이가 보기에도 죄스러운 인간이라 어찌 마음 아프지 않겠습니까? 내 맹세코 허물을 고쳐 지난날의 흉악한 소행을 다시는 않겠어요."

"글쎄, 그럴 수 있을까?"

그 후 일곱, 여덟 달이 지나도록 그 여자의 효심은 변함이 없이 시어머니를 공양하는 것이 극진하였다. 이제 그 시어머니도 아주 편안케 되었다. 남편은 기뻐한 나머지 술을 빚고 송아지를 잡아서 잔치를 벌였다. 인근 사람들을 모두 부르고, 그 이웃의 과부와 소녀를 특별히 초대했다.

손님들 앞에다 큰상을 놓고 음식을 배설한 다음 무릎을 꿇고 사연을 이야기하였다.

"제가 장가를 들어 처음에는 내자가 성질이 사나운 줄 몰랐었지요. 자식 두셋을 낳아야 여자의 본성깔이 드러난다지 않습니까. 제 내자도 과연 자식 몇을 낳더니 그만 흉악한 구습(舊習)이 나와서 노모를 못 살게 구는 것이었습니다. 어찌 이런 여편네를 쫓아 버리고 노모를 편안케 하고 싶은 생각이 없었겠습니까마는, 자식이 여럿이고 또 제 딴에 치산(治産)은 잘 하는 편이어서 차마 헤어지지 못하였지요. 마음속으로는 원수처럼 여기고 있어 실가(室家)의 즐거움이란 조금도 없고 항상 불효(不孝)의 수치를 안고 살아왔습니다. 그러더니 저 어지신 모녀분의 덕화(德化)에 흉악한 성질이 감동되어 불효부(不孝婦)를 면하게 되었고, 이제 노모의 여생이 다소나마 편안하게 되었습니다. 보잘 것 없는 음식이나마 감히 감사하는 마음으로 바치옵니다."

모두들 감탄을 하며 돌아갔다.

3. 민중의 꿈과 현실적 한계

(1) 溫達

溫達 高句麗平岡王時人也 容貌龍鐘可笑 中心則晬然 家甚貧 常乞食以養母 破衫弊履 往來於市井間 時人目之爲愚溫達 平岡王少女兒好啼 王戲曰 汝常啼聒我耳 長必不得爲士大夫妻 當歸之愚溫達 王每言之 及女年二八 欲下嫁於上部高氏 公主對曰 大王常語 汝必爲溫達之婦 今何故改前言乎 匹夫猶不欲食言 況至尊乎 故曰 王者無戲言 今大王之命謬矣 妾不敢祗承 王怒曰 汝不從我敎 則固不得爲吾女也 安用同居 宜從汝所適矣

於是 公主以寶釧數十枚繫肘後 出宮獨行 路遇一人 問溫達之家 乃行至其家 見盲老母 近前拜 問其子所在 老母對曰 吾子貧且陋 非貴人之所可近 今聞子之臭 芬馥異常 接子之手 柔滑如綿 必天下之貴人也 因誰之侜 以至於此乎 惟我息不忍饑 取楡皮於山林 久而未還 公主出行至山下 見溫達負楡皮而來 公主與之言懷 溫達悖然曰 此非幼女子所宜行 必非人也 狐鬼也 勿迫我也 遂行不顧 公主獨歸 宿柴門下 明朝更入與母子備言之 溫達依違未決 其母曰 吾息至陋 不足爲貴人匹 吾家至窶固不宜貴人居 公主對曰 古人言 一斗粟猶可舂 一尺布猶可縫 則苟爲同心 何必富貴然後可共乎 乃賣金釧 買得田宅奴婢牛馬器物 資用完具 初買馬 公主語溫達曰 愼勿買市人馬 須擇國馬病瘦而見放者 而後換之 溫達如其言 公主養飼甚勤 馬日肥且壯

高句麗常以春三月三日 會獵樂浪之丘 以所獲猪鹿 祭天及山川神 至

其日 王出獵 群臣及五部兵士皆從 於是 溫達以所養之馬隨行 其馳騁常
在前 所獲亦多 他無若者 王召來 問姓名 驚且異之 時後周武帝出師 伐
遼東 王領軍逆戰於拜山之野 溫達爲先鋒 疾鬪斬數十餘級 諸軍乘勝奮
擊大克 及論功 無不以溫達爲第一 王嘉歎之曰 是吾女壻也 備禮迎之
賜爵爲大兄 由此寵榮尤渥 威權日盛

及陽岡王卽位 溫達奏曰 惟新羅割我漢北之地爲郡縣 百姓痛恨 未嘗
忘父母之國 願大王不以愚不肖 授之以兵 一往必還吾地 王許焉 臨行誓
曰 鷄立峴竹嶺已西 不歸於我 則不返也 遂行 與羅軍戰於阿旦城之下
爲流矢所中 路而死 欲葬 柩不肯動 公主來撫棺曰 死生決矣 於乎歸矣
遂擧而窆 大王聞之悲慟

〈三國史記 卷 第四十五〉

온달(溫達)은 고구려 평원왕(平原王;559~590) 때의 사람이다. 용모가
못생겨 우스꽝스러웠으나 마음은 순수하였다. 집이 가난하여 항상 밥을
빌어 어머니를 봉양하였다. 떨어진 옷과 해진 신을 신고 거리를 왕래하
니, 사람들이 그를 가리켜 '바보 온달'이라고 했다.

평원왕의 어린 딸이 잘 울어 대자, 왕이 농담 삼아 말하기를,

"네가 늘 울어 내 귀를 시끄럽게 하니, 분명 커서 사대부의 아내는 되
지 못할 테니, 바보 온달에게 시집보내겠다."

하고, 왕은 매번 이 말을 되풀이했다.

그러다가 딸의 나이 열여섯이 되자, 상부(上部) 고씨(高氏)에게 시집
보내려 하였다. 그러자 공주가 말하기를,

"대왕께서는 늘 말씀하시기를, '너는 반드시 온달의 아내가 될 것이
다.' 하셨는데, 지금 어째서 전에 한 말씀을 바꾸십니까? 필부(匹夫)도
오히려 식언(食言)을 하려 하지 않거늘, 하물며 지존(至尊)이야 말해 무
엇 하겠습니까? 그러므로 '왕은 농담 삼아 말하지 않는다.'고 하였습니

다. 지금 대왕의 명령은 잘못되었으니, 저는 감히 받들지 못하겠습니다."

하니, 왕은 노해서 말하기를,

"네가 내 가르침을 따르지 않으니, 진실로 내 딸이라고 할 수 없다. 어찌 함께 살 수 있겠느냐? 네가 가고 싶은 데로 가거라." 하였다.

그러자 공주는 값비싼 팔찌 수십 개를 팔꿈치 뒤에 매달고 궁궐을 나와 홀로 가다가, 길에서 한 사람을 만나 온달의 집을 물어서 그 집에 이르렀다. 눈먼 늙은 어머니를 보고 그 앞에 가까이 가서 절하고, 그 아들이 있는 곳을 물으니, 노모는 대답하기를,

"내 아들은 가난하고도 지저분하여 귀인이 가까이할 사람이 못 됩니다. 지금 당신의 체취를 맡으니 향기롭기가 예사롭지 않고, 당신의 손을 만지니 부드럽기가 솜과 같으니, 반드시 천하의 귀인일 텐데, 누구의 속임수에 넘어가 이곳에 왔습니까? 내 아들은 굶주림을 참지 못해 느릅나무 껍질을 벗기러 산에 간 지 한참 되었는데 아직 돌아오지 않았습니다." 하였다.

공주는 나가서 산 밑에 이르러, 온달이 느릅나무 껍질을 짊어지고 오는 것을 보고, 그에게 속마음을 말하였다. 온달은 발끈 성을 내며 말하기를,

"이곳은 아녀자가 다니는 곳이 아니니, 틀림없이 사람이 아니라 여우나 귀신이다. 내게 가까이 오지 마라."

하고는 돌아보지도 않고 그대로 가 버렸다.

공주는 홀로 돌아와 사립문 밑에서 자고, 이튿날 아침에 다시 들어가 모자에게 자세히 말하였다. 온달이 우물쭈물하면서 결정을 못하자, 그 어머니가 말하기를,

"내 아들은 몹시 지저분하여 귀인의 배필이 될 수 없으며, 우리 집은 몹시 가난해 귀인이 살기에는 마땅치 않습니다."

하자, 공주가 대답하기를,

"옛사람의 말에 '한 말의 곡식이라도 찧어서 나누어 먹을 수 있고, 한

자의 베라도 옷을 지어 같이 입을 수 있다.'고 하였으니, 진실로 마음만 같이 한다면 어찌 꼭 부귀를 누린 뒤라야만 함께 살 수 있겠습니까?" 하였다.

그리고는 금팔찌를 팔아서 밭, 집, 종, 소, 말, 그릇 등을 사들여 완전히 살림 장만을 하였다.

처음에 말을 살 적에 공주는 온달에게 말하기를,

"장사꾼의 말은 사지 말고, 꼭 국마(國馬)인데 병들고 여위어서 내버려진 것을 골라 샀다가 후에 바꾸도록 하시오."

하니, 온달은 그 말대로 했다. 공주가 매우 정성들여 길렀더니, 말은 날로 살찌고 힘도 세졌다.

고구려는 항상 삼월 삼일에 낙랑(樂浪)의 언덕에 모여 사냥하여, 잡은 멧돼지와 사슴으로써 하늘과 산천의 신에 제사 지냈다. 그날이 되어 왕이 나아가 사냥하자, 신하들과 오부(五部)의 군사가 모두 따랐다. 이때 온달은 기른 말을 타고 따라가서 항상 남보다 앞서 달렸고 다른 사람과는 비교도 안 될 정도로 잡은 것도 또한 많았다. 왕이 불러서 성명을 묻고는 깜짝 놀라며 특별히 여겼다.

이때 후주(後周)의 무제(武帝)가 군사를 내어 요동(遼東)으로 쳐들어 왔으므로, 왕은 군사를 거느리고 이산(肄山)의 들에서 싸웠다. 온달이 선봉이 되어 날래게 싸워 수십여 명을 목 베어 죽이니, 모든 군사가 승승장구해서 분투하여 크게 이겼다. 공을 논하는 자리에서 모두 온달을 제일로 내세웠다. 왕은 가상히 여기고 감탄하여 말하기를,

"정말 내 사위로다."

하며, 예를 갖추어 그를 맞아들이고 벼슬을 주어 대형(大兄)으로 삼으니, 이로부터 총애와 영화가 더욱 두터워져 위엄과 권세가 날로 성해졌다.

양원왕(陽原王;590~561)이 즉위하자, 온달이 아뢰기를,

"신라가 우리 한북(漢北)의 땅을 빼앗아 군현(郡縣)으로 만들어 백성

들은 통한을 품고 부모의 나라를 잊지 못하고 있습니다. 대왕께서 신을 어리석고 불초(不肖)하다고 여기지 않으시고 군사를 주신다면, 한번 나아가 반드시 우리 땅을 회복하겠습니다."

하니, 왕이 허락했다.

온달은 떠나면서 맹세하기를,

"계립현(鷄立峴)과 죽령(竹嶺) 서쪽을 우리 땅으로 회복하지 못한다면 돌아오지 않겠다."

하였다.

드디어 나아가, 신라 군사와 아단성(阿旦城) 밑에서 싸우다가 날아오는 화살에 맞아 길에서 죽었다. 장사를 지내려 하니, 널이 움직이지 않았는데, 공주가 와서 널을 어루만지면서,

"사생이 결정되었으니, 아, 돌아가십시오."

하니, 드디어 관이 들려서 장사를 지냈다. 대왕이 그 사실을 듣고 매우 슬퍼했다.

(2) 許生傳 박지원(朴趾源;1737~1805)

許生居墨積洞 直抵南山下 井上有古杏樹 柴扉向樹而開 草屋數間 不
蔽風雨 然許生好讀書 妻爲人縫刺以糊口 一日妻甚饑 泣曰 子平生不赴
擧 讀書何爲 許生笑曰 吾讀書未熟 妻曰 不有工乎 生曰 工未素學奈何
妻曰 不有商乎 生曰 商無本錢奈何 其妻恚且罵曰 晝夜讀書 只學奈何
不工不商 何不盜賊 許生掩卷起曰 惜乎 吾讀書本期十年 今七年矣

出門而去 無相識者 直之雲從街 問市中人曰 漢陽中誰最富 有道卞氏
者 遂訪其家 許生長揖曰 吾家貧 欲有所小試 願從君借萬金 卞氏曰 諾
立與萬金 客竟不謝而去 子弟賓客 視許生丐者也 絲絛穗拔 革屨跟顚
笠挫袍煤 鼻流淸涕 客旣去 皆大驚曰 大人知客乎 曰不知也 今一朝 浪
空擲萬金於生平所不知何人 而不問其姓名何也 卞氏曰 此非爾所知 凡
有求於人者 必廣張志意 先耀信義 然顏色媿屈 言辭重複 彼客衣屨雖弊
辭簡而視傲 容無怍色 不待物而自足者也 彼其所試術不小 吾亦有所試
於客 不與則已 旣與之萬金 問姓名何爲

於是許生旣得萬金 不復還家 以爲安城畿湖之交 三南之綰口 遂止居
焉 棗栗柹梨柑榴橘柚之屬 皆以倍直居之 許生権菓 而國中無以讌祀 居
頃之 諸賈之獲倍直於許生者 反輸十倍 許生喟然嘆曰 以萬金傾之 短國
淺深矣 以刀鎛布帛綿入濟州 悉收馬鬐鬣曰 居數年 國人不裹頭矣 居頃
之 網巾價至十倍 許生問老篙師曰 海外豈有空島可以居者乎 篙師曰 有
之 常漂風直西行三日夜 泊一空島 計在沙門長崎之間 花木自開 菓蓏自
熟 麋鹿成群 游魚不驚 許生大喜曰 爾能導我 富貴共之 篙師從之

遂御風東南 入其島 許生登高而望 悵然曰 地不滿千里 惡能有爲 土
肥泉甘 只可作富家翁 篙師曰 島空無人 尙誰與居 許生曰 德者人所歸
也 尙恐不德 何患無人 是時邊山群盜數千 州郡發卒逐捕 不能得 然群
盜亦不敢出剽掠 方饑困 許生入賊中說其魁帥曰 千人掠千金 所分幾何
曰人一兩耳 許生曰 爾有妻乎 群盜曰無 曰爾有田乎 群盜笑曰 有田有
妻 何苦爲盜 許生曰 審若是也 何不娶妻樹屋 買牛耕田 生無盜賊之名

而居有妻室之樂 行無逐捕之患 而長享衣食之饒乎 群盜曰 豈不願如此
但無錢耳 許生笑曰 爾爲盜何患無錢 吾能爲汝辦之 明日 視海上風旗紅
者 皆錢船也 恣汝取去 許生約群盜 旣去 群盜皆笑其狂 及明日 至海上
許生載錢三十萬 皆大驚羅拜曰 唯將軍令 許生曰 惟力負去 於是群盜
爭負錢 人不過百金 許生曰 爾等力不足以擧百金 何能爲盜 今爾等雖欲
爲平民 名在賊簿 無可往矣 吾在此俟汝各持百金而去 人一婦一牛來 群
盜曰諾 皆散去 許生自具二千人一歲之食以待之 及群盜至 無後者 遂俱
載入其空島 許生榷盜而國中無警矣 於是伐樹爲屋 編竹爲籬 地氣旣全
百種碩茂 不菑不畬 一莖九穗 留三年之儲 餘悉舟載往糶長崎島 長崎者
日本屬州 戶三十一萬 方大饑 遂賑之 獲銀百萬 許生歎曰 今吾已小試
矣 於是悉召男女 二千人 令之曰 吾始與汝等入此島 先富之 然後別造
文字 剙製衣冠 地小德薄 吾今去矣 兒生執匙教以右手 一日之長 讓之
先食 悉焚他船曰 莫往則莫來 投銀五十萬於海中 海枯有得者 百萬無
所容於國中 況小島乎 有知書者載與俱出曰 爲絶禍於此島

　於是遍行國中 賑施與貧無告者 銀尙餘十萬曰 此可以報卞氏 往見卞
氏曰 君記我乎 卞氏驚曰 子之容色 不少瘳 得無敗萬金乎 許生笑曰 以
財粹面 君輩事耳 萬金何肥於道哉 於是以銀十萬付卞氏曰 吾不耐一朝
之饑 未竟讀書 慙君萬金 卞氏大驚 起拜辭謝 願受什一之利 許生大怒
曰 君何以賈竪視我 拂衣而去 卞氏潛踵之 望見客向南山下入小屋 有老
嫗 井上澣 卞氏問曰 彼小屋誰家 嫗曰 許生員宅 貧而好讀書 一朝出門
不返者已五年 獨有妻在 祭其去日 卞氏始知客乃姓許 歎息而歸 明日悉
持其銀往遺之 許生辭曰 我欲富也 棄百萬而取十萬乎 吾從今得君而活
矣 君數視我計口送糧 度身授布 一生如此足矣 孰肯以財勞神 卞氏說許
生百端 竟不可奈何 卞氏自是度許生匱乏 輒身自往遺之 許生欣然受之
或有加則不悅曰 君奈何遺我災也 以酒往則益大喜 相與酌至醉 旣數歲
情好日篤 嘗從容言五萬中 何以致百萬 許生曰 此易知耳 朝鮮舟不通外
國 車不行域中 故百物生于其中 消于其中 夫千金小財也 未足以盡物
然析而十之百金 十亦足以致十物 物輕則易轉 故一貨雖絀 九貨伸之 此

常利之道 小人之賈也 夫萬金足以盡物 故在車專車 在船專船 在邑專邑
如綱之有罟 括物而數之 陸之産萬 潛停其一 水之族萬 潛停其一 醫之
材萬 潛停其一 一貨潛藏 百賈涸 此賊民之道也 後世有司者 如有用我
道 必病其國 卞氏曰 初子何以知吾出萬金而來吾求也 許生曰 不必君與
我也 能有萬金者 莫不與也 吾自料吾才足以致百萬 然命則在天 吾何能
知之 故能用我者 有福者也 必富益富 天所命也 安得不與 既得萬金 憑
其福而行 故動輒有成 若吾私自與 則成敗亦未可知也 卞氏曰 方今士大
夫欲雪南漢之恥 此志士扼腕奮智之秋也 以子之才 何自苦沉冥以沒世
耶 許生曰 古來沉冥者何限 趙聖期拙 修齋可使敵國 而老死布褐 柳馨
遠磻溪居士 足繼軍食 而逍遙海曲 今之謀國政者 可知已 吾善賈者也
其銀足以市九王之頭 然投之海中而來者 無所可用故耳 卞氏喟然太息
而去

　卞氏本與李政丞浣善 李公時爲御營大將 嘗與言委巷閭閻之中 亦有
奇才可與共大事者乎 卞氏爲言許生 李公大驚曰 奇哉 眞有是否 其名云
何 卞氏曰 小人與居三年 竟不識其名 李公曰 此異人 與君俱往 夜公屏
騶徒 獨與卞氏俱步至許生 卞氏止公立門外 獨先入 見許生具道李公所
以來者 許生若不聞者曰 輒解君所佩壺 相與歡飮 卞氏閔公久露立數言
之 許生不應 既夜深 許生曰可召客 李公入 許生安坐不起 李公無所措
躬 乃叙述國家所以求賢之意 許生揮手曰 夜短語長 聽之太遲 汝今何官
曰大將 許生曰 然則汝乃國之信臣 我當薦臥龍先生 汝能請于朝三顧草
廬乎 公低頭良久曰 難矣 願得其次 許生曰 我未學第二義 固問之 許生
曰 明將士以朝鮮有舊恩 其子孫多脫身東來 流離惸鰥 汝能請于朝 出宗
室女遍嫁之 奪勳戚權貴家 以處之乎 公低頭良久曰 難矣 許生曰 此亦
難彼亦難 何事可能 有最易者 汝能之乎 李公曰 願聞之 許生曰 夫欲聲
大義於天下 而不先交結天下之豪傑者 未之有也 欲伐人之國而不先用
諜 未有能成者也 今滿洲遽而主天下 自以不親於中國 而朝鮮率先他國
而服 彼所信也 誠能請遣子弟入學遊宦如唐元故事 商賈出入不禁 彼必
喜其見親而許之 妙選國中之子弟 薙髮胡服 其君子往赴賓擧 其小人遠

商江南 覘其虛實 結其豪傑 天下可圖而國恥可雪 若求朱氏而不得率天
下諸侯 薦人於天 進可爲大國師 退不失伯舅之國矣 李公憮然曰 士大夫
皆謹守禮法誰肯薙髮胡服乎 許生大叱曰 所謂士大夫 是何等也 産於彝
貊之地 自稱曰士大夫 豈非駿乎 衣袴純素 是有喪之服 會撮如錐 是南
蠻之椎結也 何謂禮法 樊於期 欲報私怨而不惜其頭 武靈王 欲强其國而
不恥胡服 乃今欲爲大明復讐 而猶惜其一髮 乃今將馳馬擊釖刺鎗弓飛
石 而不變其廣袖 自以爲禮法乎 吾始三言 汝無一可得而能者 自謂信臣
信臣固如是乎 是可斬也 左右顧索釖欲刺之 公大驚而起 躍出後牖疾走
歸 明日復往 已空室而去矣

<熱河日記 玉匣夜話>

허생(許生)은 묵적동(墨積洞)에 살았다. 남산(南山) 바로 아래 우물가
에 오래 된 은행나무가 서 있고, 사립문이 그 나무를 향하여 열려 있는데,
두어 칸의 초가는 비바람을 가리지 못할 정도였다. 그런데도 허생은 글
읽기만을 좋아하므로 그의 처가 남의 바느질품을 팔아서 입에 풀칠을 했
다. 하루는 처가 굶주림을 견디지 못하여 울음 섞인 목소리로 말했다.

"당신은 평생 과거(科擧)를 보러 가지도 않으면서 글을 읽어 무엇을
할 셈이요?"

허생은 웃으며 말하였다.

"내가 아직 글을 충분히 읽지 못해서라오."

"그럼 공인(工人) 일은 못 하시나요?"

"공인 일은 본래 배우지 않았으니 어떻게 하겠소?"

"그럼 장사는 못 하시나요?"

"장사는 밑천이 없으니 어떻게 하겠소?"

처는 왈칵 성을 내며 소리쳤다.

"밤낮으로 글만 읽더니 기껏 '어떻게 하겠소.' 소리만 배웠단 말씀이

요? 공인 일도 못하고 장사도 못한다면, 도둑질이라도 못 하시나요?"

허생은 읽던 책을 덮고 일어나면서 탄식했다.

"아깝도다. 내가 글 읽기를 본래 십년을 기약했는데, 이제 겨우 칠년인 걸……."

밖으로 나갔으나 서로 알만한 사람이 없었다. 곧장 운종가(雲從街)로 나가서 길 가는 사람을 붙들고 물었다.

"한양에서 누가 제일 부자요?"

변씨(卞氏)라고 말해 주는 이가 있어서, 마침내 그의 집을 찾아갔다. 허생은 변씨에게 길게 읍(揖)하고 말했다.

"내가 집이 가난해서 무얼 좀 해 보려고 하니, 만 냥만 빌려 주십시오."

변씨가 '좋소.' 하고 즉시 만 냥을 내어주자, 허생은 고맙다는 인사도 없이 가 버렸다. 변씨의 아들들과 빈객(賓客)들이 허생을 보니 거지나 다름없었다. 술이 빠진 허리띠에 뒷굽이 빠진 갖신을 신었으며, 쭈그러진 갓에 낡은 도포를 걸치고 코에선 맑은 콧물이 흘렀다. 허생이 나간 뒤에 모두들 크게 놀라며 변씨에게 물었다.

"어르신께서는 저 사람을 아시요?"

"모르오."

"모를 일이요. 지금 하루아침에 평생 누군지 알지도 못하는 사람에게 만 냥을 그냥 내어주고서도 그 이름조차 묻지 않음은 어째서요?"

"이것은 당신들이 몰라서 그러하오. 대개 남에게 무엇을 빌리러 오는 사람은 으레 자기 뜻을 크게 떠벌리고 신의(信義)를 자랑하지만 얼굴엔 비굴한 빛이 나타나고 말을 중언부언하게 마련이지요. 그런데 저 객이 비록 모양새는 남루하지만, 말이 간략하고 눈을 치켜뜨며 얼굴에 부끄러운 기색이 없으니, 재물이 없어도 스스로 만족할 수 있는 사람입니다. 그 사람이 해 보겠다는 일이 결코 작은 일이 아닐 것이고, 나 또한 그를 시험해 보려는 것이지요. 주지 않으면 그만이되, 이왕 만 냥을 주는 바에야 이름은 물어 무엇 하겠소?"

허생은 만 냥을 얻자 자기 집에는 들르지도 않고, 경기도와 충청도의 교역(交易)이자 삼남(三南)의 길목인 안성(安城)으로 내려갔다. 그는 안성에 머물면서 대추, 밤, 감, 배, 석류, 귤, 유자 등속의 과일을 모두 시가(時價)의 배를 주고 사들였다. 허생이 과일을 독점하자 온 나라가 잔치나 제사를 못 지낼 형편에 이르렀다. 얼마 안 가서 허생에게 배(倍)의 값으로 과일을 팔았던 상인들이 도리어 열 배의 값을 주고 사가게 되었다. 허생은 길게 한숨을 내쉬었다.

"만 냥으로 나라가 휘청거릴 정도니, 나라의 형편을 알 만하구나."

다시 칼, 호미, 포목 등을 가지고 제주도(濟州島)에 건너가서 말총을 모두 사들이면서 말했다.

"몇 해 지나면 나라 안의 사람들이 머리를 싸매지 못할 것이다."

과연 얼마 안 가서 망건 값이 열 배로 뛰어올랐다.

허생은 늙은 사공을 만나 물었다.

"바다 건너에 혹시 사람이 살 만한 빈 섬이 있소?"

"있습지요. 언젠가 풍랑을 만나 서쪽으로 사흘 동안을 흘러가서 어떤 빈 섬에 닿았는데, 아마 사문(沙門)과 장기(長岐)의 중간쯤 될 겁니다. 꽃과 나무가 무성하고 과일 열매가 저절로 익고, 사슴이 떼 지어 놀며, 물고기는 사람을 보고도 놀라지 않았습죠."

허생은 매우 기뻐하며 말하였다.

"당신이 만약 나를 그 곳에 데려다 준다면 함께 부귀를 누릴 것이요."

사공이 승낙하여 마침내 바람을 타고 동남쪽으로 가서 그 섬에 도착했다. 허생은 높은 곳에 올라가서 사방을 둘러보고는 실망하여 말했다.

"땅이 천 리(千里)도 못 되니 무엇을 하겠는가? 토지가 비옥하고 물이 좋으니 다만 부가옹(富家翁)은 될 수 있겠구나."

"사람 없는 텅 빈 섬에서 대체 누구와 더불어 산단 말이오?"

"덕(德)이 있으면 사람이 모이는 법이니, 덕이 없을까 두려워해야지 어찌 사람이 없는 것을 근심한단 말이오."

이 때 변산(邊山)에 수천의 군도(群盜)들이 우글거려 고을마다 군사를 징발하여 잡으려 했으나 좀처럼 잡히지 않았다. 군도도 감히 나가 약탈을 할 수 없어서 굶주리던 판이었다. 허생이 군도를 찾아가서 우두머리에게 유세(誘說)하며 말하였다.

"천 명이 천 냥을 약탈하여 나누면 한 사람 앞에 얼마씩 돌아가오?"

"한 사람 앞에 한 냥씩이지요."

"그대들은 아내가 있소?"

"없소."

"논밭은 있소?"

군도들이 어이없어 웃었다.

"땅이 있고 아내가 있다면 무엇 때문에 힘들게 도적질을 한단 말이오?"

"정말 그렇다면, 왜 아내를 얻어 집을 짓고 소를 사서 농사를 짓지 않소? 그러면 도적이란 이름도 없어질 것이고, 집안에 부부간의 즐거움이 있을 뿐만 아니라 어딜 가도 잡혀갈 걱정이 없고, 의식이 풍족하게 잘 살 수 있지 않겠소?"

"그걸 왜 바라지 않겠소? 다만 돈이 없어 못 할 뿐이지요."

허생은 웃으며 말했다.

"그대들이 도적질을 하면서 어찌 돈 없음을 걱정한단 말이오? 내가 그대들을 위해서 마련해 주겠소. 내일 바다 위에 붉은 깃발을 단 배가 보이거든 모두 돈을 실은 배일 것이니, 그대들은 마음대로 가져가구려."

허생이 군도와 약속하고 내려가자, 군도들은 모두 그를 미친놈이라고 비웃었다.

이튿날 군도들이 바닷가에 나가보니, 허생이 삼십만 냥의 돈을 싣고 왔다. 모두들 크게 놀라 일제히 절하고 말했다.

"장군의 명령대로 따르겠소이다."

"힘닿는 대로 짊어지고 가거라."

그러자 군도들이 다투어 돈을 짊어졌으나 한 사람 앞에 백 냥이 넘지 못하였다.

"너희들 힘이 백 냥도 채 못 지면서 무슨 도적질을 한다는 것이냐? 이제 너희들이 양민(良民)이 되려고 해도, 이름이 도적의 명부(名簿)에 올랐으니 갈 곳이 없을 것이다. 내가 여기서 너희들을 기다릴 테니, 각자 백 냥씩 가지고 가서 아내를 얻고 소 한 필을 사오너라."

군도들이 그렇게 하기로 하고 각각 흩어져 갔다.

허생은 몸소 이천 명이 일년 먹을 양식을 준비하고 기다렸다. 군도들이 한 사람도 뒤떨어지지 않고 모두 돌아오자 마침내 모두 배에 싣고 그 빈 섬으로 들어갔다. 허생이 도적을 데려 가니 나라 안에 시끄러운 일이 없었다.

군도들은 나무를 베어 집을 짓고, 대를 엮어 울타리를 만들었다. 땅기운이 온전해서 온갖 곡식이 무성하여 김을 매지 않아도 한 줄기에 이삭이 아홉씩이나 달렸다. 삼년 동안 먹을 양식을 비축해 두고, 나머지는 모두 배에 싣고 장기도(長崎島)로 가져다가 팔았다. 장기도는 삼십만여 호나 되는 일본(日本)의 속주(屬州)인데, 때마침 그 지방이 큰 흉년이 들어, 가지고 간 양식으로 구휼(救恤)하고 은 백만 냥을 얻었다.

허생이 탄식하며 말하였다.

"이제 나의 조그만 시험이 끝났구나."

이에 남녀 이천 명을 모아 놓고 말했다.

"내가 처음에 너희들과 이 섬에 들어올 때 먼저 부유하게 한 연후에 별도로 문자(文字)를 만들고 의관(衣冠)을 제정하려 하였다. 그런데 땅이 좁고 덕이 엷으니, 나는 이제 여기를 떠나련다. 아이들을 낳거들랑 오른손으로 숟가락을 잡도록 가르치고, 하루라도 먼저 난 연장자(年長者)에게 먼저 먹도록 양보케 하여라."

나머지 배들은 모조리 불사르며 말했다.

"밖으로 가는 이가 없으면 여기로 들어오는 이도 없으렷다."

또 돈 오십만 냥을 바다 가운데 던졌다.

"바다가 마르면 주워 갈 사람이 있겠지. 백만 냥은 나라에서도 쓸 곳이 없거늘 하물며 이런 작은 섬에서랴!"

그리고 글을 아는 자들을 모조리 함께 배에 태우고 말했다.

"이 섬에 화근(禍根)을 없애야 한다."

허생은 나라에 돌아오자 두루 돌아다니며 가난하고 의지할 데 없는 사람들을 구제했다. 그러고도 은이 십만 냥이 남았다.

"이건 변씨에게 갚을 것이다."

허생은 변씨를 찾아갔다.

"그대는 나를 기억하시겠소?"

변씨는 놀라 말했다.

"그대의 안색이 조금도 나아지지 않았으니, 혹시 만 냥을 잃은 것이요?"

허생이 웃으며 말하였다.

"재물로 얼굴을 기름지게 하는 것은 당신들 일이요. 만 냥이 어찌 도(道)를 살찌게 하겠소?"

그리고는 십만 냥을 변씨에게 주면서 말하였다.

"내가 하루아침 주린 것을 참지 못하여 글 읽는 것을 마치지 못하고 당신에게 만 냥을 빌렸으니 부끄럽기 짝이 없소."

변씨는 크게 놀라 일어나 절하고 사양하며, 십분의 일로 이자를 쳐서 받겠다고 했다.

허생이 크게 화내며 말했다.

"당신은 나를 장사치로 보는 거요?"

그러고는 소매를 뿌리치고 가 버렸다. 변씨는 가만히 그의 뒤를 따라가 허생이 남산 밑의 조그만 초가로 들어가는 것을 보고, 우물가에서 빨래하는 노파가 있어 물었다.

"저 조그만 초가는 누구의 집이오?"

"허 생원 댁입죠. 가난하면서도 글 읽기만 좋아하더니, 어느 날 아침 집을 나가서 돌아오지 않는 지가 벌써 오년입죠. 홀로 그의 부인이 살고 있는데, 나간 날로 제사를 지냅지요."

변씨는 비로소 그의 성이 허씨라는 것을 알고 탄식하며 돌아갔다.

이튿날 변씨는 허생이 가져온 은전을 모두 가지고 그의 집을 찾아가 돌려주려 하자, 허생이 거절하며 말하였다.

"내가 부자가 되고 싶었다면 백만 냥을 버리고 십만 냥을 받겠소? 내가 이제 당신을 알았으니 살게 된 셈이요. 당신이 가끔 와서 호구(糊口)를 살펴 양식을 대주고 옷감이나 내주면 일평생은 족하오. 어찌 재물로써 마음을 괴롭힐 것이 있겠소?"

변씨가 허생을 백방으로 설득했으나 끝끝내 어찌할 도리가 없었다. 변씨는 이로부터 허생의 집에 쌀이 떨어질 무렵이면 자진하여 가져다주었다. 허생은 흔쾌히 받아들였으나 혹 많이 가지고 가면 좋지 않은 표정으로 말하였다.

"당신은 내게 재앙을 보내면 어떻게 하오?"

그러나 술을 가지고 가면 크게 기뻐하며 서로 취하도록 마시니, 이와 같이 몇 해를 지내는 동안 정의가 날로 두터워갔다.

하루는 변씨가 오년 동안에 어떻게 백만 냥을 벌었는가를 가만히 물어 보았다.

허생이 대답하였다.

"그거야 쉬운 일이지요. 조선이란 나라는 배가 외국에 나가지 못하고 수레도 국경을 넘지 못하는 관계로 많은 물건이 나라 안에서 생산되고 또한 이것이 나라 안에서 소비되지요. 무릇 천 냥은 적은 돈이라 물건을 죄다 사기는 어려우나, 이것을 열로 쪼개면 백 냥이 열이나 되니 이것으로 열 가지 물건을 살 수가 있지요. 물건이 가벼우면 돌리기가 쉬운 까닭에 한 가지에 실패해도 아홉 가지가 퍼지게 되니, 이것은 항상 이익을 취하는 길이며, 작은 장사치들이 하는 것이요. 무릇 만금으로는 물건을 다 살 수 있으니 수레면 수레, 배면 배, 한 고을이면 한 고을 전부를 마치 총총한 그물로 훑듯이 할 수 있지요. 뭍에서 나는 만 가지 중에 한

가지를 슬그머니 독점하고, 물에서 나는 만 가지 중에 하나를 슬그머니 독점하면, 한 가지 물종이 한 곳에 묶여 있는 동안 모든 장사치들의 물건이 마를 것이니, 이것은 백성을 해치는 길이 될 것입니다. 후세에 나와 같은 방법을 쓰는 사람이 있다면 반드시 나라를 병들게 할 것이요."

변씨가 또 물었다.

"처음에 그대는 어떻게 내가 선뜻 만 냥을 빌려줄 줄 알고 찾아왔습니까?"

허생은 대답했다.

"반드시 그대이기에 나에게 빌려 준 것은 아니고, 능히 만 냥을 가진 사람이라면 아니 주지는 못할 것이오. 내 스스로 생각해도 나의 재주가 족히 백만 냥을 모을성싶었으나, 운수는 하늘에 있으니 낸들 어찌 알 수 있겠소. 다만 내 말을 듣는 사람은 복이 있는 사람으로 반드시 더 부자가 될 것이니, 하늘이 명하는 바에 따라 어찌 주지 않겠소. 만 냥을 얻은 다음에 그 복에 의탁하여 일을 한 까닭에 장사할 때마다 성공을 한 것이오. 만약 내가 사사로이 했었다면 성패를 알 수 없었을 거요."

변씨가 또 물었다.

"지금 사대부(士大夫)들이 남한산성(南漢山城)에서 당한 치욕을 씻으려고 하니, 지금이야말로 뜻있는 선비가 팔뚝을 걷어 부치고 분연히 일어설 때이지요. 그대 같은 재주를 가지고 어찌 괴롭게 파묻혀 지내려 하십니까?"

"자고로 묻혀 지낸 사람이 한둘이 아니지요. 우선 졸수재(拙修齋) 조성기(趙聖期;1638~1689) 같은 분은 적국(敵國)에 사신으로 보낼 만한 인물이었건만 베잠방이로 늙어 죽었고, 반계(磻溪) 유형원(柳馨遠;1622~1673) 같은 분은 군량(軍糧)을 조달할 만한 능력이 있었건만 저 바닷가에서 소일하고 있지 않습니까? 지금의 집정자(執政者)들은 가히 알만한 사람들이지요. 나는 장사를 잘 하는 사람이라, 내가 번 돈이 족히 구왕(九王)의 머리를 살 만하였으되 바다 속에 던져 버리고 돌아온 것은 쓸 곳이 없기 때문이었지요."

변씨는 한숨만 내쉬고 돌아갔다.

변씨는 본래 정승 이완(李浣)과 잘 아는 사이였다. 이완이 당시 어영대장(御營大將)이 되어 위항(委巷)이나 여염(閭閻)에 혹시 쓸 만한 인재가 없는가를 묻기에, 변씨가 허생의 이야기를 하였더니, 이 대장은 깜짝 놀라면서 묻는 것이었다.

"기이하구나. 그게 정말인가? 그의 이름이 무엇이라 하던가?"

"소인이 삼년간 같이 지냈으나 그 이름은 알지 못합니다."

"그 사람은 이인(異人)이네. 자네와 같이 가 보세."

밤에 이완은 시종들을 다 물리치고 홀로 변씨만 데리고 걸어서 허생을 찾아갔다. 변씨는 이완을 문밖에 서서 기다리게 하고 혼자 먼저 들어가 허생을 보고 이완이 찾아온 뜻을 전하였으나 허생은 못 들은 체하며 말하였다.

"그대가 가져온 술병이나 이리 내놓으시오."

그리고는 즐겁게 술을 들이켜는 것이었다. 변씨는 이완이 오래 문 밖에 서 있는 것을 민망스럽게 생각하여 거듭 말을 했으나, 허생은 이에 응하지 않더니 밤이 깊어지자 말하였다.

"손님을 들이시오."

이완이 들어와도 허생은 자리에 앉은 체 일어나지도 않았다. 이완은 몸 둘 바를 몰라 하다가 마침내 나라에서 어진 인재를 구한다는 말을 하니 허생이 손을 저으며 말하였다.

"밤은 짧은데 말이 길면 듣기에 지루하오. 당신은 지금 벼슬이 무엇이오?"

"대장이오."

"그렇다면 나라의 신임을 받는 신하군요. 내가 와룡선생(臥龍先生) 같은 이를 천거(薦擧)할 테니, 당신이 조정에 청하여 삼고초려(三顧草廬)를 하도록 하겠소?"

이완이 머리를 숙이고 한참 있더니 말하였다..

"어렵겠소. 그 다음 일을 듣고자 하오."

"나는 그 다음이란 뜻을 배우지 않았소."

이완이 고집스레 물으니, 허생이 말하였다.

"명(明)나라 장졸들이 조선에 베푼 옛 은혜가 있는데, 그 자손들이 많이 동쪽으로 유리(遊離)하여 살고 있으나 대개는 홀아비들이니, 조정에 청하여 이들에게 종실의 딸들을 출가시켜 공신(功臣)이나 척신(戚臣), 권문세가(權門勢家)의 세력을 빼앗게 하겠소?"

이 대장은 또 머리를 숙이고 한참을 있더니 대답했다.

"어렵겠소."

"이것도 어렵다, 저것도 어렵다 하면 도대체 무슨 일을 한단 말이오? 가장 쉬운 일이 있는데, 당신이 할 수 있겠소?"

"듣고자 하오."

"무릇 천하에 대의(大義)를 떨치고자 하면 먼저 천하의 영웅호걸(英雄豪傑)들과 사귀지 않고서는 되지 않는 법이고, 남의 나라를 치려면 먼저 간첩을 쓰지 않고서는 안 되는 법이지요. 지금 만주(滿洲)가 천하의 주인이 되었으나 아직 중국과는 화친하지 못하였으니, 조선이 다른 나라에 솔선하여 그들에게 복종하리라고 믿고 있을 것이오. 그러므로 자제들을 보내어 입학도 시키고 벼슬도 하게 해서 옛날의 당(唐)나라, 원(元)나라 때처럼 하시오. 한편 장사꾼의 출입도 막지 않으면 그들은 반드시 우리가 친하게 하는 것을 좋아하며 모두 허락할 것이니, 나라 안의 훌륭한 자제를 가려 뽑아서 중국인처럼 머리를 땋고 오랑캐 옷을 입혀서, 뛰어난 사람은 과거를 보게 하고, 재치 빠른 사람은 멀리 강남에 가서 장사를 하면서, 그 나라의 형편을 살피게 하고, 호걸들과 정의를 맺어서 천하를 도모하면 지난날의 국치(國恥)를 씻을 수 있을 것이오. 만약 주씨(朱氏)를 구하고도 씻지 못한다면 천하의 제후(諸侯)를 거느리고 사람을 하늘에 천거하면 대국(大國)이 될 것이고, 못 되어도 백구지국(伯舅之國)이 될 것이오."

이완은 실의(失意)한 표정으로 말했다.

"사대부들이 모두 삼가 예법(禮法)을 지키는데, 누가 머리를 땋고 오랑캐 옷을 입으려 하겠소?"

허생은 크게 꾸짖어 말했다.

"소위 사대부란 것들이 무엇이란 말인가? 오랑캐 땅에서 태어나 자칭 사대부라고 하니 어찌 어리석지 않은가? 옷은 순전히 흰 것만 입으니 그것은 상제(喪祭)의 의복이고, 머리털을 송곳같이 묶는 것은 남방 오랑캐가 하는 것인데 대체 무엇을 가지고 예법이라 한단 말인가? 번오기(樊於期)는 원수를 갚기 위해서 머리를 잘랐고, 무령왕(武靈王)은 나라를 강성하게 만들고자 오랑캐 옷 입기를 부끄러워하지 않았는데, 이제 대명(大明)을 위해 원수를 갚겠다면서 한낱 머리털을 아낀단 말인가? 이제 장차 전쟁이 일어나면 말을 달리며 칼을 휘두르고 창으로 찌르며 활을 쏘고 돌을 날릴 것인데, 그 넓은 소매를 고치지도 않고 그것이 예법이요 할 것인가? 내가 세 가지를 말했는데 한 가지도 하지 못하겠다면서 그래도 신임 받는 신하라고 생각하는 모양인데, 신임 받는 신하란 원래 이런 것인가? 이러한 자는 목을 베어야 마땅하다."

좌우를 돌아보며 칼을 찾아서 찌르려 하자, 이완은 놀라 일어나 황급히 뒷문으로 뛰쳐나가 도망쳐서 돌아갔다.

이튿날 허생의 집을 다시 찾아가 보았으나 방은 텅 비고, 허생은 어디론가 사라지고 없었다.

(3) 盜婿

京城 古有一大賊 有女 擇婿以善盜者 一漢自願來 因爲婿 而日以午睡爲事 翁責之 婿曰 丈人每夜之圖利爲幾許 翁曰 二三百金 或四五百金矣 婿曰 此可爲財物乎 吾不欲如是些少 當夜偕翁往戶曹 升屋撤瓦 穿其一穴 使翁入去 偸出天字銀歸家 翁大喜 價折萬餘金矣 翌夜 翁又欲爲之 欺婿毒往 窺其穴中 則又有銀色如雪 翁大貪之 下去之際 誤落于蜜瓮中 盖本曹 知其見失 期欲捉得 蜜瓮上舖以好銀而誘入也 其婿知而大驚 急往見之 翁仰見而已 婿曰翁在此中 必有闔室屠滅之患 乃斬其首級而來 厥姑大驚悲泣 婿曰 止之 大禍當至 后事 吾當善處矣 勿慮也

翌日戶曹官開見 則有一無頭屍 大驚曰 甚哉怪哉 卽草啓 上亦驚忿命捕將李浣 下敎曰 國賊不可歇后 各別詞捉 李浣對曰 聖敎之嚴飭 臣當極力矣 命出屍鍾街上 使校卒守直 時賊妻對其婿曰 翁之身體 何以覓來 婿曰勿慮 一夜着平凉子 負燒酒瓶 至鍾街 時當深冬 校卒輩呼寒呵凍 且多日失睡 不勝困憊 賊卸負戰栗而薰火 因作伴睡之狀 校卒乘其睡 竊去全負 次第傾飮 眞好品燒酒也 飢寒之餘 安得不醉 擧皆昏倒不省 賊乃負屍而歸 賊妻大喜 欲葬之 賊曰 姑未可葬 自有善處 勿慮勿撓也 先時校輩攪睡而見之 已旡賊屍矣 大驚曰 吾輩見欺 雖是不審之罪 事已至此 亦不可不實告 卽入告 而公忿然曰 世豈有如是甚者乎 吾誓心捉此賊以正其罪也 又下令曰 必旡不葬之理 自今守直兩門 考察屍身也

賊聞其事 辨求板材 厚斂入棺 忽圖加出捕校 往來助事 爲人伶俐 旡事不堪 諸校大喜 結交甚厚 悔其晩見 如是相從數月 而一日 賊服生布帶而來言 間遭丈人初喪云 諸僚助以紙燭 過幾日 來言曰 某日出西門外營葬 諸僚臨時 來會考察 不違將令也 諸僚曰 君言妄矣 至於君家事 吾輩有何疑乎 君須勿慮也 及其日 賊盛備外儀 而臨門 諸僚來慰 賊命下喪車 使之開檢 諸僚不肯曰 是何妄擧 勿慮而出也 賊曰 君言誠是 然衆人所見 不旡循私乎 僚曰 於君之事 非比他人 更勿固執 賊佯若不勝 而率柩出去 旡慮過葬而歸 校輩屢月考檢 失其眞跡 豈有得實乎 見欺者可

笑 久而后入稟 李公曰 汝輩之守直 亦此支離 而竟失其跡 必是越城出
去 守檢姑爲中止 錄置斬頭日字 待其小莾日詗察捉得也 賊妻見其返虞
浴設奠 賊曰 雖欲泄哀 亦忍而過去 爲作保全身家也

翌年小莾日夜 賊妻欲設祭 婿曰 不可不可 今捕將發校卒詗察 此取禍
之道也 又中止 校卒遍行城中 旡以捉之 又翌年大莾夜 賊妻曰 年久事
也 有何生頉 欲設祭爲泄宿哀 婿曰 又不祭 則情理所在 雖甚悵恨 可免
其禍 今夜候有探聽 勿爲生意也 賊妻醉中獨語曰 人生不如他人之令終
又小大莾不依人而行之 此何身世云云 賊大驚曰 大事出矣 推門出去曰
諸僚入坐 果諸校 牌牌分而探察 轉至於此傾聽矣 賊曰 吾料諸君之兩年
喫苦 吾旣被捉 不欲苟免 出旨酒佳肴而共醉 乃自現

捕將翌日 拿入下令曰 汝何做計之甚巧 前后漏網 今何見捉 賊曰 小
人之前后設巧免禍 已極甚矣 使道之終始嚴令詗察 亦云甚矣 到此地頭
旡辭更達 李公見其雄偉 聽其唐突 愛其才曰 吾今放汝 付之校役 善爲
奉行也 仍卽白放 任事稱善

一日 李公招其校分付曰 某絶島中 有賊窟 而聚黨數千 吾已廉探 久
矣 尙未捉得者 力不及也 如非神出鬼沒之手段 莫可生意 命如以送 可
以沒其數 捉來乎 那校曰 小人旣奉將令 敢不歇后也 隨捉送上 使道秘
密處之 小人出去 可費半年矣 乃率校卒 往其近處 謂同僚曰 汝輩留在
此間 待吾發落 獨自投入賊窟中 皆是舊面同事之人也 諸賊見輒大驚而
起拜曰 首席何由到此 賊曰 吾閱今世 旡與共議大事者 惟英雄今訓將也
吾結交同事 恨其黨小 聞汝之將營大事 故共結平生而來 羣賊曰 李浣之
出類 小徒亦已稔知也 切欲結交 恨旡門路 那校曰 汝輩眞有是心乎 然
則吾當薦之 君其往見也 見之 則必有號道理 而可圖大事矣 先送一賊
兼付錄紙 盖中間留校領去 賊不知錄中辭意 入洛通刺 李公招入賜顏色
好言語 賊大喜意其成願 李公命送于他處 因爲秘密除之 奉令之校 又命
送一賊則自京依前秘密處之 數月之間 數千名賊徒 鱗此上送 不煩除去
死者亦不知其死 如干卒徒 招其僚 使之捉去

準事后 謂同僚曰 吾已依使道令 準事矣 更無營爲事 則知使道不容我

故 吾向他處而去 君輩歸告此意 善爲安過 因倏忽向他 校輩相顧稱詫曰
可謂人傑 還于洛中 告其事實 李公擊膝忿然曰 惜哉忿哉 盖李公本意了
事后除去 而反受彼漢之先見 彼賊實非塵中人物也

〈鷄鴨漫錄〉

서울의 한 대적(大賊)이 딸을 두고 도둑질을 잘 하는 사위를 골랐다.
한 놈이 자원을 해 와서 그를 사위로 삼게 되었다.

대적의 사위는 날마다 낮잠이 일과였다. 장인이 성화를 내자 사위가
물었다.

"장인은 매일 밤 벌이가 얼마나 됩니까?"

"이, 삼백 금(金), 아니면 사, 오백 금이지."

"그것도 돈이라고. 나는 그런 사소한 짓은 하기 싫소."

그날 밤 장인을 끌고 호조(戶曹)로 도둑질을 갔다. 지붕으로 올라가서
기왓장을 들어내고 구멍을 뚫은 다음 장인을 내려 보내 천자은(天字銀)
을 훔쳐 가지고 집으로 돌아왔다. 만여 금의 값이 되는 것이었다.

다음날 밤에 장인이 한탕 더 하고 싶어서 사위 모르게 다시 호조로
갔다. 구멍으로 엿보니 은이 눈처럼 빛났다. 탐심(貪心)이 크게 일어 기
어 내려가다가 잘못하여 꿀독에 푹 빠졌다. 호조에서 은을 도둑맞은 줄
알고 범인을 잡으려고 꿀독 위에 은을 뿌려 유인하였던 것이다. 사위는
장인이 혼자 간 것을 알고 깜짝 놀라 급히 달려가 보니 과연 장인은 독
속에 빠져 고개만 내밀고 있지 않은가.

"장인어른이 이러고 있다간 필시 멸족(滅族)의 화를 당하고 말 것이오"

사위는 그만 장인의 목을 베어 가지고 돌아왔다. 장모가 기절할 만큼
놀라 울음보를 터뜨리려 하자 손을 저었다.

"제발 울음을 참아요. 큰 화가 닥칩니다. 뒷일은 내가 잘 처리할 테니

염려 말아요."

이튿날 호조의 관리들이 보니 머리 없는 시체만 남아 있어 모두 크게 놀랐다.

"이런 꼴이라니 괴상도 하다."

임금께 장계(狀啓)하니 임금 역시 대노(大怒)하여 포도청의 이완(李浣) 대장을 불러 하교(下敎)하였다.

"국적(國賊)을 장사지내게 둘 수 없느니라. 자세히 정탐하여 잡아내도록 하여라."

"성상의 지엄하옵신 분부 신(臣)이 마땅히 힘을 다하겠나이다."

이완 대장은 물러 나와서 머리 없는 시체를 종로(鐘路) 거리에다 내놓고 포졸들을 시켜 지키도록 하였다.

이 때 장모가 사위에게 말하였다.

"장인 신체는 어떻게 찾아올 텐가?"

"그건 염려 마우."

어느 날 밤에 그는 패랭이를 쓰고 소주병을 지고 종로 거리로 나갔다. 한 겨울이라서 시체를 지키는 포교들이 추위에 떨어 몸이 동태가 되었고, 또 여러 날 눈을 붙이지 못한 상태인지라 피곤함을 이기지 못하고 있었다. 그는 포교들 옆으로 가서 소주병을 내놓고 불을 쬐다가 이내 꾸벅꾸벅 졸았다. 포교들이 그가 조는 틈을 타서 소주병을 슬쩍 가져다가 서로 한 잔 또 한 잔 따라 마시는 것이었다. 참으로 맛좋은 소주였다. 춥고 배고팠던 터라 금방 술에 취하였다. 모두 쓰러져서 인사불성이 되었다. 이틈에 그는 시체를 지고 도망쳤다. 장모가 시신을 보고 반가와 곧 장사(葬事)를 지내려고 했다.

"장인 장례는 아직 안 되지요. 나중에 좋은 도리가 나설 것이니 염려 말아요. 야단 떨지 마세요."

포교들이 잠을 깨어 보니 지키던 시체가 온 데 간 데 없어졌지 않았는가.

"아뿔싸! 속았구나. 조심하지 않은 죄가 크지만 일이 이 지경이 된 바에 사실대로 아뢰지 않을 수 있겠느냐?"

이 일을 듣고 이 대장은 분통이 터졌다.

"세상에 이런 일이 있단 말이냐? 내 기어코 그놈을 잡아내서 버릇을 고쳐 놓고 말리라."

재차 명을 내렸다.

"필시 장사는 아직 지내지 못하였을 것이다. 이제부터 양 문에 수직(守直)하여 성문으로 나가는 시체를 검색하여라."

그는 이러한 사실을 듣고는 우선 관목(棺木)을 구해서 염(殮)을 하여 입관만 해 두었다. 그리고 곧 주선해서 포교의 사정(使丁)이 되어서 나다니며 조력을 하였다. 그가 워낙 영리한 사람이라 무슨 일이고 척척 해치우니 여러 포교들은 그를 가장 좋아하여 친분을 단단히 맺고 서로 인사가 늦었음을 탄식할 지경이었다. 이렇게 상종하기를 몇 달 계속하였는데, 어느 날 그가 삼베옷을 입고 나타났다.

"그간에 장인의 초상을 당했다네."

여러 포교들은 백지며 양초 등을 부조하였다. 며칠 후에 다시 와서 말하였다.

"아무 날 서대문 밖으로 운상(運喪)을 할 것이니 여러분들 시간을 맞춰 와서 잘 검색해 보라구. 대장의 영을 어기지 말아야지."

"자네 그 무슨 망발인가? 자네 집안일에 우리가 무슨 의심을 두겠나. 그런 염려랑 아예 말게."

장례 날에 상행(喪行)을 제법 볼 만하게 꾸며 가지고 서대문에 다다랐다. 포교들이 서로 위로의 말을 하였다. 그는 상여를 멈추고 관 뚜껑을 열어 보이려 하자 포교들은 펄쩍 뛰었다.

"거 무슨 망령인가? 열지 말고 나가래두."

"자네들 말이 옳기야 하지만 남들이 보는데 사정을 두는 듯해서 쓰겠나?"

"자네 집 일인데 남과 비할 수 있나. 공연스레 고집부리지 말게."

그는 못 이기는 척 상여를 떠메어 내갔다. 그래서 무사히 완장(完葬)하고 돌아온 것이다.

포교들이 여러 달 검색을 하였지만 진짜는 이미 배송하였으니 어디서 찾아낼 것인가. 그렇게 속임을 당하다니 얼뜬 위인들이다. 상당한 시일이 지나서 포교들이 아뢰자, 이 대장은 명령했다.

"너희들이 검문을 소홀히 해서 마침내 종적을 놓치고 말았구나. 필시 성문을 빠져나간 것이다. 검문은 그만 중지하여라. 이제 그 도둑놈 머리가 잘리어진 날짜를 잡아서 소상(小喪)이 되는 날에 널리 사찰을 하여라."

그의 장모가 반우(返虞)하고 재를 지내려 하자 또 말렸다.

"마음이 아프더라도 그냥 참고 지냅시다. 그래야만 일가(一家)가 보전됩니다."

이듬해 소상날 밤에 장모가 또 제사를 지내려 하자, 제지하였다.

"안 됩니다. 안 돼요. 시방 포교들이 쏘다니며 염문(廉問)을 하고 있어요. 소상을 지내다니요. 당장 불측지화(不測之禍)를 부릅니다."

포교들이 성안을 뒤졌지만 잡아내지를 못하였음이 물론이다. 이듬해 대상(大喪)이 되었다.

"벌써 오래 전 일 아닌가. 이제 무슨 탈이 있겠는가."

장모는 기어코 대상을 지내 묵은 설움까지 털어놓을 심산이었다.

"이번에도 제사를 못 모신다면 인정(人情)에 몹시 한이 되겠지만, 큰 화는 면하고 보아야지요. 오늘밤도 필경 염문하고 다닙니다. 아예 생각도 마십쇼."

장모가 결국 취중에 넋두리를 하고 말았다.

"애고 내 신세야. 남처럼 제 명에 죽지도 못하고 대소상도 남처럼 치르지 못하다니."

"야단났소."

그는 방문을 열어젖히고 나가서 소리쳤다.

"여러분들, 다 들어오시오."

과연 포교들이 패를 지어서 정탐을 다니는데 그 집 근처에서도 귀를 기울이고 있었던 것이다.

"내 여러분들이 두 해를 고생하신 줄 잘 알지요. 이왕 붙잡혔으니 구차히 도망하지 않으리라."

술과 안주를 푸짐히 내어 포교들과 함께 취하도록 마시고는 자수하였다. 포도대장이 이튿날 잡아들여 문초를 하였다.

"이놈 너는 온갖 간사한 꾀를 다 부려 포위망을 빠져나가다가 이번엔 어떻게 붙잡혔느냐?"

"소인이 전후에 꾀를 써서 화를 벗어난 것이 너무 심했다 하시겠지만 사또께서 끝내 엄명을 내려 정탐을 계속한 것 또한 지독하십니다. 이에 이르러 달리 무슨 아뢸 말씀이 있으리까?"

이 대장은 그의 남자다운 태도와 당돌한 언변에 감동하고 그 재주를 아끼어 말했다.

"내 너를 놓아주겠다. 대신 포도청의 일을 부탁하니 잘 거행하여라."

그는 매사에 능란하여 칭찬을 들었다. 하루는 이 대장이 그를 불러 분부하였다.

"절해(絶海)의 아무 섬에 도적의 소굴이 있어 그 무리가 수천이 넘는다. 내가 벌써 염탐을 해 두고 아직 손을 못 대고 있다. 힘이 미치지 못해서이다. 너 같은 신출귀몰의 수단이 아니고는 해결할 수도 없구나. 너를 명하여 보내면 모조리 잡아오겠느냐?"

"소인이 이미 장령(將令)을 받고 어찌 감히 힐후(歇后)하리까? 잡아 올릴 테니 사또께서는 비밀히 처단하옵소서. 소인이 나가면 반년이 걸립니다."

그는 포교들을 거느리고 출발하였다. 그 섬 가까이 가서 따라온 포교들에게 당부하였다.

"너희들은 여기서 내가 끝장을 낼 때까지 기다려라."

그는 적굴을 단신으로 들어갔다. 도둑들은 모두 그와 구면(舊面)으로 함께 일하던 자들이었다. 도둑들은 그를 보고 크게 놀라서 일어나 절을 하는 것이었다.

"형님, 어떻게 여길 오십니까?"

"내 세상을 둘러보니 대사를 의논할 사람이 없더구나. 당세의 영웅이라면 이완 대장 한 분이더라. 내 이분과 대사를 같이 하기로 결의를 하고 동지를 찾는 중이다. 너희들이 장차 대사를 도모하려는 줄 알고 평생 손을 잡고 일을 같이 하자고 찾아온 것이다."

"이완 대장이 출중한 인물인 줄은 우리도 배가 부르도록 들었소. 결교(結交)할 의향을 두고 길이 없어하던 차였소."

"너희들의 말이 진심이냐? 그렇다면 내가 너희들을 천거할 것이니 나가 보아라. 나가면 반드시 좋은 도리가 있어 대사를 도모할 수도 있을 것이다."

먼저 도둑 한 명을 문서와 함께 올려 보냈다. 중간에 등대시킨 포교가 영거(領去)하였으며, 도둑은 그 문서의 내용을 전혀 알지 못하였던 것이다. 도둑이 서울에 당도하여 즉시 이 대장을 찾아가자, 대장이 직접 나와 좋은 말로 대하는 것이었다. 도둑은 매우 기뻐하며 소원이 이루어지는 줄로 믿었다. 그러나 그 도둑은 다른 곳으로 이송되어 비밀히 처형당했다. 명을 받은 포교가 또 다른 도둑을 데려오면 서울서 역시 같은 방법으로 처형되었다. 몇 달 사이에 수천의 도둑들이 차례로 서울로 올라가서 간단하게 제거되니 죽는 놈이 죽는 줄도 모르고 죽어 갔다. 나머지 수다한 졸개들은 포교들을 불러 싹 쓸어 버렸다. 일을 끝내자 그가 동료 포교들에게 말하였다.

"나는 대장의 명을 받아 일을 마쳤네. 이제 더 할 일이 없으니 대장이 나를 용납하지 않을 것이니 나는 다른 곳으로 가겠네. 자네들 돌아가면 이렇게 아뢰게. 잘들 지내게."

그는 훌쩍 떠나갔다.

"참으로 빼어난 인물이야."

포교들이 서로 바라보며 혀들을 찼다. 그들이 서울로 돌아와서 이 사실을 아뢰자 대장은 무릎을 치며 분해하였다.

"아뿔싸! 분하다."

이 대장의 본심은 일을 마친 후에 그를 해치우려는 속셈이었는데, 그가 이미 알아차렸던 것이다. 그 도둑이야말로 범상한 인물이 아니었던 것이다.

(4) 김덕령 오뉘의 힘내기

김덕령이 즈그 어머니가 한식전(寒食前) 모시를 갈았어. 모시, 베나는 모시.

"모시를 갈아갖고 한식 전에 갈아갖고 그놈을 품어갖고 삼아서 도복 한 채를 만들어라."

딸보고 그랬어. 그래 김덕령이는,

"저 광주(光州) 무등산(無等山)에 가서 한식 전에 새를(억새풀을), 높은 새 없어? 그놈을 베갖고 엮어서 그 산을 둘르고 오니라."

즈그 어머니가 시켰어.

"그렇게 두루고 오고 딸은 너는 밥험선(하면서는) 모시를 갈아라."

그래서 모시 갈아갖고는 키워갖고는 껍데기 벗겨갖고는 품어서 쪼개서 삼아서, 그 도복 한 채를, 모시 도복을 한단 말이여. 처자가 허는데, 즈그 어머니는 담배를 피우고 마루가 (마루에) 가만히 앉아서 아들 새 베갖고 엮는 것, 둘르는 것 다 보거든. 그러고 앉았고, 딸도 모시 한 필을 낫는가 보자 하고 쳐다보는디, 재주가 딸이 더 많아. 더 많은 것이 그 모시 한 필을 나갖고는 도복을 베갖고 바느질을 하는디, 옷고름만 달만 다혀(다 해). 아들은 두주배기를 안 씌웠어(두부배기는 노적가리나 나락가리의 맨 꼭대기를 씌우는 동그란 삿갓 같은 짚 덮개). 안정(아직) 두주배기를 안 덮었어.

"야, 어쩐지 오늘은 시장허다."

딸보고 그래.

"아이구 어머니, 그러면 진지부터 챙겨야지요."

딸 지게 할려고 그랬어. 방해놓는 거여. 그래갖고는 가서 밥 채릴 딴(시간, 동안)에 (아들이) 덮었단 말이여.

"도복 내놓시오."

"아이구, 어머니 밥상 챙기느라고 동정을, 옷고름을 안 달았다."

그래갖고는 딸이 졌지. 즈그 엄마 땜에(때문에) 딸이 져갖고는 딸이 죽었어. (질문 : 왜 죽어요?) 즈그 엄마가 죽일라고 맘 먹었어. 딸이 살았으면 아들이 못 쓴개. (질문 : 어떻게 딸이 죽었어요?) 그 소리 밖에 없어, 그래야 아들이 잘 되지, 김덕령이가.

그래서

"광주야 무등산에
김덕령이 한식전 둘렀다네."

란 노래가 있어.

〈全北民譚〉

(5) 말구멍의 아기장수

충남 보령군 웅천면 독산리 뒷바닷가에는 두 쪽으로 쪼개져 있는 둥근 큰 바위가 있다. 그 옆에 약 500미터 떨어진 곳에 동굴이 있는데 끝이 나지 않는 긴 굴로 되어 있다.

예전에 한 노파가 바닷가에를 다녀오는데 동굴 안에서 짐승의 울음소리가 났다. 그래서 그 속을 들여다보니 한 마리의 말이 울고 있다가 노파의 인기척을 알아차리고 동굴 속으로 깊숙이 도망갔다. 한데 이상한 것은 그 후 동굴의 근처에 있는 둥근 돌이 하루하루 자라나는 것이다. 처음에는 물 속에 잠겨 있더니 차차 커져서 물위로 나오게 되었다. 이 이야기는 동내에 퍼지고 관가에까지 알려졌는데, 당시 고을 원님은 마음이 좋지 못한 사람이라서 그 돌이 큰 장군이 태어날 징조라는 걸 예감하고서 빨리 깨버리라고 명령했다. 그래 깨보았더니 그 속에서 날개가 나 있는 한 아기가 나왔다. 마지막 깃이 나지 않아 날지 못하는 아기를 원님은 죽여버리도록 명령했다. 그 아기가 죽은 후 동굴 속에서 말이 뛰어나와서 발광을 하다가 돌에 머리를 부딪쳐 죽었다. 이 말은 하늘에서 내려온 말이었는데 장차 나라를 다스릴 아기가 죽어버리자 자기도 따라 죽었던 것이다. 그 후부터 이 동굴을 말구멍이라고 부르기 시작했는데, 이 동굴은 가장 높은 산위의 구멍과 통하고 있기 때문에 하늘의 말이 자랄 수 있었다고 한다.(71. 7. 25, 忠南 保寧郡 熊川面 獨山里)

〈口碑文學槪說〉

제3장
강호자연과 인생

I. 자연 속의 흥겨움

(1) 夏日卽事 이규보(李奎報;1168~1241)

輕衫小簟臥風欞	가벼운 적삼 작은 대자리로 바람 창에 누웠다가
夢斷啼鸎三兩聲	꾀꼬리 울음소리에 꿈길이 끊어졌네
密葉翳花春後在	우거진 잎에 가리운 꽃은 봄 뒤에 여전히 남았고
薄雲漏日雨中明	엷은 구름 사이 해는 비 속에 밝아라

〈東國李相國集〉

(2) 春興 정몽주(鄭夢周;1337~1392)

春雨細不滴	봄비 가늘어 방울지지 않더니
夜中微有聲	밤중에야 희미하게 소리 들리네
雪盡南溪漲	눈 녹아 남쪽 개울물이 불어났겠거니
草芽多少生	풀의 싹은 얼마쯤 돋아났을까

〈東文選〉

(3) 雪 김병연(金炳淵; 1807~1863)

天皇崩乎人皇崩	천황이 돌아가셨나 인황이 돌아가셨나
萬樹青山皆被服	청산의 나무마다 다 상복(喪服) 입었네
明日若使陽來弔	이튿날 해가 와서 조문(弔問)하면
家家簷前淚滴滴	집집마다 처마 끝에 눈물이 방울지겠지

〈金笠詩集〉

(4) 賞春曲 정극인(丁克仁;1401~1481)

紅塵(홍진)에 뭇친 분네 이내 生涯(생애) 엇더흐고

녯사룸 風流(풍류)룰 미츨가 못 미츨가

天地間(천지간) 男子(남자)몸이 날만흔 이 하건마는

山林(산림)에 뭇쳐 이셔 至樂(지락)을 모룰것가

數間茅屋(수간모옥)을 碧溪水(벽계수) 앏픠 두고

松竹(송죽) 鬱鬱裏(울울리)예 風月主人(풍월주인) 되여셔라

엇그제 겨을 지나 새봄이 도라오니

桃花杏花(도화행화)는 夕陽裏(석양리)예 퓌여잇고

綠楊芳草(녹양방초)는 細雨中(세우중)에 프르도다

칼로 몰아낸가 붓으로 그려낸가

造化神功(조화신공)이 物物(물물)마다 헌ᄉ룹다

수풀에 우는 새는 春氣(춘기)룰 못내 계워 소리마다 嬌態(교태)로다

物我一體(물아일체)어니 興(흥)이이 다룰소냐

柴扉(시비)예 거러보고 亭子(정자)애 안자보니

逍遙吟詠(소요음영)ᄒ야 山日(산일)이 寂寂(적적)흔디

閒中眞味(한중진미)룰 알 니 업시 호재로다

이바 니웃드라 山水(산수) 구경 가쟈스라

踏靑(답청)으란 오늘 ᄒ고 浴沂(욕기)란 來日(내일) ᄒ새

아춤에 採山(채산)ᄒ고 나조히 釣水(조수)ᄒ새

ᄀᆺ 괴여 닉은 술을 葛巾(갈건)으로 밧타 노코

곳나모 가지 것거 수 노코 먹으리라

和風(화풍)이 건듯 부러 綠水(녹수)룰 건너오니

淸香(청향)은 잔에 지고 落紅(낙홍)은 옷새 진다

樽中(준중)이 뷔엿거든 날ᄃ려 알외여라

小童(소동)아히다려 酒家(주가)에 술을 믈어

얼운은 막대 깁고 아히는 술을 메고

微吟緩步(미음완보)ㅎ야 시냇ㄱ의 호자 안자

明沙(명사) 조흔 믈에 잔 시어 부어들고

淸流(청류)룰 굽어보니 쩌오느니 桃花(도화) ㅣ 로다

武陵(무릉)이 갓갑도다 져 ㅁ이 건거인고

松間細路(송간세로)에 杜鵑花(두견화)룰 부치들고

峰頭(봉두)에 급피 올나 구룸소긔 안자보니

千村萬落(천촌만락)이 곳곳이 버러잇니

煙霞日輝(연하일휘)는 錦繡(금수)룰 재폇는 듯

엇그제 검은 들이 봄빗도 有餘(유여)홀샤

功名(공명)도 날 끠우고 富貴(부귀)도 날 끠우니

淸風明月外(청풍명월외)예 엇던 벗이 잇ᄉ올고

簞瓢陋巷(단표누항)에 훗튼 혜음 아니ᄒᆞ니

아모타 百年行樂(백년행락)어 이만흔둘 엇지ᄒᆞ리

〈不憂軒集〉

(5) 關東別曲 정철(鄭澈;1536-1593)

江湖강호에 病병이 집퍼 竹林듀님의 누엇더니

關東관동 八白里팔빅니에 方面방면을 맛디시니

어와 聖恩셩은이야 가디록 罔極망극ᄒ다

延秋門연츄문 드러드라 慶會南門경회남문 ᄇ라보며

下直하뎍고 믈너나니 玉節옥졀이 알픠 셧다

平丘驛평구역 ᄆᆯ을 ᄀ라 黑水흑슈로 도라드니

蟾江셤강은 어듸메오 雉岳티악이 여긔로다

昭陽江쇼양강 ᄂ린 믈이 어드러로 든단 말고

孤臣去國고신거국에 白髮빅발도 하도 할샤

東州동쥐 밤 계오 새와 北寬亭북관뎡의 올나ᄒ니

三角山삼각산 第一峯데일봉이 ᄒ마면 뵈리로다

弓王大闕궁왕대궐 터희 烏鵲오쟉이 지지괴니

千古興亡쳔고흥망을 아ᄂ다 몰ᄋᄂ다

淮陽회양 녜 일홈이 마초아 ᄀ툴시고

汲長孺급댱유 風采풍치를 고뎌 아니 볼 게이고

營中영듕이 無事무ᄉᄒ고 時節시졀이 三月삼월인 제

花川화쳔 시내길히 楓岳풍악으로 버더 잇다

行裝ᄒᆼ장을 다 덜티고 石逕셕경의 막대 디퍼

百川洞빅쳔동 겨틱 두고 萬瀑洞만폭동 드러가니

銀은ᄀ튼 무지게 玉옥ᄀ튼 龍뇽의 초리

섯들며 쏨ᄂ 소리 十里십리의 ᄌ자시니

들을 제ᄂ 우레러니 보니ᄂ 눈이로다

金剛臺금강더 민 우層층의 仙鶴션학이 삿기 치니

春風츈풍 玉笛聲옥뎍셩의 첫줌을 ᄭᆡ돗던디

縞衣玄裳호의현샹이 半空반공의 소소 쓰니
西湖셔호 녯 主人쥬인을 반겨셔 넘노는 듯
小香爐쇼향노 大香爐대향노 눈 아래 구버보고
正陽寺졍양사 眞歇臺진헐디 고텨 올나 안존마리
廬山녀산 眞面目진면목이 여긔야 다 뵈ᄂᆞ다
어와 造化翁조화옹이 헌ᄉᆞ토 헌ᄉᆞ홀샤
놀거든 뛰디 마나 셧거든 솟디 마나
芙蓉부용을 고잔ᄂᆞᆫ 듯 白玉ᄇᆡᆨ옥을 믓것ᄂᆞᆫ 듯
東溟동명을 박ᄎᆞᄂᆞᆫ 듯 北極북극을 괴왓ᄂᆞᆫ 듯
놉홀시고 望高臺망고디 외로올샤 穴望峯혈망봉이
하ᄂᆞᆯ의 추미러 므스 일을 ᄉᆞ로리라
千萬劫쳔만겁 디나ᄃᆞ록 구필 줄 모ᄅᆞᆫ다
어와 너여이고 너 ᄀᆞᄐᆞ니 ᄯᅩ 잇ᄂᆞᆫ가
開心臺ᄀᆡ심대 고텨 올나 衆香城즁향셩 ᄇᆞ라보며
萬二千峯만이쳔봉을 歷歷녁녁히 혀여ᄒᆞ니
峯봉마다 ᄆᆡᆺ쳐 잇고 긋마다 서린 긔운
ᄆᆞᆰ거든 조티 마나 조커든 ᄆᆞᆰ디 마나
뎌 긔운 흐터 내야 人傑인걸을 ᄆᆞᆫ들고쟈
形容형용도 그지업고 體勢톄셰도 하도 할샤
天地텬디 삼기실 제 自然ᄌᆞ연이 되연마ᄂᆞᆫ
이제 와 보게 되니 有情유졍도 有情유졍홀샤
毗盧峯비로봉 上上頭샹샹두의 올라 보니 긔 뉘신고
東山동산 泰山태산이 어ᄂᆞ야 놉돗던고
魯國노국 조븐 줄도 우리ᄂᆞᆫ 모ᄅᆞ거든
넙거나 넙은 天下텬하 엇더ᄒᆞ야 젹닷 말고
어와 뎌 디위ᄅᆞᆯ 어이ᄒᆞ면 알 거이고

오르디 못ᄒ거니 ᄂ려가미 고이홀가

圓通원통골 ᄀ는 길로 獅子峯ᄉᄌ봉을 ᄎᄌ가니

그 알피 너러바회 化龍화룡쇠 되여셰라

千年쳔년 老龍노룡이 구비구비 서려 이셔

晝夜쥬야의 흘녀 내여 滄海챵히예 니어시니

風雲풍운을 언제 어더 三日雨삼일우롤 디련ᄂ다

陰崖음애예 이온 플을 다 살와 내여ᄉ라

摩訶衍마하연 妙吉祥묘길샹 雁門안문재 너머 디여

외나모 ᄲᅥ근 ᄃ리 佛頂臺블뎡디 올라ᄒ니

千尋絶壁쳔심절벽을 半空반공애 셰여 두고

銀河水은하슈 한 구비롤 촌촌이 버혀 내여

실ᄀ티 플텨 이셔 뵈ᄀ티 거리시니

圖經도경 열 두 구비 내 보매ᄂ 여러히라

李謫仙니뎍션 이제 이셔 고텨 의논ᄒ게 되면

廬山녀산이 여긔도곤 낫단 말 못ᄒ려니

山中산듕을 미양 보랴 東海동히로 가쟈ᄉ라

藍輿남여 緩步완보ᄒᆞ야 山映樓산영누의 올나ᄒ니

玲瓏碧溪녕농벽계와 數聲啼鳥수셩뎨됴ᄂ 離別니별을 怨원ᄒᄂ는 듯

旌旗졍긔를 ᄲᅥᆯ티니 五色오ᄉᆨ이 넘노ᄂ는 듯

鼓角고각을 섯부니 海雲ᄒᆡ운이 다 것ᄂ 듯

鳴沙명ᄉ길 니근 물이 醉仙ᄎᆔ션을 빗기시러

바다흘 겻ᄐ 두고 海棠花ᄒᆡ당화로 드러가니

白鷗ᄇᆡ구야 ᄂ디 마라 네 버딘 줄 엇디 아ᄂ

金幱窟금난굴 도라 드러 叢石亭총셕뎡 올라ᄒ니

白玉樓ᄇᆡ옥누 남은 기동 다만 네히 셔 잇고야

工倕공슈의 셩녕인가 鬼斧귀부로 다ᄃ문가

구투야 六面뉵면은 므어슬 象샹톳던고

高城고성을란 뎌만 두고 三日浦삼일포롤 츠자가니

丹書단셔ᄂᆞᆫ 宛然완연ᄒᆞ되 四仙ᄉ션은 어디 가니

예 사흘 머믄 後후의 어디 가 ᄯᅩ 머믈고

仙遊潭션유담 永郎湖영낭호 거긔나 가 잇ᄂᆞᆫ가

淸澗亭쳥간뎡 萬景臺만경ᄃᆡ 멋 고디 안돗던고

梨花니화ᄂᆞᆫ 볼셔 디고 졉동새 슬피 울 제

洛山낙산 東畔동반으로 義相臺의샹ᄃᆡ예 올라 안자

日出일츌을 보리라 밤듕만 니러ᄒᆞ니

祥雲샹운이 집픠ᄂᆞᆫ 동 六龍뉵뇽이 바티ᄂᆞᆫ 동

바다히 써날 제ᄂᆞᆫ 萬國만국이 일위더니

天中텬듕의 티쓰니 毫髮호발을 혜리로다

아마도 녈구롬 근쳐의 머믈셰라

詩仙시션은 어디 가고 咳唾ᄒᆡ타만 나맛ᄂᆞ니

天地間텬디간 壯장ᄒᆞᆫ 긔별 ᄌᆞ셔히도 홀셔이고

斜陽峴山샤양현산의 躑躅텩튝을 므니볼와

羽盖芝輪우개지륜이 鏡浦경포로 ᄂᆞ려가니

十里십리 氷紈빙환을 다리고 고텨 다려

長松댱숑 울흔 소개 슬ᄏᆞ장 펴뎌시니

믈결도 자도 잘샤 모래롤 혜리로다

孤舟解纜고쥬히람ᄒᆞ야 亭子뎡ᄌᆞ 우희 올나가니

江門橋강문교 너믄 겨틱 大洋대양이 거긔로다

從容죵용ᄒᆞ다 이 氣像긔샹 闊遠활원ᄒᆞ댜 뎌 境界경계

이도곤 ᄀᆞ즌 ᄃᆡ ᄯᅩ 어듸 잇닷 말고

紅粧홍장 古事고ᄉᆞ롤 헌ᄉᆞ타 ᄒᆞ리로다

江陵강능 大都護대도호 風俗풍쇽이 됴홀시고

節孝旌門절효정문이 골골이 버러시니

比屋可封비옥가봉이 이제도 잇다 홀다

眞珠舘진쥬관 竹西樓듁셔루 五十川오십쳔 ᄂᆞ린 믈이

太白山태빅산 그림재롤 東海동ᄒᆡ로 다마 가니

출하리 漢江한강의 木覓목멱의 다히고져

王程왕뎡이 有限유흔ᄒᆞ고 風景풍경이 못 슬믜니

幽懷유회도 하도 할샤 客愁ᄀᆡᆨ수도 둘 듸 업다

仙槎션사롤 ᄯᅴ워 내여 斗牛두우로 向ᄒᆞ살가

仙人션인을 ᄎᆞᄌᆞ려 丹穴단혈의 미ᄆᆞ살가

天根텬근을 못내 보와 望洋亭망양뎡의 올은 말이

바다 밧근 하ᄂᆞᆯ이니 하ᄂᆞᆯ 밧근 므서신고

ᄀᆞᆺ득 노흔 고래 뉘라셔 놀내관듸

블거니 ᄲᅮᆷ거니 어즈러이 구ᄂᆞᆫ지고

銀山은산을 것거 내여 六合뉵합의 ᄂᆞ리ᄂᆞᆫ 듯

五月長天오월댱텬의 白雪빅셜은 므스 일고

져근덧 밤이 드러 風浪풍낭이 定뎡ᄒᆞ거ᄂᆞᆯ

扶桑부상 咫尺지쳑의 明月명월을 기ᄃᆞ리니

瑞光千丈셔광쳔댱이 뵈ᄂᆞᆫ 듯 숨ᄂᆞᆫ고야

珠簾쥬렴을 고텨 것고 玉階옥계롤 다시 쓸며

啓明星계명셩 돗도록 곳초 안자 ᄇᆞ라보니

白蓮花빅년화 ᄒᆞᆫ 가지롤 뉘라셔 보내신고

일이 됴흔 世界세계 ᄂᆞᆷ대되 다 뵈고져

流霞酒뉴하쥬 ᄀᆞ득 부어 ᄃᆞᆯ ᄃᆞ려 무론 말이

英雄영웅은 어듸 가며 四仙ᄉᆞ션은 긔 뉘러니

아ᄆᆡ나 만나 보아 녯 긔별 뭇쟈 ᄒᆞ니

仙山션산 東海동ᄒᆡ예 갈 길히 머도 멀샤

松根송근을 볘여 누어 풋줌을 얼픗 드니

쑴애 흔 사롬이 날드려 닐온 말이

그디를 내 모르랴 上界상계예 眞仙진션이라

黃庭經황뎡경 一字일ㅈ롤 엇디 그릇 닐거 두고

人間인간의 내텨 와셔 우리롤 쭐오는다

져근덧 가디 마오 이 술 흔 잔 먹어 보오

北斗星북두셩 기우려 滄海水창ᄒᆡ슈 부어 내여

저 먹고 날 머겨눌 서너 잔 거후로니

和風화풍이 習習습습ᄒᆞ여 兩腋냥익을 추혀 드니

九萬里구만니 長空댱공애 져기면 눌리로다

이 술 가져다가 四海ㅅᄒᆡ예 고로 ᄂᆞ화

億萬蒼生억만창싱을 다 醉취케 밍근 後후의

그제야 고텨 맛나 ᄯᅩ 흔 잔 ᄒᆞ쟛고야

말 디쟈 鶴학을 ᄐᆞ고 九空구공의 올나가니

空中玉簫공듕옥쇼 소리 어제런가 그제런가

나도 좀을 ᄭᅵ여 바다홀 구버보니

기픠롤 모르거니 ᄀᆞᆺ인들 엇디 알니

明月명월이 千山萬落쳔산만낙의 아니 비췬 ᄃᆡ 업다

〈松江歌辭 關西本〉

(6) **漁父四時詞(春詞)** 윤선도(尹善道;1587～1671)

압개예 안개 것고 뒫뫼희 히 비췬다
빈 떠라 빈 떠라
밤믈은 거의 디고 낟믈이 미러온다
至匊悤지국총 至匊悤지국총 於思臥어ᄉ와
江村강촌 온갓 고지 먼 빗치 더옥 됴타

날이 덥도다 믈 우희 고기 떧다
닫 드러라 닫 드러라
굴며기 둘식세식 오락가락 ᄒᆞᄂᆞ고야
至匊悤지국총 至匊悤지국총 於思臥어ᄉ와
낫대는 쥐여 잇다 濁酒瓶탁쥬병 시럿ᄂᆞ냐

東風동풍이 건듣 부니 믉결이 고이 닌다
돋 ᄃᆞ라라 돋 ᄃᆞ라라
東湖동호룰 도라보며 西湖셔호로 가쟈스라
至匊悤지국총 至匊悤지국총 於思臥어ᄉ와
압뫼히 디나가고 뒫뫼히 나아온다

우는 거시 벅구기가 프른 거시 버들숩가
이어라 이어라
漁村어촌 두어집이 닛속의 나락들락
至匊悤지국총 至匊悤지국총 於思臥어ᄉ와
말가흔 기픈 소희 온갇 고기 뛰노ᄂᆞ다

고은 볕티 쬐얀ᄂᆞᆫᄃᆡ 믉결이 기름ᄀᆞᆺ다
이어라 이어라
그믈을 주어두랴 낙시ᄅᆞᆯ 노ᄒᆞᆯ일가
至匊悤지국총 至匊悤지국총 於思臥어ᄉᆞ와
濯纓歌탁영가의 興흥이 나니 고기도 니즐로다

夕陽셕양이 빗겨시니 그만ᄒᆞ야 도라가쟈
돋 디여라 돋 디여라
岸柳汀花안류뎡화ᄂᆞᆫ 고븨고븨 새롭고야
至匊悤지국총 至匊悤지국총 於思臥어ᄉᆞ와
三公삼공을 불리소냐 萬事만ᄉᆞᄅᆞᆯ 싱각ᄒᆞ랴

芳草방초ᄅᆞᆯ 불와보며 蘭芷난지도 ᄯᅳ더보쟈
ᄇᆡ 셰여라 ᄇᆡ 셰여라
一葉扁舟일엽편쥬에 시른 거시 무스것고
至匊悤지국총 至匊悤지국총 於思臥어ᄉᆞ와
갈 제ᄂᆞᆫ 닉뿐이오 올 제ᄂᆞᆫ 돌이로다

醉취ᄒᆞ야 누언다가 여흘 아래 ᄂᆞ리려다
ᄇᆡ 미여라 ᄇᆡ 미여라
落紅락홍이 흘러오니 桃源도원이 갓갑도다
至匊悤지국총 至匊悤지국총 於思臥어ᄉᆞ와
人世紅塵인셰홍딘이 언메나 ᄀᆞ롓ᄂᆞ니

낙시줄 거더 노코 篷窓봉창의 ᄃᆞᆯ을 보쟈
닫 디여라 닫 디여라
ᄒᆞ마 밤 들거냐 子規ᄌᆞ규소릭 ᄆᆞᆰ게 난다

至匊忩지국총 至匊忩지국총 於思臥어ᄉ와
나믄 興흥이 無窮무궁ᄒ니 갈 길홀 니젓딷다

來日ᄂᆡ일이 또 업스랴 봄밤이 멷 덛 새리
비 브텨라 비 브텨라
낫대로 막대 삼고 柴扉싀비롤 ᄎ지보쟈
至匊忩지국총 至匊忩지국총 於思臥어ᄉ와
漁父生涯어부ᄉᆡᆼ애ᄂᆞᆫ 이렁구리 디낼로다

〈孤山遺稿〉

2. 강호에서의 삶과 자세

(1) 題伽倻山讀書堂 최치원(崔致遠;875~?)

狂奔疊石吼重巒	물 사이 쏟아지는 물소리 온 산을 울리어
人語難分咫尺間	사람들 하는 말 지척에서도 알아듣기 어렵네
常恐是非聲到耳	세상의 시비소리 귀에 들릴까 두려워
故教流水盡籠山	일부러 흐르는 물로 온 산을 둘러막았네

〈東文選〉

(2) 靑山別曲

살어리 살어리랏다
청산靑山애 살어리랏다
멀위랑 드래랑 먹고
청산靑山애 살어리랏다
얄리얄리 얄랑셩 얄라리 얄라

우러라 우러라 새여
자고 니러 우러라 새여
널라와 시름한 나도
자고 니러 우니로라
얄리얄리 얄라셩 얄라리 얄라

가던 새 가던 새 본다
믈 아래 가던 새 본다
잉 무든 장글란 가지고
믈 아래 가던 새 본다
얄리얄리 얄라셩 얄라리 얄라

이링공 뎌링공 ᄒᆞ야
나즈란 디내와숀뎌
오 리도 가 리도 업슨
바므란 ᄯᅩ 엇디 호리라
얄리얄리 얄라셩 얄라리 얄라

어듸라 더디던 돌코

누리라 마치던 돌코
믜 리도 괴 리도 업시
마자셔 우니노라
얄리얄리 얄라셩 얄라리 얄라

살어리 살어리랏다
바ㄹ래 살어리랏다
ㄴㅁ자기 구조개랑 먹고
바ㄹ래 살어리랏다
얄리얄리 얄라셩 얄라리 얄라

가다가 가다가 드로라
에졍지 가다가 드로라
사ㅅ미 짒대예 올아 셔
히금奚琴을 혀거를 드로라
얄리얄리 얄라셩 얄라리 얄라

가다니 비브른 도긔
설진 강수를 비조라
조롱곳 누로기 미와
잡ㅅ와니 내 엇디ㅎ리잇고
얄리얄리 얄라셩 얄라리 얄라

〈樂章歌詞・時用鄕樂譜〉

(3) 田園四時歌 신계영(辛啓榮;1557~1669)

봄날이 졈졈 기니 殘雪(잔셜)이 다 녹거다
梅花(매화)는 볼셔 디고 버들가지 누르럿다
아희야 울 잘 고티고 菜田(채젼) 갈게 ᄒᆞ야라　　　　[春-1]

陽坡(양파)의 플이 기니 봄 빗치 느저 잇다
小園(소원) 桃花(도화)는 밤 비예 다 피거다
아희야 쇼 됴히 머겨 논밧 갈게 ᄒᆞ야라　　　　[春-2]

殘花(잔화) 다 딘 後(후)의 綠陰(녹음)이 기퍼 간다
白日(백일) 孤村(고촌)에 낫둙의 소리로다
아희야 계면됴 블러라 긴 조롬 ᄭᅵ오쟈　　　　[夏-1]

園林(원림) 寂寞(적막)ᄒᆞᆫ디 北窓(북창)을 빗겨시니
거문고 노라라 낫줌을 ᄭᅵ와괴야
(終章缺)　　　　[夏-2]

흰 이슬 서리 되니 ᄀᆞ올히 느저 잇다
긴 들 黃雲(황운)이 ᄒᆞᆫ 빗치 피거고야
아희야 비즌 술 걸러라 秋興(추흥) 계워 ᄒᆞ노라　　　　[秋-1]

東籬(동리)예 菊花(국화) 피니 重陽(중양)이 거에로다
自蔡(자채)로 비즌 술이 ᄒᆞ마 아니 니것ᄂᆞ냐
아희야 紫蟹黃鷄(자해황계)로 안酒(주) 쟝만 ᄒᆞ야라　　　　[秋-2]

北風(북풍)이 노피 부니 압 뫼히 눈이 딘다
茅簷(모첨) 춘 빗치 夕陽(석양)이 거에로다
아히야 豆粥(두죽) 니겻ᄂ냐 먹고 자랴 ᄒ로라   [冬-1]

어제 쇼 친 구돌 오늘이야 채 덥거니
긴 줌 계우 ᄭ니 아젹 날이 놉파 잇다
아히야 서리 녹앗ᄂ냐 닐고 쟈고 ᄒ노라   [冬-2]

이바 아히돌아 새히 온다 즐겨 마라
헌서흔 歲月(세월)이 少年(소년) 아사 가ᄂ니라
우리도 새히 즐겨ᄒ다가 이 白髮(백발)이 되얏노라   [除夕-1]

이바 아히돌아 날 신다 깃거 마라
자고 새고 자고 새니 歲月(세월)이 몃춧 가리
百年(백년)이 하 草草(초초)ᄒ니 나ᄂ 굿버ᄒ노라   [除夕-2]

〈仙石遺稿〉(現代文學 通卷八八號 수록)

(4) 陋巷詞 박인로(朴仁老;1561~1642)

어리고 迂濶(우활)홀손 이내 우희 던 이 업다
吉凶禍福(길흉화복)을 하눌씌 브텨 두고
陋巷(누항) 깁픈 곳의 草幕(초막)을 주피 혀고
風朝雨夕(풍조우석)의 서근 딥피 서피 되야
닷홉 밥 서홉 粥(죽)에 烟氣(연기)도 하도 할샤
얼머 만히 바둔 밥의 懸鶉稚子(현순치자)들은
將碁(장기) 버덧 卒(졸) 미덧 나아오니
人情天理(인정천리)예 춤마 혼자 머글넌가
설더인 熟冷(숙냉)애 뷘 비 소길 쑨이로다
生涯(생애) 이러ㅎ다 丈夫(장부) 뜻을 옴길런가
安貧(안분) 一念(일념)을 져글만졍 품어 이셔
隨宜(수의)로 살려 ㅎ니 날로조차 齟齬(저어)ㅎ다
ㄱ올히 不足(부족)거든 봄이라 有餘(유여)하며
주머니 뷔엿거든 병의라 담겨시랴
다만 흔나 뷘 독 우희 어론털 덜 도든 늘근 쥐는
貪多務得(탐다무득)ㅎ야 恣意揚揚(자의양양)ㅎ니
白日(백일) 아래 强盗(강도)로다
아야라 어든 거슬 다 狡穴(교혈)에 앗겨두고
碩鼠三章(석서삼장)을 時時(시시)로 吟詠(음영)ㅎ며
歎息無言(탄식무언)ㅎ야 搔白首(소백수) 쑨이로다
이 中(중)에 탐살은 다 내 집의 모홧ㄴ다
苦楚(고초)흔 人生(인생)이 天地間(천지간)의 나 쑨이라
飢寒(기한)이 切身(절신)ㅎ다 一丹心(일단심)을 니즐런가
奮義忘身(분의망신)ㅎ야 주게야 말려 너겨

于橐于囊(우탁우낭)의 줌줌이 뫼화 녀코

兵戈五載(병과오재)예 敢死心(감사심)을 가져 이셔

履尸踄血(이시보혈)ᄒ여 몃 百戰(백전)을 디내연고

一身(일신)이 餘暇(여가) 잇사 一家(일가)를 도라보랴

一奴長鬚(일노장수)는 奴主分(노주분)을 니젓거든

告余春及(고여춘급)을 어늬 ᄉ이 싱각ᄒ리

耕當問奴(경당문노)ᆫ들 눌ᄃ려 무롤런고

躬耕稼穡(궁경가색)이 내 分(분)인 줄 알리로다

莘野耕叟(신야경수)와 壟上耕翁(농상경옹)을 賤(천)타 ᄒ 리 업건마ᄂᆞᆫ

아므리 갈고젼들 어늬 쇼로 갈니손고

旱旣太甚(한기태심)ᄒ야 時節(시절)이 다 느즌 제

西疇(서주) 노픈 논애 잠깐 갠 널비예

道上(도상) 無源水(무원수)롤 반만ᄭᅡᆫ 대혀 두고

쇼 ᄒ 적 주마ᄒ고 엄섬이 말홀식

친절ᄒ라 너긴 집의

둘 업슨 黃昏(황혼)의 히위허위 둘라가셔

구지 다돈 문 밧긔 어득히 혼자 셔셔

큰 기츰 아함이롤 良久(양구)토록 ᄒ온 後(후)에

어와 긔 뉘신고 廉恥(염치)업슨 내옵쩌니

初更(초경)도 거읜듸 긔 엇디 와 겨신고

年年(년년)의 이렁ᄒ기 죽고져도 ᄒ건마ᄂᆞᆫ

쇼 업슨 이 몸이 혜염 만하 왓ᄂᆞ이다

공ᄒ나나 갑시나 주엄즉도 ᄒ다마ᄂᆞᆫ

다믄 어젯밤의 건넌 집 뎌 사롬이

목 블근 슈기 雉(치)을 玉脂泣(옥지읍)께 구어내고

ᄯᅩ 니근 三亥酒(삼해주)롤 醉(취)토록 勸(권)ᄒ거든

이러흔 恩惠(은혜)룰 엇디 아니 갑폴런고
來日(내일)로 주마 ᄒ고 큰 言約(언약) ᄒ얏거든
失約(실약)이 未便(미편)ᄒ니 스셜이 어려웨라
實爲(실위) 그러ᄒ면 혈마 어이 홀고
헌 벙덕 수기 혀고 측 업슨 딥신에 설픠 설픠 믈러오니
風彩(풍채) 져근 形容(형용)에 개 스실 뿐이로다
蝸室(와실)에 드러간들 줌이 오사 누어시랴
北窓(북창)을 비겨 안자 새배롤 기드리니
無情(무정)흔 戴勝(대승)은 이내 恨(한)을 뵈아ᄂ다
終朝惆悵(종조추창)ᄒ며 먼 들홀 ᄇ라보니
즐기ᄂ 農歌(농가)도 興(흥) 업서 들리ᄂ다
世情(세정) 모롤 한숨은 그칠 주롤 모로ᄂ다
술 고기 이시면 권당 벗도 하련마ᄂ
두 주먹 뷔게 쥐고 世態(세태) 업슨 말슴애
양ᄌ ᄒ나 못 괴오니
ᄒᄅ 아젹 블릴 쇼도 못 비러 마랏거든
ᄒ믈며 東郭磻間(동곽번간)의 醉(취)홀 쓰들 가질소냐
앗가온 쇼보ᄂ 볏 보십도 됴홀셰고
가싀 엉귄 무근 밧도 불희 업시 갈련마ᄂ
虛堂半壁(허당반벽)의 쓸 디 업시 걸련ᄂ다
출하리 첫봄의 ᄑ라나 ᄇ릴 거슬
이제야 풀려 흔들 알 리 잇사 사라오랴
春耕(춘경)도 거의거다 후리텨 더뎌 두쟈
江湖(강호) 흔 꿈을 꾸언 디도 오라더니
口腹(구복)이 怨讎(원수)이 되야 어지버 니젓덧다
瞻彼淇澳(첨피기욱)혼디 綠竹(녹죽)도 하도 할샤

有斐君子(유비군자)둘아 낟대 흐나 빌려스라

蘆花(노화) 기픈 고대 明月淸風(명월청풍) 버디 되야

님재 업슨 風月江山(풍월강산)의 절로절로 늘그리라

無心(무심)흔 白鷗(백구)야 오라 흐며 갈아 흐랴

드토 리 업슬손 다믄인가 너기노라

이제야 쇼 비리 盟誓(맹세)코 다시 마쟈

無狀(무상)흔 이 몸이 므슴 志趣(지취) 이시리마는

두세 이렁 밧 논을 다 무겨 더뎌 두고

이시면 죽이오 업스면 굴믈만졍

놈의 집 놈의 거술 견혀 불어 말련노라

내 貧賤(빈천) 슬히 너겨 손을 헤다 믈러가며

놈의 富貴(부귀) 불이 너겨 손을 티다 나아오랴

人間(인간) 어니 이리 命(명) 밧긔 삼겨시리

가난타 이제 주그며 가ᅌᅳ며다 百年(백년) 살랴

原憲(원헌)이는 멷 랄 살고 石崇(석숭)이는 멷 히 산고

貧富(빈부) 업시 다 주그니 주근 후에 던 이 업다

貧而無怨(빈이무원)을 어렵다 흐건마는

내 사리 이러호디 셔론 쓰던 업노왜라

簞食瓢飮(단식표음)을 이도 足(족)히 너기노라

平生(평생) 흔 쓰디 溫飽(포온)에는 업느왜라

太平天下(태평천하)애 忠孝(충효)룰 이룰 삼아

和兄弟(화형제) 朋友有信(붕우유신) 외다 흐 리 져글션졍

그 밧긔 녀나믄 이리야 삼긴대로 살련노라

〈庚午本 蘆溪歌集〉

(5) 山中新曲(漫興) 윤선도(尹善道;1587~1671)

山水間산슈간 바회 아래 뛰집을 짓노라 ᄒ니
그 모론 놈들은 운는다 ᄒ다마ᄂ
어리고 햐암의 뜻의ᄂ 내 分분인가 ᄒ노라

보리밥 픗ᄂ물을 알마초 머근 後후에
바횟긋 믉ᄀ의 슬ᄏ지 노니노라
그 나믄 녀나믄 일이야 부롤 줄이 이시랴

잔 들고 혼자 안자 먼 뫼흘 브라보니
그리던 님이 오다 반가옴이 이리ᄒ랴
말슴도 우움도 아녀도 몯내 됴하ᄒ노라

누고셔 三公삼공도곤 낫다 ᄒ더니 萬乘만승이 이만ᄒ랴
이제로 헤어든 巢父소부 許由허유ㅣ 냑돗더라
아마도 林泉閑興님천한흥을 비길 곳이 업세라

내 셩이 게으르더니 히늘히 아ᄅ실샤
人間萬事인간만ᄉ롤 ᄒ 일도 아니 맛뎌
다만당 ᄃ토리 업슨 江山강산을 딕희라 ᄒ시도다
江山강산이 됴타ᄒ들 내 分분으로 누얻ᄂ냐
님군 恩惠은혜롤 이제 더옥 아노이다
아므리 갑고쟈 ᄒ야도 히올 일이 업세라

〈孤山遺稿〉

(6) 시조

十年(십년)을 經營(경영)ᄒ여 草廬(초려) 三間(삼간) 지여내니
나 ᄒ 간 둘 ᄒ 간에 淸風(청풍) ᄒ 간 맛져두고
江山(강산)은 들일 듸 업스니 둘러 두고 보리라

〈珍本靑丘永言 ; 兼致〉

아ᄒᆡᄂᆞᆫ 藥(약) 키라 가고 竹亭(죽정)은 뷔엿ᄂᆞᆫ듸
흐터진 바독을 뉘 주어 다물소니
醉(취)ᄒ고 松下(송하)에 져셔니 節(절) 가ᄂᆞᆫ 줄 몰래라

〈珍本靑丘永言 ; 閑適〉

山(산) 됴코 물 죠흔 곳의 바회 지허 쒸집 짓고
돌 아래 고기 낙고 구름 속의 밧츨 가니
生理(생리)야 足(족)홀가마ᄂᆞᆫ 블을 일은 업셰라

〈古今歌曲 ; 閑適〉

압 밧희 새 ᄂᆞ물 키고 뒤 밧희 고스리 것고
ᄋ춤밥 비블니 먹고 草堂(초당)의 누어시니
어미妾(첩) 블너 니ᄅᆞ더 술맛 보라 ᄒ더라

〈古今歌曲 ; 閑適〉

집方席(방석) 니지 마라 落葉(낙엽)엔들 못 안즈랴
솔불 혜지 마라 어졔 진 달 도다온다
안히야 薄酒山茱(박주산채)만졍 업다 말고 니여라

〈古今歌曲 ; 閑適〉

簑笠(사립)의 되롱이 입고 한 손의 호뫼 들고
山田(산전)을 미다가 夕陽(석양)의 누어시니
牧童(목동)이 牛羊(우양)을 모라 좀든 날을 씌온다

〈古今歌曲 ; 閑適〉

제4장
삶의 질곡과 해소

I. 여성의 삶과 애환

(1) 怨夫詞(一名 閨怨歌)

엇그제 아희러니 하마 거의 다 늙것다
소년힝락(少年行樂)을 쇽졀 업시 다 보니고
늙계야 셜운 뜻을 싱각ᄒ니 목이 멘다
공후비필(公侯配匹)은 바라지 못ᄒ야도
평싱(平生)에 원ᄒ오디 군ᄌ호구(君子好逑) 되ᄌ더니
숨싱(三生)에 원긔(冤氣) 잇고 월하(月下)에 연분(緣分)으로
장안셩즁(長安城中) 화류간(花柳間)에 경박ᄌ졔(輕薄子弟) 엇어두고
닉 마음 용심(用心)ᄒ기 살어름 듸듸온 듯
십오셰 갓 치니고 이십이 못ᄒ 적에
텬싱려질(天生麗質)은 남디되 일너 잇고
년광(年光)이 수히 가고 됴물(造物)이 시음 밧나
츄월츈풍(秋月春風)이 베오리에 북 지나가듯
운빈홍안(雲鬢紅顏)이 꿈갓치 지닌 후
모츈(暮春)에 도진 도화(桃花) 어늬 나븨 도라보리
이젼에 됴튼 소리 님의 귀에 듯기 실고
이젼에 곱든 얼골 님의 눈에 보기 실타
청루주ᄉ(靑樓酒肆) 죠흔 곳에 시시랑 경영ᄒ야
월황(月黃) 계워갈 졔 뎡쳐 업시 나가더니
경구준마(輕裘駿馬) 갓초고셔 어듸머로 단기는고

인연이 긋쳣거든 싱각지나 말으소셔

긔별을 못 듯거든 그립지나 말념은아

한 둘 셜혼 날 다 보니고 열두 둘 지낸 후에

옥항(玉缸)에 잉도화(櫻桃花)는 몃 번이나 퓌여진고

겨을밤 여름희에 뷘 방에 혼ᄌ 안져

월흑(月黑) 숨경야(三更夜)에 ᄌ최눈 ᄲ릴 젹과

반야오동(半夜梧桐)에 굴근 빗발 홋터질 졔

이리 혜고 져리 혜니 아ᄆ도 모진 목슘 못 죽어 원슈(怨讎)로다

도로혀 펼쳐 혜니 이리ᄒ야 어이ᄒ리

쳥등(靑燈)을 도도혀고 록긔금(綠綺琴) 니여 노코

벽련화(壁蓮花) 흔 곡됴(曲調)를 근심 죠ᄎ 섯거 타니

소상야우(瀟湘夜雨)에 딕소리 섯도는 듯

화죠월셕(花朝月夕)에 별하(別下)에 소리로다

부용화(芙蓉花) 젹막(寂寞)흔디 셤셤옥슈(纖纖玉手) 님의ᄒ니

녯소리 잇다마는 뉘 귀에 들닐소냐

니 팔ᄌ 이러ᄒ니 원망(怨望)ᄒ기 허ᄉ(虛事)로다

져근듯 잠으 드러 쑴에나 보려ᄒ니

광풍(狂風)에 지는 입과 월하(月下)에 우는 즘싱

무슴 일노 날을 뮈여 이니 간장(肝腸) 다 ᄉᆞᆫ는고

우리 님 계신 디는 무슴 약슈(弱水) 갈엿관디

가면 올 줄 모르는고 셕양(夕陽)이 빗긴 후에

쥭림(竹林) 깁흔 골에 죠셩(鳥聲)이 더욱 셟다

라군(羅裙)을 뷔여 잡고 인간 스롬 헤여보니

날갓흔 이 ᄯ 잇는가 홍안박명(紅顔薄命) 홀 일 업다

아ᄆ도 이 님에 타스로 살든 심ᄉ 다 녹는다

〈高大本 樂府〉

(2) 老處女歌(歌辭)

人間世上(인간세상) 사롬들아 이니 말숨 드러보쇼
天下万物(천하만물) 삼긴 後(후)에 草木禽獸(초목금수)라도 짝이 잇다
人間(인간)에 숨긴 男女(남녀) 夫婦(부부) 子孫(자손) 갓것마는
이니 八字(팔자) 險(험)꾸즐손 날갓흔 니 또 잇난가
百年(백년)을 다 살아야 三万六千日(삼만육천일)이로다
혼ㅈ살이 千年(천년) 살면 貞女(졍녀) 되야 万年(만년) 살꼬
畓畓(답답)흔 우리 父母(부모) 가난흔 좀兩班(양반)이
兩班(양반)인 체 된체 ᄒᆞ고 處事(처사)가 不敏(불민)ᄒᆞ야
怪妄(괴망)을 일솜으니 다만 흔 딸 늙어간(다)
寂寞(적막)흔 뷘 房(방) 안에 寂寂寥寥(적적요요) 혼ㅈ 안ㅈ
輾轉不寐(전전불매) 잠 못 드러 혼ㅈ 辭說(사설) 드러보쇼
老妄(노망)흔 우리 父母(부모) 날 길너 무엇ᄒᆞ리
쥭도록 날 길너셔 잡아 쓸꼬 구어 쓸꼬
人皇氏(인황씨)젹 숨긴 男女(남녀) 伏義氏(복희씨)젹 지은 嫁娶(가취)
人間配合(인간배합) 婚娶(혼취)함은 예로 잇것마는
엇던 處女(처녀) 八字(팔자) 됴와 二十前(이십전) 싀집간다
男女子孫(남녀자손) 싀집 장가 썻썻흔 일이건만
이니 八字(팔자) 奇險(기험)ᄒᆞ야 四十(사십)꼬지 處女(처녀)로다
이런 줄 알앗스면 처음 아니 나올 거슬
月明紗窓(월명사창) 긴긴 밤에 寢不安席(침불안석) 잠 못 드러
寂寞(적막)흔 뷘 방 안에 오락가락 단니면셔
將來事(장래사)를 싱각ᄒᆞ니 더욱 畓畓(답답) 憫惘(민망)ᄒᆞ다
父親(부친) ᄒᆞ나 半便(반편)이오 母親(모친) ᄒᆞ나 菽麥不辨(숙맥불변)
날이 식면 來日(내일)이오 歲(세)가 쇠면 來年(내년)이라

婚姻辭說(혼인사설) 全廢(전폐)ᄒ고 艱難辭說(가난사설) 뿐이로다

어디셔 孫任(님) 오면 幸(행)혀나 仲媒(중매)신가

아히 불너 詰問(힐문)ᄒ則(즉) 風憲約正(풍헌약정) 還上(환상) 지촉

어디셔 片紙(편지) 왓네 幸(행)혀나 請婚書(청혼서)가

兒孩(아해)다려 무러보니 外三寸(외삼촌)의 訃音(부음)이라

익달고 셔른지고 이 肝腸(간장)을 어이 할고

압집에 아모 阿只(아기) 발셔 子孫(자손) 낫단 말가

東便(동편) 집 옴핑이는 今明間(금명간)의 싀집 가니

그 同務(동무)에 無情歲月(무정세월) 싀집 가셔 풀 것마는

親舊(친구) 업고 血屬(혈속) 업다 慰勞(위로)ᄒ 리 專(전)혀 업네

우리 父母(부모) 無情(무정)ᄒ야 니 싱각 專(전)혀 업다

富貴貧賤(부귀빈천) 生覺(생각) 말고 人物風彩(인물풍채) 맛당커든

處女(처녀) 四十(사십) ᄂ히 적쇼 婚姻擧動(혼인거동) 츠려 쥬쇼

金童(금동)이도 喪妻(상처)ᄒ고 李童(이동)이도 棄妻(기처)로다

仲媒(중매)홀미 專(전)혀 업네 눌 차지 리 뉘시든고

감정 암쇼 살져 잇고 奉祀田畓(봉사전답) 갓것마는

士族家門(사족가문) 가리면셔 이디도록 늙어간다

臙脂粉(연지분)도 잇것마는 成赤丹粧(성적단장) 全廢(전폐)ᄒ고

감정 치마 헌 져고리 花鏡(화경)거울 압히 놋코

遠山(원산)갓흔 푸른 눈섭 細柳(세류)갓흔 허리

아름답다 ᄂ의 恣態(자태) 妙(묘)ᄒ도다 ᄂ의 擧動(거동)

흐르는 歲月(세월)에 앗가올손 늙어간다

거울다려 ᄒ는 말이 어화 畓畓(답답) 니 八字(팔자)여

갈 써 업다 ᄂ도ᄂ도 쓸 써 업다 너도너도

우리 父親(부친) 兵曹判書(병조판서) 흔아비지 戶曹判書(호조판서)

우리 門閥(문벌) 이러ᄒ니 風俗(풍속) 좃기 어려워라

俄然(아연)듯 春節(춘절) 드니 草木群生(초목군생) 다 즐기네

杜鵑花(두견화) 滿發(만발)ᄒ고 잔듸님 속닙 난다

싹은 바자 씽씽ᄒ고 종달시 도두 ᄯᅳᆫ다

春風夜月(춘풍야월) 細雨時(세우시)에 獨宿空房(독수공방) 어이 ᄒᆞᆯ고

怨讐(원수)의 兒孩(아해)들아 그런 말 ᄒ지 마라

압집에는 新郎(신랑) 오고 뒷집에는 新婦(신부) 왓네

늬 귀에 듯는 ᄇ는 늣길 일도 ᄒ고 만타

綠楊芳草(녹양방초) 졈은 날에 힉는 어이 수이 가노

草露(초로)갓혼 우리 人生(인생) 飄然(표연)이 늙어가니

머리치는 엽희 ᄭᅵ고 다만 ᄒᆞᆷ 쉰니로다

긴 밤에 짝이 업고 긴 늘에 벗시 업다

안잣다가 누엇다가 다시금 싱각ᄒ니

아마도 모진 목숨 죽지 못힉 怨讐(원수)로다

〈高大本 樂府〉

(3) 四寸兄謠

형님온다 형님온다   분고개로 형님온다
형님마중 누가갈가   형님동생 내가가지
형님형님 사촌형님   시집살이 어떱데까
이애이애 그말마라   시집살이 개집살이
앞밭에는 당추심고   뒷밭에는 고추심어
고추당추 맵다해도   시집살이 더맵더라
둥글둥글 수박식기   밥담기도 어렵더라
도리도리 도리소반   수저놓기 더어렵더라
五里물을 길어다가   十里방아 찧어다가
아홉솥에 불을때고   열두방에 자리걷고
외나무다리 어렵대야   시아버니같이 어려우랴
나뭇잎이 푸르대야   시어머니보다 더푸르랴
시아버지 호랑새요   시어머니 꾸중새요
동새하나 할림새요   시누하나 뾰죽새요
시아지비 뾰중새요   남편하나 미련새요
나하나만 썩는샐새   귀먹어서 三年이오
눈어두어 三年이오   말못해서 三年이오
석삼년을 살고나니   배꽃같은 요내얼굴
호박꽃이 다되었네   삼단같은 요내머리
네사리춤이 다되었네   백옥같은 요내손길
오리발이 다되었네   열새무명 반물치마
눈물씻기 다젖었네   두폭붙이 행주치마
콧물받기 다젖었네   울었던가 말았던가
벼개머리 소이겼네   그것도 소이라고
거위한쌍 오리한쌍   쌍쌍이 때들어오네

(慶山地方)
〈韓國民謠集 Ⅰ〉

(4) 꼬댁각씨謠

꼬댁꼬댁 꼬댁각씨   한살먹어 어멈죽어
두살먹어 아버지죽어   세살먹어 말을배워
네살먹어 걸음배워   다섯살먹어 삼촌집에 찾아가니
삼촌이라 마당쓸다   비자락으로 내려쫓네
들어가니 삼촌숙모   불때다가 부수대로 내쫓네
아이고 답답스런지고   요내팔자 왜이런고
방이라고 들어가니   四寸오빠 공부하다
서상대로 내어쫓네   아이고 답답스런지고
요내팔자 왜이런가   밥이라고 주는 것이
구비구비사발구비 부쳐주네 건거니라고 주는것이
三年묵은 된장에다   구비구비접시구비 부쳐주네
아이고 답답스런지고   요내팔자 왜이런가
그럭저럭 열대여섯살에   중신아비 들랑날랑
예라요년 요년때밀   아낀문지방 다달는다
아이고 답답스런지고   요내팔자 왜이런가
사주라고 받는것이   가랑잎사구 받었고나
옷이라고 해준것이   짓만남은 삼베적삼
치마라고 해준것이   허리만남은 삼베치마
속옷이라고 해준것이   허리만남은 삼베고쟁이
아이고 답답스런지고   요내팔자 왜이런고
시집이라고 가서보니   고재랑군 얻었고나
아이고 답답스런지고   요내팔자 왜이런고
부엌에라 들어가보니   밑빠진 솥만남았더라
디란이라 가서보니   밑빠진 바구니하나걸렸네

그바구니 옆에끼고   뒷동산에 올라가니
양지쪽에 발고사리   음지쪽에 먹고사리
디듬디듬 꺾어다가   국끓이고 밥을지여
열두반상 봐다가   시금시금 시아버지
이만저만 주무시고   아침밥상 받으세요
예라요년 못먹겠다   네가먹고 개나줘라

(禮山地方)
〈韓國民謠集 Ⅰ〉

(5) 첩노래

달이떴네 달이떴네
범들가바 수심이요
산태날까 수심이요
물질가바 수심이요
장군들가 수심이요
은장두 필성이면
은동문이 담뱃대면
잠시라도 잊을손가
거동보소 고동보소
날로밴아 딸로밴아
큰칼갈아 품에품고
등넘에라 재넘에라
온산이슬 닥처와도
참칼같이 먹은마음
첩의집에 달려드니
첩이란년 거동보소
나비납작 절을하고
놋사립에 불을담아
크다크다 큰어마님
담배한대 잡우시오

산넘에다 첩둘라니
산밑에다 첩둘라니
물가운데 첩둘라니
장터겉에 첩둘라니
첩아첩아 애동첩아
허리에나 차렸마는
일시라도 잊을손가
첩아첩아 애동첩아
큰어마님 거동보소
첩이란년 죽이자고
찬칼갈아 손에들고
솔잎꺾어 손에들고
치운줄을 모를네라
첩이란년 죽이자꼬
거동보소 거동보소
재비납작 날러와서
은사립에 담배담고
서발너발 화주설때
잡우시요 잡우시요

(達城地方)
〈朝鮮民謠集成〉

(6) 親庭行謠

달도밝고 별도밝다   청도밀양 가고지고
울어머니 보고지고   어신매는 찰떡치고
새벽에는 메떡치고   영계잡아 웃짐치고
신계잡아 짝짐치고   친정으로 갈때에는
오동나무 꺾어쥐고   오동오동 가고지고
아이종아 말몰아라   어른종아 소몰아라
활장같이 굽은길로   설대같이 가고지고
시집으로 올때에는   느름나무 꺾어쥐고
느름느름 오고지고

(榮州地方)
〈韓國民謠集 Ⅰ〉

(7) 孀女

有一宰相之女 出嫁未朞而喪夫 孀居于父母之側矣 一日 宰相自外而
入來 見其女在於下房而凝粧盛飾 對鏡自照 己而 擲鏡而掩面大哭 宰相
見其狀 心甚惻然 出外而坐 數食頃無語 適有親知武弁之出入門下者 無
家無妻之人 而年小壯建者也 來拜問侯 宰相屏人言之曰 子之身世 如是
其窮困 君爲吾之女壻否 其人惶蹙曰 是何敎也 小人不知敎意之如何 而
不敢奉命矣 宰相曰吾非戲言耳 仍自櫃中 出一封銀子給之曰 持此而往
貰健馬及轎子 待今夜罷漏後 來待于吾後門之外 切不可失期 其人半信
半疑 第受之而依其言 備轎馬 待之于後門矣 自暗中 宰相携一女子 使
入轎中而誡之曰 直往北關 而居生也 其人不知如何委折 而第隨轎 出城
而去

宰相入內 至下房而哭曰 吾女自決矣 家人驚惶而皆擧哀 宰相仍言曰
吾女平生不欲見人 吾可襲歛 雖渠之男兄 不必入見矣 仍獨自歛衾而裹
之 作屍體樣 而覆以衾 始通于其舅家 入棺後 送葬于舅家先山之下矣
　過幾年後 其宰相子某 而繡衣 按廉關北 行到一處 入一人家 則主人
起迎而有兩兒 在旁讀書 狀貌淸秀 頗類自家之顔面 心窃怪之 日勢已晩
又憊困 仍留宿矣 至夜深 自內 忽有一女子出來 把手而泣 驚而熟視 則
卽其已死之妹 不勝駭驚訝而問之 則以爲因親敎而居于此 已生二子 此
是其兒矣 繡衣口噤 半晌無語 畧敍阻懷 而待曉辭去
　復命還家 夜侍其大人宰相而坐 適從容低聲而言曰 今番之行 有可怪
訝之事矣 宰相張目熟視而不言 其子不敢發說而退 其宰相之姓名 不記之
〈靑邱野談〉

어떤 재상(宰相)의 딸이 출가했다가 일년도 못되어 상부(喪夫)하고
친정에 와서 홀로 지내고 있었다.
　하루는 재상이 귀가했다가 아랫방에서 딸이 곱게 몸단장을 하고 자신

을 거울에 물끄러미 비춰보다가는 거울을 내던지고서 얼굴을 가리고 흐느끼는 것을 보았다. 그 모습이 어찌나 측은하던지 재상은 도로 사랑으로 나와서도 한동안 말이 없었다.

때마침 문하(門下)에 출입하던 잘 아는 무변(武弁)이 들어와 문안을 드리었다. 그는 아직 집도 없고 아내도 없는 젊고 건장한 사람이었다. 재상은 사람을 물리치고 조용히 말을 꺼냈다.

"자네 신세가 곤궁한데, 내 사위가 되지 않으려는가?"

그가 황송하여 말하였다.

"그 어인 분부이시온지? 소인은 무슨 뜻인지도 모르겠고, 감히 명령을 받들 수 없사옵니다."

"농담이 아니네."

재상이 궤 속에서 한 봉의 은덩이를 꺼내주면서 당부하였다.

"이걸 가지고 가서 튼튼한 말과 가마를 세(賃)내어 오늘밤 파루(罷漏) 후 우리 집 뒷문 밖에서 기다리게. 절대로 시간을 어겨선 안 되네."

그는 반신반의(半信半疑)하여 그것을 받아 가지고 가서, 그 말대로 가마와 말을 준비하여 뒷문에서 대령하고 있었다. 이윽고 캄캄한데 재상이 한 여자를 데리고 나와 가마 속에 들게 한 뒤에 무변에게 경계하였다.

"곧장 북관(北關) 땅으로 가서 살도록 하게."

그는 영문도 모른 채 하직하고 가마를 뒤따라 성밖으로 나갔다.

한편 재상은 돌아와 아랫방으로 들어가 통곡을 하며 딸이 자결했다고 하니, 집안 사람들이 모두 경황없이 애통해하는 것이었다.

"이 애가 평소 누구에게도 자신을 보이려 하지 않았더니라. 내가 직접 염습(殮襲)을 하겠으니 남매간이라도 아예 들여다보지 말아라."

재상은 자기 혼자 이불을 싸서 묶어 가지고 시체 모양을 꾸미며 홑이불로 덮어둔 다음 비로소 사돈집에 통부(通訃)하고 입관(入棺)하여 그 시가(媤家)의 선산(先山)에 장사지냈다.

몇 년 뒤에 재상의 아들 모(某)가 수의어사(繡衣御使)로 함경도 지방을 암행(暗行)했다. 어느 고을에 당도하여 한 인가에 들렀더니, 주인이 나와 맞는데 방에서 책을 읽던 두 아이의 얼굴이 맑고 준수하여 자기 집 전형(典型)과 흡사했다. 마음속으로 심히 이상히 여기었는데 마침 날도 저물고 피곤하여 그 집에서 유숙하게 되었다.

야심해서 한 여자가 들어와 손을 잡고 눈물을 흘렸다. 깜짝 놀라 찬찬히 보니 벌써 죽은 자기의 누이가 아닌가. 더욱 깜짝 놀라 물어보니, 아버지의 말씀으로 여기 와서 살고 있으며, 아들 둘을 낳았는데 바로 저 아이들이라는 것이었다. 어사는 입이 붙어 한참이나 말없이 있다가, 대강 막힌 회포를 풀고 새벽같이 일어나서 떠났다.

그가 복명(復命)한 후에 집에 돌아와 밤에 자기 부친을 모시고 있다가 마침 조용한 틈을 보아 소리를 낮춰 말을 꺼냈다.

"이번 걸음에 괴상한 일이 있었습니다."

그러자 재상이 두 눈을 부릅뜨고 뚫어지게 바라보며 말이 없었다. 아들은 감히 발설을 못하고 물러나고 말았다. 재상의 성명은 여기 적지 않는다.

2. 웃음과 속뜻

(1) 노쳐녀가(小說)

녯젹의 흔 녀지(女子 |) 이시되 일신(一身)이 가즌 병신(病身)이라.
나히 사십이 넘도록 츌가(出嫁)치 못ᄒ여 그져 쳐여(處女)로 이시니, 옥
빈홍안(玉鬢紅顔)이 스스로 늙어가고 셜부화용(雪膚花容)이 공연이 업
셔시니, 셔름이 골슈(骨髓)의 밋치고 분홈이 심중(心中)의 가득ᄒ여 밋
친 듯 취흔 듯 좌불안셕(坐不安席)ᄒ여 셰월을 보ᄂᆡ더니, 일일(一日)은
가만이 탄식 왈,

"하날이 음양(陰陽)을 ᄂᆡ시미 다 각기 졍ᄒ미 잇거늘 나는 엇지ᄒ여
이러ᄒ고 셟기도 층양(測量) 업고 분ᄒ기도 그지업ᄂᆡ."

이쳐로 방황ᄒ더니 믄득 노릭를 지어 화창(話唱)ᄒ니 굴와시되,

어와 ᄂᆡ 몸이어, 셟고도 분흔지고. 이 셔름을 어이 ᄒ리. 인간만ᄉ(人
間萬事) 셔룬 즁의 이ᄂᆡ 셔룸 갓홀손가. 셔룬 말 ᄒᄌ ᄒ니 붓그럽기 층
양 업고, 분흔 말 ᄒᄌ ᄒ니 가슴 답답 긔 뉘 알니. 남 모로ᄂᆞᆫ 이런 셔름
텬지간(天地間)의 ᄯᅩ 잇ᄂᆞᆫ가. 밥이 업셔 셜워홀가, 옷시 업셔 셜워홀가.
이 셔름을 어이 풀니. 부모님도 야속ᄒ고 친쳑들도 무졍ᄒ다. ᄂᆡ 본시
둘지ᄯᆯ노 쓸 ᄃᆡ 업다 ᄒ려니와 ᄂᆡ 나흘 혜여보니 오십 줄의 드러고나.
먼져 ᄂᆞᆫ 우리 형님 십구 셰의 시집가고, 셋지의 아오년은 이십의 셔방
마ᄌ 틱평(泰平)으로 지ᄂᆡᄂᆞᆫ디 불상흔 이ᄂᆡ 몸은 엇지 그리 이러ᄒ고.
어ᄂᆞ덧 늙어지고 츠룽군이 되거고나. 시집이 엇더흔지 셔방맛시 엇더흔

지 싱각ㅎ면 싱슝상슝 쓴지 단지 니 물너라.

니 비록 병신이나 남과 갓치 못홀소냐. 니 얼골 얽다 마쇼. 얽은 궁게 슬긔 들고. 니 얼골 검다 마쇼 분칠ㅎ면 아니 흴가. 흔 편 눈이 머러시나 흔 편 눈은 밝아 잇니. 바늘귀를 능히 꿰니 보선볼을 못 바드며, 귀먹다 ᄂ무러나 크게 ㅎ면 아라듯고 텬동 쇼리 능히 듯니. 오른손으로 밥 먹으니 왼손 ㅎ여 무엇홀고. 왼편 다리 병신이나 뒤간 츌닙 능히 ㅎ고, 코구멍이 믹믹ㅎ나 니음식는 일슈(一手) 만네. 닙시울이 푸르기는 연지빗홀 발나 보식. 엉덩쎠가 너르기는 희산 잘 홀 징본(徵本)이오, 가슴이 뒤앗기는 즌 일 잘 홀 긔골일식. 턱 아릭 거문 혹은 츄어보면 귀격(貴格)이오, 목이 비록 옴처시나 만져보면 업슬손가. 니 얼골 볼작시면 곱든 비록 아니ㅎ나 일등슈모(一等手母) 불너다가 헌거롭게 단장ㅎ면 남티되 맛는 셔방 닌들 혈마 못 마즐가.

얼골 모양 그만두고 시속힝실(時俗行實) 웃듬이니, 니 본시 총명(聰明)키로 무슨 노릇 못홀손야. 기억 ᄌ(字) 나냐 ᄌ(字)를 십년 만의 씨쳐 너니 효힝녹(孝行錄) 열여젼(烈女傳)을 무슈이 슉독(熟讀)ㅎ미 모를 힝실 바이 업고, 구고봉양(舅姑奉養) 못홀손가. 즁인(衆人)이 모힌 곳의 방귀 쒸여 본 일 업고, 밥쥬걱 업허노와 니를 죽여 본 일 업니. 장독 소리 볏겨니여 뒤물그릇 흔 일 업고, 양치디를 집어니여 측목(厠木)ㅎ여 본 일 업니. 이니 힝실 이만ㅎ면 어디 가셔 못 술손가. 힝실 ᄌ랑 이만ㅎ고 지조 ᄌ랑 드러보소.

도포(道袍) 짓는 슈품(手品) 알고 홋옷시며 핫옷시며 누비 상침(上針) 모를손가. 셰폭부치 홋니불을 삼 일만의 맛쳐니고 힝ᄌ치마 지어닐 제, 다시 곳쳐 본 일 업니. 함박족박 씨아지면 솔 쑤리로 기워니고, 보선 본을 못 어드면 닛뷔ᄌ로 제일이오, 보ᄌ를 지울 제는 안만 노코 말나니니 슬긔가 이만ㅎ고 지조가 이만ㅎ면 음식슉셜(飮食熟設) 못 홀손가.

슈슈젼병 부칠 제는 외쪽지를 닛지 말며, 상치쏨을 먹을 제는 고초장이 제일이오, 청국장을 담을 제는 묵은 콩이 맛시 업늬. 청디콩을 삼지 말고 모닥불의 구어 먹쇼. 음식묘리 이만 알면 봉졔ᄉ(奉祭祀)를 못홀손 가. 늬 얼골 이만ᄒ고 늬 힝실 이만ᄒ면 무슨 일의 막힐손가.

남이라 별 슈 잇고 인물인들 별홀손가. 남디되 맛는 셔방 늬 홀노 못 마즈니 엇지 아니 셔를손가. 셔방만 어더시면 뒤거두기 잘 못홀가. 늬 모양 볼작시면, 어룬인지 ᄋ희런지 바롬 마즌 병인(病人)인지 광긱(狂客)인지 취긱(醉客)인지 여럽기도 그지업고 붓그럽기 층양 업늬. 어와 셔룬지고. 늬 셔름 어이 홀고. 두 귀 밋희 흰 털 나고 니마 우희 살 잡히 니 운빈화안(雲鬢花顔)이 어늬 덧 어디 가고 속졀 업시 되거고나. 긴 한 숨의 즈른 한숨 먹는 것도 귀치 안코 닙는 것도 조치 안타. 어룬인 체 ᄒ쟈 ᄒ니 머리 쏜흔 어룬 업고, 늬인(內人)이라 ᄒ쟈 ᄒ니 귀밋머리 그 져 잇늬.

얼시고 조홀시고. 우리 형님 혼인홀 졔, 숙슈(熟手) 안쳐 음식ᄒ며, 지 의(地衣) 쌀고 츠일(遮日) 치며, 모란병풍(牡丹屛風) 둘너치고, 교즉상 (交足床)의 와룡촉디(臥龍燭臺) 세워노코, 부용향(芙蓉香) 퓌우면셔 나 쥬(羅州)불 질너 노코, 신낭 온다 왁ᄌ하고, 젼안(奠雁)ᄒ다 초례(醮禮) ᄒ다 왼집안이 들넬 젹의 빈 방안의 혼ᄌ 이셔 창 틈으로 여어보니, 신 낭의 풍신 조코 사모풍디 더욱 조타. 형님도 져러ᄒ니 나도 아니 져러ᄒ 랴. 츠례로 홀죽시면 늬 아니 둘지런가. 형님을 치워시니 나도 져러 홀 거시라.

이쳐로 졍혼 ᄆ옴 ᄆ옴디로 아니 되여 괴약흔 아오년이 면젼 츌가ᄒ 단 말가. 꿈결의나 싱각ᄒ며 의심이나 이실손가. 도릭쪅이 안팟 업고 후 싱목(後生木)이 웃독ᄒ다. 원슈로온 즁민어미 날은 아니 치워 쥬고, 사 쥬단ᄌ(四柱單子) 의양단ᄌ(衣樣單子) 오락가락 ᄒ올 젹의 늬 비록 미 련ᄒ나 눈치좃ᄎ 업슬손가. 용심이 졀노 나고 화증이 복발ᄒ다. 풀쳐 싱 각 줌간 ᄒ면 선하뭐움 졀노 는다.

만亽(萬事)의 무심(無心)호니 안즈면 눕기 조코 누으면 닐기 슬타. 손
님 보기 붓그럽고 일가 보기 더욱 슬타. 이 신셰를 어이 홀고. 살고 시분
뜻이 업닉. 간슈 먹고 죽즈훈들 목이 쓰려 엇지 먹고, 비상 먹고 죽즈훈
들 너음시를 엇지 홀고. 부모유체(父母遺體) 난쳐호다. 이런 싱각 져런
싱각 뷘 방즁의 혼즈 안즈 온가지로 싱각호나 님맛만 업셔지고 인물만
초골(憔骨)호다. 싱각을 마즈호나 즈연이 절노 나고, 용심을 마즈호나
스스로 먼져 나닉. 곤츙도 짝이 잇고, 금슈도 즈웅(雌雄) 잇고, 헌 집신도
짝이 이셔 음양(陰陽)의 비합법(配合法)을 넌들 아니 모를손가. 부모님
도 보기 슬코 형님게도 보기 슬코 아오넌도 보기 슬타. 날다려 니른 말
이 불상호다 호는 소리 더고나 듯기 슬코 눈물만 소스나닉. 닉 신셰 이
러호고 닉 므음 이러훈들 뉘라셔 걱경호며 뉘라셔 넘녀호리.

이런 싱각 마즈 호고 혼즈 안즈 밍셰(盟誓)호여 므음을 활작 풀고 잠
이나 즈즈 호니, 무슨 잠이 츠마 오며 즈고 씨면 원통(寃痛)호다. 아모
사람 만나볼 제 헷우숨이 절노 나고 무안호여 도라셔면 긴 한숨이 절노
나닉. 웃지 말고 시침호면 남보기의 미몰호고 계경푸리 호즈 호면 심술
구즌 사람 되닉. 아모리 싱각호나 이런 팔즈 쏘 잇는가. 이리호기 더 어
렵고 져리호기 더 어렵다.

아조 죽어 닛즈호미 훈두 번이 아니로딕, 목숨이 기러던지 무슨 낙
(樂)을 보려턴지 날이 가고 달이 가미 갈스록 셔룬 심亽(心思) 엇지 호
고 엇지 호리. 벼기를 탁 던지고 닙은 치 두러누어 옷가슴을 활작 열고
가슴을 두다리며 답답호고 답답호다 이 므음을 엇지 홀고. 미친 므음 절
노 는다.

딕체(代替)로 싱각하면 닉가 결단(結團) 못 홀손가. 부모 동성 밋다가
는 셔방마시 망연(茫然)호다. 오날밤이 어셔 가고 닉일 아춤 도라오면
즁믹파(仲媒婆)를 불너다가 긔운(機運) 조작으로 표츠로이 구혼(求婚)호
면 엇지 아니 못 될손가. 이쳐로 싱각호니 업던 우음 절노 는다. 음식 먹

고 체훈 병의 졍긔산(精氣散)을 먹은 다시, 급히 알는 곽난병(癨亂病)의 청심환(淸心丸)을 먹은 다시 활짝 니러 안즈면셔 돌통디를 닙의 물고 쓰덕이며 궁니ᄒ되, 닉 셔방을 닉 갈희지 남다려 부탁ᄒᆯ가. 닉 엇지 미련ᄒ여 이 의ᄉ를 못 닉던고. 만일 발셔 씨쳐더면 이 모양이 되여실가. 청각 먹고 싱각ᄒ니 아조 쉬온 일이로다. 져근 넘치 도라보면 어늬 년(年)의 출가ᄒᆯ가. 고롬 밋고 니기ᄒ며 손바닥의 춤을 밧하 밍셰ᄒ고 니른 말이, 닉 팔ᄌ의 타인셔방(他人書房) 엇던 사롬 목셰질고. 쇠침이나 ᄒ여 보세.

알고지고 알고지고, 어셔 밧비 알고지고. 닉 셔방이 뉘가 되며 닉 낭군이 뉘가 될고. 텬졍비필(天定配匹) 이셔시면 제라셔 마다ᄒ들 닉 고집닉 억지로 우김셩의 아니 들가. 쇼문의도 드러시니 닉 눈의 아니 들가. 져 건너 김 도령이 날과 셔로 년갑(年甲)이오, 뒤골목의 권 슈ᄌ는 닉 나보단 더ᄒ지라. 인물 조코 줄기ᄎ니 슈망(首望)의는 김 도령이오, 부망(副望)의는 권 슈지라. 각각 셩명(姓名) 써 가지고 쇠침통을 흔들면셔 손고초와 비는 말이,

"모년모월모일야(某年某月某日夜)의 사십 너문 노쳐녀는 업디여 뭇줍ᄂ니, 곽곽선싱(郭覺先生) 니순풍(李順風)과 소강졀 원쳔강(袁天綱)은 신지영(神之靈) ᄒ오시니 감이순통(感而順通) ᄒ옵소셔. 후취(後娶)의 춤녀ᄒᆯ가, 삼취(三娶)의 춤여ᄒᆯ가, 김 도령이 비필 될가, 권 슈ᄌ가 비필 될가, 닉일노 되게ᄒ여 신통ᄒᆯ믈 뵈옵소셔."

흔들흔들 놉히 드러 쇼침 ᄒ나 쌘혀니니 슈망(首望) 치던 김 도령이 첫 가락의 나단 말가. 얼시고 조홀시고. 이야 아니 무던ᄒ냐. 평싱소원(平生所願) 일워고나.

올타올타. 닉 이제는 큰소리를 ᄒ여 보쟈. 형님 블워 쓸 디 업고, 아오년 겨만 거시 나를 어이 숭을 보랴. 큰지침 졀노 나고 엇게춤이 졀노 난다. 누어시락 안즈시락 지게문을 ᄌ조 열며 엇지 오날 더듸 ᄉ뇨. 오날

밤은 김도 기다. 역겹스레 누으면셔 지지기를 질게 혀고 이리져리 도라
누으며 니마 우희 손을 언고 졍신을 진졍ᄒ니 잠간 사이 좀이 온다. 평
싱의 미친 인연 오날밤 츈몽즁(春夢中)의 혼인(婚姻)이 되거고나.

압뜰의 츠일 치고 뒤뜰의 숙슈 안고 화문방셕(花紋方席) 만화방셕(萬
花方席) 안팟 업시 포셜(鋪設)ᄒ고, 일가권속 갓득 모혀 가화 ᄭ즌 다담
상(茶淡床)이 이리져리 오락가락 형님이며 아ᄌ미며 아오넌 족하부친
긴 단장 자른 단장 거록ᄒ게 모혀시니, 일긔(日氣)ᄂ 화창(和暢)ᄒ고 향
ᄂᄂ 촉비(觸鼻)ᄒ다. 문젼(門前)이 요란ᄒ며 신낭을 마ᄌ들 졔 위의(威
儀)도 거록ᄒ다. 츠일 밋히 젼안(奠雁)ᄒ고 초례(醮禮)ᄒ러 드러올 졔,
니 몸을 구버보니 어이 그리 잘낫던고. 큰머리 쩌ᄂᄌ잠의 준쥬투심(珍珠
套心) 갓초 츠고 귀의고리 룡잠(龍簪)이며 쇽쇽드리 비단옷과 진홍단
(眞紅大緞) 치마 닙고 옷고롬의 노리기를 엇지 이로 다 니르랴. 룡문디
단(龍紋大緞) 할옷 닙고 홍션을 손의 쥐고 슈모와 즁미어미 좌우(左右)
의 옹위(擁衛)ᄒ여 신낭을 마즐 적의 엇지 이리 거록ᄒ고. 초례교비(醮
禮交拜) 마츤 후의 동뇌연(同牢宴) 합환주(合歡酒)로 빅연긔약(百年期
約) 더옥 조타. 감은 눈을 잠간 쓰고 신낭을 살펴보니, 슈망치던 김 도령
이 날과 과연 빗필일다. 니 졈이 영검(靈驗)ᄒ여 이쳐로 만나ᄂ가. 하ᄂᆯ
이 유의(有意)ᄒ여 니게로 보니신가. 이쳐로 노니다가 즛독의 바람드러
인연을 못 닐우고 긔 소리의 놀나 ᄭ니 침상일몽(枕上一夢)이라.

심신이 황홀ᄒ여 셥거이 안져 보니, 등불은 희미ᄒ고 월식(月色)은 만
졍(滿庭)ᄒᄃ 원근(遠近)의 계명셩(啓明星)은 시벽를 지촉ᄒ고 창 밧게
긔 소리ᄂ 단잠을 ᄭ니ᄂ고나. 앗가올샤, 이닉 꿈을 엇지 다시 어더 보리.
그 꿈을 상시(生時) 삼고 그 모양 상시(生時) 삼아 혼인이 되려무나. 밋
친 증이 대발(大發)ᄒ여 벌쩍 니러 안ᄌ면셔 닙은 치마 다시 찻고, 신은
보션 쏘 츠즈며, 방츄돌을 엽희 ᄭ고, 짓ᄂ 긔를 ᄭ릴 다시 와당퉁탕 닙
들 적의 업더지락 곱더지락 바람벽의 니마 밧고, 문지방의 코를 ᄭ며, 면

경석경 셩젹홈(成赤函)을 늣늣치 다 씨치고, 한숨지며 ᄒᆞ는 말이,

"앗갑고 앗가올샤. 이ᄂᆞ 꿈 앗가올샤. 눈의 암암 귀의 징징 그 모양 그 거동을 엇지 다시 ᄒᆞ여 보리."

남이 알가 붓그리나 안 슬푼 일 ᄒᆞ여 보쟈. 홍독긔의 ᄌᆞ를 미여 갓 씌오고 옷 닙히니 사름 모양 거의 갓다. 쓰다듬아 셰워 노코 싀 져고리 긴 치마를 호긔 잇게 쩔쳐 닙고 머리 우희 팔을 드러 제법(諸法)으로 졀을 ᄒᆞ니, 눈물이 종힝(從行)ᄒᆞ여 닙은 치마 다 젹시고 한숨이 복발(復發)ᄒᆞ여 곡셩(哭聲)이 날 듯ᄒᆞ다.

ᄆᆞ음을 강닝(强仍)ᄒᆞ여 가마니 혀여보니 가련ᄒᆞ고 불상ᄒᆞ다. 이런 모양 이 거동을 신영은 알 쩌시니 지셩(至誠)이면 감쳔(感天)이라, 부모들도 의논ᄒᆞ고 동싱들도 의논ᄒᆞ여 김 도령과 의혼(議婚)ᄒᆞ니 첫 마듸의 되ᄂᆞᆫ고나. 혼인퇵일(婚姻擇日) 갓가오니 엉덩춤이 졀노 ᄂᆞᆫ다. 줌어귀를 블근 쥐고 죵죵거름 보살피며 삽살긔 귀의 디고 넌즈시 니른 말이,

"나도 이제 시집간다. 네가 니 꿈 ᄭᆡ던 날의 원슈갓치 보와더니 오날이야 너를 보니 니별(離別) ᄒᆞᆯ 날 머지 안코 밥 줄 사름 나 ᄲᅮᆫ이랴."

이쳐로 말흔 후의 혼일(婚日)이 다다르니, 신부의 칠보단장(七寶丹粧) 꿈과 갓치 거록ᄒᆞ고 신낭의 사모풍더 더고나 보기 좃타. 젼안초례(奠雁醮禮) 맛츤 후의 방치년(房親迎) 더욱 조의, 신낭의 동탕(動蕩)홈과 신보의 아남ᄒᆞ미 ᄎᆞ등(差等)이 업셔시니 텬졍(天定)흔 비필(配匹)인 줄 오날이야 알커고나. 이러틋시 쉬온 일을 엇지ᄒᆞ여 지완(遲緩)턴고. 신방(新房)의 금침(衾枕) 펴고 부뷔 셔로 동침(同寢)ᄒᆞ니 원앙(鴛鴦)은 녹슈(綠水)의 놀고 비취(翡翠)ᄂᆞᆫ 연니지(連理枝)의 길드림 갓흐니 평싱 소원 다 풀니고 온갓 시름 바히 업ᄂᆡ. 이젼의 잇던 ᄉᆞ옴 이제록 싱각ᄒᆞ니 도로혀 츈몽(春夢) 갓고 ᄂᆡ가 혈마 그러ᄒᆞ랴. 이제ᄂᆞᆫ 긔탄 업다. 먹은 귀 발아지고 병신 팔을 능히 쓰니 이 아니 희한흔가.

혼인흔 지 십삭 만의 옥동ᄌᆞ(玉童子)를 슌산(順産)ᄒᆞ니 쌍팅(雙胎)를

어이 알니. 즐겁기 층양 업너. 기기(個個)이 영쥰(英俊)이오, 문지(文才)가 비상(非常)ᄒ다. 부부의 금슬 조코 즈손이 만당(滿堂)ᄒ며 가산이 부요(富饒)ᄒ고 공명(功名)이 이음츠니 이 아니 무던ᄒᆞᆫ가.

이 말이 ᄀᆞ장 우숩고 희한ᄒᆞ기로 긔록ᄒ노라.

〈古小說板刻本全集 三說記〉

(2) 니츈풍젼(李春風傳)

화셜(話說) 슉죵디왕 즉위 쵸의 승덕(聖德)으로 치민(治民)ᄒ니, 국티민안(國泰民安)ᄒ고 가급인죡(家給人足)ᄒ여 우슌풍죡(雨順風調)ᄒ고 셰화셰풍(歲和歲豊)하여 강구(康衢)의 동요(童謠) 만코 노인의 격양가(擊壤歌)는 처쳐(處處)의 이려ᄂ니, 뇨지일월(堯之日月)이요 슌지건곤(舜之乾坤)이라.

잇ᄢ 셔울 타락골 흔 사람이 잇스되, 승(姓)은 니(李)요 명(名)은 츈풍(春風)이라. 셩셰(形勢)가 가장 부요(富饒)ᄒ여 장아(長安)의 그부(巨富)로셔, 쇼연(少年)의 방탕ᄒ여 ᄒᄂ 거시 모도 다 바람이라.

츈풍이 본디 친쳑이 읍셔 뉘라셔 경계할리? 용젼여슈(用錢如水)ᄒ여 부모의 됴업(祖業) 슈만 금을 마암디로 남용할 제, 장안츈풍(長安春風) 화류시(花柳時)와 구월단풍(九月丹楓) 황국시(黃菊時)의 화죠월셕(花朝月夕) 빈날 읍시 쥬사쳥누(酒肆靑樓)의 향뇨(香醪)을 진취(盡醉)ᄒ고 졀디가인(絕代佳人)을 인혼(引混)ᄒ여 쳥가묘무(淸歌妙舞)로 노일 적의 남북촌 왈ᄌ 벗님늬와 흔 가지로 협실여셔 미일 장취(長醉) 노릴 적의 쳥누미식(靑樓美色) 작첩(作妾)ᄒ여 죠흔 노리 말근 슐로 권권ᄒ며, 너 비할미 갈비씸을 미일 장취 노일다가 원앙금침(鴛鴦衾寢) 놀고 ᄂ니 일이 빅 양(兩) 돈을 푼젼 갓치 남용ᄒ여 잡기방(雜技房)의 다다른면 삼사 빅을 일고 ᄂ니, 집안의 그 무어시 ᄂ물손가? 뜻글쳐름 읍셔지고 건초(乾草) 갓치 말ᄂ가니 젼의 노든 벗님네도 날을 보면 믈이 가고 쳥누방을 차져가니 괄셰가 티심(太甚)ᄒ다. 츈풍이 집이라고 도라오니 집안 형용이 가련ᄒ다.

츈풍 안히 겻티 안져 ᄒᄂ 말이,

"여보시요, 니 말삼 드러보소. 남ᄌ가 셰상의 ᄂ미 문무간(文武間)의 힘을 써셔 츈당디(春塘臺) 승군(聖君) 젼의 과거 보아 입신양명(立身揚

名)한 연후의 일홈을 후셰의 두는 거시 쩟쩟흔 이리여날, 그리도 못할진 던 치산(治産)을 놋치 말고 부모 됴업을 직히여셔 ᄌ손의 젼장(傳掌)ᄒ고 부부 두리 동신토록 하여 평싱 됴홀시고. 부귀도 공명인니 그것슬 마ᄃᄒ고 인역혼 웃지ᄒ여 부모의 셰젼지물(世傳之物)을 일조(一朝)의 다 읍시고, 슈다흔 노비 젼답 뉘게 다 젼장ᄒ고 쳐ᄌ을 돌보잔코 일신(一身)을 맛치고 기쥬탐식(嗜酒貪色) 호튀쳔(好鬪賤)을 듀야로 방탕ᄒ여 이엿트시 질겨ᄒ니 어이ᄒ여 사존 말가? 부모 형졔 읍셔스니 뉘라셔 경계ᄒ며, 일가 친쳑 읍셔스니 뉘라셔 살여쥬리? 마오 마오, 그리 마오. 쳥누 미식 조와 마오. 자고로 이런 사람 뉘 안니 치픽(致敗)할가? 늬 말을 ᄌ셔히 드러보오. 미나리골 박화진(朴花眞)이는 쳥누 미식 길기다가 늬죵의는 굴머 죽고, 남손 밋희 니(李) 픠두(牌頭)ᄂ 쇼연의 부쟈(富者)로셔 주식픠도(酒色覇道) 단니다가 죵노(終老) 상거지 되고, 모시젼골 김부장(金富者)은 술 잘 먹기 유명ᄒ여 누룩 장스가 퇴(態)을 니고 술집마다 분쥬키로 장안의 요란터니 슈만 금을 다 읍시고 늬죵의 쏭장스 당겻다니, 일노 두고 볼지라도 쳥누잡기 잡된 마음 부디 부디 죠와 마오."

춘풍이 디답ᄒ되,

"자네 늬 말 드러보게. 그 말이 다 올타 ᄒ되, 이 압집 미갈쇠는 흔 잔 술도 못 먹어도 돈 흔 푼 못 모호고, 비우고기 니도명은 오십이 다 되도록 쥬식을 몰ᄂᄉ되 남의 집만 평싱 살고, 탁골 사는 먹돌이는 튀쳔잡기 몰ᄂᄉ되 슈쳔 금 다 읍시고 늬죵의는 굴며 죽어스니, 이런 일을 두고 볼지라도 쥬식잡기 안니 ᄒ기로 잘 사는 비 읍ᄂ니라. 늬 말 ᄌ네 드러보게. 술 잘 먹든 니튀빅(李太白)은 노나작(鸕鶿勺) 잉무비(鸚鵡杯)로 미일 장취 노라스되 할님학사(翰林學士) 다 지녀고, 튀쳔일슈 원두픠(元斗杓ㅣ)ᄂ 잡기을 방당히 ᄒ여 쇼연의 뉴명ᄒ기로 늬죵의 잘 되여셔 졍승 쇄졍(政丞少卿) 되여스니, 일노 두고 볼진디 잡기쥬식 됴와ᄒ기 장부의 할 비라. 늑도 일히 논일다가 늬죵의 일품(一品)되야 후셰의 견할리라."

안히의 말을 안니 듯고 슛틀니면 두달리기와 젼곡(錢穀) 눔용 일숨으니, 일런 변이 쏘 잇는가? 일리졀이 놀고 느니 집안 형용 볼 것 읍다.

"느 신엄(身業)의 젼졍(前定)이요, 병무져쇽(並舞低俗) 바이 읍다. 니 이졔야 회과자칙(悔過自責) 졀노 는다."

안히의계 사례ㅎ고 지셩으로 비는 말이,

"노야 말고 슬허 마쇼. 니 마암 즈칙ㅎ여 각금(覺今) 문즈로 말ㅎ되 시이직비(是而昨非)로다. 이왕사(已往事)는 고사ㅎ고 가는ㅎ여 못 살기네. 어이ㅎ여 사잔 말가? 오늘버텀 가즁빅사(家中百事)을 자네계 막기느니 마암디로 치산ㅎ여 의식 염녜 읍게 ㅎ쇼."

츈풍 안히 이른 말이,

"부모 됴업 슈만 금을 쳥누즁의 다 들려밀고 이 지경이 되엿는디, 일후의는 더욱 우심(憂心)ㅎ니 약간 돈양이 잇다 흔들 그 무어시 느물손가?"

츈풍이 디답ㅎ되,

"즈네 ㅎ는 말이 날을 별노 못 밋거든 일후 쥬식잡기 안니 ㅎ기로 졀단코 슈기(手記) 써셔 쥼셰."

지필(紙筆)을 니여 노코 슈기을 넌짓 쓰되,

'임즈 사월 십칠 일의 김씨젼(金氏前) 슈기라. 우슈기(右手記) 사쩐(事端)는 불쳥김씨지언(不聽金氏之言)ㅎ고 됴업 슈만 금을 기지진귀어쳥누지즁(其財盡歸於靑樓之中)ㅎ니, 각금시이직비(覺今是而昨非) 회셤졔이막급(悔噬臍而莫及)ㅎ여 즈츠일후(自此日後)로 가즁지사(家中之事)을 진부어 김씨 ㅎ거혼, 김씨 치산지후(治産之後)로 비록 쳔금지지(千金之財)가 잇슬지라도 이 다 김씨의 지물이라. 가부(家夫) 니츈풍은 일푼젼(一分錢)과 일두곡(一斗穀)을 불부차지지의(不復處理之意)로 여시(如是) 슈기ㅎ나니, 일후의 약유후쥬(若有豪酒) 방탕지폐(放蕩之弊)가 잇거든 지츠슈기(持此手記)ㅎ고 관변졍스(官卞政事)라. 즈필쥬의(自筆奏議) 가부(家夫) 니츈풍이라.'

칙명(策名)ᄒ되, 츈풍 안히 이른 말이,

"슈기가 말할손가? '지츳슈기ᄒ고 관변졍ᄉ라' ᄒ여슨들 가쟝(家長)을 걸러 고관(告官)할가?"

츈풍이 이 말을 듯고 후록(後錄)을 다시 ᄒ되,

'ᄎ역즁(此如中) 김씨 불신지(不信之) 삼고로 일후 약유이단지폐(若有異端之弊) 잇거든 비부지ᄌ(非父之子)라.'

후록을 다시 ᄒ여쥰이, 츈풍 안히 그동 보쇼. 우스면셔 슈기 바다 함농 쇽의 넌짓 넛코 이날부텀 치산할 졔, 침ᄌ 길삼 다 ᄒ기다. 오 푼 밧고 시버션 짓기, 흔 돈 밧고 쓰기 버션, 두 돈 밧고 흔삼(汗衫) ᄒ기, 스돈 밧고 흔옷 깃기, 네 돈 밧고 창옷지여, 닷 돈 밧고 도포 ᄒ기, 엿 돈 밧고 쳘늄 ᄒ기, 일곱 돈 밧고 금침(衾枕) ᄒ기, 흔 양 밧고 볼긔 누비기, 양반(兩半) 밧고 쳘늄 ᄒ기, 두 양 밧고 졉옷 누비기, 승 양 밧고 관디(冠帶) ᄒ기, 봄이면 삼뵈 느코, 하졀(夏節)이면 모시 누비, 츄졀(秋節)이면 염식(染色)ᄒ기, 동졀(冬節)이면 무명 느코, 일렁졀령 사시졀 밤낫 읍시 힘쎠 ᄒ니, 사오 연(年) 니의 의식이 풍죡ᄒ고 가셰가 눈여(裕餘)ᄒ여 츈풍이 안히 덕으로 관망의복(冠網衣服) 칠례ᄒ고 고양진미(膏粱珍味)의 츙복(充腹)ᄒ고 집안 술로 미일 쟝취ᄒ여 가리츔 곤도 빗고 곤ᄌ손히의 기름지니 마암이 교만ᄒ여 이젼 힝실 졀노 는다.

의관을 들쳐 입고 니다르셔 호조(戶曹) 돈 이쳔 양을 시변(市邊)으로 으더 니여 방물쟝ᄉ 칭틱(稱託)ᄒ고 평양 중ᄉ 가랴 ᄒ니, 츈풍 안히 그동 보쇼. 이 말 듯고 크계 놀니여 츈풍 압헤 꿀여 안져 의ᄉ로 일으넌 말이,

"여보시요, 이 니 말삼 들려보오. 이십 젼의 부모 죠업 슈만 금을 청누즁의 다 읍시고, 그 사이 오뉵 연을 결단ᄒ고 안져다가 물졍(物情)도 소연(疎然)ᄒ니, 평양 물졍 니 들으니 번화ᄒ고 사치ᄒ여 분벽사창(粉壁紗窓) 쳥누미식 단슌호치(丹脣皓齒) 반기(半開)ᄒ고 쳥가일곡(淸歌一曲)

죠혼 슐노 교티ㅎ여 마ㅈ 드려 돈 만코 혈앙(虛浪)한 ㅈ는 셰워 두고 베긴단네. 평양 물졍 일려ㅎ니 부디 장사 가지 마오."

지셩으로 말녀 비니, 츈풍이 이른 말이,

"나도 쏘한 사람이미, 이십 젼에 숀지(損財)흔 일 통입골슈(痛入骨髓)이달거든 이다지 슬허 할가? 쳔금산진환부릭(千金散盡還復來)라 고셔(古書)의 일너스니, 닌들 미양 픠할숀가? 속속히 가셔 단여옴세. 다른 염예 부디 부디 마쇼."

츈풍 안히 이른 말이,

"여보시요, 드르시요. 이젼 치픠하올 젹의 한 푼 돈, 한 양 죠을 물부칙슈(勿復着手) 할 뜻ㅈ로 '비부지ㅈ'라 슈기 쎠셔 이닉 함농 속의 두허더니, 그 사이의 이졋든가? 의식을 닉게 밋고 부디 부디 가지 마오."

츈풍이 '비부지ㅈ'라 ㅎ는 말이 무안ㅎ여, 착한 안히 머리티을 이러져리 갈나 잡고 두다리며 하는 말이,

"쳘이원졍(千里遠征) 큰 장ㅅ로 경영ㅎ고 가는 길을 요망흔 연 잔말을 이리 할가?"

이리 치고 져리 치니, 일언 잠놈 쏘 잇는가. 안히을 욱질르고 집안 지물 오빅 양을 가쳡으로 너여 쓰고 길을 밧비 쩌느랴니, 불샹ㅎ다 츈풍 안히 아모량들 말일숀가.

잇쩌의 츈풍이 돈 이쳔 양을 삭말 너여 노코 즉일노 발힝ㅎ여 반부담(半負擔) 죠흔 말게 호피(虎皮) 도듬 놉피 타고 쥬말가편(走馬加鞭) 밧비 모라 의긔양양 ㄴ려간다. 연쥬문 닉달녀셔 무악지을 잠간 넘어 평양을 ㄴ려갈 졔 쳥셕골 지닉가며 좌우 산쳔 도라보니 이쩌는 어느 쩌야? 쩌 맛참 삼츈(三春)이라. 골골마다 포포셩(瀑布聲)은 좌우의 쩔어지고, 양뉴(楊柳)는 쳥산을 둘리온디 황조빅조(黃鳥白鳥) ㄴ라든다. 온갓 초목 무셩흔디 쳔황씨(天皇氏) 목덕(木德) 죠의 일월 동방 부상(扶桑)ㄴ무, 원둑 장ㅅ 졔빅일의 귀귀가지 양목(陽木)이며, 황셩(荒城)의 허죠벽간월

(虛照壁山月) 과창오운즁(過蒼梧雲中) 고목느무, 쥬루늑일(周遊落日) 권렴간(眷念間)의 임 그려다 상사느무, 일지느어 창오ᄒ니 쵸당츈슈 회양느무, 옥포 풍낭 츄복츈의 월즁단계(月中丹桂) 계슈느무, 자단빅단(紫檀白檀) 감ᄌ뉴ᄌ(柑子柚子) 펑프진 쟝숑이며, 층층폭등 머루 다리 넌츌이며, 휘여진 쟝숑이며, 늘러진 양뉴목(楊柳木)은 광풍의 흥을 계워 위정위정 춤을 취고, 농츈(弄春)ᄒ는 비둘기는 펄펄 느라 츈졍(春情)의 우름을고 은갓 츈흥느안ᄒᆞᆫ더, 양뉴 쌍잉(雙鸎)은 가지가지 봄소리요 느는 느비 우는 식은 츈광(春光)을 자량ᄒ다.

일언 경긔 다 본 후의 님 건너 근너가셔 쥬마가편 달여가며 동셜영(洞仙嶺) 밧비 넘어 황쥬 병영(黃州兵營) 귀경ᄒ고 평양을 발이보며 영계골 얼는 지니 장님(長林) 슈풀 드러 달여 디동강변(大洞江邊) 다다르니 모란봉 썰어져셔 부벽누(浮碧樓) 되야 잇고, 디동문(大洞門) 연광정(練光亭)은 졔일 강산이 여기로다. 기ᄌ(箕子) 단군(檀君) 이쳔연(二千年) 보통문(普通門)의 우젹(遺跡)일이라. 션부(城府)도 조컨이와 영별사 졍묘(精妙)ᄒ다. 시구문 박 독디션은 하사월(夏四月) 초팔일(初八日)의 일광이 황홀ᄒ다. 디동강 얼는 근너 디동문 들러가니, 번화ᄒ 인물이며 물졍이 화려ᄒ니 소강남(小江南)이 여기로다.

츈풍의 그동 보소. 포졍누 니달느셔 좌우 산쳔 귀경ᄒ고 동노 압 썩느셔셔 긱스 동편 쥬인ᄒ고, 열두 바리 시른 돈을 ᄎ례로 나려 노코 삼스 일 뉴슉(留宿)ᄒ며 물졍을 구경터니, 일일은 창 ᄂ간을 빗게 셔셔 그 압집을 얼는 본이 집치례도 죠큰이와 집 쥬인는 뉘고? 평양 일식 츄월(秋月)이라. 얼골도 졀묘ᄒ고 시연(時年)이 이팔(二八)이라. 셩즁 호걸긱과 팔도의 노난 활양 ᄒᆫ 번 보면 쳔 양(千兩)은 지단양 돈을 담비 쥬듯 ᄒᆞ는구나.

잇써 셔울 ᄉ는 부셩디고(富商大賈)의 츈풍이 슈쳔 양 돈을 싯고 뒤집의 외단 말을 츄월이 먼져 듯고, 춘풍을 호리랴고 ᄉ창(紗窓)을 반긔

호고 퓌연(飄然)호 티도로 녹의홍상(綠衣紅裳) 다시 입고 외연히 안즌
그동 츈풍이 얼는 보니, 그 얼골 티도는 쳥쳔빅일(靑天白月) 발근 밤의
아츰 이슬의 모란화(牡丹花)요. 졀묘호 져 뮙시는 물찬 지비 모양이요,
녹의홍상 입은 그동은 침병(枕屛) 속의 그림이요. 아릿다온 져 얼골은
월궁(月宮)의 계화(桂花) 갓고, 졍신의 니화 도화 말근 빗치 반월(半月)
발근 달이 흔강슈의 쩌오는 듯. 쳥누상의 홀노 안져 칠현금 줄을 골느
잡고 탕문군(卓文君) 호려니든 사마상여(司馬相如) 봉황곡(鳳凰曲)을
둥지덩 둥지덩 뮙시 잇계 노는 그동 츈풍이 잠간 보고 심신히 황홀호여
호탕혼 밋츤 마암 좌불안셕(坐不安席)호는구느. 마암이 간졀호여 허된
마암 졀노 느다. 근본히 쳥누라 호면 화약고(火藥庫)의 염초(焰硝) 갓고
괴발의 덕셕이라. 아모리 참즈 흔들 잠시을 참을손야? 잡(雜)마암이 쇼
스는다. 지남셕(指南石)의 바늘 촛듯 졍신히 살는호다.

츈풍의 그동 보쇼. 의복을 곤져 입고 츄월의 집 차자갈 졔, 금사정의
(錦紗甋衣) 혼반(婚班) 찻듯, 츈당디(春塘臺)의 글잔 찻듯, 황잉쌍쌍(黃
鶯雙雙) 양뉴(楊柳) 찻듯, 봉봉졉(蜂蜂蝶) 분분(紛紛) 화간(花間) 찻듯,
기러기 동졍호 찻듯, 이리져리 츠자 간다.

즁문 안의 드러가니, 잇쩌 츄월의 그동 보쇼. 츈풍의 오는 양을 문틈
으로 얼는 보고 옥안(玉顔)을 번듯 드러 뜰 아리 느려 셔셔, 슴슴옥슈(纖
纖玉手) 얼는 드려 느삼(羅衫)을 비여 잡고 느간의 올느갈 졔, 좌우을 살
펴보니 집칠례가 휘황호다. 삼간 디쳥 젼후퇴며 이층 느간 제법일다. 방
안의 드러가셔 좌우을 도라보니, 산슈병(山水屛) 운무병(雲霧屛)의 묵화
(墨畵) 포도죽엽(葡萄竹葉) 쳐사 셔창(紗窓) 우의 붓쳐 두고, 부벽셔(付
壁書)을 도라보니 동즁셔(董仲舒)의 칙문(策文)이며 졔갈량의 출사표(出
師表)며 도연명의 귀거러사(歸去來辭)와 젹벽부(赤壁賦) 양양가(襄陽歌)
을 귀귀(句句)마다 붓쳐 노코, 놋촛디 동경(銅鏡)이며 요강 타구 지터리
며 각계슐디 들미장의 왜경디경(矮鏡大鏡) 피빅경(幣帛鏡)과 혈침안침

비취금(翡翠衾)은 전후좌우 거러 두고, 즈기함농 반다지을 여긔져긔 밉
시 잇게 노와쑤느.

츄월의 그동 보소. 츄파을 반만 드려 연접(迎接)ᄒ여 안즌 모양 옥티
화용(玉態花容) 고흔 어골 티도가 은은ᄒ다. 팔즈청산(八字靑山)의 감탕
(甘湯) 갓튼 고흔 머리 봉빈(鬌鬢)니로 낭즈ᄒ고, 양직단 갓져고리 인물
샹귀 비기며 오동쳘병(烏銅鐵柄) 디모(玳瑁)장도(粧刀) 슈실 미여 밍즈
고름의는 짓치고, 죠룡귀에 고리 월귀탄이며 슌금지환(純金指環) 옥지
화(玉指環)는 밉시가 졀묘ᄒ고, 팔양쥬 고장바지 늠봉황느 잔살치마 잔
줄 잡아 지어 입고, 슈화쥬(水禾紬) 겹버션의 도리불슈 꼿당여을 날츌
(出)즈로 씩여스며, 잉빅청산 번듯 드러 단슌호치 웃는 모양 츈풍도리화
기야(春風桃李花開野)의 봉접(蜂蝶)보고 반긔느 듯. 슴슴옥슈 얼는 드려
오동슈복 빅통디의 삼등별초(三登別草) 얼는 담아 청동화로(靑銅火爐)
불 다려셔 쓸러 안져 올일 졔의 향췌(香臭)가 진동ᄒ다. 츈풍이 바다 물
고 츄월더러 아르는 말이,

"느도 경셩의셔 싱쟝ᄒ여 웃지 쳥누의 버지 웁다 할가? 평양의 느려와셔
긱슈젹막(客愁寂寞)ᄒ기로 가련금야슉창가(可憐今夜宿娼家)ᄒ니 챵가소
부(娼家小婦)는 불슈빈(不羞賓)ᄒ쇼. 동원도리편시츈(東園桃李片是春)의
군불견고디쳐(君不見苦待處)ᄒ다. 빅양, 동작. 싱황진(笙篁盡)이라."
ᄒ니, 츄월이 곤쳐 안져 반만 웃고 엿즈오디,

"믈고믄 경셩 길의 무스 티평 오신잇가? 스쳐ᄒ여 사오일 유슉(留宿)
ᄒ되 어이 그리 더듸온가?"

일현 말삼 졀현 말삼 다 후리쳐 바리고 츄월이 이러셔셔 쥬찬(酒饌)
을 올일 젹의, 국화 식인 도리반의 디모(玳瑁) 양각(羊角) 큰 졉시며 문
어 젼복 봉그리고, 슝어씸 갈비씸 져비할미 겹산젹의 치슈등물 겻드리
고, 초간장 김치국을 별노히 블려 노코, 은향(銀杏) 미초 조흔 빅며 오동
병(梧桐甁) 디모병(玳瑁甁)의 감홍노 화초쥬(花草酒)을 노자작(鸕鷀勺)

잉무비(鸚鵡杯)로 가득 부어 주니, 춘풍이 이른 마리,

"평양을 소강남(小江南)으로 드르스니 권쥬가(勸酒歌)ᄂ 드러보세."

츄월이 반만 웃고 청가일곡으로 쇄옥셩 놉피 너여,

"ᄌ부시요 ᄌ부시요, 니 슐 ᄒᆞᆫ 잔 ᄌ부시요. 빅연(百年)을 가시일인수(可是一人壽)라도 뉴낙즁분미빅연(憂樂中分未百年)이라, 일쳘연(一千年) 못 살 인셩 아니 놀고 무엇하랴? 이 슐이 슐이 아니라 한무졔(漢武帝) 승노반(承露盤)의 이슬 바든 것이오니, 역여건곤(逆旅乾坤) 부유(浮遊) ᄀᆞᆺ치 죽어지면 일장춘몽(一場春夢) 그 안인가? 자부시요 자부시요, 권권(勸勸)할 졔 자부시요. 불노초(不老草)로 빗진 슐이오니 씨ᄂ 다ᄂ ᄌ부시요."

ᄒᆞ되, 춘풍이 바다 먹고 흥을 너여 노는구ᄂ. 장안 춘풍이 평양 디동강 상 놀고 ᄂ니 쌍쌍이 ᄂ려온다.

"츄월이 발거ᄂᆞᆫ디 춘풍츄월(春風秋月) 연분 미ᄌ 노라 볼가, 춘풍 츄월 두고 월ᄌ운(月字韻)을 다라 볼가? 아미산반륜월(峨眉山半輪月)과 장안일편월(長安一片月) 계명산츄야월(鷄鳴山秋夜月) 병호심사슈류월, 도리영누망츄월, 북당야야인여월(北堂夜夜人與月), 한산농명월(黃山弄明月), 이월 삼월분의 온잔은 쳡쳡ᄒᆞᆫ디 금풍(金風)은 다졍ᄒᆞ다. 노빅상화 졈문 밤의 초경(初更) 이경(二更) 삼경(三更) 월의 ᄂᆞᆫ 춘풍이요 너ᄂ 츄월인니 일월 ᄀᆞᆺ치 비필되야 장춘풍 장츄월의 천지가 희멸(僖滅)토록 풍월이야 변할소야. 조흘시고 조흘시고."

츄월이 화답ᄒᆞ되,

"셔방님은 월ᄌ운(月字韻)을 다라스니 쇼쳡은 풍ᄌ운(風字韻)을 달이로다. 슈슈 셔북풍 젹벽의 동남풍 낙양셩(洛陽城)이 견츄풍(見秋風) 만국병젼(萬國兵前) 초목풍(草木風) 백학계층일라풍 양류사슈만강풍 취젹강산(吹笛江山) 낙월풍 이삼월 조흔 순풍 동지 슷달 셜안풍(雪寒風), 졔풍화풍 다 바리고 분벽사창(粉壁紗窓) 됴흔 발의 금셩일건풍ᄒᆞ되, ᄂᆞᆫ 춘

풍 너는 츄월 되엿스니 춘추(春秋)가 비필되여 디동강이 말으도록 사시풍
(四時風)이야 변할손야. 조흘시고 조흘시고. 청풍명월야삼경(淸風明月夜
三更) 양인이 마조 누어 원앙금침의 사랑으로 이졔 웃지 만는는고?"

춘풍이 크게 디혹ᄒ여서 츄월로 작첩ᄒ고 호취기럼쳡상연이라. 허랑ᄒ
춘풍이 장ᄉ엣 마암 견혀 읍고, 이날부텀 가져간 돈 이쳔 오빅 양을 마암
디로 쓰는구ᄂ. 조흘시고 말근 슐노 미일 장취, 발근 노리로 일ᄉ무며 쥬
야로 노일 적의 이씨 츄월이는 슈천 양 돈 홀이야고 교티ᄒ여 이른 마리,

"돈사단 가져쥬와 장문쥬을 날 ᄉ쥬계. 남봉황ᄂ 팔양쥬 단문쥬을 날
사쥬계. 은쥭졀(銀竹節) 금봉치(金鳳釵)을 날 ᄉ쥬계. 가진 반상기(飯床
器)을 날 ᄉ쥬계. 문어 포슉 희삼을 안쥬ᄒ계 날 ᄉ쥬계. 밧살히 부족하
니 연안 비쳔 상상미(上上米)로 이십 셕만 날 ᄉ쥬계. 동니 울산 디장각
(大長欌)을 열 단만 날 ᄉ쥬계."

갓갓치로 홀여닐 졔, 허랑ᄒ 춘풍이는 조곰치도 사양안코 오십 양 돈,
빅 양 돈을 비일비지(非一非再) 너여 쥬니, 흔갓 유흔(有限) 니 지물이라
을믹ᄂ ᄂ물손가. 일연(一年)이 못 하여서 이쳔 오빅 양이 한 푼 읍시 다
써구ᄂ. 어니 읍슨 춘풍이는 의식을 염예 읍시 츄월이안테 밋친 다시 비
부루계 잡바져서 츄월의 간ᄉᄒ 슈을 추호도 몰ᄂ구ᄂ. 괘심ᄒ 츄월이요,
춘풍의 지물 다 호려니고 괄셰ᄒ여 니치랼 졔, 셔방님이라 말도 아니 ᄒ고,

"여보시요, 니 양반아. 셩중 활양 셩외 활양계을 보고 도라가니 어디
로 가라시요? 가는 노비 부족하면 돈이ᄂ 한 돈 봇티리다."
ᄒ며, 돈 한 돈 너여 쥬고 가기을 지쵹ᄒ니 춘풍의 그동 보소. 분ᄒ고 분
한 마암 층양(測量) 읍셔 츄월드려 이른 마리,

"당초의 널과 날랑 원앙금침의 두리 누어 원불싱니(願不生離)ᄒ자 ᄒ
고 티산 갓치 미질 적의 디동강 깁푼 물이 마르도록 써ᄂ지 마쟛더니 사
랑의 홍을 계워 그려ᄒ냐? 농담으로 그려ᄒ냐? 참말인야? 가란 마리 어
이 말인냐?"

츄월이 이 말 듯고 질식ᄒᆞ여 이른 마리, 씅을 니여 구박ᄒᆞ되,

"여보쇼 이 사람아, 즈네 그 말 다시 마쇼. 싱긴 거시 멍쳥이라, 창염을 즁 모르는가?"

ᄒᆞ고, 등을 밀쳐 마롱 아리 니치니, 츈풍이 분한 즁의 탄식ᄒᆞ여 흔심 짓고 젼연(前緣)의 빗계 셔셔 이리져리 싱각ᄒᆞ니 한심ᄒᆞ고 졀통ᄒᆞ다. 경셩으로 가즈 ᄒᆞ니 무면도강(無面渡江) 못 가깃고 쳐즈도 못 보깃고 친구도 붓그럽다. 쏘한 호죠 돈을 니여다가 ᄒᆞᆫ 푼 읍시 도라가면 금부(禁府)의 가둔 후의 즁죄(重罪)로 두다리면 죽기가 분명ᄒᆞ니 이을 어이 하잔 말가? 셔울도 목 가깃다. 이고 이고 스름지고, 이얼 변이 쏘 잇는가? 디동강 깁푼 물의 아조 풍덩 ᄲᅡ져 죽자 ᄒᆞ니 ᄎᆞᆷ아 웃지 ᄲᅢ질손가? 은장도 드는 칼노 목을 길네 죽자 ᄒᆞ니 참아 그리도 못하깃다. 이고 답답 스름지고, 어이 하야 사존 말고? 평양셩즁 걸인되여 이집 져집 비려 먹즈 ᄒᆞ니 노쇼인민 아동덜은 셔로 보고 꾸지지며 이놈 져놈 웃고 보니 걸식도 못하리라. 어디로 가존 말고? 갈 곳이 젼혀 읍다. 싱각이 아득ᄒᆞ여 도로혀 이걸ᄒᆞ되 츄월더려 이르는 마리,

"츄월이, 니 말 듯쇼. 어이 그리 박졀흔가? 즈네 집 도로 잇셔 사환(使喚) 불사환을 환을 다른 사람 하는 디로 ᄂᆞ도 함계 ᄒᆞ여 쥬고, 즈네 집의 도로 잇셔면 그 무어시 관계할가? 깁피 깁피 싱각ᄒᆞ소."

가련히 이걸ᄒᆞ니, 츄월의 그동 보소. 눈을 홀계보고 하는 마리,

"여보소 이 사람, 즈네 언힝 못 곤칠가? '츄월아 츄월아' ᄒᆞ고 '합소 맙소' ᄒᆞ여 니 일홈 쏘 불을가? 니 집의 다시 잇셔 사환을 ᄒᆞ즈 ᄒᆞ면 체면 간의 못 하리라."

ᄒᆞ고 이쳐름 쓰증너니, 츈풍이 허일읍셔 보리 졀통한들 어이 할고? '이기씨' 마리 졀노 나고 '하시요' 마리 졀노 ᄂᆞᆫ다. 츈풍이 이날부텀 츄월의 집 다시 잇셔 온갓 사환 다할 젹의 싱불여사(生不如死) 가련ᄒᆞ다.

이렁셩 져렁셩 지나자니 드렵고 드려온 오셰 현순빅결(懸鶉百結) 드

려오니 상걸인 모양이요. 먹는 거슨 씨야즌 흔 사발의 누룽밥의 국을 부어 슉가락 읍시 쓸 아리셔 되는 디로 먹즈 ᄒ니 목이 미여 못 먹깃다. 눈물이 씨씨로 소사ᄂᆞ니 천지가 아득ᄒᆞ여 흔갓 싱각ᄒᆞ되, 쥬야 셩즁 할 양더리 작당ᄒᆞ여 츄월의 집 차즈와셔 츄월과 몸을 협슬여셔 온갓 히롱 다할 적의, 조흔 슐 말근 노리 비반(杯盤)히 낭즈ᄒᆞ다. 잇써 츈풍의 그동 보소. 쓸 아리 웃둑 셔셔 방안을 들려다 보니 눈는 디풍연(大豊年)을 당 하엿고 입은 극흉연(極凶年)을 당ᄒᆞ엿는지라. 졔 신셰을 싱각ᄒᆞ고 스른 말노 소리ᄒᆞ되,

"이고 이고 스른지고, 이을 장차 어이 할가? 세상사가 가소롭다. ᄂᆞ도 경셩의 싱장ᄒᆞ여 이십 젼 오입으로 왈즈 벗님네와 청누미식 가득튼니, 호조 돈 이쳔 양과 집안 돈 오빅 양을 가첩으로 너여 씨고 평양의 나려 와셔 쥬인과 작첩ᄒᆞ여 원불싱이(願不生離)ᄒᆞ짓더니, 이 지경이 되여스니 세상사가 가소롭다. 잇써가 어느 써야? 동시월(冬十月) 망간(望間)이라. 빅셜(白雪)은 흔날이고 희 다 지고 져믄 날의 찬바람 발근 달의 청천(青天)의 쓰오는 져 기려기야, 이니 진졍(眞情) 가져다가 명쳔(明天)의게 젼ᄒᆞ여라."

ᄒᆞ고, 부억계 홀노 누어 목소리을 길계 씨혀 이달히 탄식ᄒᆞ되,

"녹양(綠楊)이 천만산(千萬山)인들 가는 봄을 어이 ᄒᆞ며, 탐화봉졉(探花蜂蝶)인들 지는 곳츨 어이 할고? 아무리 근원 즁타ᄒᆞ고 녀필죵부(女必從夫)라 ᄒᆞ여슨들 가는 사람을 어이 할고? 고향사(故鄉事)을 싱각ᄒᆞ니 어엽뿐 안히 즈식드른 날을 그려 죽어는가, 기다리고 스라는가? 이리 져리 싱각ᄒᆞ니 가슴이 문어지나는 듯하고 일촌간장(一寸肝腸)이 속졀 읍시 다 썩는다. 아셔라, 다 쓸쳐든지고 젼의 하든 가사ᄂᆞ ᄒᆞ여 보자. 미화타령(梅花打令) 하리로다."

잇써 츄월의 방의 노든 활양드리 노리 소리을 듯고 셔로 보며 의심ᄒᆞ니, 츄월이 무식ᄒᆞ여 하는 마리,

"니 집 사환 단이는 셔울놈 이츈풍이오니 신청(信聽)ᄒ고 드런 체도 마릅소셔."

활양드리 이 말을 듯고 셔울 산단 말을 불상히 여겨 슐 한 존 부어 쥬니, 츈풍이 바다 먹고 감지덕지(感之德之) 치ᄉ(致謝)ᄒ니 츈풍의 신셰가 가장 가련ᄒ다.

잇ᄯ 츈풍 안히 가군(家君)을 니별ᄒ고 빅 가지로 싱각ᄒ며 밤낫즈로 하ᄂ 마리, '장스의 사만(事望) 만하 평안히 도라옴을 천만축슈(千萬祝壽)' 바리면서 쥬야로 기다리되 츈풍이ᄂ 안니 오고 풍편의 오ᄂ 마리, 셔울 사람 니츈풍이ᄂ 평양 장스 가서 츄월이 구박ᄒ여 가도 오도 못 ᄒ여셔 상거린 홀노 되여 츄월의 집 다시 잇셔 불사환 흔단 말을 전전히 으더 듯고 가슴을 두다리며 디셩통곡 하ᄂ 마리,

"인고, 이거시 웬 말인고? 슬푸다, 이니 가장(家長) 남과 갓치 낫건만ᄂ 어이 그리 헐량ᄒ고? 청누화방(青樓花房) 잠연의계 흔 번 퓌가도 어렵거든 타도타관(他道他官) 먼먼 길의 막중공전(莫重公錢) 너여 씨고 외로히 ᄂ려가셔 허량히 치퓌ᄒ단 말가? 인고 인고, 스름지고. 뉘을 밋고 사잔 말고? 젼싱(前生)의 무삼 죄로 인싱의 이갓치 되여 가쟝 흔ᄂ 못 만ᄂ셔 평싱의 이 고싱ᄒ여 인니 팔자 일러한가? 인고 인고, 스름지고. 어이 ᄒ야 사잔 말가? 각기 천명(天命) 민인 팔ᄌ 도망ᄒ기 어려워라. 니 몸 한ᄂ 셰상의 살어 무엇 할고? 종남산(終南山)의 ᄂ아가셔 물명쥬 긴 슈건을 흔 끗흔 남계 미고 또 흔 끗흔 목의 미고 디룽디룽 죽고지고. 남산의 빅약호(白額虎)야 ᄂ려와셔 요니 일신 물어가계. 남산 밋히 구슈션앙 나려와셔 요니 일신 잡어가계. 인고 답답 스름지고."

이을 갈고 흐ᄂ 마리,

"평양을 ᄂ려가면 츄월의 집 ᄎᄌ 가셔 니 솜씨의 다려드려 츄월의 머리틱을 두 손의 갈ᄂ 잡고 가락가락 쓰드리라. 셰간좃ᄎ 부슈리라. 연후의 다려드려 츈풍의 허리 끗히 목을 미고 죽으리라."

악독흔 마암으로 이리 흔참 울다가 도로혀 풀쳐 싱각ᄒ되,

'우리 가장 경셩으로 다려다가 호조 돈 이쳔 양을 한 푼 읍시 다 가푼 후의 의식 염녜 아니 ᄒ고 부부 두리 화락(和樂)ᄒ여 ᄇᆡᆨ연동낙(百年同樂)ᄒ여 볼가.'

평싱의 흔(恨)일든니 맛촘 굿ᄰᅥ 김승지(金承旨) ᄰᅥᆨ이 잇스되 승지는 임의 죽고, 맛ᄌᆞ졔가 문쟝으로 소연의 급졔ᄒ여 한님옥당(翰林玉堂) 다 지니고 도승지(都承旨)을 지닌고로, 거연(去年)의 평양감ᄉᆞ(平壤監司) 부망(副望)으로 잇다가 면연(明年)의 평양감ᄉᆞ 할랴 ᄒ고 모계(謀計)흔 단 말을 사환편의 드르니, 승지 ᄰᅥᆨ이 가ᄂᆞᆫᄒ여 아츰 져역으로 국녹(國祿)을 타셔 슈다 식구 사ᄂᆞᆫ 즁의 그 ᄃᆞᆨ의 노부인이 잇단 말을 듯고, 침ᄌᆞ품을 ᄋᆞᄃᆞ랴고 그 ᄃᆞᆨ 드라가니, 후원 별당 깁흔 곳의 도승지의 모부인(母夫人)이 누원ᄂᆞᆫ디, ᄉᆡᆼ셰가 가ᄂᆞᆫ키로 식사도 부족ᄒ고 의복도 쵸ᄎᆔ(憔悴)ᄒ다. 츈풍 안ᄒᆡ 싱각ᄒ되,

'ᄃᆞᆨ의 부치여셔 우리 가장 살여 ᄂᆡ고 츄월의 셜치(雪恥)도 할가.'

ᄒ고, 침ᄌᆞ 길숨 힘ᄰᅥ ᄂᆞᆫ 돈 양 다 드려셔 승지 ᄃᆞᆨ 노부인계 조셕(朝夕)으로 진지ᄒ니, 노부인계 만ᄂᆞᆫ 츠담상(茶啖床)을 의외의 간간히 차려 드리거ᄂᆞᆯ 부인이 감지덕지 치스ᄒ며 ᄒᄂᆞᆫ 마리,

"이 은혜을 웃지 할고?"

쥬야로 뉴렴(留念)ᄐᆞ니, 흔일(一日)은 츈풍의 쳐더려 이르ᄂᆞᆫ 마리,

"니 드르니 네가 가셔(家勢)도 치픠ᄒ고 침ᄌᆞ품으로 산다 ᄒ온디 날마다 츠담상을 츠려 ᄰᅥᆨᄰᅥᆨ로 드려오니 먹기는 조컨이와 도로혀 불안ᄒ다."

츈풍 안ᄒᆡ 엿ᄌᆞ오디,

"소여가 혼ᄌᆞ 먹기 어렵기로 마노라님 젼의 드려쌉ᄂᆞ니 치스을 밧스오니 도로혀 감ᄉᆞ무지(感謝無地)ᄒ여이다."

ᄃᆡ부인이 이 말ᄉᆞᆷ 듯고 츈풍의 쳐을 기특이 여겨 못ᄂᆡ 싱각ᄒ드라.

흔일은 도승지가 ᄃᆡ부인 젼의 문안ᄒ고 엿ᄌᆞ오디,

"요사이는 어마님 긔후(氣候)가 조흐신지 화기(和氣)가 만안(滿顏)흐오다."

디부인 흐는 말슴이,

"기특흔 일 보아쏘다. 압집 츈풍의 지어미가 조흔 츳담상을 미일노 츳려오니 닉 긔운히 졀노 느고 졍신니 감격흐다."

승지가 이 말을 듯고 츈풍의 쳐을 귀히 보아 미일 사랑흐시더니, 쳔만 의외의 김승지가 평양감스 흐엿구느. 츈풍 안히 부인 젼의 문안흐고 엿즈오디,

"승지 디감 평양감사 흐엿사오니 이런 경스(慶事) 어디 잇스오리가?"

부인이 일는 마리,

"느도 평양으로 느려갈 졔, 네도 함계 따라가셔 츈풍이느 차져 보라."

흐니, 츈풍 안히 엿즈오디,

"소녀는 고사흐옵고 오리비 잇스오니 비쟝(裨將)으로 부리실가, 츠분(處分)을 부리는이다."

디부인이 이른 마리,

"네 쳥이야 아니 듯깃는가? 그리하라."

허락흐고, 감스계 그 말을 흐니 감스도 허락흐고,

"호계 비쟝 하라."

흐니, 조흘시고 조흘시고. 츈풍의 안히 읍든 오리비 보닐손가? 졔가 손슈 가랴 흐고 여즈의 의복 버셔 노코 남복(男服)을 치례흐되, 외올당쓴(網巾) 관즈(貫子) 다라 밉시 잇게 질근 씨고 쳔은 갓튼 증쥬 타관, 삼빅 디 진사닙의 만호 갓튼 산호격즈(珊瑚格子) 두 귀 밋히 겹쳐 달고, 방즈 바지 통힝젼의 삼승버션 만석 당혜(唐鞋) 쥐눈히 졔즈증을 밉시 잇게 박어 신고, 진쥬황느 싱명쥬 창의(氅衣) 예당 셰포(細布) 뒤틔기을 몸의 맛게 지어 입고, 이양피 갓두루막기 즈지광디(紫芝廣帒) 쟝픽(將牌) 죠흔 씌로 슘복통을 눌너 미고, 만션도리 셔피(黍皮) 휘양(揮項) 두 귀을 눌너

씨고 오동절병 디모장도(玳瑁粧刀)을 밍즈 고름의 눌너 츠고, 쇼상반죽(瀟湘斑竹) 쇄금션(碎金扇)의 이궁전 션쵸(扇貂) 다라 한삼 속의 넌짓 쥐고 흐령거려 닙다 셔니, 표연흔 기남즈(奇男子)라.

승지 찍의 드러가셔 사환의계 략속ᄒ고 황혼을 기다려셔 츠담상을 별노히 츠려셔 부인 젼의 드린 후의 계ᄒ(階下)의셔 엿즈오디,

"츈풍의 쳐 문안ᄒ오."

부인이 의심ᄒ고 이르는 마리,

"츈풍의 지어미면 남복(男服)은 어인 일인고?"

비쟝이 엿즈오디

"쇼녀의 지아비가 마암이 허랑ᄒ와 쳥누미식 오입으로 흔두 번 치퍼할 쑨 안니옵고 호조 돈 이쳔 양을 시변으로 으더 니여 평양의 나려가셔 평양 기싱 츄월의계 다 읍시고 올나 오지 아니화여, 쇼여의 마암이 졀통ᄒ여 손여가 남복ᄒ고 ᄂ려가셔 츄월이도 다시리고 호조 돈도 슈쇄(收刷)ᄒ고 지이비도 다려다가 빅연동낙(百年同樂)할 듯지온니 마노라임 덕틱으로 의심 읍계 ᄒ압소셔."

디부인이 드르시고 박쟝디소(拍掌大笑) 하는구ᄂ.

"네 말이 그러ᄒ니 소원디로 하라."

할 졔, 시 삿도님이 디부인 젼의 문안츠로 닉당(內堂) 안의 드러가니, 웃더흔 일남즈(一男子)가 방안의셰 문박그로 얼는 ᄂ와 문안을 엿즈오니 삿도 디로(大怒)ᄒ여 호령ᄒ고 이르는 마리,

"네 놈이 웬 놈으로 디부인 닉당 안의 쳬면 읍시 츄립(出入)할가? 져 놈 밧비 졀박ᄒ여라."

디부인 웃스면셔 삿도드려 이르는 말리, 츈풍의 쳐의 젼후사(前後事)을 낫낫치 셜화(說話)ᄒ니, 삿도도 쏘흔 디소하고 당상(堂上)의 불너 드려 갓가히 안치고 기특ᄒ다 층찬ᄒ며 좌우을 도라보고 하인 불너 잔속(團束)ᄒ되,

"이런 말을 니지 말나."

남녀노복 당부ᄒ고,

"삼일 승연(盛宴)ᄒᆫ 연후의 현신(現身)하라."

분부ᄒ고, 승명(姓名)은 김양부라 부르시니, 츈풍 안ᄒ 복지(伏地)하고 빅비ᄉ례ᄒ온 후의 호계 비쟝 현신하라 다른 비쟝들은 손으로 갈아치며 슈근슈근 ᄒᄂᆫ구ᄂ.

"잘 낫다, 호계비쟝. 어디 사람인지 알지 못ᄒᄂ, 슈염이 아니 낫스니 그거시 무미(無味)ᄒ되 ᄉ람은 기남ᄌ라. 뉘가 아니 층찬하리?"

이날 청명 삼토 슷히 발ᄒᆼᄒ여 경셩을 쩌날 적의 기구도 찰ᄂᆫᄒ고 위염도 엄슉ᄒ다. 얼ᄂᆫ 것ᄂᆫ 빅마 등의 쌍교(雙轎) 독교(獨轎) 벌년이면 좌우 청총(靑驄) 썩 더들고 호기 잇계 나려갈 제, 전비(前陪), 슈비(隨陪), 칙방(冊房), 비쟝(裨將) 셥슈 잇계 치장ᄒ고 ᄎ례로 느려셔셔 은안빅마(銀鞍白馬) 등의 호피 도돔 노피 타고 소상반쥭 쇄금션으로 일광을 가리오고 평양으로 ᄂ려갈 제 웃지 아니 호(好) 길ᄂᆫ고?

니방(吏房), 호방(戶房), 형방(刑房), 슈비(隨陪), 토인(通引), 관노(官奴), 사령(使令), 구로(軍奴), ᄂ쟝(邏將)이 긔(旗)발 속의 느려셔셔 벽지(辟除)소리 권마셩(勸馬聲)의 호ᄉ 잇계 ᄂ려간다. 남디문 니다라서 연쥬문 얼ᄂᆫ지니 무악지을 너머 가셔 홍쥬원 바라보고 자근 녹봉 큰 녹봉 지니가며 살펴보니 보ᄂᆫ 비가 다 제일이라. 임슐(壬戌) 칠월기망야(七月旣望夜)의 쇼ᄌ쳠(蘇子瞻)의 션뉴(船遊)하든 범쥬유어젹벽(帆舟遊於赤壁)인가? 무ᄒᆫ경(無限景)이 여기로다. 슈파(水波)는 불흥(不興)이요 월광(月光)은 틱슈(泰秀)로다.

즁화읍니(中和邑內) 슉소ᄒ고 영계골 다다르니 영본관속(營本官屬) 뉵방관속(六房官屬)이 오리 전의 지디(支待)ᄒ여 신구관(新舊官) 교디 후의 도님ᄎ(到任次)로 드려간다. 작디(作隊) 초관(初官) 션진(先進)ᄒ고 전비비쟝 후비비쟝 초관집사 제쟝관이 항오발영(行伍發營) 증제(整齊)

ᄒ고 천파총(天把摠)이로 등으로 군문(軍門)의 느려셔셔 옹위(擁衛)ᄒ고 드려갈 졔, 디장쳥도 각 ᄒ쌍 져 ᄒ쌍 길ᄂ장 느려셔셔 동셔남북으로 황빅쳥홍긔(黃白靑紅旗)을 졔방우 막흠 얼는 가려 찰ᄂᄒ게 버려 셰우고 금산 형방 현알(見謁)할 졔, 뉵각(六角) 사면 그 소리는 산쳔이 뒤놉ᄂ듯 권마셩 벽지소리 뉵각셩이 ᄌ욱ᄒ여 취타셩(吹打聲) 진동ᄒ다.

어엽뿐 미식들은 물식으로 단장ᄒ고 젼후좌우 갈ᄂ셔셔 지아ᄌ 지아ᄌ 조흔 소리 반공(半空)의 놉피 뜬다.

젼비비쟝 그동 보소. 훨훨 근는 빅마 등의 등을 기우려 타고 안져, 홍쥬 영쥬 사마치을 휘휘츤츤 발길ᄉ 홍당의을 집어 미고 셥슈 잇게 드려간다. 쟝임(長林)을 드려 달ᄂ 디동강변 다다르니 녹슈쳥강(綠水淸江) 죽여슈는 젹벽강(赤壁江) 크 싸홈의 방통(龐統)의 연화경긔(連環驚計) 뉵지(陸地) 갓치 모혓든다. ᄂ는 다시 근너 셔셔 디동문 드러갈 졔 젼후좌우 구경군는 셩각쥐가 문허진다. 포졍뉴 압 얼는 지니 동노 거리 쎠ᄂ셔셔 긱사(客舍)의 현알ᄒ고 디동문 드러갈 졔 탓든 말을 지쵹ᄒ여 션화당(宣化堂)의 좌중(座中)ᄒ고 디포슈(大砲手) 불너드려 방포(放砲) 삼셩(三聲) 노은 후의 각방관속(各房官屬) 디솔군관(帶率軍官) ᄎ례로 현신할 졔, ᄎ담상 감(甘)ᄒ 후의 빅여 명 기상(妓生)드리 각기 모도 증구(衆口) ᄭᅳᆽ히 삿도 분부ᄒ되 칙방비쟝 각박비쟝 쳐소디로 방슈(防守)ᄒ고 호계비쟝 불너 드려 농담으로 됴롱ᄒ되,

"호계비쟝은 웃지 ᄒ여 호노 잇쎠쩌지 평양 갓치 물식 죠흔 곳의셔 독슉공방(獨宿空房)ᄒ다 ᄒ오니 그 말이 증말인가?"

호계비쟝 엿ᄌ오디,

"소인이 뇌졍(牢定)으로 사오연을 단방(單房)ᄒ옵든니 식(色)의는 뜻지 읍ᄂ이다."

호계비쟝 그 말이야 삿도밧긔 뉘가 알니? 삿도 분부ᄒ되,

"소연(少年)의 단방ᄒ면 심신히 상(傷)ᄒᄂ니 부디 부디 조심ᄒ라."

온갓 범졀ᄒᄂᆫ 범이 빅집ᄉ(百執事)의 가감(可堪)이라. 삿도 더욱 사랑ᄒᆞ여 일마다 밀우신니, 그런고로 슈삼삭의 누만 양 상덕ᄒᆞ니 뉘 안니 불어ᄒᆞ리요.

잇ᄶᅥ 호계비쟝 츈풍의 ᄒᆞᄂᆫ 일을 타인의계 탐문(探問)ᄒᆞ고, 일일은 비쟝이 츄월의 집 ᄎᆞᄌᆞ갈 졔 삿도계 귀숙(歸宿)ᄒᆞ고 완완히 ᄎᆞᄌᆞ갈 졔, 츈풍의 그동이야 기구ᄒᆞ고 볼 만ᄒᆞ다. 봉두ᄂᆫ발(蓬頭亂髮) 헙슉ᄒᆞᆫᄃᆡ 낫ᄎᆞᆺ ᄎᆞ 안니 쓰셔스니 드려온 ᄶᅵ 달여 잇셔, 십 연이ᄂᆞ 안 ᄲᆞᆫ 옷슬 둥룽둥룽 누덕여셔 그렁져렁 얼거 입고 취비(醜卑)함물 뉘가 안니 츰을 비틀이요. 츈풍이야 졔의 안히쥴을 쑴의ᄂᆞ 알야만ᄂᆞ 비쟝이야 모을손가? 분ᄒᆞᆫ 마암 감초오고 츄월의 방의 드러가니 간ᄉᆞᆫ 츄월이ᄂᆞ 호계비쟝 호리야고 마암 먹어 호계비쟝 엿보와셔 교ᄐᆡᄒᆞ여 슈작타가 각별히 ᄎᆞ담상을 ᄎᆞ려 만반진슈(滿盤珍羞) 드리거ᄂᆞᆯ, 비쟝이 약간 먹고 ᄉᆞ환ᄒᆞᄂᆞᆫ 걸인놈을 상치로 너여 쥬며 ᄒᆞᄂᆞᆫ 말리,

"불상ᄒᆞ다, 져 걸인놈아. 너가 본디 걸인야? 어이 글리 취비ᄒᆞ야?"

츈풍니 복지ᄒᆞ여 엿ᄌᆞ오디,

"소인도 경셩 ᄉᆞ람으로셔 그리 되여스니 ᄉᆞ졍이야 웃지 다 칭하리잇가만ᄂᆞ 나리님 잡슈시든 ᄎᆞ담상을 소인 갓튼 츤ᄒᆞᆫ 놈을 상치로 물여 쥬시니 틔산(泰山) 갓튼 놉흔 은덕(恩德) 감ᄉᆞ무지(感謝無地)ᄒᆞ여이다."

비쟝이 미소ᄒᆞ고 쳐소로 도라와셔 슈일 후의 분부ᄒᆞ여 츈풍이을 잡아드려 셩틀 우의 올여 미고,

"이놈, 네 드려라. 네가 츈풍이야? 너ᄂᆞ 웬 놈으로 막즁국젼(莫重國錢) 호됴 돈을 시변으로 너여 씨고 평양 장ᄉᆞ ᄂᆞ려와셔 사오 연히 지니가되 일 푼 상납(上納) 아니 ᄒᆞ기로 호조의셔 관ᄌᆞ(關子)하여 너을 잡아 쥬기라 ᄒᆞ여스니 너ᄂᆞ 죽기을 사양치 말ᄂᆞ."

ᄒᆞ고, 사령의계 호령ᄒᆞ여,

"각별 미우 치라."

ㅎ니, 사령이 미을 들고 십여 두(十餘度)을 중쟝(重杖)ㅎ니, 츈풍의 약쟉
달리의셔 낫낫치 갈닉셔셔 유혈이 낭쟈한지라. 비쟝이 닉려다 보고 쪼
치려 하다가 혼잣말로 '참아 못치기다' ㅎ고, 사령 불너,

"네 미 잡어라. 츈풍아 네 듯거라. 그 돈을 다 읏지 ㅎ엿는야? 튀쳔(鬪
牋)을 ㅎ엿는야? 쥬식(酒色)의 썻는야? 돈 쓴 곳을 바로 알오여라."

츈풍이 셩틀 우의셔 울면셔 엿즈오디,

"다 소인히 호조 돈을 닉여 씨고 평양의 나려와셔 닉집 쥬인 츄월이
와 일연(一年) 함계 놀고 ㄴ니 일푼 돈도 읍셔지고 이 지경이 되어스니,
나리님 분부디로 죽기거ㄴ 살이거ㄴ ㅎ옵소셔."

비쟝이 근본 츄월이라 ㅎ면 원슈 갓치 아는 중의 이 말 듯고 일얼 갈
고 호령ㅎ여 사령계 분부ㅎ되,

"네 가셔 그 연 잡아 오라. 밧비 밧비 잡아오되 만일 지체(遲滯)ㅎ다
가는 네가 중죄(重罪)를 당하리라."

ㅎ니, 스령니 덜미 집허 잡아 왓거눌,

"셩틀 우의 올여 미고 별티쟝(別笞杖) 골ㄴ 잡고 각별이 미우 치라.
사령, 네 스졍 두다가는 네 목슘 죽그리라."

한ㄴ 치고 고찰ㅎ고, 둘을 치고 고찰흔다. 미미마다 응표ㅎ여 십여 두을
중쟝ㅎ며,

"이 연, 밧비 다짐ㅎ여라."

호령이 셜리 갓치 흐는 말이,

"네 죄을 네가 아는야?"

츄월니 엿즈오디,

"츈풍이 가져온 돈, 소여가 아올잇가?"

비쟝이 이 말을 듯고 쏭을 닉여 분부ㅎ되,

"여담졀각(汝墻折角)이라 ㅎ는 말을 네 아는야? 불 갓튼 호조 돈을 영
문(營門)의 무러 쥬며 본관(本官)의셔 무러 쥬며 빅셩의계 슈렴(收斂)하

랴? 네 이 지경의 무슨 잔말 하랴?"

군노 등이 두 눈을 부릅쓰고 형장(刑杖)을 놉피 드려 빅일청천(白日靑天)의 별악 치듯, 만쳡청산(萬疊靑山) 울러하듯, 금장소리 호통ᄒᆞ며 ᄒᆞᄂᆞᆫ 말이,

"네가 일경 발명(發明)치 못할가? 너을 우션 죽기리라."

ᄒᆞ고, 쥬장(朱杖)으로 기르면셔 오십 두 즁장ᄒᆞ고,

"밧비 다짐 못할손야?"

셜리 갓치 호령ᄒᆞ니, 츄월이 기가 막혀 삼혼칠빅(三魂七魄) ᄂᆞ러ᄂᆞᆫ든 혼미즁(昏迷中) 겁ᄂᆡ여 죽기을 면할야 ᄒᆞ고 익걸ᄒᆞ여 엿ᄌᆞ오디,

"국법(國法)도 엄슉ᄒᆞ고 관령(官令)도 지엄ᄒᆞ고 날이임 분부도 엄ᄒᆞ오니, 츈풍의 가져오 돈을 영문(營門) 분부디로 소여가 밧치리다."

비장이 하ᄂᆞᆫ 말이,

"호조의셔 관즈 노와 너을 밧비 죽기라 ᄒᆞ여스되 네 죄를 네가 알고 돈을 모다 바치마 ᄒᆞ니 너을 살려 쥬건이와, 호조 돈 잇조(利條)는 즈문지예로 오쳔 양을 몰슈히 궤봉(饋奉)하라."

츄월이 엿ᄌᆞ오디,

"십일 말미을 쥬옵스면 오쳔 양을 밧치리다."

ᄒᆞ고 다짐을 써셔 올이거놀, 그졔야 비장이 츈풍이와 츄월이을 형틀 우의 ᄂᆞ려 노코 츈풍이을 다시 불너 가만이 약속ᄒᆞ되,

"열홀 안으로 몰슈이 바다 가지고 셔울노 올ᄂᆞ 오라. 니가 ᄯᅩ한 뉴고(有故)ᄒᆞ야 먼져 써ᄂᆞ 올ᄂᆞ가니 네가 셔울노 올ᄂᆞ 오거든 딕문ᄒᆞ(宅門下)의 문안하라."

츈풍이 감스하야 ᄂᆞ려셔셔 엿ᄌᆞ오디,

"나리임 덕틱으로 호됴 돈을 슈쇄ᄒᆞ오니."

비장이 샷도 젼의 엿ᄌᆞ오디 츈풍과 츄월을 쳐치(處置)ᄒᆞᆫ 말삼을 낫낫치 다 고ᄒᆞ고 죠용히 엿ᄌᆞ오디,

"너일 하직호고 경성으로 갈랴 호오니 삿도님 덕틱으로 츄월의게 분부호여 자문지예로 오천 양을 몰슈히 슈쇄호여 츈풍의게로 보닉기을 천만 발릭느이다."

삿도 허락호고, 이튿날 하직호고 상덕호 돈 슈만 양을 환전(換錢)으로 붓쳐 노코 인호여 발힝(發行)할싀, 평양을 하즉호고 경성으로 올느와셔 환전 돈을 즉시 찻고 츈풍이 오기을 기다리든니, 평양 삿도 본관의 분부호되 츄월을 잡아드려 돈 바치라 셩화호되, 십일(十日) 다 못호여 오천 양을 다 밧치니, 츈풍이가 돈을 씻고 경성으로 올느갈 졔, 잇찌 츈풍의 안히 문박계 썩 느셔셔 츈풍의 손을 비어잡고,

"어이 그리 더듸온가? 장스의 스망(事望) 만하 평안이 오신잇가?"

츈풍이 반기면셔,

"그 사이의 잘 잇슨넌가?"

호고, 열두 바리 실른 돈을 장사의 닝긴 드시 여기져겨 드려 노코 의긔양양 호는구느. 츈풍의 초담상을 별노히 츠려 드리거늘 츈풍이 온 교티 다할 젹의 기구호고 볼 만호다. 코살도 씽글리며 입맛도 다셔보고 졀가락도 글넠 박으며 호느 말이,

"싱치(生雉) 다리도 들 구어스며 즈반의도 기름이 즉고 황뉵(黃肉)좃차 마시 즉다. 평양으로 갈가부다. 호조 돈 곳 안닙너면 올나오지 아니 힛지. 너일은 호조 돈을 다 밧치고 평양으로 느려갈 졔 너도 함계 짤라가셔 평양감영 소가집의 그 음식 먹어 보소."

온갓 교만 다 할 젹의 츈풍 안히 츈풍을 속기랴 호고 황혼을 기다려셔 여즈 이복(衣服) 버셔 노코 비장 의복 다시 입고 흔들거려 드러오니, 츈풍이 의아호여 방안의셔 쥬져쥬져 호는지라. 비장이 호령호되,

"평양의 왓든 일을 싱각호라. 네 집의 왓다한들 그 다시 그만호야."

츈풍이 그계야 즈셔히 본즉 과연 평양의셔 돈 바다 쥬든 호계비쟝이라. 깜작 놀닉면셔 문박계 쒸여 느려 문안 엿즈오딕, 호계비쟝 호느 말이,

"평양의셔 맛든 미가 을믹ᄂ 아프던야?"

츈풍이 엿ᄌ오디,

"읏지 감히 아푸다 하올인잇가? 소인의계ᄂ 상(賞)이로소이다."

호계비쟝 하ᄂ 말이,

"평양의셔 쩌늘 적의 너더려 이르기을, 돈을 싯고 셔울노 올ᄂ오거든 딕의 문안ᄒ라 하엿더니, 풍문 소식 하기로 미일 기두르다가 앗계 마춤 남산 밋히 박승지 딕의 가 슐을 먹고 디취ᄒ여 종일 노다가 홀연히 네가 왓단 말을 듯고 네 집의 도라왓스니 흰죽이ᄂ 쑤어 달ᄂ."

흔디 츈풍이 제 지어미을 아몰리 ᄎ즌들 잇슬손가. 졔가 손슈 죽을 쑤랴 ᄒ고 죽싸을 니여 들고 부억그로 ᄂ아거늘, 비쟝이 호령ᄒ되,

"네 지어미ᄂ 어디 가고 너계다가 너외(內外)을 ᄒᄂ야?"

츈풍이 묵묵부답(默默不答)ᄒ고 혼ᄌ말노 심중의 혀오디 그리든 ᄎ의 가솔(家率)을 만ᄂ스니 우리 두리 잠이ᄂ 잘 ᄌ볼가 ᄒ엿든니 안희ᄂ 간 디 읍고 비쟝은 이쳘름 호령ᄒ니 진실노 밋망(憫惘)ᄒᄂ 무가ᄂᄒ(無可奈何)라.

호계비쟝 니다 보니, 츈풍의 죽 쑤ᄂ 모양이야 우숩고도 볼 만ᄒ다. 그계야 죽상을 드리거늘 비쟝이 먹기 슬은 죽을 조고만치 먹ᄂ 체하다 가셔 츈풍이을 상치로 쥬면 ᄒᄂ 말이,

"네가 평양감영 츄월의 집의 사환으로 잇슬 찍의 다 찌야즌 흔 사발의 누룽밥의 국을 부어셔 슉가락 읍시 뜰 아리 셔셔 되ᄂ 디로 먹든 일을 싱각ᄒ여 다 먹그라."

ᄒ니, 그계야 츈풍이 그계야 안희가 어듸셔 죽 먹ᄂ 양을 볼가 ᄒ여 여긔져긔 살펴보며 얼ᄂ얼ᄂ 먹ᄂ지라. 그계야 츈풍 안히 혼ᄌ말노,

'이른 그동 볼작시면, 뉘가 안니 웃고 볼가? ᄒᄂ 힝실 져려ᄒ니 어디 가셔 스람으로 뵈일는가? 아무커ᄂ 속기기을 더ᄒ지던이 참아 그리 우슈워라. 일런 꼴을 볼작시면 ᄂ 혼ᄌ 보긔 악갑도다.'

이런 그동 져런 그동 다 본 연후의 호계비장 의복 버셔 노코 여즈 의복 다시 입고 우슈면셔,

"이 멍청아!"

츈풍의 등을 밀치면셔 흐는 말이,

"안목이 그다지 무도흔가?"

츈풍이 어이 업셔 흐는 말이,

"이왕의 즈네 줄 아라스느 의스을 보즈 흐고 그리흐엿노라."

흐고, 그날 밤의 부부 두리 원낭금침 펴쳐 덥고 누어스니 아조 그만 제법일셰.

그령져령 즈고 느셔 그 잇튼날 호조 돈을 여슈히 다 밧치고, 상덕(賞得)흐니 슈만 양 지손으로 노비 전답 다시 장만흐여 의식이 풍족흐고 뉴즈싱여(有子生女)흐여 화연평싱(和然平生) 조홀시고, 그린 굿 업시 지니스니, 디져 일기 여즈로셔 손슈 남복(男服)흐고 호계비장 나려가셔 츄월도 다스리고 츈풍 갓튼 낭군도 다려오고 호조 돈도 슈쇄(收刷)흐고 부부 두리 종신토록 사라스니, 만고(萬古)의 히로(偕老)흔 이린고로 디강 긔록흐여 후셰 스람의게 젼흐느니 만일 여즈 되거든 이른 일 효측(效則)하압소셔.

(3) 잠노래

잠아잠아 오지마라
요내눈에 오는잠은
말도많고 흉도많다
잠오는눈을 쑥잡아빼여
탱주나무에다 걸어놓고
들며보고 날며보니
탱주나무도 꼽박꼽박

(居昌地方)
〈韓國民謠集 Ⅰ〉

(4) 방구노래

우리엄마 방구는 고암방구
우리아빠 방구는 야단방구
우리할배 방구는 호령방구
우리누부 방구는 앙살방구
우리동생 방구는 연지방구
우리매부 방구는 풍월방구
이내 방구는 개랄방구

(泗川地方)
〈韓國民謠集 Ⅴ〉

(5) 夫妻訟鏡

峽中女子 聞京市有所謂靑銅鏡 圓如望月影 常願一得見 而無由 其夫
適上京 時當月望 女子忘鏡名而謂其夫曰 京市有如彼月之物云 君必買
來 使我一見 夫到京則月已弦矣 仰見半月 求其肖者於市 則唯女梳如之
以爲妻所請買者此也 遂買木梳而還 月又望矣 其人出梳與妻曰 京市如
月者 此物而已 故倍直買來 其妻惡其所買非所求 指月罵夫曰 此物果與
彼物相似耶 夫曰 京天之月 似此物矣 鄕天之月不相似 可怪也 遂欲更
買 趁月望到京 仰見明月 則圓滿如鏡 乃買鏡而不解照面

至家發之 使其妻視之 妻照見 其夫之傍 有女坐焉 平生未嘗自見其面
故不之渠影之在夫傍 以爲其夫買新人來也 大怒發妬 夫怪駭曰 吾且試
觀之 乃窺鏡面 其妻傍有男坐焉 夫亦未嘗自見其面 故不知渠影之在妻
傍 以爲其妻奸得他夫也 亦大怒相鬨 夫婦持鏡入官 互相呼訴 妻則曰
夫得新妻 夫則曰 妻得他夫 官曰 第上其鏡 遂上之 開鏡於案上 官亦未
嘗見鏡者 不自知其面貌 而威儀官服與己同者在座 以爲新官來到 急呼
陪童曰 交代官已來 速爲封印 遂罷衙

野史氏曰 古有愚人 不知影之隨己 而爭走避影 處陰然後影止 此人夫
妻 不識鏡中影 就訟於官 官亦認影于代官 未暇判斷 其與不知處陰而止
影者 同可謂三絶痴也

〈冥葉志諧〉

한 시골 여자가, '서울에는 이른바 청동경(靑銅鏡)이라는 것이 있는데
보름달처럼 둥글다'는 말을 들었다. 늘 한 번 보고 싶었지만 방법이 없었
던 터에 마침 남편이 서울에 가게 되었다. 그때가 보름이었는데, 여자는
거울의 이름을 잊어버렸던지라 남편에게 말했다.

"서울 저자에 저 달 같은 물건이 있다고 하니, 당신은 꼭 사와서 내가
한 번 볼 수 있게 해주세요"

남편이 서울에 이르렀을 때는 달이 이미 현(弦)모양으로 이지러져 있었다. 하늘을 올려다본즉 반달인지라, 저자에서 그 반달과 닮은 것을 구하니 오직 여자의 머리빗만이 있을 뿐이었다. 남편은 아내가 사오라고 부탁한 것이 이것이라고 여기고 마침내 나무빗을 사 가지고 돌아왔는데, 집에 돌아오니 달은 또 다시 둥그런 보름달이었다. 남편이 빗을 꺼내 아내에게 주면서 말했다.

"서울 저자에서 달을 닮은 것은 이것뿐이었소. 그래서 갑절이나 되는 값을 치르고 사 가지고 왔소."

아내는 남편이 사온 물건이 자신이 원했던 것이 아닌지라, 손가락으로 달을 가리키며 남편을 질책하였다.

"이 물건이 과연 저 달이 비슷한가요?"

남편이 말하였다.

"서울 하늘에 떴던 달은 이 물건과 닮았었는데, 고향 하늘의 달과는 닮지 않으니 참으로 괴상하네."

마침내 다시 사오려고 보름달을 쫓아 서울에 이르러 밝은 달을 올려다본즉 거울처럼 둥글었다. 결국 거울을 사긴 했지만 그것이 얼굴을 비춰보는 물건임은 알지 못했다.

집에 도착한 남편은 거울을 꺼내 아내에게 보였다. 아내가 거울을 비춰보니 남편 곁에 어떤 여자가 앉아 있는 것이 아닌가! 그녀는 평생 자신의 얼굴을 스스로 본 적이 없었기 때문에 자신을 비춘 모습이 남편 곁에 있다는 사실을 모르고, 남편이 새 부인을 얻어온 것이라고만 여겨 크게 화를 내며 투기하였다. 이를 이상하게 여긴 남편이 말했다.

"나도 좀 살펴보아야겠네."

살며시 거울을 들여다보니, 아내 옆도 어떤 사내가 앉아 있었다. 남편 또한 일찍이 자신의 얼굴을 스스로 본 적이 없었기 때문에 자신을 비춘 모습이 아내 곁에 있다는 사실을 모르고, 아내가 다른 남자와 간통하였다고 여겼다. 남편 또한 크게 노한 나머지 서로 다투다가, 부부는 거울을 가지고 관아로 들어가 서로 호소하였다.

"남편이 새 아내를 얻었사옵니다."

"아내가 다른 남편을 얻었사옵니다."

수령이 말하였다.

"그 거울을 올리도록 해라."

마침내 거울을 올려 안상(案床) 위에서 열어 보았다. 수령 또한 일찍이 거울을 본 적이 없었던지라 자신의 얼굴 생김새를 알지 못하였는데, 자신과 똑같은 위의(威儀)와 관복(官服)을 갖춘 자가 자리에 앉아있는지라 신관 사또가 온 줄로만 알고 급히 배동(陪童)을 불러 말하였다.

"교대할 신관 사또가 이미 오셨느니라. 속히 봉인(封印) 하거라!"

마침내 관아를 파(罷)하였다.

야사씨(野史氏)가 말한다.

"옛날에 어떤 어리석은 사람이 그림자가 자신을 따라다닌다는 사실을 모르고 급히 달려 그림자를 피하였는데, 음지에 이르러서야 그림자가 따라다니던 것을 멈췄다. 위 부부는 거울에 비친 자신들의 모습을 모르고 관아까지 가 송사(訟事)하였고, 사또 또한 자신의 모습을 보고 교체할 신관 사또라고 여겨 송사를 판결할 겨를이 없었으니, 그늘에 들어갔기 때문에 그림자가 멈췄다는 사실을 몰랐던 자와 더불어 삼절치(三絶痴)라 이를 만하도다."

(6) 伴辭指環

一處女 初婚之夜 姆將携入郎房 女拒之頗堅 姆勒負到郎房 至戶而錯
認樞爲環 捫挽良久不能啓 女外雖固讓 內實嫌遲 謂姆曰 此戶縱開 吾
不必入 姆之所挽 非環也乃樞也

野史氏曰 此女之讓 初出於矯情 及至立戶之遲 反欲速而指門環 與世
之沽名索價先貞後黠者 何異哉

〈冥葉志諧〉

한 처녀가 혼인한 첫날밤에 유모가 그녀를 데리고 신랑 방으로 들어
가려 하자, 처녀가 들어가지 않겠노라고 제법 완강하게 버티었다. 유모
가 그녀를 억지로 업고서 신랑 방문 앞에 이르렀는데, 문의 지도리[樞]
를 문고리[環]로 잘못 알고 한참을 잡아당겼지만 열 수 없었다. 처녀가
겉으로는 한사코 사양했지만 내심으로는 지체되는 것이 싫어 유모에게
말했다.

"이 문이 설사 열려도 나는 안 들어갈래! 유모가 당기고 있는 것은 문
고리가 아니고 지도리인걸."

야사씨(野史氏)가 말한다.

"이 여자가 사양했던 것은 애초부터 내숭에서 나온지라, 문안으로 들
어가는 것이 지체됨에 이르러서는 도리어 빨리 들어가고자 하는 마음에
문고리를 가리켜 주었던 것이다. 이는 세상에서 이름을 팔아 이익을 구
하고, 앞에서는 곧았다가 뒤에 가서는 교활한 자와 더불어 무엇이 다르
겠는가."

(7) 바보 딸 삼형제

옛날 어느 집에서 딸 삼형제를 두었다. 모두 나이가 차는 대로 시집을 가게 되었다.

첫째가 혼인을 하게 되었다. 성대한 잔치 끝에 첫날밤을 치르게 되었다. 신랑은 불은 끄고 신부의 옷을 벗기려 했다. 그러나 신부는 부끄러워 영 옷을 벗으려 하지 않았다. 아무리 해도 응하지 않는 신부를 보고 신랑은 '아마 나를 싫어하는 모양이다.' 생각하고 자존심이 상해서 이튿날 아침에 돌아가 버렸다.

둘째 딸을 여의게 되었다. 첫째 딸의 실패를 거울삼아 첫날밤에 신부는 옷을 모두 벗어 머리에 이고 벌거숭이로 신방에 들어갔다. 이 꼴을 본 신랑은 정나미가 떨어져 달아나고 말았다.

셋째 딸을 여의게 되었다. 두 딸의 경험을 거울삼아 셋째 딸은 조심하기로 했다. 첫날밤이 되었다. 신부는 방문 앞에 다가서서 신랑에게, "옷을 벗고 들어갈까요, 그렇지 않으면 입고 들어갈까요?" 하고 물었다.

이 말을 들은 신랑은 어찌나 기가 막히든지 옆문으로 슬그머니 빠져 나가더니 다시는 오지 않았다고 한다.

〈한국의 민담〉

3. 재미나는 성(性)의 노래와 이야기

(1) 雙花店

雙花店쌍화뎜에 雙花쌍화 사라 가고신딘
回回휘휘아비 내 손모글 주여이다
이 말숨미 이 店뎜밧긔 나명들명
다로러거디러 죠고맛감 삿기광대 네 마리라 호리라
더러둥셩 다리러디러 다리러디러 다로러거디러 다로러
긔 자리예 나도 자라 가리라
위 위 다로러거디러 다로러
긔 잔 더그티 덦거츠 니 업다

三藏寺삼장ᄉ애 블 혀라 가고신딘
그 뎔 社主샤쥬ㅣ 내 손모글 주여이다
이 말ᄉ미 이 뎔 밧긔 나명들명
다로러거디러 죠고맛간 삿기上座샹좌ㅣ 네 마리라 호리라
더러둥셩 다리러디러 다리러디러 다로러거디러 다로러
긔 자리예 나도 자라 가리라
위 위 다로러거디러 다로러
긔 잔 더그티 덦거츠 니 업다

드레 우므레 므를 길라 가고신딘
우믓龍룡이 내 손모글 주여이다
이 말ᄉ미 이 우믈 밧씌 나명들명
다로러거디러 죠고맛간 드레바가 네 마리라 호리라
더러둥셩 다리러디러 다리러디러 다로러거디러 다로러
긔 자리예 나도 자라 가리라
위 위 다로러거디러 다로러
긔 잔 디ᄀ티 덦거츠니 업다

술 풀 지븨 수를 사라 가고신딘
그 짓 아비 내 손모글 주여이다
이 말ᄉ미 이 집 밧씌 나명들명
다로러거디러 죠고맛간 싀구비가 네 마리라 호리라
더러둥셩 다리러디러 다리러디러 다로러거디러 다로러
긔 자리예 나도 자라 가리라
위 위 다로러거디러 다로러
긔 잔 디ᄀ티 덦거츠 니 업다

〈樂章歌詞·時用鄕樂譜〉

(2) 시조

色(색)ヌ치 됴혼 거슬 긔 뉘라셔 말리는고
穆王(목왕)은 天子(천자)ㅣ로되 瑤臺(요대)에 宴樂(연락)ᄒ고 項羽(항우)는 天下壯士(천하장사)ㅣ로되 滿營秋月(만영추월)에 悲歌慷慨(비가강개)ᄒ고 明皇(명황)은 英主(영주)ㅣ로되 解語花(해어화) 離別(이별)에 馬嵬驛(마외역)에 우럿ᄂ니
ᄒ믈며 날ᄀ튼 小丈夫(소장부)로 몃 百年(백년) 살리라 희올 일 아니ᄒ고 쇽절업시 늘그랴

〈珍本 靑丘永言 ; 蔓橫淸流〉

중놈도 사롬이 냥ᄒ여 자고 가니 그립듸
고 중의 숑낙 나 볘읍고 내 쪽도리 중놈 볘고 중의 長衫(장삼) 나 덥습고 내 치마란 중놈 덥고 자다가 씨드르니 둘희 ᄉ랑이 숑낙으로 ᄒ나 쪽도리로 ᄒ나
이튿날 ᄒ던 일 싱각ᄒ니 흥글항글 ᄒ여라

〈珍本 靑丘永言 ; 蔓橫淸流〉

니르랴 보쟈 니르랴 보쟈 내 아니 니르랴 네 남진ᄃ려
거즛거스로 물 깃는 체ᄒ고 통으란 ᄂ리와 우물젼에 노코 쏘아리 버서 통조지에 걸고 건넌집 쟈근 金書房(김서방)을 눈기야 불러내여 두 손목 마조 덤셕 쥐고 슈근슈근 말ᄒ다가 삼밧트로 드러가셔 므스 일 ᄒ던지 즌 삼은 쓰러지고 굴근 삼대 밋만 나마 우즑우즑ᄒ더라 ᄒ고 내 아니 니르랴 네 남진ᄃ려
져 아희 입이 보도라와 거즛말 마라스라 우리는 ᄆ을 지서미라 실삼 죠곰 키더니라

〈珍本 靑丘永言 ; 蔓橫淸流〉

(3) 居士歌

어화 그 뉘신고 어듸로셔 오신는가
텬샹빅옥경(天上白玉京)을 엇지ᄒ여 리별(離別)ᄒ고
이내 산즁(山中) 깁흔 곳에 뉘를 츠즈 오시는가
반갑기도 무궁ᄒ고 깃브기도 측량(測量) 업다
허허 깃블시고 희희(嘻嘻) 대소(大笑)로다
이 쌔가 숨월(三月)인지 나물 키려 오시는가
산명(山名)을 반기 듯고 넘불공덕(念佛功德) 오시는가
하늘노 니려는가 싸으로 소삿는가
셰류(細柳)갓흔 가는 허리 츈풍(春風)에 휘노는 듯
용모거동(容貌擧動) ᄇ라보니 빅티쳔염(百態千艶) 가즐시고
팔ᄌ츈산(八字春山) 그린 눈썹 초싱반월(初生半月) 아니신가
단슌(丹脣)을 반기(半開)ᄒ고 웃는 듯 찡기는 듯
한(漢)나라 왕소군(王昭君)가 윗(越)나라 셔시(西施)런가
이곳이 요지(瑤池)런가 셔왕모(西王母)의 즈시로다
형산(衡山)의 팔션년(八仙女ㄴ)가 남악(南岳)에 위부인(魏婦人)가
위공ᄌ(魏公子)의 즈란(紫鸞)인가 당명황(唐明皇)에 양구빈(楊貴妃ㄴ)가
쳔틱만틱(千態萬態) 가즈스니 사롬인지 귀신(鬼神)인지
반갑기도 긋이 업고 깃브기도 측량 업다
이내 몸 거스(居士)되여 셰샹공명(世上功名) ᄒ직ᄒ고
태산(泰山)을 의지ᄒ여 우락(憂樂)을 몰낫더니
산즁에 도(道)를 닥가 이 각시를 맛나서라
귀신이 도으시고 신령(神靈)이 도으신가
이 산즁에 깃슬 드려 목탁(木鐸)으로 졍(情)을 붓쳐
산최(山菜)를 키여 먹고 음양(陰陽)을 몰낫더니

아모리 갈나흔들 오신 각시 갈 길 업다

ᄉ면(四面)을 숣혀 보니 만류ᄒ 리 뉘 잇는가

거스님아 거스님아 내 ᄉ졍 드러 보소

청츈팔ᄌ(靑春八字) 긔박(奇薄)ᄒ여 이내 몸 과부(寡婦)되이

가부(家夫)를 이장(移葬)코져 명산(名山)을 두로 ᄎᄌ

태산을 평디(平地) 숨고 대희(大海)를 륙디(陸地) 숨아

ᄉ희(四海)를 구경ᄒ고 명산에 도라드니

우연이 이곳 와셔 그디의계 욕(辱)을 보니

욕을 보고 살 양이면 렬녀(烈女)라 칭찬ᄒ리

비ᄂ이다 비ᄂ이다 거스님젼 비ᄂ이다

이내 몸이 이 산 밧게 무ᄉ이 나게 ᄒ면

머리털노 신을 숨고 풀을 미ᄌ 갑흐리라

비ᄂ이다 비ᄂ이다 거스님게 비ᄂ이다

어화 뎌 거스의 ᄒᄂ 거동 괴이(怪異)ᄒ다

범증(范增)의 말숨으로 급격물실(急擊勿失) 뎨일(第一)이라

쳐ᄉ(處事)가 완완(緩緩)ᄒ면 그 사이에 좀이 난다

우리 두리 맛나기ᄂ 텬우신조(天佑神助) ᄒ엿구나

각식님 가련ᄒ되 버서날 길 바이 업다

함졍(陷穽)에 든 범이오 듕영(籠營)에 든 파리로다

산 밧게 산이오 물 밧게 물이로다

거스님 ᄒᄂ 말이 ᄌ퇴(姿態)도 그만 두오

이런 줄 알아스면 어늬 뉘가 거스되리

아미타불(阿彌陀佛) 념불(念佛)인들 깃불시고 닉어서라

빅팔념쥬(百八念珠) 목탁깅증(木鐸錚鉦) 부톄님끠 드리리라

산신(山神)님게 표빅(表白)ᄒ고 부톄님끠 하직흔 후

나ᄂ 간다 나ᄂ 간다 산 아릭로 나ᄂ 간다

나는 슬타 나는 슬타 가사(袈裟)밧랑 나는 실타

가다가 아모데나 산 됴코 물 됴흔 딕

즛좌오향(子坐午向)으로 슈간(數間) 쵸옥(草屋) 지은 후에

셕뎐(石田)을 깁히 갈아 쵸식(草食)을 먹을 만졍

창송취듁(蒼松翠竹)갓치 즐길 젹에

유즈싱녀(有子生女) ᄒ고 보면 목탁깅증 일홈ᄒ세

이 셰상 다 진커든 후싱(後生)길을 닥그리라

〈高大本 樂府〉

(4) 妓評詩律

扶安妓 桂月이 工詩하고 善謳彈하야 自號曰 梅窓이라 遷妓上京에 貴
公才子가 莫不爭先邀致하고 與之酬唱論詩할세 一日은 柳某가 往訪之러
니 金崔兩人이 以狂俠으로 自負어늘 已先在座矣라 桂月이 設酒以待에
至半酣하야 三人이 皆注目欲排之할세 桂月이 笑而擧令曰 諸君은 各誦
風流場詩하야 以助一歡而如

　　　玉臂는 千人枕이요 丹脣은 萬客嘗을
　　　汝身이 非霜刃이니 何遽斷我腸가
又曰
　　　足舞三更月이요 衾翻一陣風을
　　　此時無限味는 惟在兩人同이라

此는 乃賦妓之傳誦者니 不足傾耳나 然이나 若有能依前所未聞者로
當於我心則 可與爲歡矣리라 三人이 諾다 後에 金이 先誦七絶曰

　　　窓外三更細雨時에 兩人心事兩人知라
　　　新情未洽天將曉하니 更把羅衫問後期라
崔가 繼唱曰
　　　抱向紗窓弄未休하니 半含嬌態半含羞라
　　　低聲暗問相思否아 手整金釵點頭라 한대

桂月이 聽了에 笑曰 前詩는 太拙하고 後詩가 差妙나 手段이 皆低하
야 未足聽矣라 凡七絶之精者는 七言이 近腔이요 尤律之難者는 吾當取
其難也로다 金이 遂唱曰

　　　年纔十五窈窕娘이 名滿長安第一唱을
　　　蕩子恩情은 深似海하고 花官威令은 肅如霜을
　　　蘭窓日煖에 朝粧急이요 松峴風高에 夕履忙을
　　　相別時多하고 相見少하니 陽臺雲雨가 惱襄王이라 한즉
崔曰 此詩는 雖佳나 尤有佳於此者라 하며 仍命七律曰
　　　立馬江頭別故遲하니 生憎楊柳最長枝라

佳人緣薄에 含新態하고 蕩子情深問後期라

桃李落來寒食節이요 鷓鴣飛去夕陽時라

艸長南浦春波濶하니 欲採蘋花有日思라 한대

桂月曰 眞是魯衛而下는 詩가 稍有淸韻이나 亦不足動人이라 하고 顧謂柳曰 君獨無吟乎아 柳曰 我本短文이라 但有嫪毒貫輪之才라 하니 桂月이 笑而不答이라 崔가 怫然曰 子雖有是才나 今日之事는 當從詩矣라 金이 頗有自矜之色하야 謂左右曰 我有一律而 可以壓頭諸人矣리라 하고 卽誦七律曰

秋宵易曙莫言長하라 促向灯前解繡裳을

獨眼未開晴吐氣요 兩胸自合汗生香을

脚如螻蟈에 波翻急하고 腰似蜻蜓에 點水忙을

强健向來心自負하니 愛根深淺問娘娘이라 한즉

桂月이 吟咏稱善이라 柳曰 諸君所誦이 皆是陳蒭狗니 何足刮目이리요 我當新点一律하야 立幟於今日席上하리라 하고 遂令桂月로 呼韻依聽而咏曰

探春豪士가 氣昂然하니 翡翠衾中에 有好緣이라

撑去玉臂에 兩脚屹이요 貫來丹穴에 兩絃圓을

初看嬌眼에 迷如霧하고 漸賞長天이 小似錢을

這裡에 若論滋味別이면 一宵高價가 値千金이라 한대

桂月이 吟過에 歡曰 此는 應韻立呼에 善形容席間情態라 詞極豪健하니 固非凡才則 願聞高名하노라 柳曰 我는 是柳某也로다 桂月이 拍手曰 不料尊公이 枉此陋地에 今幸逢之라 하며 仍進小酌而 笑曰 若使渾天이 如錢則 其價가 豈特千金哉리요 向二子曰 子之所唱은 不直一盃冷飮이라 하거늘 崔金兩人이 皆默然而退하고 柳는 遂得意而 挾宿云云이러라

〈奇聞〉

부안(扶安) 기생 계월이 시(詩)를 잘 짓고 거문고를 잘 탔으며, 스스

로 호(號)를 매창(梅窓)이라 하였다. 명기(名妓)로 뽑혀 상경하자 귀공재자(貴公才子)가 서로 다투어 맞이하여, 그녀와 더불어 수창(酬唱)하고 시를 논하였다. 하루는 유 모(柳某)가 찾아가니, 김 모와 최 모 두 사람이 협기(俠氣)를 자부하면서 이미 먼저 자리에 앉아 있었다. 계월이 술상을 차려 대접하자, 술이 반쯤 취하여 세 사람이 모두 주목하며 서로를 배격하고자 하였다. 계월이 웃음을 머금고 말하였다.

"여러분은 각각 풍류장시(風流場詩)를 읊어 즐거움을 도움이 어떠한지요."

玉臂千人枕　　옥같이 흰 팔은 천인의 베개요
丹脣萬客嘗　　붉은 입술은 여러 손님이 맛보았네
汝身非霜刃　　그대 몸이 날카로운 칼날이 아니거늘
何遽斷我腸　　어찌하여 나의 창자를 끊는가

또 읊었다.

足舞三更月　　다리는 삼경의 달 아래 춤추고
衾翻一陣風　　이불은 일진의 바람결에 들썩이네
此時無限味　　이때의 무한한 맛은
惟在兩人同　　오직 두 사람만이 함께 하리라

"이 시는 천기(賤妓)가 전송(傳誦)하는 것인지라 족히 귀를 기울일 것이 못 됩니다. 그러나 만약 일찍이 들어보지 못한 시품(詩品)으로 나의 마음을 흐뭇하게 한다면, 가히 그와 더불어 즐기겠소."

세 사람이 그렇게 하기로 한 후에 김 모가 먼저 칠언절구를 읊었다.

窓外三更細雨時　　삼경의 창 밖에 가랑비 내릴 제
兩人心事兩人知　　둘의 마음을 둘만이 아는도다

新情未洽天將曉	새 정이 미흡한데 날이 새려하니
更把羅衫問後期	다시금 옷깃을 잡고 뒷기약을 묻노라

최 모가 읊었다.

抱向紗窓弄未休	끌어안고 사창을 향하여 쉼 없이 희롱하니
半含嬌態半含羞	반은 아양이요 반은 부끄러움이라
低聲暗問相思否	소리 낮춰 가만히 사랑하느냐고 물으니
手整金笑釵點頭	금비녀를 꽂고 웃으며 고개를 끄덕이네

계월이 듣고 나서 웃으며 말하였다.

"앞의 시는 매우 옹졸하고 뒤의 시는 조금 묘하긴 하지만 수법이 모두 낮아서 족히 들을 바가 못 됩니다. 무릇 칠언절구가 정교함은 칠언(七言)이 곡조에 가깝기 때문이고, 율시(律)가 더욱 어려우니 소인은 마땅히 그 어려움을 취하겠소."

김 모가 드디어 읊었다.

年纔十五窈窕娘	나이 겨우 열다섯의 고운 낭자
名滿長安第一唱	서울에 명성 가득한 제일의 명창일세
蕩子恩情深似海	탕자의 은정은 바다 같이 깊고
花官威令肅如霜	화관의 엄한 명령은 서릿발 같이 싸늘하네
蘭窓日煖朝粧急	난초 창에 햇볕 따사로워 아침 단장 급하고
松峴風高夕履忙	소나무 고개 바람 높아 저녁 걸음 바쁘네
相別時多相見少	헤어질 때는 많고 만날 때는 적으니
陽臺雲雨惱襄王	양대의 운우가 초양왕을 괴롭히네

최 모가 말하길,

"이 시는 비록 아름다우나 이보다 더 아름다운 시가 있소."

하고는 칠언율시를 읊었다.

立馬江頭別故遲	말을 강가에 세우고 이별이 더디니
生憎楊柳最長枝	버들가지가 가장 깊을 미워하노라
佳人緣薄含新態	미인은 연분 엷어 애교를 새로 머금고
蕩子情深問後期	탕자는 정이 깊어 뒷기약을 묻네
桃李落來寒食節	도리 꽃이 떨어지니 한식 절이요
鷓鴣飛去夕陽時	자고새가 날아가니 해질녘이라
艸長南浦春波闊	풀 자란 남포에 봄 물결 넘치니
欲採蘋花有日思	마름꽃 캘 때마다 님 생각한다네

계월이 말하길,

"이 시는 절반가량은 조금 청운(淸韻)이 있으나 또한 족히 사람의 마음을 움직일 수 없습니다."

하고는 유 모를 돌아보며 말하였다.

"그대는 어찌 읊지 않습니까?"

유 모가 말하였다.

"내가 본래 문장이 짧소. 다만 노독(嫪毒)이 양근(陽根)으로 수레바퀴를 뚫어 걸고 돌리면서 다닌 것과 같은 재주가 있을 뿐이오."

계월이 웃으면서 대답치 않는지라 최 모가 화를 내며 말하길,

"오늘의 일은 마땅히 시(詩)로 우열을 가려야 하오."

하니, 김 모가 자못 자랑하는 낯빛으로 좌우를 돌아보며 말하길,

"나에게 또 하나의 율시가 있으니 가히 여러분을 압도할 것이오."

하고는 곧바로 칠언율시를 읊었다.

秋宵易曙莫言長	가을밤 쉬이 새니 길다고 말하지 말라
促向灯前解繡裳	등 앞에 향하여 치마 벗기를 재촉한다
獨眼未開晴吐氣	외눈을 뜨지 않았으나 눈알은 기운을 토하고
兩胸自合汗生香	두 가슴이 서로 합하여 땀은 향내를 풍기네
脚如螻蟈波翻急	다리는 청개구리가 물결에 급히 헤엄치는 것 같고
腰似蜻蜓點水忙	허리는 잠자리가 물을 차는 듯이 바쁘도다

强健向來心自負	내 것이 기운 센 것을 언제라도 자랑하리니
愛根深淺問娘娘	양근의 깊고 옅은 것을 낭자에게 묻노라

계월이 잘 지었다고 칭찬을 하였다.

유 모가 말하였다.

"여러분의 읊은 시는 모두 썩어빠진 개고기 맛이니, 어찌 족히 괄목하리오. 내가 마땅히 새로 율시 한 수를 지어 오늘의 자리에 깃발을 세우겠소."

마침내 계월로 하여금 운을 부르라 하고 그 운자에 맞추어 읊었다.

探春豪士氣昂然	봄 찾은 호걸이 기운 솟으니
翡翠衾中有好緣	비취 이불 속에 좋은 인연 있네
撑去玉臂兩脚屹	옥 팔뚝 지탱하니 두 다리 우뚝하고
貫來丹穴兩絃圓	붉은 구멍을 꿰뚫으니 두 줄이 둥글하네
初看嬌眼迷如霧	교태로운 눈을 처음 볼 제 안개 서린 듯하고
漸賞長天小似錢	점점 하늘을 보니 돈처럼 작아지네
這裡若論滋味別	이 속에 별재미를 만약 논하려면
一宵高價值千金	하룻밤 높은 값이 천금에 해당하리

노래가 끝나자 계월이 탄식하며 말하였다.

"이는 운자에 응하여 읊었으면서도 침석(寢席)의 정경을 잘 형용하였습니다. 뜻이 지극히 호탕하고 건장하니 진실로 비범한 재주가 아닙니다. 원컨대 고명(高名)을 듣고자 합니다."

유 모가 말하길,

"나는 유 아무개요."

하니, 계월이 손뼉을 치며 말하였다.

"존귀한 공께서 이 누추한 곳에 왕림하실 줄은 몰랐습니다. 이제 다행히 만났군요."

그리고는 조금만 술잔을 올리고 웃으면서 말하였다.

"만약 온 하늘이 돈과 같이 작아진다면야 그 값이 어찌 천금만 되오리까?"

그리고는 두 사람에게 향해 말하길,

"그대들의 읊은 바는 한 잔의 차가운 술값만도 못 하오."

하니, 최·김 두 사람이 모두 묵묵히 물러가고, 유 모는 마침내 뜻을 얻어 계월을 끼고 잤다 한다.

(5) 五子嘲父

有人有五子 五子謀曰 爺孃有吾五子 而尙不倦同衾 設令兒必令吾輩
抱負便利 汚穢何可堪也 莫若分吾五人 各守更長坐不睡 俾不得相合 庶
免斯苦矣 遂如約不替 翁婦頗難之 守五更者 最稚嗜眠 婦翁候隙 臥而
北合 兒覺之大呼曰 母乎母乎 夜未艾緩 負吾父將安之 翁婦無如何 詰
明遣五子牧牛馬

五子辭出不往 屛息窓外 狙聽所爲 翁婦將賦高唐 各進嬌語 翁捫婦兩
眉曰 這何物 對曰 所謂八字門 眼曰 何 曰 望夫泉 鼻曰 何 曰 甘辛峴
口曰 何 曰 吐香窟 頤曰 何 曰 舍人岩 乳曰 何 曰 双嶺 腹曰 何 曰
遊船串 岸曰 何 曰 玉門山 毛曰 何 曰 甘草田 玉門曰 何 曰 溫井 婦旋
撫翁陽莖曰 這何物 對曰 所謂朱常侍 囊丸曰 何 曰 紅同氏兄弟 言未已
五子警欸入 翁驚而出 遽叱曰 老狗子 予敎爾終日牧 胡去卽返 五子曰
寃哉受叱也 牧之旣飽 浴之旣休 間關歷險 不此之慰 乃返譴爲 翁疾聲
罵曰 去未半餉 何地牧 何水浴 何處休 而誑我至此 五子齊應曰 初由八
字門而出 過望夫泉甘辛峴 歷吐香窟舍人岩 艱跉双嶺 越遊船串 登玉門
山 秣甘草田 浴于溫井水 翁尤忿持大棒逐之曰 誰有見者乎 五子走且應
曰 寧無見乎 朱常侍紅同氏兄弟 可以爲證矣

史臣曰 愛而嚴 愛子之道 愛而敬 愛父之道 不嚴犬愛之也 不敬獸愛
之也 觀五子嘲父 父之先失愛子之道可知 然爲子之道 不可以父不嚴而
不敬也 五刑之屬三千不孝爲大 而五子罪準五刑 死尙餘辜矣

〈禦眠楯〉

어떤 사람이 다섯 아들을 두었는데, 다섯 아들이 모의하였다.

"아버지와 어머니가 우리 다섯 아들이 있는데도, 여전히 동침하기를
게을리 하지 않는구나. 만약 아이가 태어나면 틀림없이 우리들로 하여
금 아이를 안고 업게 하여 편리를 도모할 것이니, 그 더러운 일을 어찌

감당할까? 우리 다섯 사람이 각각 저녁 시간을 분담해, 정해진 시간에는 지키고 누워 잠자지 않으면서 부모님으로 하여금 서로 합환(合歡)하지 못하게 하여 고초를 면하는 것이 나을 것이다."

그들이 약속대로 빠짐없이 차례로 잠자지 않고 지키는지라 부부가 자못 난처하였다. 오경(五更)을 지키는 아이가 가장 어렸는데 잠자기를 좋아하였다. 부부는 그 틈을 타 누운 채 뒷자세로 일을 치르려는데 아이가 잠에서 깨어 큰 소리로 외쳤다.

"엄마! 엄마! 밤이 아직 다 지나지 않았는데, 아버지를 업고 어디 가시려고 하세요?"

부부는 어쩔 수 없어, 날이 밝자 다섯 아들을 소와 말을 치라고 내보냈다. 다섯 아들은 인사를 하고 집을 나왔으나 가지는 않고 창 밖에서 숨을 죽이고 부부가 하는 것을 엿보며 듣고 있었다. 부부가 장차 운우(雲雨)의 정을 나누려고 하면서, 각각 교태스러운 말을 한 차례씩 하였다.

남편이 부인의 양미간을 어루만지며 말하였다.

"이것이 무엇이오?"

"이른바 팔자문(八字門)입지요."

눈을 만지며 말하였다.

"무엇이오?"

"망부샘(望夫泉)이옵니다."

코를 만지며 말하였다.

"무엇이오?"

"감신현(甘辛峴)이옵지요."

입을 만지며 말하였다.

"무엇이오?"

"토향굴(吐香窟)이옵니다."

턱을 만지며 말하였다.

"무엇이오?"

"사인암(舍人岩)입니다."

젖을 만지며 말하였다.

"무엇이오?"

"쌍마루(双嶺)이에요."

배를 쓰다듬으며 말하였다.

"무엇이오?"

"유선곶(遊船串)이랍니다."

둔덕[岸]을 쓰다듬으며 말하였다.

"무엇이오?"

"옥문산(玉門山)이에요."

털을 만지며 말하였다.

"무엇이오?"

"감초밭(甘草田)이랍니다."

옥문을 만지며 말하였다.

"무엇이오?"

"온정(溫井)이지요."

이번에는 바꿔서 부인이 남편의 양경을 어루만지며 물었다.

"이것이 무슨 물건이지요?"

"이른바 주상시(朱常侍)라는 것이오."

낭환을 어루만지며 물었다.

"무엇이에요?"

"홍동씨(紅同氏) 형제지!"

말을 미처 마치기도 전에 다섯 아들이 기침 소리를 내며 집안으로 들어왔다. 아버지가 놀라 나오며 다짜고짜 꾸짖었다.

"개놈의 자식들! 내가 너희들에게 종일 소와 말을 치라고 하였는데,

어찌하여 가자마자 곧바로 돌아왔느냐?"

"이런 꾸지람을 받다니, 억울하옵니다. 벌판에 내놓아 이미 배불리 먹이고, 목욕을 시켜 쉬게 한 뒤 걷기 힘든 험난한 곳을 지나왔는데, 수고했다고 위로는 못해줄 망정 도리어 꾸짖으시다니요!"

아버지가 역정을 내며 꾸짖었다.

"간 지가 반식경도 되지 않았는데, 너는 어느 곳에서 먹이고, 어느 물에서 목욕시키고, 어느 곳에서 쉬게 했다고, 나를 이처럼 속이느냐?"

그러자 다섯 아들이 일제히 대답하였다.

"처음 팔자문을 경유하여 나간 뒤 망부샘과 감신현을 지나고 토향굴과 사인암을 거쳐서 간신히 쌍마루를 넘었지요. 유선곳을 넘어 옥문산에 올라 감초밭에서 말 먹이고, 온정의 물에 목욕을 시켰답니다."

아버지가 더욱 분이 나서 큰 몽둥이를 들고 아이들을 쫓아가며 말하였다.

"누구 본 사람이 있느냐?"

다섯 아들이 달아나면서 또 응답을 하였다.

"어찌 본 사람이 없으리까? 주상시와 홍동씨 형제가 증명해 줄 수 있을 것입니다."

사신은 말한다.

"사랑하되 엄히 하는 것은 자식을 사랑하는 도리이고, 사랑하되 공경하는 것은 아버지를 사랑하는 도리이다. 엄하지 않은 것은 개가 사랑하는 것과 같고, 공경하지 않은 것은 금수가 사랑하는 것과 같다. 다섯 아들이 아버지를 조롱한 것을 보면, 아버지가 먼저 자식 사랑하는 도리를 잃어버렸음을 알 수 있도다. 그러나 자식 된 도리는, 아버지가 엄하지 않다고 하여 공경하지 않아서는 안 된다. 다섯 가지의 형벌[五刑]에 속하는 것이 삼천 가지의 죄인데, 그 중에서도 불효가 가장 큰 죄이다. 다섯 아들의 죄를 다섯 가지의 형벌에 준한다면 사형을 내려도 오히려 남은 죄가 있을 것이다."

제5장
신성(神聖)과 종교의 힘

I. 신성한 이야기

(1) 朱蒙 神話

始祖東明聖帝 姓高氏 諱朱蒙 先是北扶餘王解夫婁 旣避地于東扶餘 及夫婁薨 金蛙嗣位

于時得一女子於太伯山南優渤水 問之 云 我是河伯之女 名柳花 與諸 弟出遊 時有一男子 自言天帝子解慕漱 誘我於熊神山下鴨淥邊室中私 之 而往不返 父母責我無媒而從人 遂謫居于此 金蛙異之 幽閉於室中 爲日光所照 引身避之 日影又逐而照之 因而有孕 生一卵 大五升許 王 弃之與犬猪 皆不食 又弃之路 牛馬避之 弃之野 鳥獸覆之 王欲剖之 而 不能破 乃還其母 母以物裹之 置於暖處 有一兒破殼而出 骨表英奇 年 甫七歲 岐嶷異常 自作弓矢 百發百中 國俗謂善射爲朱蒙 故以名焉

金蛙有七子 常與朱蒙遊戱 技能莫及 長子帶素言於王曰 朱蒙非人所 生 若不早圖 恐有後患 王不聽 使之養馬 朱蒙知其駿者 減食令瘦 駑者 善養令肥 王自乘肥 瘦者給蒙 王之諸子與諸臣將謀害之 蒙母知之 告曰 國人將害汝 以汝才畧 何往不可 宜速圖之 於時蒙與烏伊等三人爲友 行 至淹水 告水曰 我是天帝子河伯孫 今日逃遁 追者垂及 奈何 於是魚鼈 成橋 得渡而橋解 追騎不得渡

至卒本州 遂都焉 未遑作宮室 但結廬於沸流水上居之 國號高句麗 因 以高爲氏

<三國遺事 卷二 奇異 高句麗>

시조(始祖) 동명성제(東明聖帝;BC.37~20)의 성은 고(高)씨요, 이름은 주몽(朱蒙)이다. 이보다 전에 북부여(北扶餘)의 왕 해부루(解夫婁)가 이미 동부여(東扶餘)로 피해갔으며, 후에 부루가 세상을 떠나자, 금와(金蛙)가 왕위를 이었다.

이때 금와가 태백산 남쪽 우발수(優渤水)에서 한 여자를 얻었다. 금와의 물음에 그녀가 대답하였다.

"저는 하백(河伯)의 딸로, 이름은 유화(柳花)라고 합니다. 여러 아우들과 나와 놀고 있을 때, 어떤 남자가 자기는 천제의 아들 해모수(解慕漱)라 하면서 저를 웅신산(熊神山) 밑 압록강 가에 있는 집 안으로 유인해 가서, 몰래 정을 통해놓고 가서는 돌아오지 않았습니다. 부모님은 제가 중매 없이 혼인한 것을 꾸짖어, 마침내 이곳으로 귀양을 보냈습니다."

금와가 기이하게 여겨 방안에 가두어두었더니 햇빛이 비쳐왔다. 그녀가 몸을 피해가니 햇빛이 또 따라와 비쳤다. 그로 인해 태기가 있어 알 하나를 낳으니 크기가 닷 되쯤 되었다. 왕은 그것을 개와 돼지에게 던져주었으나 모두 먹지 않았다. 또 길가에 버렸더니 소와 말이 피해가고, 들판에 버렸더니 새와 짐승이 이것을 덮어주었다. 왕이 그것을 쪼개려 했으나, 쪼갤 수 없어서 마침내 그 어머니에게 돌려주었다.

그 어머니가 알을 감싸서 따뜻한 곳에 두었더니 한 아이가 껍질을 부수고 나왔는데, 골격과 외양이 특이하고 기이했다. 나이 겨우 일곱 살에 기골이 준수하여 범인과 달랐다. 스스로 활과 살을 만들어 백 번 쏘면 백 번 다 맞혔다. 그 나라의 풍속에 활을 잘 쏘는 사람을 '주몽'이라 하므로 이름을 주몽이라 지었다.

금와에게는 아들 일곱이 있었는데, 언제나 주몽과 함께 놀았으나 그 재주와 능력이 주몽을 따르지 못했다. 맏아들 대소(帶素)가 왕에게 말했다.

"주몽은 사람이 낳은 것이 아니니, 만약 일찍 없애지 않으면 후환이 있을까 염려됩니다."

왕은 그 말을 듣지 않고 주몽에게 말을 기르게 했다. 주몽은 좋은 말을 알아보아 좋은 말은 적게 먹여서 여위게 하고, 나쁜 말은 잘 먹여서 살찌게 했다. 왕은 살찐 말은 자기가 타고 여윈 말은 주몽에게 주었다. 왕의 여러 아들과 여러 신하들이 주몽을 장차 죽이려고 꾀했는데, 주몽의 어머니가 이 사실을 알고 주몽에게 말했다.

"나라 사람들이 장차 너를 죽이려고 하니, 네 재능과 지략으로 어디를 간들 살지 못하겠느냐? 빨리 대책을 세워라."

이에 주몽은 오이(烏伊) 등 세 사람을 벗 삼아 엄수(淹水)에 이르러 물에게 말하였다.

"나는 천제의 아들이요 하백의 손자다. 오늘 도망 나오는 길인데 뒤쫓는 자가 거의 다 쫓아왔으니 어찌해야 하겠느냐?"

그러자 고기와 자라가 다리를 만들어 그를 건너가게 하고는 곧 흩어지니 뒤쫓는 기병들은 건널 수 없었다.

졸본주(卒本州)에 이르러 도읍을 정했으나 미처 궁실을 짓지 못해, 다만 불류수(沸流水) 위에 옥사를 지어 거처하였다. 국호를 고구려라 하고, 국호에서 따서 성을 고씨로 하였다.

(2) 龜旨歌

屬後漢世祖 光武帝 建武十八年 壬寅三月 禊浴之日 所居北龜旨 有
殊常聲氣呼喚 衆庶二三百人集會於此 有如人音 隱其形而發其音曰 此
有人否 九干等云 吾徒在 又曰 吾所在爲何 對云 龜旨也 又曰 皇天所以
命我者 御是處 惟新家邦 爲君后 爲玆故降矣 你等須掘峯頂撮土 歌之
云 龜何龜何 首其現也 若不現也 燔灼而喫也

以之蹈舞 則是迎大王 歡喜踴躍之也 九干等如其言 咸忻而歌舞 未幾
仰而觀之 唯紫繩自天垂而着地 尋繩之下 乃見紅幅裹金合子 開而視之
有黃金卵六圓如日者 衆人悉皆驚喜 俱伸百拜 尋還裹著 抱持而歸我刀
家 寘榻上 其衆各散 過浹辰 翌日平明 衆庶復相聚集開合 而六卵化爲
童子 容貌甚偉 仍坐於床 衆庶拜賀 盡恭敬止

〈三國遺事 卷二 駕洛國記〉

후한(後漢)의 세조(世祖) 광무제(光武帝) 건무(建武) 십팔년(서기 42
년) 임인(壬寅) 삼월, 계욕일(禊浴日)에 그들이 사는 마을의 북쪽 구지
(龜旨)에서 누군가를 부르는 이상한 소리가 들려왔다. 이삼백 명의 사람
들이 그곳에 모여들었는데, 사람 소리 같기는 한데 모습은 보이지 않고
말소리만 들렸다.

"여기 누가 있느냐?"

구간(九干)들이 답하였다.

"우리들이 있습니다."

"내가 있는 곳이 어디냐?"

"구지입니다."

"하늘이 내게 명하여, 이곳에 와서 나라를 새로 세우고 임금이 되라
하셨다. 그래서 내려왔다. 너희들은 이 산봉우리의 흙을 파고 집으면서

이렇게 노래하여라.

龜何龜何	거북아 거북아
首其現也	머리를 내밀어라
若不現也	내어놓지 않으면
燔灼而喫也	구워서 먹으리라

그러면서 춤을 춰라. 그러면 대왕을 맞이하여 기뻐서 날뛰게 될 것이다."

구간(九干)들이 그 말대로 함께 기뻐하면서 노래하고 춤을 췄다. 얼마 후 우러러 하늘을 보니 자주색 줄이 하늘로부터 늘어져 땅에 닿았다. 줄 끝을 찾아보니 붉은 보자기에 금합(金合)이 쌓여 있었다. 합을 열어보니 황금빛 알 여섯 개가 있는데 태양처럼 빛났다. 여러 사람들이 모두 놀라 기뻐하며 백 번 절하고 다시 싸서 아도간(我刀干)의 집으로 가져가서 책 상 위에 모셔 두고 모두 흩어졌다.

그 다음날 아침에 사람들이 다시 모여 금합을 열어보니 알 여섯 개가 모두 남자로 변하였는데, 용모가 매우 거룩하였다. 이에 의자에 앉히고 예를 갖추어 절하고 공경해 마지않았다.

(3) 創世歌

一.

한을과 싸이 생길 적에

彌勒(미륵)님이 誕生(탄생)한즉

한을과 싸이 서로 부터

쩌러지지 안이 하소아

한을은 북개꼭지차럼 도도라지고

싸는 四(사)귀에 구리 기동을 세우고

그째는 해도 둘이요 달도 둘이요

달 한나 쯰여서 北斗七星(북두칠성) 南斗七星(남두칠성) 마련하고

해 한나 쯰여서 큰별을 마련하고

잔별은 百姓(백성)의 直星(직성)별을 마련하고

큰별은 님금과 大臣(대신)별노 마련하고

미럭님이 옷이 업서 짓겟는대 가음이 업서

이山(산) 져山(산) 넘어가는 버덜어가는

칙을 파내여 백혀내여 삼아내여 익여내여

한을 알에 배틀 노코

구름 속에 영애 걸고

들고 쌍쌍 노코 쌍쌍 짜내여서

칙長衫(장삼)을 마련하니

全匹(전필)이 지개요 半匹(반필)이 소맬너라

다섯자이 섭휠너라 세자이 짓일너라

마리 곡갈 지어되는

자 세치를 쯰치내여 지은즉은

눈무지도 안이 내려라

두자 세치를 씌치내여 마리 곡갈 지어내니

귀무지도 안이 내려와

석자 세치 씌치내여 마리 곡갈 지어내니

턱무지에를 내려왔다

미럭님이 誕生(탄생)하야

미럭님 歲月(세월)에는 生火食(생화식)을 잡사시와

불 안이 넛코 생나달을 잡사시와

미럭님은 섬두리로 잡수시와

말두리로 잡숫고 이레서는 못할너라

내 이리 誕生(탄생)하야 물의 根本(근본) 불의 根本(근본)

내 밧게는 업다 내여야쓰겟다

풀맷독이 잡아내여

스승틀에 올녀 놋코

슥문삼치 째리내여

여바라 풀맷독아 물의 根本(근본) 불의 根本(근본) 아느냐

풀맷독이 말하기를

밤이면 이슬 바다 먹고

나지면 햇발 바다 먹고

사는 즘생이 엇지 알나

나보다 한 번 더 번지본

풀개고리를 불너 물어시오

풀개고리를 잡아다가

슥문삼치 째리시며

물의 根本(근본) 불의 根本(근본) 아느냐

풀개고리 말하기를

밤이면 이슬 바다 먹고

나지면 햇발 바다 먹고

사는 즘생이 엇지 알나

내보다 두 번 세 번 더 번지본

새양쥐를 잡아다 물어보시오

새양쥐를 잡아다가

슥문삼치 째리내여

물의 根本(근본) 불의 根本(근본) 아느냐

쥐 말이 나를 무슨 功(공)을 시워주겟슴닛가

미럭님 말이 너를 天下(천하)의 두지를 차지하라

한즉 쥐 말이 금덩山(산) 들어가서

한짝은 차돌이오 한짝은 시우쇠요

툭툭 치니 불이 낫소

소하山(산) 들어가니

삼취 솔솔 나와 물의 根本(근본)

미럭님 水火(수화) 根本(근본)을 알엇스니

人間(인간) 말하여 보자

二.

옛날 옛 時節(시절)에

彌勒(미륵)님이 한짝 손에 銀(은)쟁반 들고

한짝 손에 金(금)쟁반 들고

한을에 祝詞(축사)하니

한을에서 벌기 쩌러저

金(금)쟁반에도 다섯이오

銀(은)쟁반에도 다섯이라

그 벌기 잘이 와서

金(금)벌기는 사나희 되고

銀(은)벌기는 게집으로 마련하고

銀(은)벌기 金(금)벌기 자리 와서

夫婦(부부)로 마련하야

世上(세상) 사람이 나엿서라

彌勒(미륵)님 歲月(세월)에는

섬두리 말두리 잡숫고

人間歲月(인간세월)이 太平(태평)하고

그랫는대 釋迦(석가)님이 내와셔서

이 歲月(세월)을 아사쌧자고 마련하와

미럭님의 말숨이

아직은 내 歲月(세월)이지 너 歲月(세월)은 못된다

釋迦(석가)님의 말숨이

彌勒(미륵)님 歲月(세월)은 다 갓다

인제는 내 歲月(세월)을 만들겟다

彌勒(미륵)님의 말숨이

너 내 歲月(세월) 앗겟거든

너와 나와 내기 시행하자

더럽고 축축한 이 釋迦(석가)야

그러거든 東海中(동해중)에 金瓶(금병)에 金(금)줄 달고

釋迦(석가)님은 銀瓶(은병)에 銀(은)줄 달고

彌勒(미륵)님의 말숨이

내 瓶(병)의 줄이 끈어지면 너 歲月(세월)이 되고

너 瓶(병)의 줄이 끈어지면 너 歲月(세월) 아직 안이라

東海中(동해중)에서 釋迦(석가) 줄이 끈어젓다

釋迦(석가)님이 내밀엇소아

또 내기 시행 한 번 더 하자

成川江(성천강) 여름에 江(강)을 붓치겟느냐

미럭님은 冬至(동지)채를 올니고

釋迦(석가)님은 立春(입춘)채를 올니소아

미럭님은 江(강)이 맛붓고

釋迦(석가)님이 젓소아

釋迦(석가)님이 또 한 번 더 하자

너와 나와 한 房(방)에서 누어서

모란쏫치 모랑모랑 피여서

내 무럽혜 올나오면 내 歲月(세월)이오

너 무럽혜 올나오면 너 歲月(세월)이라

釋迦(석가)는 盜賊心事(도적심사)를 먹고 반잠 자고

미럭님은 찬잠을 잣다

미럭님 무럽 우에

모란쏫치 피여 올낫소아

釋迦(석가)가 中(중)등사리로 썩거다가

저 무럽혜 쏫젓다

이러나서 축축하고 더럽은 이 釋迦(석가)야

내 무럽혜 쏫치 피엿슴을

너 무럽혜 썩거 쏫젓서니

쏫치 피여 열헐이 못가고

심어 十年(십년)이 못가리라

미럭님이 석가의 너머 성화를 밧기 실허

釋迦(석가)에게 歲月(세월)을 주기로 마련하고

축축하고 더러운 석가야

너 歲月(세월)이 될나치면

쩍이마다 숫대 서고

너 歲月(세월)이 될나치면

家門(가문)마다 妓生(기생) 나고

家門(가문)마다 寡婦(과부) 나고

家門(가문)마다 무당 나고

家門(가문)마다 逆賊(도적) 나고

家門(가문)마다 白丁(백정) 나고

너 歲月(세월)이 될나치면

합둘이 치들이 나고

너 歲月(세월)이 될나치면

三千(삼천)중에 一千居士(일천거사) 나너니라

歲月(세월)이 그런즉 末世(말세)가 된다

그리든 三日(삼일)만에

三千(삼천)중에 一千居士(일천거사) 나와서

彌勒(미륵)님이 그적에 逃亡(도망)하야

석가님이 중이랑 다리고 차자 써나서와

山中(산중)에 드러가니 노루 사슴이 잇소아

그 노루를 잡아내여

그 고기를 三十(삼십)꽂을 끼워서

此山中(차산중) 老木(노목)을 쩍거내여

그 고기를 구어 먹어리

三千(삼천)중 中(중)에 둘이 이러나며

고기를 짜에 써져트리고

나는 聖人(성인) 되겟다고

그 고기를 먹지 안이 하니

그 중 둘이 죽어 山(산)마다 바우 되고

山(산)마다 솔나무 되고
지금 人間(인간)들이 三四月(삼사월)이 當進(당진)하면
새앵미 녹음에
꽃煎(전)노리 花煎(화전)노리

〈孫晉泰先生全集 5〉

(4) 버리데기

발원(發怨)굿은 오구대왕 뜻에 따른 굿이 아니고, 죽은 망자의 원을 풀기 위해 하는 굿이라고 해서 발원굿이라고 해요. 우리가 무녀가 처음에 할 때는 "가자 가자 등장가자, 발원가자"로 하지요.

옛날에 오구대왕님이 이십 세에 길대부인을 만나기 전에 이 분이 나라에 삼천 군사를 거느리고, 내시를 거느리고, 한림학사, 장군들 거느리고, 삼천 궁녀를 거느리고, 나라를 다스리다가, 길대부인은 청혼이 들어와서 만난 거예요. 길대부인을 만나서 첫날밤에 잠을 잤는데, 길대부인하고 만날 때는 "주무시는 시간은 밤에는 자시(子時)에 만나고, 내실에 들어와서 이부자리에 들 때는 축시(丑時)에 들지요." 첫날밤은 잠을 자는데 꿈을 하나 얻었어요. 열 달을 태기가 있어 꿈을 꾸고, 열 달을 고이고이 길대부인이 애기를 순산을 했는데, 딸을 낳아요. 첫 딸을 낳으니 살림 밑천이라고 참 경사스럽잖아요. 아들이 아니래서 좀 섭섭하지만, 법도가 있으니까 궁궐에서 내시들 궁녀들 불러서 잔치를 벌렸어요.

그래 한 해 지나가고 연년생으로 딸을 여섯을 낳았어요. 그 이름은 천상금, 지하금, 천(天)은 하늘 천, 지(地)는 따지, 고다음 달금이, 해금이, 별금이, 원앙금이 인제 딸을 여섯을 낳았는데, 대왕님은 딸을 여섯을 낳을 때까지도 왕자님은 바라지 않았어요. 생각도 안했는데, 나이가 오십이 넘어가자 육십 인생이 넘어오니 나라의 옥새(玉璽)도 지켜야 하고 물려줘야 하고, 이 나라의 삼천 궁녀를 거느리고, 나라의 법도를 지키자면 저 왕자, 태자(太子)가 있어야 하지 않느냐?

그래서 오구대왕이 길대부인을 불러서 "이 많고 많은 재물을 남부럽지 않게 쓰고 먹고 재물이 있는데, 당신과 내가 부러울 게 뭐이 있소. 호의호식(好衣好食) 가진 재물이 많은데, 그렇지만 내가 조금 바라는 것은 아들 태자를 원하오. 옥동자 같은 아들을 태자를 봅시다."

그러니까 길대부인이 남편의 명령이 어쩔 수 없이 딸을 여섯이 낳은 죄를 남편한테 하는 말이 "누구 어명이라고 거역하겠소. 뼈를 갈들이 무엇을 못하겠습니까. 최선을 다해서 명산태천(名山大川)을 찾아가서 불공을 드리겠습니다." 길대부인이 가만히 생각해 보니 한숨이 나오는 것이에요. 태자를 낳긴 낳아야 하는데, 수심이 차서 삼천궁녀를 데리고 꽃구경 나왔어요.

꽃향기 냄새를 맡고 나왔다는 어떤 스님이 백발염주를 걸고 목탁을 두드리니, 길대부인이 삼천 궁녀를 시켜 "대문 밖을 내다보아라. 난데없이 우리 집에 법도 소리가 나니, 내다보아라." 그러니 스님이 "길대부인 마마 얼굴 안색이 좋지 않습니다." 스님이 도가 높으니 알지요. "걱정 근심하지 마시고, 수미산(須彌山) 팔봉대(八峰臺) 우리 절에 백일기도를 드리고, 정성을 잘 드리면 태자를 볼 수 있다."고 했어요. 그래서 길대부인이 궁 안으로 들어가서 오구대왕을 찾아서 "스님이 시주 왔다가 절에 백일기도를 드리면 태자를 본다고 합니다." 그 말을 듣고 오구대왕도 거절을 못하는 거예요.

길대부인이 삼천 군사를 앞세우고 수미산을 찾아가서 백일기도를 드리는데, 초도 천 곽, 쌀도 백 섬을 가져가고, 돈도 많이 가지고 가서 석 달 열흘 백일기도를 했어요. 꿈에 선몽(先夢)을 하는데, 태자 꿈을 꿨거든요. 머리에 학의 꽃이 피고, 학 타고 구름을 타고 내려오니 아들이라고 인정하는 거예요. 길대부인이 삼신(三神)이 들어설 때 준비해둔 옷이 많아요. 그런데 열 달이 지나니 또 딸을 칠공주를 낳은 거예요.

처음에 대왕이 내시를 불러 "딸인지 태자인지 알아오너라?" 그러니 말을 못하고 그러니까 "남녀간에 무엇이더냐?" 그러니 "공주를 낳았다"고 내시가 말하니까 오구대왕님은 아들을 낳으면 딸을 낳았다고 해야 좋데요. 그래서 대왕님은 아들을 낳았다고 생각하고 '요번에 아들을 낳았으니 다음에 또 아들을 낳기 위해 딸을 낳았다고 그러는가 보다' 하고 생각했는데, 반가운 소식인가 했는데, 삼천 궁녀가 와서 무릎을 꿇고 "오구대왕 마마, 길대부인이 공주를 탄생했습니다." 하니 그때는 진짜로 듣는 거예요.

대왕님은 딸을 여섯을 낳고 태자를 바랬는데, 이제는 자신이 없는 거예요. 나이도 있구 하니까 "내다버려라." 그런 거예요. 속이 상하니까. 그러니 길대부인이 그 누구 어명이라고 거역하겠어요. 눈물을 뚝뚝 흘리면서 금방 낳은 자식을 버릴라니 부모의 자식 애정은 그게 아니거든요. 그래서 삼천 궁녀들이 공주를 포대기에 싸가지고 길대부인이 태자가 탄생하면 입힐려던 좋은 옷을 입혀서 이름 없는 물명주에 길대부인이 손가락을 잘려 버릴 '버'자(字) 버리데기, 데려다 키웠다고 해서 '데기'라고 버리데기하고, 불라국의 오구대왕이라고 거기다가 적은 것이예요.

그래서 삼천 궁녀가 안고 말에다 버리니까 말이 밟지 않고 눈물을 뚝뚝 흘리는 거예요. 돼지우리에도 넣으니 밟지 않는 거예요. 그래서 안 되겠다 하고 첩첩산중을 들어가 내다버렸는데, 어떤 독수리가 아기를 안고 날아가는 거예요. 날아갔는데, 옛날에는 까막까치도 말을 하고, 호랑이도 담배 피우고, 독수리도 말을 하는데, 산신님 도술법이예요.

그래서 안고는 저 첩첩산중으로 올라가서 산신님이 돌보고 키운 거예요. 머루다래, 산뿌리도 먹고 큰 거예요. 천자문(千字文)도 가르치고, 무술법도 가르치고, 행실 법도도 가르치고, 그러니까 버리데기 친구는 인간의 친구가 아니고, 짐승들의 친구예요. 까마귀도 친구고 산에 있는 토끼도 친구고. 산에서 크니까. 버리데기가 산열매만 따먹고, 나무뿌리만 캐먹으니 이 몸에서 털이 막 나는 거예요. 그래 사냥도 하고 사는데.

근데 오구대왕님은 길대부인이 버리데기를 산에다 버리고 오고부터는 대왕님이 모든 병이 많이 들었어요. 경을 읽어도 경발도 안받고, 무녀들이 굿을 해도 굿발도 안받고, 약을 써도 안받고, 인삼 녹용을 써도 안받고 해요.

세월이 여류(如流)하다보니까 버리데기 나이가 열다섯 살이지요. 길대부인의 꿈에 선몽을 하는데, "오구대왕님의 병환은 다른 게 아니라 인간도 가지 못하는 서천서역국에 가서 약물을 떠서 먹어야만 낫는다." 하고 산신령님이 선몽을 하는 거예요. 서천서역국이 어디 있는지 이름도 모르는데, 길대부인이 깨고 나니 꿈이거든요. 딸을 다 불러다 놓고 "별금아 달금아 서천서역국에 약물 구하려 안 가겠느냐?" 그러니 "어머니 나는 이 집의 살림 밑천이라 나라의 옥새도 거느려야 하고 어머니 아버님이 돌아가시면 모든 일을 다 해야 하는데 서천서역국에 약물 떠러 가라 합니까?" 둘째 딸에게 물으니 "아버지가 언제 돌아가실 줄 모르는데 나라의 옥새를 누구를 물려주며 어느 사위에게 물려줍니까. 이 많고 많은 재물을 누구에게 물려줍니까. 그거를 판단해 주십시오."

그러니 셋째 딸, 넷째 딸, 다섯, 여섯째 딸에게 다 물으니, 여섯째 딸이 하는 말이 "서천서역국의 약물을 먹어서 나을 것 같으면, 이 나라에서 백성들 죽는 사람이 하나도 없게요." 이러니까 "에라 딸년들은 도독년이구나." 하고 한숨을 쉬고 있다가 "여보, 서천서역국에 어느 누가 대신 약물 뜨러 가리오?" 이래 누워 있는데, 길대부인이 꿈에 선몽을 하는데, 어떤 산신령님이 "어디 어디 시(時)에 어떤 산중으로 올라가면 거기에서 누구를 만날 것이오. 잃었던 딸인 버리데기를 만날 것이니, 그 딸을 시켜서 서천서역국에 약물을 뜨러 보내라." 그러는 거예요. 깨니 꿈이거든요.

길대부인의 꿈에 선몽한 것은 "옛날 몇 년 전에 버렸던 딸을 어느 어느 산중에서 만날 것이니 오구대왕 병환을 낫게 해줄 것이다." 라고 해요. 그 당시에 버리데기는 자기가 열다섯 살까지 세월이 흘러오면서 산신령님이 엄마가 버렸다는 말을 하지 않았어요. 그냥 글을 가르치고, 무술을 가르치고 법도를 가르쳤는데, 산신령님이 세월이 흐르니 나이 먹고 이제는 부모하고 상봉할 때가 다가오니 사실 얘기를 쭉 다해주는 거예요.

산신령님이 길대부인에게 선몽을 하고 버리데기한테 무술을 가르치고 도술을 가르친 거예요. "오늘 몇 시에 산에 올라가라. 그러면 어떠한 부인이 오실 것이니 만나라." 그래서 얘기를 하고 나서 보에 쌌던 것을 주면서 "이게 너의 것이다. 이것을 가지고 그 분을 만나라." 그러니 거기에 중요한 이름을 새겨 놓은 게 있으니. 그 어머니를 만날 그 당시에 산신령님은 영영 사라졌어요.

날이가 어두어서 둘이 만났는데, 형편이 없거든요. 꼭 짐승이나 똑같애요. "내가 너의 어머니다." 하마 산신령님이 말을 해서 알지요. 어머니와 상봉을 했는데, 너의 보에 싸놓은 것을 보자 하니, 길대부인이 버릴 때 적어 놓은 이름이 있어요. 그러니 "너가 버리데기가 맞구나." 하고 그냥 목을 안고 눈물을 흘리고 울다가 산에서 날짐승과 친구가 될 수 없으니 이제 집으로 가자하고 궁 안으로 데리고 오지요. 오구대왕님은 보니 병환이 오늘 내일, 돌아가시게 되었어요. 전혀 의식을 잃고, 말을 못하고 있는데, 딸들은 이제 자기들이 언니이니까 처음에는 멀리하는 거예요.

길대부인이 버리데기를 데리고 궁녀를 시켜 목욕을 다 시켜가지고, 모든 몸의 때를 다 벗기고 옷을 잘 입히니까 피부가 백옥(白玉) 같고 일등미색(一等美色)이라 어떻게 잘 생겼는지 진짜 탐화봉접(探花蜂蝶)이래요. 너무 잘난 것예요. "내 딸이지만 칠공주가 제일 낫다." 어머니가 한숨을 자꾸 쉬니까 "어머님 어인 일에 이렇게 고민이 많으십니까?" "서천서역국에 약물을 구하러 가야 하는데 어느 누가 가나?" 하니 "어머니, 제가 가겠습니다." 버리데기가 서천서역국에 간다고 합니다. 그곳에 가야 하는데, 짚신 세 컬레하고 남복(男服)을 하고 가요. 그 짚신 세 컬레가 다 떨어져야 서천서역국으로 가는 거예요.

그래 서천서역국으로 이제 "어머니 다녀오겠습니다." 하고 가는데 그 버리데기가 한 달을 가는 게 일년이 걸려요. 버리데기가 걸어가는 시간이 몇 십 년이 걸린 것이예요. 버리데기 자기는 한 시간 같아도 궁 안에는 한달을 세월을 잡는 거예요. 세월을 산신령님이 도술법을 만드는 거지요. 그래서 인제 첩첩산중으로 올라가는데, 산을 넘고 물을 넘고 강을 건너서 넘어가는데, 해가 저물어 어둠컴컴하고, 산에는 짐승들이 우는 소리가 나고, 불은 하나도 없지. 버리데기가 무서워하는 거예요. 산중에서 앉아있다가는 인적이 없으니 주저앉는 거예요.

한 굽이를 넘어가다보니 불빛이 있어요. 불빛을 보고 버리데기는 귀신의 불빛인줄 알고, "귀신이면 사라지고, 사람이면 말을 해라." 하니 놀라는 거예요. 나중에 비바람이 불고 하니까, 산중에서 겁을 내는 거예요. 놀래고 그래요. "아차, 내가 이 산중에서 인적이면 사람이면 해꼬지는 하지 않을 것이다." 하고 한 굽이를 또 넘어가니 불빛이 가까이 보이는데 거리가 먼 거예요. 말하자면 신령님이 도술을 피우는 거예요.

나중에 한 오십 리를 걸어가니 그 불빛이 절이예요. 어떤 절이냐. 어머니가 버리데기를 가질 때 수미산 팔공대에 불공드리던 절이예요. "아차, 여기가 사람 사는 마을이구나." 절에 있는 중생들이 불공을 드리다가 날이 저무니 주무시는데, 사대문 다 잠궈서 열지를 못하거든요.

버리데기가 담을 넘어서 가니까, 종이 있는 끈을 당겨서 울린 거예요. 스님들이 자다가 밤에 종이 울리니까, 바지를 저고리로 입고, 거꾸로 입고 나오는 거예요. 그 대사 스님이 "어느 뉘가 감히 절에 와서 이러느냐. 귀신이면 물러가고, 사람이면 말을 해라." 하고 찾으니, 아무도 인기척이 없는 거예요. "사람이면 나와서 사죄를 해라." 하니 버리데기가 나와서 법당 밑에서 나오는 거예요. "너는 누구냐?" 하니 "저는 서천서역국에 약물 뜨러 가는 나그네인데 가다가 길이 멀어서 어디로 가야 하는지 모르는데, 불빛이 있어 찾아왔습니다."

"불라국에서 왔다."고 하니까 스님은 알아요. '아, 너가 버리데기구나.' 스님은 딸이라면 지울 것 같아서 딸인 줄 알면서 아들이라고 그랬던 거예요. 이 스님이 용한 거예요. 하마 길대부인이 수심이 가득 차기에 "우리 절에 백일공덕을 잘 드리면 틀림없이 태자를 볼 것입니다." 그랬거든요. 그 말을 할 때 스님은 벌써 딸인 줄 알은 거예요. '아하, 너가 버리데 기이구나.' 하고 속으로만 알고 있는 거예요.

"팥을 넣고, 밥을 잘 지어서 드려라." 나라의 왕자님이라는 것을 알지만 상좌들은 모르지요. 밥을 많이 먹고서 한 굽이를 넘어가니 여러 스님들이 염주밭에 염주를 치는데, "여러 스님들, 서천서역국으로 가자면 어디로 갑니까?" "나는 염주밭에 염주를 치기 때문에 바쁘니까 다른 데 가서 물어보시오." 그러니 "염주밭을 제가 매어드리리다." 그 많고 많은 염주밭의 염주를 어떻게 다 캐요. 산신령님 부처님 도술법으로 염불을 하는 거예요. 사십팔원경(四十八圓經) 염불을 하는 거예요. 나무아미타불 모두 여섯 자가 들어가잖아요. 남짜는 남짜는 제불도와불 남짜요. 이렇게 염불을 하는 거예요. 염불을 하다보니까 다 캐고, 그러니까 스님들이 "아 서천서역국으로 가려면 이 굽이를 넘어가시오." 또 한 굽이를 넘어가는데, 어떤 사람들이 방아를 찧는 거예요.

"서천서역국을 어디로 갑니까?" 하고 물으니 "방아를 다 찧어야 하는데 어떻게 서천서역국을 가르쳐 줍니까." 하는 거예요. "그러면 이 방아를 다 찧어줄 테니 서천서역국을 가르쳐 주세요." 버리데기 다 찧어야 하는데, 한숨을 쉬는데 참새들이 날아와서 입으로 벼를 다 까주는 것예요. 그래 "한 굽이를 넘어가라." 해서 가니까 강이 있어요. 강을 백 개를 건너야 하는 거예요. 강을 백 개를 건너야만 서천서역국에 갈 수가 있거든요.

그 때에 강이 얼마나 많은지. 마침 사공이 있어요. "사공, 사공 유수강을 어떻게 건너가야 합니까?" "이 물이 부정한 염불을 외워서 잡귀를 다 끊어내야 합니다." 그래요. 그래서 거기서 '일세동방절도량 이세남방득처량' 하면서 물을 맑게 하는 염불이거든요. 그렇게 해주고 난 뒤에는 용선가를 하는 거예요. "용신님 지성으로 배를 모아, 유수강변 배 한 척이 떠나간다." 하니 강을 백 개를 건너간 거예요.

강을 건너니 하늘에서 동수자라는 분이 나타나요. 말하자면 이 분은 견우직녀의 견우 남자예요. 근데 하늘에서 죄를 너무 많이 지어놓으니 옥황상제가 "너는 지하 땅에 가서 인간 구실 다하고, 지하에 가서 인연을 맺어 아들 삼태를 낳고 올라오너라." 했어요. 그래가지구는 동수자가 내려가 있으면, "지하 땅에서 처음 만나는 어떤 낭자가 너의 배필이니 인간 구실을 하고 하늘나라로 올라오너라. 아들 삼태를 낳아라." 했거든요. 나중에 버리데기가 강을 건너서 가니가 어떤 남자가 있거든요. 분명히 처음에 여자를 만난다고 했는데, 이상하거든요. 어떤 남자가 와서 "서천서역국으로 가자면 어디로 갑니까?" 이러거든요. 분명히 남자니까 이상한 거예요. "서천서역국에 가자면 오늘은 여기서 주무시고 날이 밝으면 가르쳐 줍니다." 그러는 거예요.

　근데 인제 동수자하고 같이 잠을 자는데, 한 방에서 잠을 자는데, 버리데기가 옷을 벗고 자면 여자라는 게 탄로가 날까봐 옷을 입고 자는 거예요. 그러니까 동수자가 "답답한데, 왜 옷을 입고 잡니까." 하는 거예요. 동수자는 여자인 줄 모르고 훌딱 벗고 자는 거예요. "나는 원래 클 때부터 옷을 입고 자는 버릇이 있습니다." 하고 자는 거예요.

　그 이튿날 동수자가 "도령님은 뉘신지 그럼 오줌내기나 합시다. 오줌 줄기내기를 해서 이기면 서천서역국을 가르쳐 주겠습니다." 동수자는 남자니까 소변을 보니 오줌줄기가 세니까 담 너머로 가는데 버리데기는 여자니까 소변을 해봐야 다리로 다 세어 나오지, 내기를 할 게 뭐 있어요. 당황하는데 하늘에서 인제 물호수 줄기를 뿌리는 거예요. 동수자는 소변을 보니 담 너머로 떨어지고, 버리데기는 하늘에서 빗물을 뿌려주면서 하니까 서로 반대로 하는데, 버리데기는 오줌을 싸니까, 동수자가 옷이 다 젖은 거예요. "그래 내가 졌오. 그러면 옷을 버렸으니 목욕을 합시다." 하는 거예요.

　버리데기는 자기가 여자니까 몸을 가려서 가야 하는데 걱정이 태산

같아요. 고민하다보니 하늘에서 무개가 다리가 서로 안개가 몸을 가려
주는 거예요. 싹 가려주니까 여자인지 분간을 못하지요. 얼마만큼 목욕
을 하다가 동수자가 나와서 버리데기 옷을 가져 간 거예요. 버리데기가
나와 자기 옷이 없으니까 인제 당황을 하는 거예요. 동수자가 가져갔어
요. 그러니까 버리데기가 "동수자님, 내 옷을 주십시오. 나는 남자가 아
니요. 여자입니다." 그러니까 동수자는 알면서 그러는 거예요. 모르는 척
하고.

 "내가 이 옷을 주되 나하고 백년 인연을 맺어야 하고, 아들 삼 동자를
낳아주어야만 서천서역국에 약물을 가르쳐 준다."고 해요. 그래 첫날밤
을 잠을 이뤘어요. 그래 무정세월이 흘러가다보니 몇 년이 흘렀지요. 실
제로 삼십년이 흘른 거예요. 그래 인제 아들 삼태를 낳았지요.

 동수자가 서천서역국을 가르쳐주는 거예요. 가는데, 동수자는 아들
셋을 얻었으니 하늘로 올라가고, 버리데기는 서천서역국으로 가야 되는
데, 애기를 잠시 두고 가요. 어떤 인간도 가지 못하는 험한 곳인데, 들어
가니까 지옥지옥 독사지옥을 지나고 고비를 지나고 약물을 뜨러 간 것
이예요. 정성이 너무 지극하니 산신령님이 "너가 약물을 뜨는 곳은 저기
거북바우다." 그래요. 물을 뜨자면 한 달이 지나야 병을 한 병을 채워요.
그 안에 가면 살 살이 꽃도 있고, 피 살이 꽃도 있고, 뼈 살이 꽃도 있는
데, 약물을 뜨고 꽃을 꺾어서 가는데, 신령님이 하는 말이 어떤 책을 주
면서 "너가 이것을 가지고 가면 궁 안에 어떤 일이 닥칠지 모르니 이 책
을 펴놓고 염불을 외워라." 하는 거예요.

 그래 버리데기가 약물을 손에 들고 꽃을 들고 그 책을 품안에 안고
궁 안에 내려가니, 버리데기가 갈 때는 삼년이 지났는데, 궁 안에는 삼십
년 세월이 흐른 거예요. 버리데기가 삼 동자를 낳으니, 두고 못가고 셋
을 업고 서천서역국에서 불라국 마을을 내려간 것예요. 마을을 내려가
다 보니 어떤 농부들이 농사 모를 심구다가 하는 말이 "버리데기는 오구

대왕님 위해서 서천서역국에 약물 구하러 간다는 년이 서방님 붙어서 오지도 않는다. 오늘은 오구대왕님이 돌아가신 상사(喪事)날이라. 행상 (行喪) 떠나는 구경이나 하고 술이나 한 잔 하세."

그 말 끝에 버리데기가 들었어요. "농부님, 그 말이 무슨 말입니까." "불라국에 오구대왕님이 돌아가셔서 오늘 떠나가는데, 우리가 모를 얼른 다 심고 행상 구경이나 갈라고 합니다." 그래요. 그러니까 버리데기가 자기 아버지가 돌아가셨다는 말을 듣고 애들 삼형제를 농부에게 맡겨 놓고 가는 거예요. "잠깐 갔다 오리라." 하고 가는데, 행상이 돌아오는 거예요. "땡그렁 땡땡, 북망산천(北邙山川) 떠나가네." 하면서 하얀 옷을 입고 가니까 눈물이 나는 거예요. "가실 때는 오신다고 하시더니 소식조차 돈절(頓絶)하다. 북망산천이 어디고, 멀고 먼 황천길이 이제 가면 언제 오나. 살이 썩어 황토가 되네." 하며 한 맺히는 소리를 하는 거예요.

그러니 행상소리가 나는데, 버리데기가 보니까 불라국에 오구대왕 행상이 오는 거예요. 상주들이 울면서 따르는데, 버리데기가 가면서 우니까, 삼천 군사들이 버리데기를 엄중하게 다루는 거예요. "약물 뜨러 간 년이 삼십년이 지나도 안 왔는데." 하면서 말리니까. 버리데기가 "이 행상을 멈춰라." 하니 언니들이 그냥 막 "저 년을 죽여라. 어디 가서 어느 놈 서방질 붙었다가 이제 와서 감히 궁에 와서 그러느냐?" 하고 그 인제 칠공주인 언니들이 그러는 거예요.

근데 형부들도 그러는 거예요. 그럴 때 자기 품에 있는 책을 펴고 불경을 외우니까 떠나가던 행상도 발이 붙고 언니들도 다리가 붙는 거예요. 그러니까 버리데기를 건드릴라고 해도 몸이 움직이지 못하니까. 상두꾼들이 행상을 멈추지요. 버리데기가 행상을 벗겨가지구, 그러니까 아버지가 뼈가 이제 내려앉은 거예요. 돌아가신 지 삼십년 됐으니까요. 버리데기가 하얀 꽃을 이렇게 쓰다듬으니 뼈가 살아나고, 고다음에 노란 꽃을 쓰다듬으니 살이 살아나고, 고다음에 빨간 꽃을 쓰다듬으니 피가 살고 심줄이 사는 것예요. 그래서 입에다 약물을 세 방울을 떨어뜨리니 안개 같이 구름이 싸이면서 오구대왕님이 하품을 하고 일어나면서 "어허, 내가 무슨 잠을 이렇게 깊이도 잤는가?" 하면서 일어나요.

일어나니까 상두꾼이 모두 놀라는 거예요. 그러니 어머니가 보고, 딸들도 아버지가 살아나니까 효녀효녀 그런 효녀가 어디 있어요 아버지가 "네가 효녀구나. 몇 년 전에 버렸던 버리데기구나." 하니 버리데기가 "아버지, 제가 지은 죄가 있습니다." 하니 "뭣이냐?" "저 서천서역국에 약물을 뜨러 갈 때 동수자를 만나서 아들 삼형제를 낳았는데, 죽을 죄를 졌습니다." 아, 오구대왕님이 얼마나 기분이 좋아요. 외손자를 얻었으니까요. 그래 외손자가 나중에 하늘의 삼태성(三台星) 별이 되었데요. 칠공주는 북두칠성이 되구, 오구대왕하고 길대부인은 견우직녀가 되었데요.

〈서사무가 바리공주 전집 3(속초 빈순애본)〉

(1) 願往生歌

　文武王代 有沙門名廣德嚴莊二人友善 日夕約曰 先歸安養者須告之
德隱居芬皇西里 蒲鞋爲業 挾妻子而居 莊庵栖南岳 大種力耕 一日 日
影拖紅 松陰靜暮 窓外有聲 報云 某已西往矣 惟君好住 速從我來 莊排
闥而出顧之 雲外有天樂聲 光明屬地 明日歸訪其居 德果亡矣 於是乃與
其婦收骸 同營蒿里 旣事 乃謂婦曰 夫子逝矣 偕處何如 婦曰 可 遂留
夜將宿欲通焉 婦靳之曰 師求淨土 可謂求魚緣木 莊驚怪問曰 德旣乃爾
予又何妨 婦曰 夫子與我 同居十餘載 未嘗一夕同床而枕 況觸汚乎 但
每夜端身正坐 一聲念阿彌陁佛號 或作十六觀 觀旣熟 明月入戶 時昇其
光 加趺於上 竭誠若此 雖欲勿西奚往 夫適千里者 一步可規 今師之觀
可云東矣 西則未可知也 莊愧赧而退 便詣元曉法師處 懇求津要 曉作鍤
(淨)觀法誘之 藏於是潔己悔責 一意修觀 亦得西昇 鍤觀在曉師本傳與
海東僧傳中 其婦乃芬皇寺之婢 盖十九應身之一 德嘗有歌云 月下伊底
亦 西方念丁去賜里遣 無量壽佛前乃 惱叱古音多可支白遣賜立 誓音深
史隱尊衣希仰支 兩手集刀花乎白良 願往生願往生 慕人有如白遣賜立
阿邪 此身遺也置遣 四十八大願成遣賜去

〈三國遺事 卷五 感通 廣德嚴莊〉

　문무왕(文武王;661~681) 때 광덕(廣德)과 엄장(嚴莊)이란 스님이 있었는데, 두 사람은 좋은 벗이었다. 두 사람은 항상 약속하였다.

"먼저 서방 극락으로 가는 사람은 꼭 알려주기로 하세."

광덕은 마을에서 동떨어진 분황사 서쪽에서 살았다. 그는 부들로 신을 삼아 생계를 꾸리며 처자와 살았다. 엄장은 남악 기슭에 화전(火田)을 일구어 경작하였다.

어느 날 저녁 붉은 해 그림자가 짙게 드리우고 솔밭은 어둠 속에 고요한데, 방안에 있던 엄장은 창 밖에서 누군가 자기에게 하는 말을 들었다.

"나는 이제 서방 극락으로 가니 그대는 잘 있다가 속히 나를 따라오게."

엄장은 급히 문을 열고 나가 사방을 살폈다. 구름 밖 멀리에서 하늘나라의 풍악 소리가 들리고 밝은 빛이 땅까지 뻗쳐 있었다. 이튿날 엄장이 광덕의 집에 가 보니 그는 정말 죽어 있었다. 엄장은 광덕의 아내와 함께 유해를 거두어 장례를 치렀다. 장례를 마치고 엄장은 광덕의 아내에게 말했다.

"남편이 이미 세상을 떠났으니 우리 둘이 함께 사는 것이 어떻소?"

"괜찮습니다."

그 날부터 엄장은 그 집에서 살았다. 그 날 밤 엄장이 잠자리에 들어 부인과 관계하려 하자 부인이 그를 심하게 나무랐다.

"스님이 서방 정토에 가길 바라는 것은 고기를 잡으러 나무에 오르는 것과 같습니다."

엄장은 아주 이상한 듯이 물었다.

"광덕이 이미 이러했을 터인데 나라고 무엇을 거리끼겠소?"

"남편과 내가 같이 산 지 십여 년이나 되었지만 남편은 하룻밤도 나와 잠자리를 같이 한 적이 없었는데, 어떻게 부부의 정을 나눌 수 있었겠습니까? 오직 밤마다 단정히 앉아 한결같이 아미타불만 염불하셨고, 십육관(十六觀)을 수련하여 이미 높은 경지에 올라 밝은 달빛이 방안에 들면 그 빛을 타고 가부좌로 앉아 정진하셨습니다. 이 만큼 정성을 다

쏟으셨으니 서방정토(西方淨土)로 가지 않고 어디로 갔겠습니까? 천 리를 갈 사람은 그 첫 걸음으로 알 수 있습니다. 지금 스님의 깨우침으로는 거꾸로 동(東)으로 갈지언정 서방정토로 가리라고는 여겨지지 않습니다."

엄장은 부인의 말에 매우 부끄러웠다. 그는 그 집을 나와 곧바로 원효 스님을 찾아가 수행의 요체를 가르쳐 달라고 간청하였다. 원효 스님은 정관법(淨觀法)을 만들어 그를 가르쳤다. 엄장은 정관법을 익혀 몸과 마음을 닦으며 지난날의 잘못을 뉘우쳐 스스로를 꾸짖고, 오직 한 뜻으로 수련을 하여 마침내 서방정토로 갔다. 정관법은 원효 스님의 본전(本傳)과 『해동고승전』(海東高僧傳)에 실려 있다. 그 부인은 분황사의 종이었는데, 관음보살 십구응신(十九應身) 중의 하나라고도 하였다. 광덕은 일찍이 이런 노래를 불렀다.

들하 이데	달님이여, 이제
西方ㅅ장 가샤리고	서방까지 가셔서
無量壽佛前에	무량수불(無量壽佛) 전에
닐곰다가 숣고샤셔	일러다가 사뢰소서.
다딤 기프샨 尊어히 울워리	다짐 깊으신 부처를 우러러
두 손 모도호솔바	두 손을 모아 올려
願往生 願往生	원왕생(願往生) 원왕생(願往生)
그릴 사람 잇다 숣고샤셔	그리는 사람 있다고 사뢰소서
아으 이 몸 기텨 두고	아, 이 몸을 남겨 두고
四十八大願 일고샬까	사십팔대원(四十八大願)을 이루실까

〈梁柱東 解讀〉

(2) 調信의 꿈

昔新羅爲京師時 有世逵寺之莊舍 在溟州㮨李郡 本寺遺僧調信爲知
莊 信到莊上 悅太守金昕公之女 惑之深 屢就洛山大悲前 潛祈得幸 方
數年間 其女已有配矣 又往堂前怨大悲之不遂己 哀泣至日暮 情思倦憊
俄成假寢

忽夢金氏娘 容豫入門 粲然啓齒而謂曰 兒早識上人於半面 心乎愛矣
未嘗暫忘 迫於父母之命 强從人矣 今願爲同穴之友 故來爾 信乃顚喜
同歸鄕里 計活四十餘霜 有兒息五 家徒四壁 藜藿不給 遂乃落魄扶攜
糊其口於四方 如是十年 周流草野 懸鶉百結 亦不掩體 適過溟州蟹縣嶺
大兒十五歲者忽餒死 痛哭收瘞於道 從率餘四口 到羽曲縣 結茅於路傍
而舍 夫婦老且病 飢不能興 十歲女兒巡乞 乃爲里獒所噬 號痛臥於前
父母爲之歔欷 泣下數行 婦乃□澁拭涕 倉卒而語曰 予之始遇君也 色美
年芳 衣袴稠鮮 一味之甘 得與子分之 數尺之煖 得與子共之 出處五十
年 情鍾莫逆 恩愛綢繆 可謂厚緣 自比年來 衰病日益深 飢寒日益迫 傍
舍壺漿 人不容乞 千門之恥 重似丘山 兒寒兒飢 未遑計補 何暇有愛悅
夫婦之心哉 紅顏巧笑 草上之露 約束芝蘭 柳絮飄風 君有我而爲累 我
爲君而足憂 細思昔日之歡 適爲憂患所階 君乎予乎 奚至此極 與其衆鳥
之同餒 焉知隻鸞之有鏡 寒棄炎附 情所不堪 然而行止非人 離合有數
請從此辭 信聞之大喜 各分二兒將行 女曰 我向桑梓 君其南矣

方分手進途而形開 殘燈翳吐 夜色將闌 及旦鬢髮盡白 惘惘然殊無人
世意 已厭勞生 如飫百年苦 貪染之心 洒然氷釋 於是 慚對聖容 懺滌無
已 歸撥蟹峴所埋兒 乃石彌勒也 灌洗奉安于隣寺 還京師 免莊任 傾私
財 創淨土寺 勤修白業 後莫知所終

〈三國遺事 卷四 塔像 洛山二大聖觀音正趣調信〉

옛날 서라벌이 서울이었을 때, 세규사(世逵寺)의 사유지가 명주(溟州)

내리군(榇李郡)에 있었다. 본사(本寺)에서 그 관리인으로 승려 조신(調信)을 파견하였다.

조신이 그곳에 와서 태수 김흔공(金昕公)의 딸을 좋아하여 그녀에게 깊이 빠졌다. 여러 번 낙산사 관음보살 앞에 나아가서 그 여자와 관계를 맺기를 몰래 빌었다. 수년이 흐르는 사이에 그 여자에게 배필이 정해졌다. 그러자 또 불당 앞에 가서 관음보살이 자기의 소원을 이루어주지 않음을 원망하여 날이 저물도록 슬피 울다가 그리운 상념에 지쳐서 옷을 입은 채 그 자리에서 잠이 들었다.

문득 꿈에 김씨 낭자가 기쁜 낯빛으로 문으로 들어와서 반가이 웃으며 말했다.

"저는 일찍이 스님을 잠깐 보고 알게 되어 속으로 사랑하여 아직 잠시라도 잊지 못하고 있는데 부모의 명령에 못 이겨 억지로 다른 사람에게 시집가게 되었습니다. 그러나 이제 부부가 되고 싶어 찾아왔습니다."

조신은 매우 기뻐하며 함께 향리로 돌아갔다. 사십여 년을 같이 살면서 자녀 여섯을 두었으나, 집은 다만 벽뿐이오, 끼니조차 잇기 어려웠다. 끝내 찌든 가난에 그 가족들은 서로 부축하고 끌면서 사방으로 다니며 입에 풀칠해야 하는 지경에 이르렀다. 이렇게 십년이나 두루 돌아다니다 보니 갈가리 찢어진 옷은 몸뚱이를 가릴 수도 없었다.

때마침 명주 해현(蟹縣) 고개를 지나는데 열다섯 살 된 큰아이가 갑자기 굶어죽어 통곡하며 길가에 묻었다. 그리고 나머지 네 자녀를 데리고 우곡현(羽曲縣)에 이르러 길가에 띠집을 짓고 살았다. 그들 부부는 늙고 병들었으며, 또 굶주려서 일어나지도 못했다. 열 살 난 계집아이가 밥 얻으러 다니다가 마을 개에게 물려 아프다고 부르짖으면서 앞에 와서 눕자, 부모도 흐느껴 목이 메어 눈물이 끊임없이 흘렀다. 부인이 눈물을 훔치면서 말했다.

"내가 처음 당신을 만났을 때는 얼굴도 아름답고 나이도 젊었으며 의

복도 많고 깨끗했습니다. 한 가지 음식이라도 당신과 나누어 먹었고 얼마 안 되는 의복도 당신과 나누어 입으면서 함께 산 지 십오년에 정이 맺어져 매우 친밀해졌으며, 은애(恩愛)도 굳게 얽혀졌으니 두터운 인연이라고 할 수 있었습니다. 그러나 근년에 와서는 쇠약해져 생긴 병이 해마다 더욱 심해지고 굶주림과 추위가 날로 더욱 닥쳐오니, 곁방살이와 보잘것없는 음식도 남에게 빌 수 없게 되었습니다. 천문만호(千門萬戶)에 걸식하는 그 부끄러움은 산더미를 진 것보다 더 무겁습니다. 아이들이 추위에 떨고 굶주려도 이조차 미처 돌보지 못하는데, 어느 틈에 부부의 애정을 즐길 수 있겠습니까? 혈색 좋던 얼굴과 어여쁜 웃음도 풀 위의 이슬처럼 사라져 버렸고 지란(芝蘭)같은 백년가약(百年佳約)도 버들개지가 바람에 날리듯 없어져 버렸습니다. 당신은 나 때문에 괴로움을 받고, 나는 당신 때문에 근심이 되니 옛날의 기쁨을 곰곰이 생각해보니, 그것이 바로 우환의 터전이었습니다. 당신과 내가 어찌해서 이 지경에 이르렀는지, 뭇 새가 함께 굶어죽는 것보다는 차라리 짝 잃은 난새가 거울 향하여 짝을 부르는 것만 못할 것입니다. 역경(逆境)을 당하면 버리고 순경(順境)에 있으면 친하고 하는 것은 인정상 차마 못할 짓이지만, 행하고 그치고 하는 것은 인력(人力)으로 되는 것이 아니며, 헤어지고 만나고 하는 것도 운수(運數)가 있는 것이니, 제발 지금부터 헤어집시다."

조신은 이 말을 듣고 크게 기뻐하며 각기 아이 둘씩을 맡아 바야흐로 떠나려 하니 여인은 말했다.

"저는 고향으로 가겠습니다. 당신은 남쪽으로 가십시오."

막 헤어져 길을 떠나려 할 때 그만 꿈을 깨었다. 이때 등잔불은 깜박거리고 밤이 바야흐로 새려 했다. 아침이 되니 수염과 머리털은 모두 희어지고 망연하여, 전혀 세상에 뜻이 없어져 사는 것도 벌써 싫어지고, 한평생 괴로움을 겪은 것 같았다. 탐염(貪艶)의 마음도 깨끗이 얼음 녹듯 없어져버렸다. 이에 관음보살상을 대하기가 부끄러워져서 잘못을 뉘우쳐 마지않았다.

돌아와 해현 고개에 묻은 아이를 파보니 그것은 바로 돌부처였다. 이것을 물로 씻어 부근의 절에 모셨다. 서울로 돌아가 장원의 소임을 그만두고 사재(私財)를 들여 정토사(淨土寺)를 세우고 착한 일을 근실히 닦았다. 그 후에 세상을 어디서 마쳤는지 알 수 없다.

(3) 樂道歌 나옹(懶翁;1320~1376)

靑山林(청산림) 깁흔 고디 一間茅屋(일간모옥) 지여 두고
슝門(문)을 半開(반개)ᄒᆞ고 石徑(석경)에 徘徊(배회)ᄒᆞ니
春風(춘풍)이 건들 불어 花草(화초)를 掀動(흔동)ᄒᆞᆫ다
隔林(격림)에 百花(백화) 곳은 處處(처처)에 피엿거든
物外(물외)에 神仙鶴(신선학)은 白雲間(백운간)에 셧도난 듯
風景(풍경)도 죠커니와 物象(물상)이 더욱 조타
그 中(중)에 無心樂(무심락)은 世上樂(세상락)과 다름이라
한 쪼각 珍寶香(진보향)은 玉爐(옥로) 중에 쏘자 두고
寂寂(적적)한 明月(명월) 下(하)에 무심히 홀로 안저
十年(십년)을 期限(기한) 定(정)코 一大事(일대사)를 窮究(궁구)ᄒᆞ니
從前(종전)에 모르든 걸 今日(금일)에사 알리로다
일단고명(一段高明) 심지월(心之月)은 萬古(만고)에 밝앗스되
무명장야(無明長夜) 업희랑(業海浪)에 길 몰나 단엿더니
靈鷲山(영취산) 諸佛會相(제불회상) 處處(처처)에 뫼아거든
소림굴(小林屈) 죠사가품(組師家品) 엇지 멀리 어들소냐
천경만론(千經萬論) 진법셜(眞法說)은 耳邊(이변)에 昭昭(소소)ᄒᆞ고
빅역찰토(百域刹土) 진불면(眞佛面)은 眼前(안전)에 顯顯(현현)ᄒᆞᆫ다
靑山(청산)은 默默(묵묵)ᄒᆞ고 綠水(녹수)난 潺潺(잔잔)흔 디
淸風(청풍)이 실실(瑟瑟)ᄒᆞ니 이 엇더흔 消息(소식)이며
明月(명월)이 단단ᄒᆞ기 이 엇더흔 경계(境界)던고
일이제명(一二題銘)ᄒᆞᆫ 中(중)에 활계죠차 구죡(具足)ᄒᆞ다
萬壑千山(만학천산) 푸른 松葉(송엽) 일발(一鉢) 中(중)에 담어 두고
빅공쳔창(百孔千瘡) 기은 누비 두 엇계에 거럿스니
기한(飢寒)에 무심(無心)ᄒᆞ다

기한(飢寒)에 무심(無心)ᄒ니 셰욕졍(世慾情)이 잇슬소냐

욕졍(慾情)이 담박(淡薄)ᄒ니 인아사상(人我之相) 쓸 더 업네

사상산(四相山) 업난 고디 법셩산(法性山)이 놉고 놉다

千山(천산)이 깁고 깁허 一物(일물)도 업난 中(중)에

一圓相(일원상)이 독노(獨路)로다

皎皎(교교)한 夜月(야월) 下(하)에 圓覺(원각)상에 올나 안저

無空笛(무공적)을 빗겨 불고 無絃琴(무현금)을 노피 타니

石虎(석호)난 춤을 추고 松風(송풍)은 和答(화답)ᄒ다

무위자셩(無爲自性) 진공낙(眞空樂)은 그 中(중)에 갓찻더라

장천(長天)을 두러 쓰고 디지(大地)를 건너 안자

무착영(無着嶺)을 넌짓 올라 부지ᄼᆫ을 구버 보니

각슈담화(覺樹淡畵) 죠흔 꼿치 쳐쳐(處處)에 피엿더라

〈朝鮮歌謠集成〉

(4) 自警別曲 이이(李珥;1536~1584)

痛憤(통분)ᄒ다 痛憤(통분)ᄒ다 不學無識(불학무지) 痛憤(통분)ᄒ다

天性(천성)으로 삼긴 心性(심성) 物慾(물욕)으로 變(변)탄 말가

離婁(이루)가치 발근 눈의 보난 거시 錢穀(전곡)이오

師曠(사광)가치 聰(총)ᄒ 귀의 듯는 거시 酒色(주색)이오

公輸(공수)가치 巧(교)ᄒ 손의 棋博沽酒(기박고주) 汨沒(골몰)ᄒ고

夸夫(과부)가치 것는 발은 財利上(재리상)의 奔走(분주)ᄒ다

興戎出好(흥융출호) ᄒ난 입의 言語操心(언어조심) 아니ᄒ며

惰其四肢(타기사지) 이 스롬이 不顧父母(불고부모) 大不孝(대불효)라

千金(천금)가치 귀ᄒ 몸이 百年(백년) 못 살 인생이라

生前(생전)의 그러ᄒ면 死後(사후)의 그 뉘 알가

사람마다 이 ᄒ 몸이 父母遺體(부모유체) 뉘 아닌가

文章功名(문장공명) 富貴(부귀)ᄒ야 父母榮華(부모영화) 못 뵈거든

豪俠放蕩(호협방탕) 亂雜(난잡)ᄒ야 父母貽憂(부모이우) 무삼일고

切痛(절통)ᄒ다 切痛(절통)ᄒ다 싱각ᄒ면 切痛(절통)ᄒ다

世上天下(세상천하) 萬物(만물) 中(중)의 사람이 貴(귀)탄 말숨

배와서 알 거신가 드러서 斟酌(짐작)홀가

天地造化(천지조화) 化生(화생)홀 졔 賤(천)ᄒ 거시 禽獸(금수)로다

假令(가령) 닐러 禽獸(금수)되면 못될 것도 無數(무수)ᄒ다

麒麟(기린)이 귀컨마는 닷는 짐싱 毛族(모족)이요

鳳凰(봉황)이 祥瑞(상서)라도 나난 시이 羽族(우족)이다

冀北(기북)에 貴(귀)ᄒ 거시 千里馬(천리마)을 좃타 홀가

遼東(요동) 貴物(귀물) 자랑 ᄆ소 白頭豕(백두시)도 賤(천)ᄒ도다

寧爲鷄口(영위계구) ᄒ잔 말이 그 아니 鄙言(비언)인가

一獸走(일수주) 百獸驚(백수경)果(과) 鳥之將死(조지장사) 其鳴哀(기

명애)논

날고 닷고 그 뿐이라 知覺(지각) 이셔 그리는가

貴(귀)ᄒ도다 貴(귀)ᄒ도다 오직 사람 貴(귀)ᄒ도다

元亨利貞(원형이정) 順理(순리)ᄒ고 仁義禮智(인의예지) 稟性(품성)ᄒ야

三綱五倫(삼강오륜) 우리 人間(인간) 萬善百行(만선백행) 이 世上(세상)의

貴(귀)ᄒ 스롬 되야 나셔 飽食煖衣(포식난의) 擧動(거동)보소

ᄒ난 거시 自行自止(자행자지) 아난 거시 如醉如狂(여취여광)

良知良能(양지양능) 本然心(본연심)乙(을) 自暴自棄(자포자기) ᄒ여 갈 졔

近於禽獸(근어금수) 姑舍(고사)ᄒ고 牛馬襟裾(우마금거) 네 아닌가

스롬되야 胎生(태생)ᄒ니 못날 딕도 ᄒ도 만타

北胡地(북호지)의 生長(생장)ᄒ면 凶奴(흉노)를 못 면ᄒ며

西藩(서번)의 生長(생장)ᄒ면 犬戎(견융)이 아조 쉽고

南蠻國(남만국)의 生長(생장)ᄒ면 鴃舌荒服(격설황복) 될 번 ᄒᄃ

조홀시고 우리 東國(동국) 文明(문명)ᄒ다 우리 東國(동국)

堯之日月(요지일월) 舜之乾坤(순지건곤)의 檀君故國(단군고국) 箕子

州(기자주)라

文冠制度(문관제도) 彬彬(빈빈)ᄒ고 禮樂文物(예악문물) 郁郁(욱욱)ᄒ다

飛禽走獸(비금주수) 아니 되고 天賦之靈(천부지령) 스롬 되야

南蠻北狄(남만북적) 아니 되고 朝鮮聖世(조선성세) 生長(생장)ᄒ니

四都八路(사도팔로) 널운 들의 山明水麗(산명수려) 萬世基(만세기)라

家給人族(가급인족) 太平界(태평계)의 國泰民安(국태민안) 조홀시고

老而不學(노이불학) 져 老人(노인)은 擊壤歌(격양가)을 몰나든가

童子何知(동자하지) 져 아히는 康衢謠(강구요) 뜻을 알가

우리 東國(동국) 人民(인민)되야 無識(무식)ᄒ고 씰 디 업다

니바 우리 同門生(동문생)아 스롬될 닐 議論(의논)ᄒ식

스롬이 스롬될 닐 學問(학문) 밧긔 다시 업닉

萬古大聖(만고대성) 孔夫子(공부자)는 韋編三絶(위편삼절) ᄒ시도다

八年治水(팔년치수) 夏禹氏(하우씨)는 寸陰(촌음)을 앗겨시니

우리 가탄 新學小生(신학소생) 虛送歲月(허송세월) ᄒ잔 말가

〈필사본〉

(5) 도덕가(道德歌) 최제우(崔濟愚;1824~1864)

턴디음양(天地陰陽) 시판(始判) 후의 빅천만물(百千萬物) 화(化)히 느셔

디우지(至愚者ㅣ) 금수(禽獸)오 최령지(最靈者ㅣ) 스람이라

젼히오는 세상 말이 턴의인심(天意人心) 갓다 ᄒ고

디졍수(大定數) 듀역꽤(周易卦)의 느측지(難測者ㅣ) 귀신(鬼神)이오

디학(大學)의 이른 도(道)는

명명기덕(明明其德)ᄒ여 닉야 디어지션(止於至善) 안일넌가

듕용(中庸)의 이른 말은

턴명지위셩(天命之謂性)이오 솔성지위도(率性之謂道)오 수도디위교

(修道之謂教)라 ᄒ야

성경(誠敬) 이(二) 쯔(字) 발켜 두고

아동방(我東方) 현인달스(賢人達士) 도덕군즈(道德君子) 이름 ᄒ느

무지(無知)ᄒ 세상 스람 아는 비 턴디라도

경외지심(敬畏之心) 업셔스니 아는 거시 무어시며

턴상(天上)의 상제(上帝)님이 옥경디(玉京臺) 계시다고 보는 다시 말

을 ᄒ니

음양리치(陰陽理致) 고스ᄒ고 허무지셜(虛無之說) 안일넌가

ᄒ느라 무고스(巫瞽事)가 아동방(我東方) 젼히와셔

집집이 위ᄒ 거시 명식(名色)마다 귀신(鬼神)일셰

이런 지각(知覺) 귀경ᄒ쇼

턴디 역시 귀신이오 귀신 역시 음양인 줄

이가치 몰느스니 경젼(經典) 살펴 무엇ᄒ며

도(道)와 덕(德)을 몰느스니 현인군즈 엇지 알니

금세(今世)는 이러ᄒ느 즈고(自古) 성현(聖賢) ᄒ신 말슴

디인(大人)은 여턴디합기덕(與天地合其德) 여일월합기명(與日月合其

明) 여귀신합기길흉(與鬼神合其吉凶)이라

이가치 발켜니야 영세무궁(永世無窮) 전히스나

몰몰(沒沒)흔 지각자(知覺者)는 옹종망충(臃腫詷認)ᄒ난 말이

지금은 노텬(老天)이라 영험도스(靈驗道士) 업거니와

뫂슬 스람 부귀(富貴)ᄒ고 어진 스롬 궁박(窮迫)다고 ᄒᄂᆫ 말이 이쓴이오

약간 엇디 수신(修身)ᄒ면

지벌(地閥) 보고 가세(家勢) 보아 추세(趨勢)힉셔 ᄒᄂᆫ 말이

아모는 지벌도 조커이와 문필(文筆)이 유여(有餘)ᄒ니

도덕군즈 분명타고 모물염치(冒物廉恥) 추돈(推尊)ᄒ니

우숩다 져 스람은 지벌이 무어시게 군즈를 비유(譬喩)ᄒ며

문필(文筆)이 무어시게 도덕을 의논ᄒ노

아셔라 너의 스람 보즈 ᄒ니 욕이 되고 말ᄒ즈니 변거ᄒ되

느도 쏘흔 이 세상의 양의스상(兩儀四象) 품긔(稟氣)힉셔

신톄발부(身體髮膚) 바다니야 근보가셩(僅保家聲) 스십평싱(四十平生)

포의흔스(布衣寒士) 쑨이라도 텬리(天理)야 모를쇼냐

스롬의 수족동경(手足動靜) 이는 역시 귀신이오

션악간(善惡間) 마암 용스(用事) 이는 역시 긔운(氣運)이오

말ᄒ고 웃는 거슨 이는 역시 됴화(造化)로세

그러느 ᄒᄂᆞᆯ님은 지공무스(至公無私) ᄒ신 마음

불퇵션악(不擇善惡) ᄒ시ᄂᆞ니

효박(淆薄)흔 이 세상을 동귀일톄(同歸一體) ᄒ단 말가

요순지세(堯舜之世)의도 도척(盜跖)이 잇셔거든

ᄒ물며 이 세상의 악인음히(惡人陰害) 업단 말가

공즈지세(孔子之世)의도 환퇴(桓魋)가 잇셔스니

우리 역시 이 세상의 악인지셜(惡人之說) 피홀쇼냐

수심졍긔(修心正氣) ᄒ여 닉야 인의례지(仁義禮智) 디켜 두고

군즈 말슴 본바다셔 셩경(誠敬) 이(二) 쯘字) 지켜 니야

션왕고례(先王古禮) 일츠느니 그 엇지 혐의(嫌疑) 되며

셰간오륜(世間五倫) 발근 법(法)은 인셩지강(人性之綱)이로셔

일치 마즈 밍셰ᄒ니 그 엇지 혐의 될꼬

셩현(聖賢)의 가라치미 이불쳥음셩(耳不聽淫聲)ᄒ며 목불시악식(目不
視惡色)이라

어지다 졔군(諸君)들은 이런 말슴 본을 바다 아니 잇즈 밍셰히셔

일심(一心)으로 지커니면 도셩입덕(道成立德) 되려니와

번복디심(翻覆之心) 두게드면 이는 역시 역니즈(逆理者)오

물욕교폐(物慾交蔽) 되게드면 이는 역시 비류즈(鄙陋者)오

헷말노 유인ᄒ면 이는 역시 혹셰즈(惑世者)오

안으로 불냥(不良)ᄒ고 것트로 꾸며 니면

이는 역시 긔텬즈(欺天者)라 뉘라셔 분간(分揀)ᄒ리

이가치 아니 말면

경외지심(敬畏之心) 고슈(姑捨)ᄒ고 경명순리(敬命順理) ᄒ단 말가

허다(許多)ᄒ 세상악질(世上惡疾) 물약즈효(勿藥自效) 도얏스니

그이(奇異)코 두려오며

이 세상 인심(人心)으로 물욕(物慾) 졔거(除去)ᄒ여 니야

긔과쳔션(改過遷善) 도얏스니 셩경(誠敬) 이(二) 쯘字) 못 지킬가

일일(一一)이 못 본 스룸 상스지회(相思之懷) 업슬쇼냐

두어 귀(句) 언문가사(諺文歌辭) 드른 다시 외와 니야

졍심수도(正心修道) ᄒ온 후의 잇디 말고 싱각ᄒ쇼

〈龍潭遺辭〉

(6) 옥즁뎨셩(獄中提醒)

우민(愚昧)ᄒ다 군는(窘難)이여 텬상과(天上科)롤 뵈심이라

인인션악(人人善惡) 표편(褒貶)홀 제 허실진가(虛實眞價) 분명ᄒ다

셰속(世俗) 고롬 엇더ᄒ냐 디옥지고(地獄之苦) 그림즈라

예수 슈난(受難) 싱각ᄒ면 만의 ᄒ나 다 못 되네

잇쥬잇인(愛主愛人) 열심ᄒ나 모든 즁에 몬져 간션(揀選)

불상ᄒ다 낙방디쟈(落榜之者) 뎌 령혼(靈魂)을 엇지ᄒ나

금년(今年) 명년(明年) 우리 싱젼(生前) 무심즁(無心中)에 츠지시리

열심사쥬(熱心事主) 예비ᄒ야 엄형고쵸(嚴刑苦楚) 달게 밧소

예수 고상(苦像) 셩교(聖敎) 도리(道理) 만히만히 싱각ᄒ소

죽기까지 맛들리도 오쳔사빅(五千四百) 다 못 맛네

젼능텬쥬(全能天主) 디부모(大父母)를 한사(限死)ᄒ고 공경(恭敬)ᄒ소

이런 썩난 열심 신공(神功) 만홀사록 힘이 나네

셩경(聖經) 도리(道理) 못 드라면 닝담(冷淡)ᄒ기 쉬오리라

텬당(天堂) 길이 아득ᄒ니 흥상(恒常) 가야 가리로다

힉난 셔산(西山) 너머가고 우리 갈 길 언마 되나

무심타가 큰일 나리 즈긔 졈졈(點點) 혜아리소

이 육신(肉身)이 큰 원슈(怨讐)라 이 원슈를 엇지 ᄒ나

편ᄒ 디만 두려ᄒ고 량심(良心) 말을 듯지 안네

만 번 죽어 눕분 육신(肉身) ᄒ 번 죽기 실타 ᄒ냐

디옥으로 가난 스롭 그겨 두고 보쟌 말가

가이업다 이닉 ᄆᆞᆷ 버례밥만 도라보네

몹슬 육신 위홀사록 조갈병(燥渴病)에 물이로다

집에 안자 닝(冷)ᄒ ᄆᆞᆷ 혹형(酷刑) 기갈(飢渴) 엇지 밧나

잠고잠형(暫苦暫刑) 못 밧으면 영고영벌(永苦永罰) 엇지 밧나

텬당(天堂) 길이 좁다 ᄒ니 먼눈 파다 슬수(失手)ᄒ리

흉흔 육신 위로 말게 위홀스록 병(病)집 나네

치명자(致命者)의 영광이여 념예(念慮)업시 즉시 가네

공심판(公審判)에 엄흔 쩌도 겁이 업산 영광이라

열심으로 념경(念經)ᄒ고 진정으로 긔구(祈求)ᄒ소

구ᄒ여야 주시난니 만히만히 긔구(祈求)ᄒ소

진심으로 쥬롤 춧고 셩춍(聖寵)으로 힝션(行善)ᄒ야

이쥬익인 두 ᄭᆞᆺᄎ로 진복팔단(眞福八端) 누리ᄂ니

고상(苦像) 압히 슈유불이(須臾不離) 쩐난 스이 은혜 업네

오란 스견(私見) 두루두루 스언힝위(思言行爲) 쥬끠 두고

아모랴면 텬상과유 허오(虛勞)ᄒ고 평안(平安)홀가

마젼장스 수고흔다 긔튼 죄롤 엇지ᄒ나

오십여인 견고ᄒ다 공(功)이 덕(德)이 스못 춧네

어려시이 시승(時乘)일세 두루두루 본을 밧소

불상ᄒ다 우리 쯧은 닝담ᄒ야 겁만 니고

평싱힝위(平生行爲) 업난 고로 마암으로 비쥬(背主)흔다

이리ᄒ다 무엇 되나 참혹ᄒ다 ᄆᆞ음이여

쥬모은춍(主母恩寵) 조곰 쥬면 우리 의량(衣糧) 넉넉ᄒ리

셩춍(聖寵)으로 스쥬(事主)ᄒ소 끈허지면 마시 업네

그리져리 식어가면 나죵에는 바리ᄂ니

쥬(主)의 ᄆᆞ음 마암 삼아 이쥬익인 홍상 ᄒ소

보비 셰월 허송(虛送) 말고 달혼 긔회(幾回) 탐치 말게

수고 업시 복(福)을 밧나 예수 고상(苦像) 본을 밧소

군는(窘難) 중에 더옥 열심 쥬모(主母) 인직 사랑ᄒ라

열심열심 열심ᄒ면 셩신지춍(聖神至寵) 도으시리

이리ᄒ고 간구(懇求)ᄒ면 셩회(聖會) 아문(我門) 부우(孚佑)ᄒ리

쵸셩(超性) 통회(痛悔) 뎡기(定改)ᄒ고 만ᄉ불ᄉ(萬死不死) 범죄(犯罪) 말게

충신 효ᄌ 열ᄉ(烈士)들도 고상ᄒ고 죽엇ᄂ니

아모랴면 ᄒ 번 죽네 위쥬(爲主)ᄒ야 못 죽을가

요힝(僥倖)으로 살가 ᄒ들 지공지의(至公至義) 엇지 홀가

됴흔 스승 엇지 ᄒ고 ᄌ쥬중(自主張)을 쓰단 말가

됴흔 표양(表樣) 엇지 ᄒ고 제 임의로 ᄒ단 말가

져만 밋다 디옥 가 니 ᄒ두 사람 아니로다

군난(窘難) 중에 링담타가 대군(大君) 대부(大父) 비반홀 이

쥬(主)의 셩심(聖心) 엇더신고 내 겁(㥘)으로 면ᄒ릿가

큰 죄 업다 방심 말나 젹은 죄도 ᄌ라ᄂ니

ᄌ긔 힝실 덥지 말소 뒤젹이면 천업(千業)이라

기과천션(改過遷善) 실(實)노 ᄒ면 쥬모신셩(主母神聖) 질기시리

동국쥬보(東國主寶) 셩모은덕(聖母恩德) 우리 신부(神父) 힘을 입어

치명ᄌ(致命者)의 열졍(熱情)이여 아람답다 빗치 ᄂ네

보텬ᄒ(普天下)에 몃 만 사람 위쥬치ᄉ(爲主致死) 몃치신고

이런 일이 드물진더 귀ᄒ 일을 감ᄉ(感謝)ᄒ소

ᄇ라ᄂ니 은혜로다 셩모회를 보존ᄒ기

우리 ᄆ옴 쓰는 모양 져만 위홀 뜻이로다

셜운지고 ᄆ옴이여 엇지 ᄒ면 위쥬(爲主)ᄒ나

죽기갓지 일어ᄒ면 디옥영고(地獄永苦) 못 면ᄒ리

셜운지고 셰상이여 빅ᄉ만ᄉ(百事萬事) 여몽(如夢)일셰

셜운지고 육신(肉身)이여 ᄉ지(四肢) 삼일(三日) 썩어지면

셜운지고 디옥영고(地獄永苦) ᄒ 번 가면 ᄒ(限)이 업네

쥬모은혜(主母恩惠) 무ᄒ(無限)ᄒ다 가지가지 싱각이라

착히 살다 착히 죽어 쥬와 홈ᄭ 일싱 사셰

ᄉ쥬구령(事主救靈) ᄒᄂᆫ 법은 세고(世苦) 밧긔 ᄯᅩ 잇ᄂᆫ가
보셰만민(普世萬民) 우리 형들 텬당(天堂)으로 가사이다

〈금 베두루 가첩〉

제6장
우리 문학에 대한 인식과 논리

(1) 論詩中微旨略言 이규보(李奎報;1168~1241)

夫詩以意爲主 設意尤難 綴辭次之 意亦以氣爲主 由氣之優劣 乃有深
淺耳 然氣本乎天 不可學得 故氣之劣者 以雕文爲工 未嘗以意爲先也
蓋雕鏤其文 丹靑其句 信麗矣 然中無含蓄深厚之意 則初若可翫 至再嚼
則味已窮矣 雖然 自先押韻 似若妨意 則改之可也 唯於和人之詩也 若
有險韻 則先思韻之所安然後措意也 至此寧且後其意耳 韻不可不安置
也 句有難於對者 沈吟良久 想不能易得 則卽割棄不惜宜也 何者計其間
儻足得全篇 而豈可以一句之故 至一篇之遲滯哉 有及時備急 則窘矣 方
其搆思 思若深僻則陷 陷則着 着則迷 迷則有所執而不通也 惟其出入往
來 變化自在 而達于圓熟也 或有以後句救前句之弊 以一字助一句之安
此不可不思也 純用淸苦爲體 山人之格也 全以妍麗裝篇 宮掖之格也 惟
能雜用淸警雄豪妍麗平淡 然後備矣 而人不能以一體名之也

詩有九不宜體 是予之所深思而自得之者也 一篇內多用古人之名 是
載鬼盈車體也 攘取古人之意 善盜猶不可 盜亦不善 是拙盜易擒體也 押
强韻無根據 是挽弩不勝體也 不揆其才 押韻過差 是飮酒過量體也 好用
險字 使人易惑 是設坑導盲體也 語未順而勉引用之 是强人從己體也 多
用常語 是村父會談體也 好犯語忌 是凌犯尊貴體也 詞荒不刪 是莨莠滿
田體也 能免此不宜體格 而後可與言詩矣

人有言詩病者 在所可喜 所可言則從之 否則在吾意耳 何必惡聞 如人
君拒諫 終不知其過耶 凡詩成 反覆視之 略不以己之所著觀之 如見他人
及平生深嫉者之詩 好覓其疵失 猶不知之 然後行之也 凡所論不獨詩也
文亦幾矣 況古詩者 如以美文句斷押韻者佳矣 意旣優閑 語亦自在 得不
至局束也 然則詩與文亦一揆歟

〈東國李相國集〉

시(詩)는 의(意)가 주(主)가 되므로 의를 잡는 것이 가장 어렵고, 말을 잇는 것은 그 다음이다. 의는 또한 기(氣)가 위주가 되며, 기의 우열(優劣)에 따라 의의 심천(深淺)이 생긴다. 그러나 기란 천부적으로 타고나는 것이어서 후천적인 노력으로는 얻을 수 없다. 그러므로 기가 떨어지는 사람은 글 다듬는 것에 힘을 쏟고 의가 무엇보다 중요하다는 것에는 생각이 미치지 못한다. 대개 글을 깎고 다듬어 문구(文句)를 아롱지게 하면 아름다운 글이게 될 것임은 틀림없다. 그러나 거기에 깊고 두터운 뜻이 함축되어 있지 않으면, 처음에는 볼만해도 다시 음미해보면 더 이상 깊은 맛을 느낄 수 없다. 비록 그렇더라도 처음에 낸 운자(韻字)가 문장 전체의 뜻을 해칠 것 같으면 그 운자를 고치는 것이 옳다. 다른 사람의 시에 화답할 때에는 험운(險韻)이 있으면 먼저 운자를 어떻게 두어야 할 것인가를 생각한 다음에 뜻을 안배해야 한다. 구에 대구(對句)하기가 어려운 것이 있으면 우선 오랫동안 깊이 생각해보고, 그래도 대구를 얻을 수 없으면 곧 그 구절을 떼어버리고 서운해 할 필요가 없다. 시를 구상할 적에 생각이 너무 한쪽으로 치우치게 되면 잘못된 생각에 빠지기 쉽고, 잘못된 생각에 빠지면 생각을 다시 돌이키기 어렵고, 그렇게 되면 미혹(迷惑)되고, 미혹되면 종국에는 자신의 생각에만 집착하여 의미가 통하지 않게 된다. 오직 출입왕래하며 변화가 자유자재이어야 원만하고 난숙한 경지에 이를 수 있다. 때로 뒷구로 앞구에서 잘못된 부분을 구제하기도 하고, 한 글자로 한 구의 의미를 잘 통하게 돕기도 하는 것이니, 이것은 간과할 수 없는 것이다. 순전히 맑고 고아한 글자로만 시를 지으면 산에 사는 사람의 격(格)이요, 전부 화려한 말로 시편을 장식하면 대궐에 사는 사람의 격이니, 오직 맑음, 강하고 호방함, 곱고 아름다움, 평이하고 담담함 등을 섞어 쓴 다음에야 시의 체(體)와 격(格)이 갖추어져서 사람들이 어느 한 체로써 한정하지 못하는 것이다.

시에는 아홉 가지의 마땅히 삼가 해야 할 체(體)가 있으니, 이는 내가 깊이 생각해서 스스로 얻은 것이다. 한 편 안에 옛사람의 이름을 많이 쓰는 것은 바로 귀신을 실어 수레를 가득 채운 체요, 옛사람의 뜻을 몰래 가져다 쓰는 것은 설령 좋은 뜻을 가져다 썼을지라도 옳지 못한 일이거늘 몰래 가져다 쓴 것조차 좋지 못하다면 이것은 서툰 도적이 쉽게 잡히는 것과 같은 체다. 강운(强韻)을 전후 문맥과 상관없이 무작정 내어 쓰는 것은 바로 활시위를 당겨놓고 이기지 못하는 체요, 자신의 글재주를 헤아리지 않고 운자를 정도에 어렵게 내는 것은 바로 술을 지나치게 마시는 체요, 험한 글자를 쓰기 좋아해서 다른 사람들로 하여금 의미가 무엇인지 헛갈리게 하는 것은 바로 구덩이를 파놓고 장님을 그리로 이끌고 가는 체요, 말이 순조롭지 못한데 군이 인용하는 것은 억지로 남들로 하여금 자신을 따르게 하는 체요, 일상적인 말을 많이 쓰는 것은 시골 사람들이 모여서 떠드는 체요, 기휘(忌諱)하는 말을 쓰기 좋아하는 것은 존귀한 이를 능멸하고 범하는 체요, 거친 말을 다듬지 않는 것은 바로 잡초가 밭에 가득한 체다. 이 아홉 가지 불의체(不宜體)를 능히 면한 사람이어야 더불어 시를 이야기할 수 있다.

사람들 가운데 내 시의 잘못된 점을 지적해주는 사람이 있다면 이는 기뻐할 일이다. 그의 말이 옳으면 받아들이고 옳지 않으면 내 뜻대로 하면 그만이니, 어찌 듣기 싫어하기를 임금이 충신(忠臣)의 간언(諫言)을 막는 것처럼 하여 끝내 자신의 허물을 알지 못할 필요가 있겠는가? 무릇 시가 이루어지면 반복해서 보되 마치 자기가 쓴 것이 아니라 다른 사람이나 평생 깊이 미워한 사람이 쓴 시를 보는 것처럼 하여, 그 시의 잘못된 점을 아무리 열심히 찾아도 하자(瑕疵)를 알 수 없는 경지에 이르러야 시를 세상에 내놓을 수 있다. 무릇 논한 바는 비단 시뿐만 아니라 문(文)도 그러하니, 하물며 고시(古詩)에서 문구가 아름다운데 거기에 운자를 단 것도 아름다워 뜻은 이미 넉넉하고 여유로우며 말은 또한 자유로워서 문자에 구속되지 않음에 있어서랴! 그런즉 시와 문은 역시 한 법칙일 것이다.

(2) **陶山十二曲跋** 이황(李滉;1501~1570)

陶山十二曲者 陶山老人之所作也 老人之作此何爲也哉 吾東方歌曲
大抵多淫哇不足言 如翰林別曲之類 出於文人之口 而矜豪放蕩 兼以褻
慢戲狎 尤非君子所宜尙 惟近世有李鼈六歌者 世所盛傳 猶爲彼善於此
亦惜乎其有玩世不恭之意 而少溫柔敦厚之實也

老人素不解音律 而猶知厭聞世俗之樂 閑居養疾之餘 凡有感於情性
者 每發於詩 然今之詩異於古之詩 可詠而不可歌也 如欲歌之 必綴以俚
俗之語 蓋國俗音節 所不得不然也 故嘗略倣李歌而作爲陶山六曲者 二
焉 其一言志 其二言學 欲使兒輩 朝夕習而歌之 憑几而聽之 亦令兒輩
自歌而舞蹈之 庶幾可以蕩滌鄙吝 感發融通 而歌者與聽者 不能無交有
益焉 顧自以蹤跡頗乖 若此等閒事 或因以惹起鬧端 未可知也 又未信其
可以入腔調 諧音節與未也 姑寫一件 藏之篋笥 時取玩以自省 又以待他
日覽者之去取云爾

嘉靖四十四年歲乙丑暮春旣望 山老書

〈退溪集〉

「도산십이곡」은 도산(陶山)에 우거(寓居)하는 노인이 지은 것이다. 노
인이 이 노래를 지은 것은 무엇 때문인가? 우리나라의 가곡(歌曲)은 대
개 음란(淫亂)한 내용이 많아서 입에 담기에 좋지 않다. 「한림별곡」 같
은 노래는 비록 문인의 입에서 나왔으나 너무 (내용이) 호방하고 방탕하
며 아울러 (말이) 아주 방자하고 실없으니, 군자가 마땅히 숭상해야 하
는 것은 더욱 아니다. 다만 근세에 이별(李鼈)의 여섯 노래가 세상에 널
리 전해지는데, 「한림별곡」보다 낫기는 하나 또한 애석하게도 세상을 우
습게보고 공손하지 않는 뜻이 있어 온유돈후(溫柔敦厚)의 실상이 적다.

내가 본디 음률(音律)에 밝지도 않은데다가 세속의 음악을 듣는 것도

꺼려하였다. 한가로이 지내며 병을 치료하는 틈틈이 성정(性情)에 느껴지는 것을 매번 시에 담았다. 그런데 지금의 시는 옛날의 시와 달라 읊을 수는 있어도 노래할 수가 없다. 만약 노래로 부르고자 한다면 반드시 세속의 말로 엮어내야 하니, 대개 우리나라 음악의 특성이 그런 까닭이다. 그래서 일찍이 이별의 여섯 노래를 본떠 도산의 여섯 노래를 지은 것이 둘인데, 하나는 뜻을 말한 것이요, 하나는 배움을 말한 것이다. 아이들로 하여금 아침저녁으로 익혀 노래 부르게 하곤 안석(案席)에 기대어 듣곤 하였다. 아이들 역시 스스로 노래하고 춤추다 보면 비루하고 더러운 마음이 한순간에 씻겨 내려가고 확 트인 느낌이 일어나 두루 통하게 될 것이니, 노래를 하는 자와 듣는 자가 서로 유익할 것이다. 스스로를 돌아보건대 선비로서 자취가 자못 어그러졌으니 이같이 한가로운 일이 혹 시끄러운 일을 야기할지도 모르겠고, 또 곡조에 얹었을 때 음절이 잘 맞지 않을지도 모르겠다. 이에 우선 한 부를 베껴 상자 속에 담아두고 때때로 꺼내 완상(玩賞)하면서 스스로를 반성하고, 훗날 이 노래를 보는 사람의 판단에 따라 버려지거나 취해지기를 기다릴 뿐이다.

가정(嘉靖) 사십사년 을축년(1565년;명종 20년) 삼월 십육일 이황(李滉) 쓰다.

(3) 詩辯 허균(許筠;1569~1618)

今之詩者 高則漢魏六朝 次則開天大曆 最下者稱蘇陳 咸自謂可奪其
位也 斯妄也已 是不過拾其語意 蹈襲剽盜 以自衒者 烏足語詩道也哉

三百篇自爲三百篇 漢自漢 魏晉六朝 自魏晉六朝 唐自爲唐 蘇與陳亦
自爲蘇與陳 豈相倣 而出一律耶 盖各自成一家 而後方可爲至矣 間或有
擬作 亦試爲之 以備一體 非恒然也 其於人脚下爲生活者 非豪杰也

然則詩何如而可造極耶 曰先趣立意 次格命語 句活字圓 音亮節緊 而
取材以緯之 不犯正位 不看色相 叩之鏗如卽之絢如 抑之而涵深 高之而
騰踔 闇而雅健 關而豪縱 放之而淋漓 鼓舞用鐵如金 化腐爲鮮 平澹不
流於淺俗奇古不隣於怪癖 詠象不泥於物類 鋪叙不病於聲律 綺麗不傷
理 議論不粘皮 比興深者 通物理 用事工者 如己出 格見於篇成渾然不
可鑱 氣出於外語浩然不可屈

盡是而出之 則可謂之詩也 彼漢魏以下諸公 皆悟此而力守者也 不然
則雖漢趨魏步六朝服而唐言 動御蘇陳以馳 足自形其穢而已 可其非矣

〈惺所覆瓿藁〉

오늘날 시를 짓는 사람들은 높은 수준에서는 한위(漢魏) 육조(六朝)
시대의 것을 배우고, 다음은 개원(開元;713~741)과 천보(天寶;742~756),
대력(大曆;766~779) 연간의 것을 배우고, 가장 낮게는 소식(蘇軾;1037~
1101)과 진사도(陳師道;1053~1102)를 들먹이며 모두가 스스로 이르기를,
'그 위치를 뺏을 수 있다.'고 하지만 이것은 헛소리에 불과하다. 이들은
그 말과 뜻을 주워 모아 그대로 답습하거나 표절하여 스스로 자랑하는
사람에 불과하니, 어찌 시도(詩道)를 말할 수 있겠는가?

『시경』(詩經) 삼백 편은 그 자체로 삼백 편이고, 한(漢)은 그 자체로
한이며, 위진육조(魏秦六朝)는 그 자체로 위진육조이고, 당(唐)은 그 자

체로 당이며, 소식과 진사도 또한 그 자체로 소식과 진사도일 뿐이니, 어찌 서로 모방하여 일률적으로 하였겠는가? 대개 제각기 나름대로 일가(一家)를 이룬 다음에야 바야흐로 어떤 경지에 이르렀다고 말할 수 있는 것이다. 간혹 남의 글을 본떠 짓더라도 역시 시험 삼아 하다가 자신만의 체(體)를 갖추는 것이지 늘 그렇게 흉내만 내는 것은 아니다. 남의 발밑에서만 생활하는 사람은 결코 뛰어날 수 없다.

그렇다면 어떻게 하여야 시에서 최고의 경지에 나아갈 수 있는가? 느낌보다는 생각과 뜻을 앞세우고, 격조(格調)를 다음으로 하여 말을 엮는다. 구절은 활기 있고, 글자는 원만하며, 음향은 맑고, 음절의 변화와 리듬은 굳건한 것으로 기본을 삼고, 소재를 취하여 엮되 바른 위치를 잃어서는 안 되며, 수식이나 치장을 덧붙이지 말아야 한다. 그리하여 두드리면 쇳소리가 나게 하고, 만져보면 화려하게 하며, 내리눌러서 깊이 있게 하고, 높게 놀려서는 치달리게 하며, 닫을 때는 맑고 힘차게 하고, 열 때는 호기 있고 여유 있게 하며, 생각을 자유롭게 풀어내어 흥취에 흠뻑 젖어 북 치고 춤추듯이 해야 한다. 쇠를 가지고 금을 만들고, 썩은 것을 변화시켜 싱싱하게 하며, 평범하고 담담하되 천박하고 속된 데에 흐르지 말고, 기이하고 고고하되 괴벽(怪癖)에 가깝게 하지 말며, 형상(形象)을 읊되 사물의 외형에 얽매이지 말고, 깔아서 늘이되 성률(聲律)에 지나치게 집착하지 말며, 논의(論議)는 외향을 흐리게 하지 말아야 한다. 비(比)와 흥(興)을 깊이 있게 하려는 자는 사물의 이치를 통해야 하고, 용사(用事)를 잘하려는 자는 자신의 입에서 나온 것과 같이 해야 한다. 그리하면 품격(品格)이 작품 전체에 나타나되 완전하여 흠집을 잡을 수 없고, 기력(氣力)이 말 밖으로 풍겨 나오되 호연하여 꺾을 수 없게 된다.

이상의 법칙을 모두 갖춘 다음에 내놓으면 비로소 시라고 할 수 있다. 저 한나라 위나라 이래 모든 시인(詩人) 문인(文人)들은 모두 이 법칙을 깨닫고 힘써 지킨 사람들이다. 그렇지 않다면 아무리 한나라의 뜀박질에다 위나라의 걸음마를 더하고, 육조를 옷으로 입고 당의 말을 쓰며, 소식과 진사도를 마부 삼아 치달리더라도 그저 자신의 추함만을 드러낼 뿐이니, 이미 그릇된 것이다.

(4) 鸚鵡之言 김만중(金萬重;1637~1692)

松江關東別曲 前後思美人歌 乃我東之離騷 而以其不可以文字寫之
故惟樂人輩 口相授受 或傳以國書而已 人有以七言詩翻關東曲而不能
佳 或謂澤堂少時作非也 鳩摩羅什有言曰 天竺俗最尙文 其讚佛之詞 極
其華美 今以譯秦語 只得其意 不得其辭 理固然矣 人心之發於口者 爲
言 言之有節奏者 爲歌詩文賦

四方之言雖不同 苟有能言者 各因其言而節奏之 則皆足以動天地通
鬼神 不獨中華也 今我國詩文 捨其言而學他國之言 設令十分相似 只是
鸚鵡之人言 而閭巷間樵童汲婦咿啞而相和者 雖曰鄙俚 若論眞贗 則固
不可與學士大夫所謂詩賦者 同日而論 況此三別曲者 有天機之自發 而
無夷俗之鄙俚 自古左海眞文章 只此三篇 然又就三篇而論之 則後美人
尤高 關東前美人 猶借文字以飾其色耳

〈西浦漫筆〉

송강(松江) 정철(鄭澈;1536~1593)의 「관동별곡」과 「사미인곡」, 「속미
인곡」은 우리나라에서 중국 굴원(屈原)의 「이소」(離騷)에 버금가나, 한
자(漢字)로 기록하지 않았기 때문에 오직 악공(樂人)들만이 입에서 입으
로 주고받아 서로 전하거나, 또는 한글로 써서 전해 왔을 뿐이다. 어떤
사람이 칠언시(七言詩)로 「관동별곡」을 번역하기도 하였지만 한글만큼
아름답지 못했고, 어떤 사람은 이것을 택당(澤堂) 이식(李植;1584~1647)
이 젊은 시절에 지은 것이라고 하나 사실이 아니다. 구마라습(鳩摩羅什)
이 말하기를, '인도의 풍속은 문채(文彩)를 꾸미는 것을 가장 숭상하여
그들이 불(佛)을 찬양하는 노래는 화려하기 이를 데 없다. 지금 이것을
한자로 번역하면 단지 그 뜻만을 알 수 있을 뿐이지 그 말씨는 알 수 없
다.' 하였으니, 그 이치가 정녕 그러할 것이다. 사람의 마음이 입을 통해

발현된 것이 말이요, 말에 절주(節奏)를 얹은 것을 노래하는 시[歌詩;악부시(樂府詩)]와 문채가 아름다운 부[文賦]라 한다.

비록 사방의 말이 같지는 않더라도 말하는 사람이 각기 그 나라의 말에 따라서 제대로 절주를 맞춘다면, 모두가 천지를 진동시키고 귀신을 감통(感通)시킬 수 있을 것이니, 이는 중국에만 해당하는 것이 아니다. 지금 우리나라의 시문(詩文)은 우리 자신의 말을 버리고 다른 나라의 말을 배워 표현한 것이니, 설령 십분 비슷하다 하더라도 이는 단지 앵무새가 사람의 말을 흉내 내는 것과 같다. 여염집 골목길에서 나무하는 아이들이나 물 긷는 아낙네들이 에야디야 하며 서로 주고받는 노래가 비록 저속(低俗)하다고는 하나, 그 참된 가치를 따진다면 진실로 학사(學士) 대부(大夫)들의 시부(詩賦)라고 하는 것과는 같은 반열에 올려놓고 논할 수가 없는 것이다. 하물며 이 세 별곡(別曲)은 타고난 개성의 자연스런 발로요, 위항(委巷)의 저속함도 없으니, 예로부터 우리나라의 참 문장은 다만 이 세 편뿐이다. 그러나 또 이 세 편을 가지고 논한다면, 「속미인곡」이 가장 고상하고, 「관동별곡」과 「사미인곡」은 그나마 한문자를 빌려 문채를 다듬었다.

(5) 騷壇赤幟引 박지원(朴趾源;1737~1805)

　善爲文者 其知兵乎 字譬則士也 意譬則將也 題目者 敵國也 掌故者 戰場墟壘也 束字爲句 團句成章 猶隊伍行陣也 韻以聲之 詞以耀之 猶金鼓旌旗也 照應者 烽埃也 譬喩者 遊騎也 抑揚反復者 鏖戰撕殺也 破題而結束者 先登而擒敵也 貴含蓄者 不禽二毛也 有餘音者 振旅而凱旋也

　夫長平之卒 其勇㤼非異於昔時也 弓矛戈鋋 其利鈍非變於前日也 然而廉頗將之 則足以制勝 趙括代之 則足以自坑 故善爲兵者 無可棄之卒 善爲文者 無可擇之字 苟得其將 則鉏耰棘矜 盡化勁悍 而裂幅揭竿 頓新精彩矣 苟得其理 則家人常談 猶列學官而童謳里諺 亦屬爾雅矣 故文之不工 非字之罪也

　彼評字句之雅俗 論篇章之高下者 皆不識合變之機 而制勝之權者也 譬如不勇之將 心無定策 猝然臨題 屹如堅城 眼前之筆墨 先挫於山上之草木 而胸裏之記誦 已化爲沙中之猿鶴矣 故爲文者 其患常在乎自迷蹊徑 未得要領 夫蹊徑之不明 則一字難下 而常病其遲澁 要領之未得 則周帀雖密 而猶患其疎漏 譬如陰陵失道而名騅不逝 剛車重圍而六驟已遁矣 苟能單辭而挈領 如雪夜之入蔡 片言而抽緊 如三鼓而奪關 則爲文之道如此而至矣

　友人李仲存集東人古今科體 彙爲十卷 名之曰騷壇赤幟 嗚呼 此皆得勝之兵而百戰之餘也 雖其體格不同 精粗雜進 而各有勝籌 攻無堅城 其鉎鋒利刃 森如武庫 趨時制敵 動合兵機 繼此而爲文者 率此道也 定遠之飛食 燕然之勒銘 其在是歟 其在是歟 雖然 房琯之車戰 效跡於前人而敗 虞詡之增竈 反機於古法而勝 則所以合變之權 其又在時而不在法也

　筆犀墨利 字飛句騰 藝垣中頗牧

　世謂文之照題緊襯者 爲科擧之文 則鈑鉛雜鐵 外若精鍊 而內實有參恕處 苟能十分照顧十分緊襯 無一字浮辭漫語 便是得意古文之上乘 命意綴文 如尉繚子之談兵 程不識之行師 當爲功令之上乘 篇篇若此 豈不使擧世心折

〈燕巖集〉

글을 잘 짓는 이는 병법(兵法)에 대해서도 잘 알리라. 글을 병법에 비유하면, 글자는 군졸(軍卒)이고, 말뜻은 장수(將帥)이다. 제목은 전쟁에서 깨뜨려야 할 목표인 적국(敵國)과 같고, 고사(故事)의 사용은 승전을 위해 전쟁터마다 보루(堡壘)를 세우는 것과 효과가 같으며, 글자를 묶어서 구(句)를 만들고 구를 모아서 장(章)을 이루는 것은 대오를 맞추어 일사불란(一絲不亂)하게 포진(布陣)하는 것과 같다. 운(韻)에 맞추어 읊고 표현을 멋지게 하는 것은 징과 북을 울리고 깃발들을 휘날려 기세를 드높게 드러내 보이는 것과 같으며, 문맥에서 앞뒤가 조응(照應)함은 봉화(烽火)로 서로 긴밀하게 연락하는 것과 같고, 비유는 순식간(瞬息間)에 기습하여 승전에 요긴한 효과를 거두는 기병(騎兵)과 같다. 억양반복(抑揚反覆), 곧 문맥에서 내용의 흐름이 뒤바뀌면서 변화의 묘미를 갖추는 것은 양쪽 군사들이 맞붙어 싸워 서로 죽이고 죽임을 당하는 격렬한 모습으로 비유할 수 있고, 파제(破題)한 다음 마무리하는 것은 먼저 성벽을 타고 올라가서 적을 사로잡는 것과 같다. 함축을 귀중하게 여김은 요긴하지 않은 것에 마음을 두지 않듯이 전쟁 중에 늙은이를 사로잡지 않는 것[不禽二毛(불금이모)]과 같고, 여운을 남긴다는 것은 승전한 기세로 군대를 정돈하여 개선하는 것과 같은 것이다.

무릇 장평(長平)의 병졸은 그 용맹이 옛적과 다르지 않고 활과 창의 예리함이 전날과 변함이 없었지만, 염파(廉頗)가 거느리면 승리할 수 있고 조괄(趙括)이 거느리면 자멸하기에 족하였다. 그러므로 용병 잘하는 자에게는 버릴 병졸이 없고, 글을 잘 짓는 자에게는 따로 가려 쓸 글자가 없다. 진실로 좋은 장수를 만나면 호미자루나 창자루를 들어도 굳세고 사나운 병졸이 되고, 헝겊을 찢어 장대 끝에 매달더라도 사뭇 정채(精彩)를 띤 깃발이 된다. 만약 이치에 맞다면, 집에서 늘 쓰는 말도 오히려 학교에서 가르칠 수 있고 동요나 속담도 우아하고 고상한 말[爾雅(이아)]로 인정받을 수 있을 것이다. 그러므로 글이 능숙하지 못한 것은 글자의 탓이 아닌 것이다.

그렇듯이 자구(字句)가 우아한지 속된지나 평하며 편장(篇章)의 우열이나 논하는 이들은 모두 변통의 임기응변과 승리의 임시방편을 모르는 이들이다. 비유하자면, 용맹스럽지 못한 장수가 마음에 미리 정해 놓은 계책이 없는 것과 같아서, 갑자기 어떤 제목에 부딪치면 마치 견고한 성이 앞을 막아 선 듯이 우뚝하여, 눈앞의 붓과 먹이 산 위의 초목을 보고는 먼저 제풀에 기가 질려 버리고, 가슴속에 기억하고 외우고 있던 것도 아예 모래 속의 원숭이와 학처럼 다 잊어버리고 말 것이다.

그러므로 글 짓는 자는 그 걱정이 항상 스스로 갈 길을 잃고 요령을 얻지 못하는 데에 있는 것이다. 무릇 갈 길이 밝지 못하면 한 글자도 하필(下筆)하기가 어려워서 항상 더디고 깔끄러움을 고민하게 되고, 요령을 얻지 못하면 두루 얽어매기를 아무리 튼튼히 해도 오히려 허술함을 걱정하게 된다. 비유하자면 음릉(陰陵)에서 길을 잃자 명마인 오추마(烏騅馬)가 달리지 못하고, 강거(剛車)가 겹겹이 포위했지만 육라(六騾)가 도망가 버린 것과 마찬가지이다. 진실로 한마디 말로 정곡을 찌르기를 눈 오는 밤에 채주(蔡州)에 쳐들어가듯이, 한마디 말로 핵심을 뽑아내기를 세 차례 북을 울려 관문을 빼앗듯이 할 수 있어야 한다. 글을 짓는 방도가 이 정도는 되어야 지극하다 할 것이다.

친구 이중존(李仲存)이 우리나라 사람이 지은 고금의 과체(科體)를 모아 열권으로 편집하고 그 이름을 『소단적치』(騷壇赤幟)라 했다. 아! 이는 모두 승리를 얻은 병졸이요, 수백 번의 싸움을 치른 산물이다. 비록 그 격식이 동일하지 않고 정교한 것과 거친 것이 뒤섞여 들어갔지만, 각자 승리할 계책을 지니고 있어 아무리 견고한 성이라도 무너뜨릴 수가 있다. 그 예리한 창끝과 칼날이 삼엄하기가 무기고와 같고, 때에 맞춰 적을 제압하는 것이 늘 병법에 맞다.

앞으로 글을 하는 이들이 이 길을 따라간다면, 정원후(定遠侯)의 비식

(飛食)과 연연산(燕然山)에 명(銘)을 새긴 것이 아마 여기에 있을 것이로다! 여기에 있을 것이로다! 비록 그렇지만 방관(房琯)의 거전(車戰)은 앞사람의 자취를 본받았으나 실패했고, 우후(虞詡)의 증조(增竈)는 옛 법을 역이용하여 승리했으니, 그 변통하는 방편은 역시 때에 있는 것이요, 법에 있지는 아니한 것이다.

붓과 먹이 날카롭고 글자와 글귀가 날고뛴다. 이야말로 문예계의 염파(廉頗)와 이목(李牧)이라 하겠다.

세상에서 흔히 말하는 '글제를 고려하여 거기에 꼭 들어맞게 지은 글'이란 것으로 과거(科擧)를 위한 글을 짓게 되면, 동전을 주조하는 데 납이 섞이고 철이 섞여서 겉으로는 마치 정련(精鍊)된 것 같지만, 속을 보면 실은 경박하고 부실한 것과 같다. 진실로 충분히 고려하고 충분히 꼭 들어맞도록 하여 한 글자도 겉도는 말이나 두서없는 말이 없게 할 수 있다면, 이야말로 득의한 고문(古文) 중에서도 상품(上品)일 것이다.

주제를 결정하여 글을 엮기를 『울료자』(尉繚子)에서 병법을 말할 때나 정불식(程不識)이 군사를 출동할 때처럼 한다면 당연히 공령문(功令文)의 상승이 될 것이다. 편(篇)마다 이와 같다면 어찌 온 세상 사람들로 하여금 심복하게 하지 않겠는가.

(6) 寄淵兒 정약용(丁若鏞;1762~1836)

汝弟才分 比於乃兄 稍遜一籌 今年夏 令作古詩散賦 已多佳作 秋間
汩於周易 繕寫之工 雖不能讀書 其見解不至鹵莽 近日讀左傳 頗學先王
典章之餘 大夫辭令之法 已蔚然可觀

況汝本來才分 比弟頗勝 初年讀習 比弟粗備 今若猛然立志奮然向學
不過三十 當以大儒得名 用舍行藏 何足言哉 零瑣 詩律 雖或得名 不足
有用 須自今冬 以至來春 讀尙書左傳 雖佶屈聱牙 艱險淵深 旣有注解
潛心玩究 可以讀之 以其餘力 觀高麗史 磻溪隨錄 西厓集 懲毖錄 星湖
僿說 文獻通考等書 鈔其要用 不可已也

汝之學問 漸漸過時 家間情地 宜於出游 來此同過 萬萬得當 而婦女
不知大義 必有難捨之情 汝弟文學識見 方有春噓物苗之勢 恤其兄而遣
其弟 亦所不忍 今意庚午之春 始可還送 其前汝將虛送日月耶 百回商量
有在家學習之望 則留待汝弟 面看交代 如其事情 萬無一望 明年春和之
後 抛却百千萬事 下來同業 斷不可已 第一心術日壞 行已日卑 來此聽
受可也 第二眼力短促 志氣沮喪 來此聽受可也 第三經學鹵莽 才識空疎
來此聽受可也 小小事情 有不足顧恤耳

向來醒叟之詩見之矣 其論汝詩 切切中病 汝當服膺 其所自作者雖佳
亦非吾所好也 後世詩律 當以杜工部爲孔子 蓋其詩之所以冠冕百家者
以得三百篇遺意也 三百篇者 皆忠臣孝子烈婦良友 惻怛忠厚之發 不愛
君憂國 非詩也 不傷時憤俗 非詩也 非有美刺勸懲之義 非詩也 故志不
立 學不醇 不聞大道 不能有致君澤民之心者 不能作詩 汝其勉之

杜詩用事無跡 看來如自作 細察皆有本 所以爲聖 韓退之詩 字法皆有
所本 句語多其自作 所以爲大賢也 蘇子瞻詩 句句用事而有痕有跡 瞥看
不曉意味 必也左考右檢 採其根本然後 僅通其義 所以爲博士也 乃此蘇
詩 以吾三父子之才 須終身專工 方得刻鵠 人生此世 可爲者多 何可爲
此乎 然全不用事 吟風咏月 譚棋說酒 苟能押韻者 此三家村裏村夫子之
詩也 此後所作 須以用事爲主

雖然我邦之人 動用中國之事 亦是陋品 須取三國史 高麗史 國朝寶鑑
輿地勝覽 懲毖錄 燃藜述 及他東方文字 採其事實考其地方 入於詩用
然後方可以名世而傳後 柳惠風 十六國懷古詩 爲中國人所刻 此可驗也
東事櫛本爲此設 今大淵無借汝之理 十七史東夷傳中 必抄採名跡 乃可
用也

〈與猶堂全書〉

네 동생 학유(學遊)의 재주가 너에 비하면 조금 부족한 것 같더니만
올 여름 고시(古詩)와 운(韻)이 안 달린 부(賦)를 짓게 했더니 좋은 작품
들이 많이 나왔더구나. 가을 무렵에는『주역』(周易) 베끼는 일에 힘쓰느
라 책을 많이 읽지는 못했지만 그 애의 견해는 제법이고, 요즘은『좌전』
(左傳)을 읽는데, 옛 임금들의 제도와 문물이라든지 대부(大夫)들이 임
금께 응대하는 예법 등을 거의 다 배워 아주 잘 알고 있어 상당한 경지
에 이르렀단다.

너는 본래 네 동생에 비해 재주가 조금 낫고 어렸을 때 독서한 것도
동생에게 비해 대강 갖추어졌으니, 이제라도 분연히 뜻을 세워 향학열
(向學熱)을 돋운다면 마땅히 서른이 넘기 전에 대학자로서 이름을 얻을
것이다. 나라에 등용되어 쓰이거나 등용되지 못하여 은거하는 일 따위
는 말할 필요도 없다. 자질구레한 시율(詩律) 정도에 더러 명성을 얻는
다 해도 쓸모없는 일이니, 아무쪼록 이번 겨울부터 내년 봄까지『상서』
(尚書)와『좌전』(左傳)을 읽도록 해라. 너무 어려워서 읽을 수 없는 곳이
나 의미가 깊은 곳일지라도 이미 다 주석(註釋)이 달려 있으니, 마음을
가라앉히고 잘 연구하면 읽을 수 있을 것이다. 그 다음에는『고려사』(高
麗史),『반계수록』(磻溪隨錄),『서애집』(西厓集),『징비록』(懲毖錄),『성
호사설』(星湖僿說),『문헌비고』(文獻備考) 등의 책을 읽고 이 중에서 요

점을 골라 옮기는 일도 그만두어서는 안 된다.

너의 배움이 점점 때를 넘기고 있는데, 집안 사정으로 봐서는 밖에서 유학을 해야 할 것 같구나. 이곳에 와서 나와 같이 지내는 것이 여러 가지로 마땅하겠지만 대의(大義)를 모르는 집안 아낙네들이 틀림없이 놓아주지 않을 것 같다. 네 동생의 학문이나 식견은 바야흐로 봄기운이 돌아 모든 초목이 움터 오를 듯한 기세인데, 너의 처지를 딱하게 여겨 네 동생을 보내려다가 차마 보내지 못한다. 지금 생각으로는 내년을 보내고 경오년(庚午年) 봄에나 보낼 수 있겠구나. 그 날까지 세월을 허비하지 말고, 아무리 생각해보아도 아버지에게 공부하고 싶다면 네 아우를 만나보고 교대하거라. 만약 사정이 여의치 못하면 내년 봄 기후가 풀린 뒤에 온갖 일을 과감히 떨쳐버리고 내려와서 같이 공부하자꾸나. 이는 단연코 결행하지 않으면 안 된다. 왜냐하면 첫째, 네 마음씨가 날로 무너지고 행동거지가 날이 갈수록 비루해지니 이곳에 와서 내 가르침을 받는 것이 좋겠고, 둘째, 사물을 보는 안목이 좁고 다급해지고, 뜻과 기상이 막히고 잃어가니 이곳에 와서 내 가르침을 받는 것이 좋겠고, 셋째, 경전 공부의 수준이 거칠고 재주와 식견이 공소(空疎)해졌기에 이곳에 와서 내 가르침을 받는 것이 좋겠구나. 조그만 사정은 돌아보거나 아까워할 것이 못된다.

접때에 성수(醒叟;1770~1835)의 詩를 보았다. 그가 네 시를 논평함이 절절이 병통에 맞으니, 너는 마땅히 수긍하도록 해라. 그가 직접 쓴 시가 비록 좋기는 하더라만 내가 좋아하는 바는 아니더구나. 오늘날 시율(詩律)은 마땅히 두보(杜甫)를 모범으로 삼아야 할 것이니, 대개 그의 시가 백가(百家)의 으뜸이 될 수 있는 까닭은 『시경』(詩經)에 있는 시 삼백 편의 유의(遺意)를 얻었기 때문이란다. 삼백 편은 모두 충신(忠臣), 효자(孝子), 열부(烈婦), 양우(良友)의 측달충후(惻怛忠厚)함의 발로이니, 임금을 사랑하고 나라를 근심하지 않으면 시가 아니요, 시대를 상심하고 풍속을 걱정하지 않으면 시가 아니요, 선을 권장하고 악을 징계하는 의로움을 지니지 않으면 시가 아니다. 그러므로 뜻이 서지 않고, 학문이 순수하지 않으며, 대도(大道)를 듣지 아니하고, 임금의 올바른 정사를 돕고 백성에게 고루 은택(恩澤)이 베풀어지게 하는 마음을 가질 수 없는 자는 능히 시를 지을 수가 없는 것이니, 너는 이를 힘쓰도록 해라.

두보의 시는 고사(古事)를 인용하되 그 흔적이 없어 얼른 보아 모두 자기가 만들어낸 말인 듯 하나 자세히 보면 다 출처가 있으므로 그를 시성(詩聖)이라 부른단다. 한유(韓愈)의 시는 자구(字句)가 모두 출처가 있으나 시어(詩語)는 자기 창작이 많으니 그를 시의 대현(大賢)이라 부르고, 소식(蘇軾)의 시는 글귀마다 고사를 인용했는데 그 흔적이 다 드러내서 처음에는 의미가 잘 통하지 않다가 두루 여러 가지로 고증을 한 다음에야 겨우 통하게 되므로 그를 시에서 박사(博士)라고 부른단다. 소식의 시는 우리 삼부자(三父子)의 재간으로써 한평생 전공을 하면 따라 잡을 수 있을 것이나 인생이 이 세상에서 할 일이 하도 많은데 무엇 때문에 그런 본을 따르겠느냐? 그러나 시를 쓰는데 전연 고사를 인용하지 않고 음풍영월(吟風詠月)이나 하며 바둑이나 술 이야기에 그치고 만다면 그것은 또 운율은 맞았다 하더라도 세상일에는 관심이 없는 고루한 마을 훈장들이나 할 노릇이다. 그러니 너는 시를 쓸 때 고사를 자연스럽게 인용하도록 해라.

고사를 인용함에 우리나라 사람이 중국 이야기만 많이 늘어놓은 것은 대단히 누추한 일일 터, 『삼국사기』(三國史記), 『고려사』(高麗史), 『국조보감』(國朝寶鑑), 『여지승람』(輿地勝覽), 『징비록』(懲毖錄), 『연려실기술』(練藜室記述), 기타 우리나라 서적들에서 훌륭한 사실을 찾아내며, 또 지방의 현실을 고찰하여 시에 인용하여야만 그 시가 세상에 이름을 남기며 후대에 전하게 될 것이다. 유득공(柳得恭;1749~?)의 『십육국회고서』(十六國懷古書)가 중국 사람들에 의하여 간행된 것도 우리의 주체를 살려야 한다는 것을 실증하여 준단다. 『동사즐본』(東史櫛本)이 이런 필요로 만들어진 책인데, 대연(大淵)이가 너에게 쉽사리 빌려주지 않을 것이니 『십칠사』(十七史)의 「동이전」(東夷傳) 가운데서 좋은 고사들을 뽑아서 활용하여라.

(7) 東歌選序 백경현(白景炫;1792~1846 이후)

書曰 詩言志 歌永言 聲依永 律和聲 諸者出自吾心 筆之於書 寫景記
事 如國風所載 後來攷俗化驗性情 則亘萬古垂千秋而不朽者也

歌者詩之餘也 轉喉而吐氣 棹吻而出聲 方其唱歌之時 高低淸濁蔓數
緩促 務盡其妙 合於節奏 或繞樑塵 或斡白雲 及其曲罷之後 則無痕無
蹟 只是爲太空之歸 然而有心者誦而傳之 好事者采而記之

古人之觸物起感代語道懷 如堯民之擊壤 舜臣之賡載 大禹之塗山 箕
子之麥秀 夷齊之採薇 夫子之獲麟 甯戚之飯牛 馮之彈鋏 優孟之杭慨
荊卿之易水 雜出乎傳記子史 而與詩竝行而不朽 則歌亦詩之一類也 余
用是 於東國名賢所作歌曲中 選各調若干 名之曰東歌選

若夫忠臣烈士奇節憤惋之心 征夫怨女憂思幽鬱之懷 太平氣像康衢
烟月之樂 山林隱逸琴鶴逍遙之聞 當時不過托於聲 瀉其情而已 後人咏
歎 亦足以攷俗化驗性情 則歌豈徒然乎哉 憤惋者由是而洩之 幽鬱者由
是而暢之 樂者由是而興起 聞者由是而消遣

以此言之歌 亦未必無少補於云爾

〈悟齋集〉(국어국문학 11호 수록)

『서경』(書經 : 虞書 舜典)에 '시(詩)는 뜻을 말로 표현한 것이고, 가
(歌)는 그 말을 가락에 맞추어 읊은 것이며, 목소리는 가락에 따라 내게
되고, 음률은 목소리와 조화를 이루어야 한다.'고 하였다. 이 모든 것은
마음에서 우러나와 글로 옮겨져서 정경을 묘사하고 사실을 기록한 것인
데, 이것들은 『시경』(詩經)의 국풍(國風)에 수록된 작품들과 같이 후대
에 세속 교화를 상고하게 하고, 성정을 징험할 수 있게 할 것이므로 항
구적으로 전해져 결코 없어지지 않을 것이다.

가(歌)는 시(詩)의 주변적인 것이다. 목구멍을 움직여 기운을 토하고

입술을 움직여 소리를 내어 바야흐로 창가(唱歌)를 할 때, 소리의 높고 낮음, 맑고 흐림, 느리고 빠름, 느슨하고 촉급함은 힘써 그 묘미를 살려 반주와 화합하면, 혹은 대들보 먼지에 그 여운이 감돌고 혹은 흰 구름에 그 여운이 맴돌 것이다. 곡을 마친 후에는 흔적도 없어 다만 공허한 상태로 되돌아간다. 그러하여 유심자(有心者)는 노래하여 전하고 호사자(好事者)는 채집하여 기록하였다.

옛사람은 만물에 접촉하여 감흥이 일어나면 말을 대용하여 생각을 표현하였다. 예컨대 요(堯) 임금 때 어떤 백성의 「격양가」(擊壤歌), 순(舜) 임금 신하의 「갱재가」(賡載歌), 우(禹) 임금의 「도산가」(塗山歌), 기자(箕子)의 「맥수가」(麥秀歌), 이제(夷齊)의 「채미가」(採薇歌), 공자(孔子)의 「획린가」(獲麟歌), 영척(甯戚)의 「반우가」(飯牛歌), 풍환(馮驩)의 「탄협가」(彈鋏歌), 우맹(優孟)의 「항개가」(杭慨歌), 형경(荊卿)의 「역수가」(易水歌) 같은 것이 대표적이다. 이 작품들은 전(傳), 기(記), 자(子), 사(史) 등 여기저기에서 찾아 볼 수 있으니, 시와 더불어 나란히 전하여 없어지지 않을 것이다. 그런 까닭에 가(歌)는 역시 시의 한 종류라고 할 수 있다. 나는 이로써 우리나라 명현들이 지은 가곡 중에서 각 조(調)의 작품 약간씩 뽑아 '동가선'(東歌選)이라고 이름하였다.

충신열사의 뛰어난 절개와 분개 원망의 심정, 수자리 나간 군사와 그 아내가 오래 헤어져 지내며 서로 걱정하고 그리워하는 답답한 속마음, 태평한 기상을 가진 사람이 전원에서 안락하게 사는 즐거움, 산림에 깃들어 사는 사람이 거문고와 학으로 소요하는 모습들 같은 내용들은, 작품을 지은 당시에는 소리에 의탁하여 그 속마음을 다 풀어낸 것에 지나지 않을 따름이지만, 후대 사람이 노래하면서 느끼게 되어 그때나 후대나 충분히 세속 교화를 살필 수 있고, 성정(性情)을 체험할 수 있으니 가(歌)를 어찌 헛되다고 하겠는가. 분개하고 원망하는 사람은 이로 말미암아 분원을 덜고, 우울한 사람은 이로 말미암아 우울함을 떨쳐 화락하게 되고, 즐기는 사람은 이로 말미암아 더욱 흥을 돋우고, 한가한 사람은 이로 말미암아 소일한다.

이상으로 가(歌)에 대해서 말하였는데, 또한 말한 것에 보완할 것이 반드시 조금도 없지는 않을 것이다.

어휘·구절 풀이

가급인족(家給人足) : 어느 집 사람이나 모두 의식(衣食)에 부족함이 없이 생활이 풍족함.

가디록 : 갖가지로. 갈수록.

가량 업시 : 깜냥 없이.

가시일인수(可是一人壽) : 사람이 누릴 수 있는 수명.

가더문셔(假代文書) : 가대문서(假貸文書)에서 온 말. 허물을 너그럽게 해준다는 평계로 만든 문서.

가으며다 : 가멸다[富]. 부요하다.

각궁(角弓) : 『詩經』(시경) 小雅(소아)의 편명. 주(周)나라 유왕(幽王)이 구족(九族)을 멀리하고 간사한 신하를 좋아하므로 골육이 서로 원망하여 이 시를 지었다고 하는데, '공신'(功臣)이란 뜻으로 해석된다.

각장(角壯) 장판 : 방바닥에 바르는 장판지. 두꺼운 종이에 기름을 결은 것.

간슈병 : 소금섬 같은 데서 나오는 짜고 쓴 간국을 넣어둔 병.

감이순통(感而順通) : 기도에 감응(感應)하여서 일이 바람대로 순조롭게 이루어지게 함.

감장새: 굴뚝새.

감탕(甘湯) : 메주를 쑨 솥에 남은 진한 물.

감홍노(甘紅露) : 평양에서 나던, 지치 뿌리를 꽂고 꿀을 넣어서 받은 붉은 소주.

강거(剛車)가 겹겹이 포위했지만 육라(六騾)가 도망가 버린 것 : 한(漢)나라 무제(武帝) 원수(元狩) 4년 대장군 위청(衛青)이 무강거(武剛車)라는 전차로 진영을 만들고 흉노(匈奴)를 포위하였으나 흉노의 선우(單于)가 여섯 마리의 노새가 끄는 육라(六騾)를 타고 포위망을 뚫고 달아난 사실을 두고 한 말.(『史記』卷111 衛將軍驃騎列傳)

강구요(康衢謠) : 중국 요(堯)임금이 천하를 다스린 지 50년 만에 천하가 제대로 다스려지고 있는지 알아보기 위하여 미복(微服) 차림으로 강국 땅에 갔을 때 어린아이가 불렀다는 동요.

江門橋(강문교) : 강릉(江陵) 경포대(鏡浦臺) 동쪽에 있는 판교(板橋).

갱재가(賡載歌) : 순(舜)임금과 신하인 고요(皐陶)가 서로 경계하는 내용을 서로 이어 부른 노래.

거츠르신 둘 : '거츨'은 거짓[僞, 妄]. '둘'은 '줄'의 고어(古語).

거사(居士) : 학덕이 높으나 벼슬하지 않고 초야에 있는 사람. 속인(俗人)으로 불교의 법명(法名)을 가진 사내.

건즐(巾櫛) : 수건과 빗. 남편이 세수할 때 아내가 곁에서 수건과 빗을 들고 시중을 든다는 뜻으로, 아내의 소임을 낮추어 말하는 것. 전하여 혼인을 뜻함.

검티 갓다 : 체면을 돌아보지 않고 재물을 얻으러 감.

게정푸리 : 불만을 품고 하는 말이나 짓. 심술풀이.

겨죽 : 물체의 겉 부분. 여기서는 옷이 형편없음을 비하하는 말.

격군(格軍) : 수부(水夫)의 하나로 사공(沙工)의 일을 돕는 사람.

鴃舌荒服(격설황복) : 백설조(百舌鳥)가 지저귀듯 말하는 오랑캐와 완전히 정복할 수 없는 먼 지역의 야만인.

격양가(擊壤歌) : 요(堯)임금 때에 한 노인(老人)이 배불리 먹고 배를 두드리며 흙덩이를 치면서 부른 노래. 흔히 태평성대를 의미함. "해가 뜨면 나가서 일하고 해가 지면 들어가서 쉬도다. 우물 파서 물을 마시고 밭 갈아서 밥을 먹거니, 임금의 힘이 나에게 무슨 상관이 있으랴.[日出而作 日入而息 鑿井而飮 耕田而食 帝力何有於我哉]"

犬戎(견융) : 고대 중국 서쪽 지방에 있던 이민족.

결의 : 잠결에.

경계판(輕繫版) : 죄인이라는 표시를 한 상판. 보고 경계로 삼을 상판대기.

경구준마(輕裘駿馬) : 지위가 높고 귀한 사람의 나들이 때의 차림새.

경천봉일(擎天捧日) : 하늘을 떠받치고 해를 받든다는 말로, 임금을 높이 받들어 섬기는 신하의 충성스런 마음을 뜻함.

계립현(鷄立峴) : 조령(鳥嶺) 새재 동북쪽의 고개. 현재로는 통행로로 사용되지 않음. 일명 계립령(鷄立嶺).『新增東國輿地勝覽』권29 聞慶縣 山川조 "鷄立嶺 俗稱麻骨山 以方言相似也 在縣北二十八里 乃新羅時舊路".

啓明星(계명성) : 금성의 별명. 샛별.

계엄헐스 : 계엄함이여. '계엄'은 남이 가진 것을 부러워하고 시기하는 것.

禊浴日(계욕일) : 3월 첫 번째 사일(巳日)에 해당하며, 액을 덜기 위해 목욕하고 물가에서 술을 마심.

고롬 밋고 닉기 : 민속놀이의 하나. 자신만만할 때 고름 맺기 내기를 한다고 함.

고마도해(叩馬蹈海)의 의기(義氣) : 백이(伯夷)·숙제(叔齊)와 노중련(魯仲連)의 의리. 백이와 숙제는 주(周)나라 무왕(武王)이 은(殷)나라를 정벌할 때 무왕의 말고삐를 잡고서 만류하였다. 노중련은 전국 시대 제(齊)나라의 고사(高士)이다. 그가 조(趙)나라에 가 있을 때 진(秦)나라 군대가 조나라의 서울 한단(邯鄲)을 포위하였다. 이때 위(魏)나라가 장군 신원연(新垣衍)을 보내 진나라 임금을 황제로 섬기면 포위를 풀 것이라고 하였다. 이에 노중련이 "진나라가 방자하게 황제를 칭한다면 나는 동해 바다 속으로 빠져 죽겠다." 하니, 진나라 장군이 이 말을 듣고 군사를 오십 리 뒤로 물렸다고 한다.

고목(枯木)이 봉춘(逢春)ᄒ고 : 마른 나무가 봄을 맞이함. 말라 죽은 듯한 나무가 봄을 맞아 생기를 찾음.

고상(苦像) : 십자고상(十字苦像). 십자가에 못 박힌 예수의 상(像).

고양진미(膏粱珍味) : 살찐 고기와 좋은 곡식으로 만든 맛있는 음식.

孤舟解纜(고쥬히람) : 닻줄을 끄른다는 말로, 배가 떠나는 것을 뜻함.

고항(膏肓) : 치료할 수 없는 깊은 병. 본 음은 고황(膏肓). 춘추 시대 진(晉) 경공(景公)이 병이 들어 진(秦)의 명의를 불렀다. 의사가 도착하기 전에 경공이 꿈을 꾸니, 두 아이놈이 말하기를 "내일 명의가 우리를 처치할 것인데, 우리가 고(膏)의 밑과 황(肓)의 위로 들어가면 명의라도 어쩌지 못할 것이다." 하였다. 이튿날 명의가 진찰하고는 병이 고황에 깊이 숨어 고칠 수가 없다고 하였다.

곤뎐(坤殿) : 중궁전(中宮殿). 왕후를 높여 일컫는 말.

곤ᄌ손히 : 소의 똥구멍 속에 있는 창자의 한 부분. 곤자소니가 기름지다는 말은 부귀를 누리고 크게 호기 부리며 뽐내는 것을 이름.

골경심한(骨驚心寒) : 뼈까지 놀라고 마음이 서늘할 정도로 매우 놀람.

공단(貢緞): 감이 두껍고 무늬가 없는 비단.

公輸(공수) : 춘추(春秋) 시대 노(魯)나라 사람. 나무를 잘 다루는 양장(良匠). 『孟子』(맹자) 離婁篇(이루편)에 "공수자(公輸子)의 교(巧)라." 하였다.

공심판(公審判) : 최후의 심판.

工倕(공슈) : 요(堯)임금 때의 솜씨가 뛰어난 장인(匠人). 춘추 시대의 공수(公輸)와 함께 교묘한 솜씨를 지닌 기술자의 대명사.

공후비필(公侯配匹) : 고귀한 사람과 짝을 맺음. 공경대부(公卿大夫)와 제후(諸侯)의 아내.

夸夫(과부) : 『山海經』(산해경)에 나오는, 힘이 세고 걸음이 빠른 신수(神獸).

과체(科體) : 과거 시험에서 보이던 여러 문체의 글. 과문(科文), 공령(功令)이라고도 함.

곽곽선싱(郭覺先生) 니순풍(李順風) : 중국 진나라 때 학자. 박학하고 점술에 뛰어나 훗날 판수 복술의 수호신으로 불림. 눈병이 났을 때 이 신에게 빈다.

곽난병(癨亂病) : 음식이 체하여 토하고 설사하는 급성위장병.

관변정ᄉᆞ(官卞政事) : 관아에 소송할 일.

관비정속(官婢定續) : 죄인을 관아(官衙)의 비녀(婢女)로 만드는 일.

관ᄌᆞ(關子) : 관청 등에서 내린 공문서.

관ᄌᆞ구셜(官災口舌) : 관가(官家)로부터 받는 재앙과 시비하는 말.

괴발의 덕석 : 고양이 발에 덕석. 원래 덕석은 추울 때에 소의 등을 덮어주는 명석. 괴발의 덕석은 격에 맞지 않은 행동이나 처신을 일컫는 말.

괴시 리 : 괴실 이. '괴'는 사랑하다[寵]의 뜻. '리'는 인칭대명사(人稱代名詞).

괴얌즉 : 사랑 받음직. 사랑 받을만.

교즉상(交足床) : 혼례 때 나조반을 올려놓는 상. 나조반은 납채(納采) 때 신부 집에서 쓰는 것으로, 억새나 갈대 따위를 한 자 길이쯤 되게 잘라 묶고 기름을 부은 뒤, 붉은 종이로 싸서 불을 켜도록 만든 나좃대를 올려놓는 쟁반.

九干(구간) : 간(干)은 아직 국가가 성립되지 않은 고대의 지방 부족장 이름. 아홉은 중국의 구관(九官) 등을 모방한 듯함. 구간은 아도간(我刀干)·여도간(汝刀干)·피도간(彼刀干)·오도간(五刀干)·유수간(留水干)·유천간(留天干)·신천간(神天干)·오천간(五天干)·신귀간(神鬼干).

구마라습(鳩摩羅什) : 삼종론(三宗論)의 개조(開祖). 서역(西域) 구자국(龜玆國) 태생으로 후진(後秦) 때 장안(長安)에 들어와서 경론(經論) 300여 권을 번역하였다.

구목(丘木) : 무덤에 있는 나무.

구왕(九王) : 누르하치(奴兒哈赤)의 열두째 아들인 섭정왕(攝政王) 다이곤(多爾袞)으로 병자호란 때에 강화도를 함락시킨 자. 우리나라에서 그를 아홉째 아들로 잘못 알아 구왕이라 칭함.

국부민강(國富民康) : 나라가 부강하고 백성이 편안함.

국학(國學) : 개성의 탄현문(炭峴門) 안에 있던 성균관(成均館).

국티민안(國泰民安) : 나라가 태평하고 백성들이 살기가 편안함.

군눈(窘難) : 천주교 박해(迫害). 어떤 종교적 단체의 구성이나 활동, 그리고 이와 관련된 말과 표현들을 금지하고 탄압하는 것.

군쁘디 : 딴 뜻이. 딴 마음이.

군ᄌ호구(君子好逑) : 군자의 좋은 배필. "자웅이 서로 화락하게 우는 물새는 하
　　수가에 있도다. 얌전한 숙녀는 군자의 좋은 짝이로다.[關關雎鳩 在河之州 窈
　　窕淑女 君子好逑]"(『詩經』周南 關雎篇)에서 온 말.

굽니러 : 굼닐어. 몸을 구부렸다 일으켰다 하며.

굿버ᄒ노라 : 슬퍼하다. 싫어하다. 꺼려하다. 허전하고 심란하다.

권렴간(眷念間) : 둘러보는 사이.

葵心(규심) : 규(葵)는 해바라기. 해바라기의 성질이 태양을 향하여 기울어지므로
　　신하가 임금에게 심력(心力)을 기울여 충신함을 비유한 말.

金剛臺(금강디) : 표훈사(表訓寺) 북쪽에 있는 석벽.

金幱窟(금난굴) : 통천(通川) 동쪽에 있는 굴.

근보가셩(僅保家聲) : 한 집안의 명성을 겨우 보전하는 것.

금봉치(金鳳釵) : 봉황으로 머리를 새긴 금비녀.

금풍(金風) : 가을바람. 오행(五行)에서 가을은 금(金)임.

汲長孺(급댱유) : 중국 한무제(漢武帝) 때 사람. 이름은 급암(汲黯). 장유(長孺)는
　　그의 자. 일찍 회양(淮陽) 태수가 되어 직간(直諫)을 하매 회직(淮直)이라도 부
　　르며, 와치회양(臥治淮陽)이라는 고사(故事)가 있다.

긔튼 : 남은. 기튼<기티다.

棋博沽酒(기박고주) 汩沒(골몰) : 장기, 바둑 등의 잡기와 술집을 드나들며 술 마
　　시기에 정신이 없음.

冀北(기북) : 중국의 기주(冀州) 북쪽 땅. 예전부터 좋은 말의 산지로 유명함.

기산(箕山) : 현재의 위치는 알 수 없음.『三國史記』卷37 地理志 三國有名未詳
　　地分에도 역시 그 위치를 알 수 없는 곳으로 되어 있다. 琉璃明王 24년 條에
　　왕이 이곳에서 사냥하였다는 기록이 보인다.『三國史記』卷15 高句麗本紀 太
　　祖王 86년, 卷17 高句麗本紀 中川王 4년 및 15년 조에는 왕이 '箕丘'에서 사냥
　　하였다는 기록이 보이고 있어 같은 곳이 아닌가 한다. 아마 고구려의 왕실 사냥
　　터였던 것 같다.

긴 장죽(長竹) : 긴 담뱃대.

길드림 : 나뭇가지 따위가 길가에 드리워짐.

써믈니라 : 꺼늘어물리다. 우격다짐으로 물리게 하다.

쓸레발 : 헙수룩한 모양의 발. 끄레와 같은 발. 끄레는 걸기질하는 농사기구.

끠우니 : 꺼리니. 싫어하니.

나남즉 : 나(我)나 남(他)이나 할 것 없이.

나은(羅隱) : 당나라 말기의 여항(餘杭) 사람. 천하에 시명(詩名)이 알려졌고 특히
　영사(詠史)에 능했으나, 기풍(譏諷)하는 바가 많아 과거에 급제하지는 못함.

나쥬(羅州)불 : 나주 지방에서 만든 촛대의 불로, 혼례 때 켜는 붉은 초.

낙타교(駱駝橋) : 개성 보정문(保定門) 안에 있었던 다리.

남교(藍橋) : 중국 섬서성(陝西省) 남전현(藍田縣) 동남쪽의 남계(藍溪)에 있는
　다리. 당(唐)나라 때 배항(裵航)이 선녀인 운교부인(雲翹夫人)을 만났을 때, 운
　교부인이 배항에게 시(詩)를 주어 "경장을 한번 마시면 온갖 감정이 생기고, 현
　상을 다 찧고 나면 운영을 만나리라. 남교가 바로 신선이 사는 곳인데, 어찌 곡
　기구하게 옥경을 오르려 하나[一飮瓊漿百感生 玄霜搗盡見雲英 藍橋便是神
　仙窟 何必崎嶇上玉京]." 하였는데, 뒤에 배항이 남교를 지나다가 목이 말라 한
　노구(老嫗)의 집에 들어가 물을 요구하자, 노구가 처녀 운영(雲英)을 시켜 물
　을 갖다 주었다. 배항이 그 물을 마시고는 앞서 운교부인의 예언을 생각하여 운
　영에게 장가들기를 청하자, 노구가 "옥저구(玉杵臼)를 얻어 오면 들어 주겠다."
　하므로, 뒤에 배항이 옥저구를 얻어서 마침내 운영에게 장가들어 신선이 되어
　갔다는 전설이 있다.

늠대되 : 남이 다 하는 대로.

남악(南岳)에 위부인(魏婦人) : 남악(南嶽)은 형산(衡山)의 별명(別名). 위부인
　(衛夫人)은 구운몽(九雲夢)에 나오는 선녀(仙女).

藍輿(남여) : 뚜껑 없는 가마.

남진 : 남편.

냑돗더라 : 약았더라. 영리하더라.

너비할미 : 얄팍하게 저며 양념을 하여 구운 쇠고기.

널구롬 : 부운(浮雲). 행운(行雲). 떠가는 구름.

네놋다 : 가도다. '네다'는 '가다'. '~놋다'는 감탄종지형.

녹의홍상(綠衣紅裳) : 연두저고리에 다홍치마라는 뜻으로, 젊은 여자의 고운 옷차
　장을 일컫는 말.

壟上耕翁(농상경옹) : 둔덕에서 밭 갈았던 후한(後漢) 말의 은자 방덕공(龐德公)
　을 가리킴. 방덕공은 일찍부터 세상에 나가기를 단념하여, 당시 형주 자사(荊州
　刺史) 유표(劉表)가 수차에 걸쳐 벼슬길에 나오도록 그를 종용했으나 거절하
　고서 처자(妻子)와 함께 농사를 짓다가 나중에는 녹문산(鹿門山)으로 처자와

함께 약을 캐러 들어가 다시 돌아오지 않았다.

뇨지일월(堯之日月) : 중국 요(堯)임금이 다스렸던 태평성대를 일컫는 말.

누비 상침(上針) : '누비'는 천을 겹으로 포개 놓고 사이에 솜을 두어 줄이 죽죽 지게 박는 바느질. '상침'은 저고리의 깃이나 보료·방석 따위의 솔기에 장식으로 실밥이 겉으로 드러나게 하는 박음질.

뉴낙중분미빅연(憂樂中分未百年) : 인간의 생애를 백년이라고 하지만 근심과 즐거움을 나누면 채 백년이 못 된다는 말.

流霞酒(뉴하쥬) : 선인이 마신다는 술의 이름.

뉵각(六角) : 여섯 가지 악기. 북·장구·해금·피리·밀·태평소 한 쌍.

니화(李花) 도화(桃花) : 복숭아꽃과 오얏꽃.

님다히 : 임으로부터의.

닛뷔ᄌ로 : 잇짚으로 엮은 비.

ㄷ

丹書(단셔) : 삼일포(三日浦) 섬 가운데 석면(石面)에 새기어 있는 "永郎徒南石行(영랑도남석행)"의 여섯 자의 단서.

簞瓢陋巷(단표누항) : 『論語』(논어) 雍也篇(옹야편)에서 공자의 제자 안회의 삶을 표현한 말. 자연을 벗 삼아 소박하고 청빈하게 삶을 이름.

단향목(檀香木)을 꺾다 : 남의 집에 심은 나무를 꺾음. 남의 집 처녀를 엿본다는 뜻.

丹穴(단혈) : 고성(高城) 南에 있는 사선(四仙)이 유상(遊賞)하였다는 곳.

踏靑(답청) : 3월 3일 삼짇날에 들에 나가 새봄에 돋은 풀이나 새순을 밟고 산책하는 민속놀이.

당년에 임금께서 침(郴) 땅에 계심을 통곡하노라[痛哭當年帝在郴] : 그해에 단종이 영월에 유폐되었다가 죽임을 당한 것을 통곡한다는 것. 침(郴)은 중국 호남성 침현(郴縣)으로, 항우가 의제(義帝)를 이곳으로 파천시킨 뒤에 살해하였다.

당발복(當發福) : 어버이를 좋은 땅에 장사(葬事)해 그 아들이 부귀를 누림.

대단(大緞) : 중국에서 나는 비단의 한 가지.

대정수(大定數) : 천지자연의 이법(理法)에 순(順)히 정해서 떳떳한 수(數).

디장각(大長藿) : 넓고 길쭉한 미역.

덦거츠니 : 우울(憂鬱)한 것이, 지저분한 것이. 빽빽한 것이.

圖經(도경) : 산수를 그림으로 설명한 책. 산수도경(山水圖經)이나 여지승람(輿地

勝覽) 같은 책.

도불습유(道不拾遺) : 선정(善政)이 베풀어져 백성들의 삶이 풍요롭고 도의(道義)
가 이루어져 길에 물건이 떨어져 있어도 주워 가지는 사람이 없음.

도산가(塗山歌) : 노랫말은 미상. 도산(塗山)은 우(禹)임금인 하우씨(夏禹氏)가
장가든 곳.

도척(盜跖) : 춘추 시대 노(魯)나라의 큰 도적. 대단히 포학하여 수천 명의 졸개들
을 거느리고 천하를 횡행하면서 날마다 무고한 사람들을 죽이곤 했다.

도리쩍 : 초례상(醮禮床)에 놓는 둥글고 큼직한 흰 떡. 일명 달떡.

돈연무려(頓然無慮) : 전혀 근심이나 걱정을 하지 않는 모습.

돈피 빗즈 : 노랑 담비의 모피로 만든 배자(褙子). 배자는 저고리 위에 덧입은 옷.

돌통디 : 돌로 담배통을 하여 만든 담뱃대.

東郭墦間(동곽번간) : 전국 시대 제(齊)나라의 어떤 사람이 날마다 집을 나가 동
곽(東郭)의 무덤 사이[墦間]를 이리저리 돌아다니면서 남은 주식(酒食)을 실컷
빌어먹고 집에 돌아와서는 매양 처첩(妻妾)에게 부귀(富貴)한 이들과 만나서
먹었다고 거드름을 떨곤 했으므로, 뒤에 그의 처첩이 그 내막을 알고 나서는 남
편의 한심한 행위에 대단히 실망하여 뜰에서 울었다는 고사.(『孟子』離婁下)

동뇌연(同牢宴) : 초례(醮禮) 때 교배(交拜)를 바치고 신랑 신부가 술잔을 나누는
잔치.

동방(洞房) : 혼례식을 마치고 신랑, 신부가 첫날밤을 치르도록 차린 방.

동방삭(東方朔) : 전한(前漢) 사람. 자(字)는 만청(曼倩). 해학과 문장에 능했으므
로 선술(仙術)을 배웠다고 한다. 속설(俗說)에는 그가 서왕모(西王母)의 복숭
아를 훔쳐 먹고는 장수(長壽)하였으므로, '삼천갑자(三千甲子) 동방삭(東方朔)'
이라 일컫는다.

東山(동산) 泰山(태산) : 동산(東山)과 태산(泰山)은 중국 산동성(山東省)에 있는
명산. 『孟子』(맹자) 盡心章(진심장)에서 인용한 것임.

동양지신(棟樑之臣) : 한 나라를 떠받치는 중대한 책임을 맡을 만한 능력 있는 신하.

동작(銅雀) : 동작대(銅雀臺). 위무제(魏武帝) 조조(曹操)가 옛 수도인 상주(相
州)에 세운 누대.

東州(동쥐) : 철원(鐵原)의 옛 이름.

동중셔(董仲舒) : 전한(前漢) 무제(武帝) 때의 학자. 처음엔 강도(江都)의 승(丞)
이 되었으나 공손홍(公孫弘)에게 미움을 받아 교서왕(膠西王)의 승(丞)으로 좌
천되고, 나중에 벼슬을 그만두고 저술에 힘쓰다 생을 마쳤다. 『春秋』(춘추)에
밝아 『春秋繁露』(춘추번로)를 지었고, 무제에게 상주하여 유교를 국교(國敎)

로 정하게 한 것으로 유명하다.

동탕(動蕩) : 얼굴이 토실토실하고 잘 생김.

두목지(杜牧之) : 만당(晚唐) 때의 시인. 자(字)는 목지. 호는 번천(樊川). 시풍은
호방하면서도 또한 아름다웠으며, 풍채가 좋고 잘 생겨서 뭇 여성들의 신망의
대상이 되었다고 한다. 그가 수레를 타고 양주 땅을 지날 때 그의 멋진 모습을
한 번이라도 보기 위해 여자들이 던진 귤이 수레를 가득 채웠다는 고사는 유명
하다.

뒤물그릇 : 여자의 음부나 항문을 씻은 물을 담는 그릇.

들넬 적의 : 떠들썩할 때에.

디위 : 경계(境界).

쩌셰허고 : 남의 세력을 빙자하다.

ㄹ

록긔금(綠綺琴) : 사마상여(司馬相如)가 일찍이 옥여의부(玉如意賦)를 지어 양왕
(梁王)에게 바치자 양왕이 기뻐하여 사마상여에게 하사했다는 거문고.

릉라쥬의(綾羅紬衣) : 능비단과 나비단으로 만든 두루마기.

ㅁ

馬嵬驛(마외역) : 중국 섬서성에 있는 지명. 당 현종이 안록산의 난을 만나서 피란
하는 도중에 이곳에 이르러서 군사들의 요청에 의하여 양귀비를 죽였다.

마젼장수 : 생베를 삶아서 여러 번 빨아 말려 바래는 일을 하는 사람.

만단슈회(萬端愁懷) : 마음속에 깊이 새겨진 온갖 근심.

萬乘(만승) : 천자(天子). 옛날 중국에서 천자는 만(萬) 채의 수레를 소유하였다
한 데서 유래.

萬瀑洞(만폭동) : 장안사(長安寺) 東北으로 들어가는 골짜기.

말젼쥬 : 이쪽 말은 저쪽에, 저쪽 말은 이쪽에 전하여 이간질을 하는 것.

망지소조(罔知所措) : 너무 당황하거나 급하여 어찌할 줄을 모르고 갈팡질팡함.

미팔즈 : 집안 실림은 돌보지 않고 혼자만 먹고 자유로 돌아다니는 사람.

맥수가(麥秀歌) : 은(殷)나라가 망한 뒤, 기자(箕子)가 주(周)나라에 조회가는 길
에 은나라의 옛터를 지나다 보니, 궁실이 다 허물어진 폐허에 벼와 기장 등의

곡식이 무성하게 자라고 있었다. 기자가 이것을 보고 매우 상심한 나머지 지은 노래. 고국의 멸망을 통한한 뜻을 담은 내용. "보리가 패서 까끄라기가 나옴이여, 벼와 기장이 무성하도다. 저 교활한 아이는, 나를 좋아하지 않았도다.[麥秀漸漸兮 禾黍油油兮 彼狡童兮 不與我好兮]".

면 덛 : 얼마 안 되어. '덛'은 '사이, 때'의 뜻.

명명기덕(明明其德) : 『大學』(대학)의 도(道)는 밝은 덕을 밝히는 데 있음.

모래 속의 원숭이와 학 : 아무것도 기억에 남은 것이 없이 다 잊어버림. 갈홍(葛洪)의 『포박자』(抱朴子) 가운데, "주(周)나라 목왕(穆王)이 남쪽으로 정벌을 떠났는데 전군이 몰살하여 군자는 원숭이와 학이 되고, 소인은 벌레와 모래가 되었다."는 말에서 연유함.

모물염치(冒物廉恥) : 염치없는 줄을 알면서도 이를 무릅쓰고 함.

목탁깅증(木鐸錚鉦) : 목탁과 징.

무렵보고 : 염치가 업는 것을 보고.

무령왕(武靈王) : 중국 전국시대 조(趙)나라의 임금. 북방 오랑캐에 대항하기 위해 전쟁에 편리한 호복(胡服)을 입음.

무면도강(無面渡江): 일에 실패하여 고향으로 돌아갈 면목이 없음. 항우가 유방에게 패한 후 고향인 강동(江東)으로 돌아갈 면목이 없다고 하면서 목숨을 끊은 고사에서 연유함.

무명장야(無明長夜) : 어두운 긴 밤. 무명(無明)은 사제(四諦)의 진리인 불교의 근본의(根本義)에 통달하지 않은 마음의 상태로 모든 번뇌의 근원이 되고 사견(邪見), 망집(妄執)으로 법의 진리에 어두운 일을 말함.

무산(巫山) : 중국 사천성(四川省)에 있는 산. 춘추 시대 초(楚)나라 회왕(懷王)이 고당(高唐)에 노닐다가 꿈속에 신녀(神女)를 만나 동침을 하였는데, 신녀가 떠나면서 "첩은 무산 남쪽 높은 봉우리에 사는데, 아침에는 구름이 되고 저녁에는 비가 되어 매일 아침저녁 양대 아래에 있습니다." 하였다는 고사가 전해지는데, 이후 양대(陽臺)·운우(雲雨)·고당(高唐)·무산지우(巫山之雨)·무산지몽(巫山之夢)과 같은 뜻으로, 남녀의 정사를 말한다.

무위자성(無爲自性) : 자연스러운 성품. 무위는 인연에 의하여 조작(造作) 및 생멸(生滅)·무변(無變)인 것. 현상을 초월하여 상주불면(常住不變)하는 존재.

문산(文山)의 의리(義理) : 문산은 송나라의 충신 문천상(文天祥)의 호. 덕우(德祐) 초에 원나라가 침입해 오자 가산(家産)을 털어 군사를 일으켜 근왕(勤王)함으로써 신국공(信國公)에 봉해졌고, 그 후 원나라 장군 장홍범(張弘範)에게 패하여 3년 동안 연옥(燕獄)에 수감되었으나 끝내 굴복하지 않고 죽임을 당하였다.

므니불와 : 잇달아 밟아.

微吟緩步(미음완보) : 나직하게 시를 읊조리며 천천히 걸음. 소요음영(逍遙吟詠)
　　과 같은 의미임.

바자니니 : 헤매이니. 배회하니. 바장이니.

반복소인(反覆小人) : 언행을 늘 고치는 간교한 사람.

반부담(半負擔) : 물건을 담아서 말 등에 실어 운반하는 작은 농짝.

반분써(半粉黛) : 한나절을 얼굴에 분바르기와 눈썹 그리는 것.

반우(返虞) : 장사(葬事) 치룬 뒤에 신주(神主)를 모시고 집으로 돌아오는 일.

반우가(飯牛歌) : 춘추 시대 위(衛)나라 영척(甯戚)이 제나라에 가서 빈궁하게 지
　　내며 소에게 꼴을 먹이다가 제 환공(齊桓公)을 만나 쇠뿔[牛角]을 치며 자기의
　　신세를 한탄하며 부른 노래. "남산에 깨끗한 돌이여! 흰 돌이 다 닳도록 요순
　　같은 임금을 만나지 못하였으니 짧은 베 홑옷은 정강이도 못 가리네. 어둑한 새
　　벽부터 깊은 밤까지 소를 먹이노니 긴긴 밤은 어느 때나 밝아올꼬.[南山矸 白
　　石爛 生不遭堯與舜禪 短布單衣不掩骭 從昏飯牛薄夜半 長夜漫漫何時旦]"

방관(房琯)의 거전(車戰) : 방관(697~763)은 당(唐)나라 때의 장수. 안녹산(安祿
　　山)의 난으로 현종(玄宗)이 물러나고 숙종(肅宗)이 즉위하자 방관에게 각군을
　　모아 장안(長安)을 수복할 것을 명하였다. 이에 장안으로 진격하다 함양(咸陽)
　　에서 적을 만나 방관이 직접 중군(中軍)을 거느리고 춘추 시대의 거전법(車戰
　　法)을 흉내 내어 소가 끄는 수레 2000승(乘)과 보병으로 진을 쳐서 적과 대치
　　하니, 적들이 바람을 이용하여 소리를 지르고 불을 놓아 공격하여 방관의 군이
　　대패한 일화를 일컫는다.(『資治通鑑』 卷219 唐紀)

방츄돌 : 다듬이돌.

방치년(房親迎) : 나이 어린 신랑 신부가 초례를 하고 삼일(三日)을 치를 때에 신
　　부가 신방에 들어가서 얼마동안 가만히 앉아 있다가 나오는 일.

방통(龐統) : 삼국시대의 촉한(蜀漢)의 사람. 별명은 봉추(鳳雛). 제갈량과 함께
　　유비(劉備)의 모사(謀士)였으나 낙봉파(落鳳波)에서 전사했다.

방호산(方壺山) : 신선이 산다는 삼신산(三神山) 중 하나인 방장산(方丈山).

陪童(배동) : 시동(侍童). 관아에서 심부름이나 잔일을 하는 하인.

빅공천창(百孔千瘡) : 여러 가지 폐단으로 엉망진창이 됨.

백구지국(伯舅之國) : 천자의 외삼촌의 나라로, 제후국 가운데 가장 높은 대우를 받는 나라.

白頭豕(백두시) : 머리털이 흰 돼지.

백설조(百舌鳥) : 새 이름. 아주 잘 울어서 소리에 변화가 많으므로 말 많은 사람을 비유하기도 함.

百獸驚(백수경)果(과) : 한 마리의 길짐승이 달리면 온갖 짐승들이 놀람. 果(과)는 우리말을 한자의 음을 빌어서 쓴 차자 표기.

빅양(柏梁) : 백량대(柏梁臺). 한무제(漢武帝)가 장안성(長安城)에 건립하여 연회를 베풀고 시를 읊던 누대. 이 누대는 높이가 20장(丈)이고 향백(香柏)으로 전각의 들보를 만들어 향기가 수십 리까지 퍼졌다 한다.

백저사(白紵詞) : 오(吳)나라의 무곡(舞曲) 이름. 무자(舞者)의 아름다움을 성대히 칭찬하고, 또 좋은 시절에 즐겨야 한다는 내용.

빅티천염(百態千艶) : 모든 태도가 예쁘고 고움.

번오기(樊於期) : 중국 전국시대 진(秦)나라의 장수로 연(燕)나라에 망명한 인물. 형가(荊軻)가 진시황을 암살하려 진나라에 들어갈 방법을 모색할 때 선선히 자기 목을 베어 주었다.

범증(范增) : 초한 시대 항우(項羽)의 모신(謀臣). 항우로부터 아보(亞父)라는 칭호로 존경받았으나 결국 한(漢)과 내통한다는 혐의로 배척당하여 팽성(彭城)에서 죽었다.

법성산(法性山) : 모든 법의 체성(體性), 만유(萬有)의 실체, 우주의 본체.

벽지(辟除) : 지위가 높은 사람이 행차할 때 잡인의 통행을 금하던 일.

변거ᄒ되 : 번거롭되.

복건자(幅巾者) : 남효온(1454~1492). 자는 백공(伯恭). 호는 추강(秋江). 세조의 왕위찬탈 때 목숨을 걸고 단종에 대한 충절을 지켰던 사육신(死六臣)을 모델로 육신전(六臣傳)을 지었다.

복주(福州) : 지금의 경상북도 안동.

봉두ᄂ발(蓬頭亂髮) : 쑥대강이같이 마구 흐트러진 머리털.

봉미션(鳳尾扇) : 의장(儀仗)의 한 가지. 봉황새의 꽁지 모양으로 만든 부채.

奉祀田畓(봉사전답) : 조상의 제사를 받들기 위해 마련된 논과 밭.

封印(봉인) : 관아에서 일시 휴가로 업무를 보지 않는 것. 또는 연말연시의 사무를 정지하는 것.

篷窓(봉창) : 대나무 잎을 엮어서 만든 배의 지붕에 작게 나 있는 창문.

부마(駙馬) : 임금의 사위.

부망(副望) : 벼슬아치를 발탁할 때 후보자를 추천하는 세 사람 중의 두 번째 사람.

부벽누(浮碧樓) : 평양 모란대 밑 절벽 위에 있는 누각.

부상(扶桑) : 해가 뜨는 동해 속에 있다는 상상의 신목(神木).

부용향(芙蓉香) : 옛날 혼례 때 피우던 향. 향꽂이에 꽂아서 족두리하님이 들고 신부 뒤에 감. 족두리하님은 혼행(婚行)에 신부를 따라가던 여자하인.

北寬亭(북관뎡) : 철원(鐵原) 북쪽에 있는 정자.

北胡地(북호지) : 중국 북쪽의 오랑캐 땅. 지금의 만주와 몽골 및 러시아 지역.

분벽사창(粉壁紗窓) : 하얗게 꾸민 벽과 깁으로 바른 창. 화려하게 장식된 집.

분성적(粉成赤) : 분으로만 발라 소박하게 꾸미는 성적(成赤). 성적은 혼인날 신부가 얼굴에 분을 바르고 연지를 찍는 일.

불금이모(不禽二毛) : 송(宋)나라 군주가 적이 불리한 처지에 있을 때 공격하는 것을 의롭지 못하다고 여겨 머뭇거리다가 패전한 뒤에 한 말. "군자는 부상자를 거듭 상해하지 않고 반백(半白)의 늙은이를 사로잡지 않는다.[君子不重傷不禽二毛]"(『春秋左氏傳』僖公 22年)

비부지즈(非父之子) : 아버지의 아들이 아님. 사람 자식이 아니라는 뜻.

比屋可封(비옥가봉) : 그 고장에 사는 사람이 모두 착하다는 뜻.

비쟝(裨將) : 조선시대의 관직. 지방 장관이나 해외 사신을 따라다니던 무관.

빙하(氷河) : 북쪽 지방의 추운 사막 지대. 한문(寒門)이라고도 함.

氷紈(빙환) : 얼음과 같이 희고 깨끗한 비단.

師曠(사광) : 춘추(春秋) 시대 진(晉)의 태사(太師). 오음(五音)·육률(六律)을 다루는 데 남보다 월등한 청력을 가짐.

四都八路(사도팔로) : 사방의 많은 사람들이 모여 사는 도시와 팔방으로 통하는 길.

사마상여(司馬相如) : 중국 전한 때의 문인. 자는 장경(長卿). 사부(詞賦)를 잘 짓고 거문고를 특히 잘 탔다. 젊었을 때 임공(臨邛)이라는 곳을 지나다가 거문고를 타서 부잣집 딸인 과부 탁문군(卓文君)을 꾀어내어 부부가 되어 성도(成都)로 돌아와 살았다고 한다.

사마치 : 예전에, 융복(戎服)을 입고 말을 탈 때에 두 다리를 가리던 아랫도리 옷.

사만(事望) : 장사에서 이익을 많이 보는 운수.

ᄉᆞᆺ 츳네 : 아주 가득하네.

사상산(四相山) : 사람이 겪는 네 가지 상인 생(生)·노(老)·병(病)·사(死). 만
물이 생멸변화(生滅變化)하는 네 가지 상인 사상(生相)·주상(住相)·이상(異
相)·멸상(滅相). 중생이 실재라고 믿는 네 가지 상인 아상(我相)·인상(人
相)·중생상(衆生相)·수명상(壽命相), 이 네 가지 상은 허무하고 거짓된 것인
데 이에 미혹되면 영영 중생에 그치고 이를 깨달으면 부처가 된다.

四仙(ᄉ션) : 술랑(述郎), 남랑(南郎), 영랑(永郎), 안상(安詳). 삼일포(三日浦)에
서 삼일불반(三日不返)하였다는 신라의 사선도(四仙徒).

ᄉ옴 : 샘. 남을 부러워하거나 공연히 미워하는 마음.

斜陽峴山(샤양현산) : 양양(襄陽) 북쪽에 있는 산.

사쥬단ᄌ(四柱單子) : 정혼한 뒤 신랑 집에서 신랑의 사주를 적어 신부 집에 보내
는 종이.

ᄉ쥬구령(事主救靈) : 하느님을 섬기며, 영혼을 구원하는 일.

ᄉ텬감(司天監) : 사천대(司天臺)의 관리. 사천대는 중국 당(唐)나라 때 천문(天
文)·역일(曆日)을 맡아보던 관청.

ᄉ향곡(思鄕曲) : 고향을 그리하며 연주하는 곡.

삭발위승(削髮爲僧) : 머리를 깎고 중이 됨.

山映樓(산영누) : 유점사(楡岾寺)의 문루(門樓).

산 위의 초목을 보고 먼저 기가 질려 버리고 : 동진(東晉) 때에 전진(前秦)의 부견
(符堅)이 대군을 이끌고 동진을 공격하였다. 이때 동진의 장수 사석(謝石)과
사현(謝玄) 등이 이를 맞아 싸웠는데, 부견이 성에 올라 동진의 군대를 바라보
니 진용(陣容)이 정제되고 군사들이 정예화되어 있었다. 게다가 북쪽으로 팔공
산(八公山) 위를 바라보니 초목들이 마치 동진의 군사로 보여 겁을 먹었다고
한다.(『晉書』 卷114 符堅下)

산호필(珊瑚筆) : 산호로 장식한 좋은 붓.

살 결박(結縛) : 죄인의 옷을 벗기고 맨살에 포승하여 묶음.

슬웃브뎌 : '슬웃브'는 '슬프다'의 유의어(類義語).

三公(삼공) : 삼정승(三政丞). 영의정(領議政), 좌의정(左議政), 우의정(右議政).

ᄉ복(三伏)다름 바지 : 무더운 더위에 어울리지 않는 바지.

삼신(三神) : 아기를 점지하고 산모와 산아(産兒)를 돌보는 세 신령.

ᄉ승보션 : 몽고에서 나는 무명으로 만든 보선.

삼지팔난(三災八難) : 모든 재앙과 곤란.

삼태성(三台星) : 국자 모양의 북두칠성의 물을 담는 쪽에 길게 비스듬히 늘어선
세 쌍의 별. 상태성(上台星)·중태성(中台星)·하태성(下台星)의 각각 두 개로

됨. 비유적으로 삼공(三公)의 고관(高官)을 가리키기도 함.

三亥酒(삼해주) : 동짓달 해일(亥日)에 준비하여 섣달 해일에 술을 담갔다가 정월 해일에 거른 술.

상림원(上林苑) : 중국 장안(長安)의 서쪽에 있던 한(漢)나라의 정원.

상부(上部) 고씨(高氏) : 고구려 5부(部) 중 상부(上部)에 속하는 고씨(高氏). 상부는 동부(東部) 또는 순노부(順奴部)라고도 한다.

상운향무(祥雲香霧) : 상서로운 구름과 향기 나는 안개. 이상적인 환경을 말함.

상팔십(上八十) : 상수팔십(上壽八十). 아무렇게 살아도 팔십은 맡아 놓은 팔자라는 뜻. 나이에는 하(下)·중(中)·상수(上壽)가 있음.

상하팅석(上下撐石) : 몹시 꼬이는 일을 당하여 임시변통으로 이리저리 견디어 가는 일.

상지(上佐ㅣ) : 스승의 대를 이를 여러 스님 가운데에서 가장 높은 사람.

瑞光千丈(셔광쳔댱) : 달빛.

西藩(서번) : 중국 서쪽 변방의 나라. 서역(西域).

셔시(西施) : 춘추 시대의 월(越)나라 미인. 월왕(越王) 구천(句踐)이 회계(會稽)에서 패한 뒤에, 그의 모신(謀臣) 범여(范蠡)가 서시를 오왕(吳王) 부차(夫差)에게 바치자, 마침내 오 나라의 정사가 어지럽게 되어서 멸망하기까지에 이르렀다.

西湖(셔호) 녯 主人(쥬인) : 중국 송(宋) 때 서호(西湖)가에서 학과 매화를 즐기고 사랑하였다는 시인 임포(林逋).

碩鼠三章(석서삼장) : 『詩經』(시경) 魏風(위풍)의 편명. 위(魏)나라 사람이 임금의 학정(虐政)에 못 견디어 멀리 타국으로 떠나려면서 부른 노래. "큰 쥐야 큰 쥐야, 우리 기장을 먹지 말지어다. 삼년 동안이나 괴롭히고도, 그래도 나를 봐 주지 않누나.[碩鼠碩鼠 無食我黍 三歲貫女 莫我肯顧]"

石崇(석숭) : 자는 계륜(季倫). 진(晉)나라 대부호(大富豪). 워낙 없는 게 없는 부호라서 일찍이 손님을 위하여 순식간에 팥죽을 만들어 내놓았다고 함. "또 못 보았나 금곡원은 한겨울이 초목의 봄날 같고, 휘장 아래 음식 만드는 사람은 다 미인이요, 부추나물과 팥죽 만드는 법은 전하지 않고, 순식간에 마련해내던 석계륜을.[又不見金谷敲氷草木春 帳下烹煎皆美人 萍虀豆粥不傳法 咄嗟而辦石季倫]"(蘇軾, 「豆粥」)

선장(先場) : 과거(科擧)에서 제일 먼저 답안지를 제출하는 일.

선죽리(善竹里) : 개성 선죽교(善竹橋) 부근의 마을 이름.

선하뤼움 : 사납고 모진 마음.

선흐면 : 선뜻. 서운하면. 심하면. 그악스러우면. 까딱 잘못하면.

蟾江(섬강) : 한강의 한 갈래. 원주(原州) 서남 50 리에 있는 강.

섬거이 : 맥없이. 싱겁게.

세부작긱(洗膚作羹) : 화장을 지워 씻고 부엌에 들어가 음식을 지음.

세 차례 북을 울려 관문을 빼앗듯이 : 춘추 시대 노(魯)나라 장공(莊公) 10년에 제(齊)
나라가 노나라를 침범하자 조귀(曹劌)가 장공과 함께 장작(長勺)에서 제나라 군
사와 맞서 싸웠는데, 제나라에서 북을 세 번 울릴 때까지 기다렸다가 적의 힘이
빠진 다음에 제나라를 공격하여 승리를 거두었다.(『春秋左氏傳』 莊公 10年)

션쵸(扇貂) : 부채고리에 늘어뜨리는 장식.

션화당(宣化堂) : 각 도의 관찰사가 사무를 보는 정당(正堂).

셩녕 : 연장 벼리는 것. 제작한다는 뜻. 솜씨.

셩적홈(成赤函) : 혼례 때 신부가 화장하는 데에 쓰이는 물품을 넣어두는 함.

셩회(聖會) 아문(我門) : 천주교회의 신도들.

셰시눈가 : 잡수시는가.

셰화셰풍(歲和歲豊) : 나라가 태평하고 풍년이 듦.

소단적치인(騷壇赤幟引) :『소단적치』라는 책에 붙인 서문. 인(引)은 문체의 명칭.
소단(騷壇)은 원래 문단이란 뜻인데, 여기서는 문예를 겨루는 과거 시험장을
가리킴. 적치(赤幟)는 한(漢)나라의 한신(韓信)이 조(趙)나라와 싸울 때 계략을
써서 조나라 성의 깃발을 뽑고 거기에 한나라를 상징하는 붉은 깃발을 세우게
하여 적의 사기를 꺾어 승리한 고사에서 나온 말로, 전범(典範)이나 영수(領袖)
의 비유로 쓰인다. 요컨대 '소단적치'란 과거에서 승리를 거둔 명문장들을 모은
책이란 뜻이다.

소라반ᄌ : 소란 반자에서 온 말. 반자틀을 여러 '井'자를 모은 것처럼 소란을 맞추
어 짜고 그 구멍마다 네모진 널조각의 개판을 얹어 만든 것.

巢父(소부)·許由(허유) : 소부(巢父)와 허유(許由)는 요(堯)임금 때의 은사(隱士).
요임금이 허유를 초빙하여 황제의 자리를 물려주려 하자 허유는 이에 응하지
않고 추한 말을 들었다 하여 영수(潁水)에서 귀를 씻었다. 소부는 소를 끌고 가
다가 이 영수에서 물을 먹이려 하였으나 이것을 보고는 오염된 물이라 하여 소
를 끌고 상류로 가서 물을 먹였다.

소뷔(簫武ㅣ) : 중국 전한(前漢) 무제(武帝) 때 중랑장(中郎將)으로 흉노(匈奴)에
사신으로 갔다가 북해(北海)에 억류되었는데, 끝내 항복하지 않고 지내다가 양
국이 화친하자 19년 만에 돌아옴. 사후에 기린각(麒麟閣)에 화상이 걸려 절개
의 표상이 되었다.

소상강(瀟湘江) : 동정호(洞庭湖) 남쪽에 위치한 소수(瀟水)와 상수(湘水). 중국 요(堯)임금의 딸인 아황(娥皇)과 여영(女英)이 순(舜)임금에게 시집가서 살다가 순임금이 창오산(蒼梧山)에서 죽자 슬피 울다가 상강(湘江)에 빠져 죽었는데, 그때 두 비(妃)가 흘린 눈물이 대나무에 떨어져서 소상반죽(瀟湘斑竹)이 생겼다는 전설이 있다.

逍遙吟詠(소요음영) : 천천히 거닐면서 시를 읊조림.

솔 뿌리로 기워너고 : 시골에서 박을 꿰맬 때에 솔뿌리에 물을 축여 꿰맴.

송설체(松雪體) : 원(元)나라 조맹부(趙孟頫)의 글씨체. 조맹부는 자가 자앙(子昻)이고 호는 송설도인(松雪道人)이며, 죽은 뒤에 위국공(魏國公)에 추봉되었다. 고려의 충선왕(忠宣王)이 원나라에 들어가 교유한 관계로 우리나라에 그의 글씨체가 크게 유행하였다.

쇄금션(碎金扇) : 아름다운 시나 글귀를 써넣은 부채.

쇼상반죽(瀟湘斑竹) : 얼룩무늬가 있는 대나무. 중국 요(堯)임금의 딸인 아황(娥皇)과 여영(女英)이 순(舜)임금에게 시집가서 살다가 순임금이 창오산(蒼梧山)에서 죽자 슬피 울다가 상강(湘江)에 빠져 죽었는데, 그때 두 비(妃)가 흘린 눈물이 대나무에 떨어져서 소상반죽이 생겼다고 한다.

수양산(首陽山)의 유풍(遺風) : 백이(伯夷)와 숙제(叔齊)가 수양산에 들어가 고사리를 캐어먹다가 굶어죽은 이후, 이들이 후세에 길이 남긴 충절.

수자리 : 나라의 변경을 지키는 민병. 또는 그 지키는 일.

菽麥不辨(숙맥불변) : 콩인지 보리인지를 분간 못함. 어리석고 못난 사람을 비유.

숙슈(熟手) : 음식 솜씨가 좋아 잔치 따위의 큰일에 음식을 만드는 사람이나 그 일을 업으로 하는 사람.

순지건곤(舜之乾坤) : 중국 순(舜)임금이 다스렸던 태평성대를 이름.

슈기(手記) : 믿음의 표시로 쓰는 글.

슈망(首望) : 조선 때 벼슬아치의 망정(望定)에서 첫 번째 오르던 일 또는 그 사람.

슈쇄(收刷) : 남에게 빌려 준 돈을 거두어들임.

슈슈전병 부칠 ~ 닛지 말며 : 전병을 부칠 때 외꼭지로 기름을 철판에 발라 부치는 것.

슈회교집(愁懷交集) : 이런저런 생각이 뒤얽히어 서림.

슈비(隨陪) : 행차나 전근 때 원을 따라다니며 시중들던 아전.

슬뮈거늣: 싫고 밉거나. 기본형은 '슬믜다'.

승긔즛(勝己者) : 자기보다 재주가 나은 사람.

승노반(承露盤) : 한무제(漢武帝)가 일찍이 신선(神仙)이 되고자 하여 감로(甘露)

를 받기 위해 건장궁(建章宮)에 만들어 세웠던 동반(銅盤).

쇠구비 : 술을 파는 그릇. 시궁에 쓰는 바가지. 풀을 푸는 바가지.

시변(市邊) : 돈 한 냥에 대하여 한달에 한 돈씩 늘어가는 비싼 변리 돈.

시승(時乘) : 천당에 들어가는 성인(聖人). 제왕(帝王)의 즉위(卽位).

시앗년 : 남편의 첩을 멸시해서 하는 말.

시이직비(是而昨非) : 오늘의 옳음과 어제의 잘못을 깨달음.

시체(時體) : 시대의 풍속.

莘野耕叟(신야경수) : 신야(莘野)에서 밭 갈다가 탕왕(湯王)을 도와 하(夏)나라
　걸(桀)을 정벌한 은(殷)나라의 어진 재상 이윤(伊尹).

新亭共作楚囚悲(신정공작초수비) : 신정에서 함께 초수(楚囚)의 슬픔을 일으킴.
　신정(新亭)은 정자 이름. 초수(楚囚)는 초나라 포로. 진(晉)나라가 양자강 이남
　으로 천도(遷都)했을 때에 당시 인사들이 한가한 날이면 신정에 나와서 술을
　마셨다. 주의(周顗)가 그 가운데 앉았다가 "풍경은 다르지 않으나 눈을 들어 보
　매 산하가 다르구나."라고 탄식하니, 모두 서로 바라보며 눈물을 흘렸다. 왕도
　(王導)가 낯빛을 바꾸며 말하기를 "응당 함께 왕실과 협력하여 중원을 회복해
　야 할 것이지, 어찌 초수처럼 마주 보며 눈물을 흘린단 말인가." 하였다.

신청(信聽) : 믿고 곧이들음.

실녀위 : 실랑이질.

십육관(十六觀) : 중생이 현생에 진리를 체득하여 죽어서 극락세계로 가기 위해
　수련하는 법.

십벌지목(十伐之木) : 열 번 찍어서 아니 넘어가는 나무가 없다는 말로 여기서는
　넘어진 나무를 말함.

雙花店(쌍화점) : 만두가게.

쌍터(雙胎) : 한 태에 태아 둘을 배는 일 또는 그 태아, 쌍둥이.

아단성(阿旦城) : 현재 충북 단양군 영춘면에 있는 온달성(溫達城).

안연락루(愕然落淚) : 정신이 아찔할 정도로 몹시 놀라 눈물을 흘림.

암상헐스 : 샘이 많고 앙칼집이여.

익쥬익인(愛主愛人) : 하느님을 사랑하고 이웃을 사랑함.

야불폐문(夜不閉門) : 밤에 대문을 닫지 않음. 세상이 태평하여 인심이 순박함.

약슈(弱水) : 신선이 살았다는 중국 서쪽의 전설적인 강. 삼신산(三神山)의 하나
　　인 봉래산(蓬萊山)과는 거리가 3만 리나 떨어져 있어 지극히 먼 거리를 표현할
　　때 봉래약수(蓬萊弱水)라 하며, 서로의 거리가 매우 멀어서 만날 수 없는 경우
　　를 약수지격(弱水之隔)이라 한다.
양양가(襄陽歌) : 이백이 지은 장시(長詩). 양양에서 노닐며 호탕하게 소요하는
　　회포를 읊은 작품.
양의ㅅ상(兩儀四象) : 음(陰), 양(陽), 일(日), 월(月), 성(星), 신(辰).
良知良能 本然心(양지양능 본연심)乙(을) : 밝은 지혜와 착한 일을 할 수 있는 능
　　력이 있는 본래 타고 난 마음. 乙(을)은 차자 표기.
양진(陽辰) : 해와 달.
양홍(梁鴻)·맹광(孟光) : 맹광(孟光)은 한(漢)나라 양홍(梁鴻)의 부인. 양홍이 어
　　진 선비로서 벼슬을 구하지 않고 숨어서 품팔이로 사는데, 맹광이 같이 뜻을 맞
　　추어 곤궁함을 견디고 남편 앞에 밥상을 올릴 때에 상을 자기 눈썹 위에 닿도
　　록 높이 들어 공경하였다.
어동경 : 어리둥절하게. 어수선하게.
어별(魚鼈)에 밥 : 물고기와 자라의 밥이 된다는 뜻으로 물에 빠져 죽음을 말함.
억양반복(抑揚反覆) : 문장의 기세를 억제했다가 고조했다가 하기를 여러 번 되
　　풀이하는 수법.
엄군평(嚴君平) : 한(漢)나라 때 사람. 이름은 엄준(嚴遵). 자는 군평(君平). 촉군
　　(蜀郡)의 성도(成都)에서 점을 쳐서 생활하며 늘 충효와 신의를 사람들에게 가
　　르치고 하루에 백전(百錢)을 얻으면 곧 문을 닫고 『노자』(老子)를 읽었다.
업히랑(業海浪) : 넓고 넓은 업보의 세계.
엇(堰)막이며 보(洑)막이며 : 물을 대기 위하여 막아 쌓은 둑과 보(洑)를 막은 방축.
에정지 : 외딴 부엌. 부엌 둘레 주변(혹은 청산). 들판. 완만하게 굽어도는 정지[匯
　　渟地].
여가(與可) : 송(宋)나라 때 사람. 대나무를 특히 잘 그렸고, 시문과 서예에도 묘수
　　(妙手)가 있었다. 저서로 『丹淵集』(단연집)이 있다.
여담절각(汝墻折角) : 네 집 담이 아니면 내 소의 뿔이 부러졌겠느냐는 뜻에서, 남
　　에게 책임을 지우기 위하여 억지를 쓰는 말.
여럽기도 : 겸연쩍기도.
廬山(녀산) : 중국 강사성(江西省) 파양호반(鄱陽湖畔)에 있는 폭포와 온천으로
　　유명한 산.
역수가(易水歌) : 전국 시대 자객 형가((荊軻)가 연 태자(燕太子) 단(丹)의 원수

를 갚기 위해 진왕(秦王)을 죽이려고 떠날 때, 역수 가에서 전송 나온 여러 지기(知己)들과 작별하면서 부른 노래. "바람이 쌀쌀하니 역수가 차도다. 한번 간 장사는 다시 돌아오지 않으리.[風蕭蕭兮易水寒 壯士一去兮不復還]"

연강첩강도(煙江疊嶂圖) : 왕진경(王晉卿)이 연기가 끼인 강물에 첩첩이 쌓인 산을 그린 그림. 왕진경은 송(宋)나라 때 사람. 자는 왕선(王詵). 영종(英宗)의 딸 위국대장공주(魏國大長公主)에게 장가들었으며, 시(詩), 서(書), 화(畫)로 이름을 떨치면서 소동파(蘇東坡)와 막역하게 지내었다.

연광정(練光亭) : 평양 대동강 가에 있는 정자 이름.

연니지(連理枝) : 한 나무의 가지와 다른 나무의 가지가 서로 붙어서 나무 결이 하나로 이루어진 것, 부부 또는 남녀의 애정이 깊은 것을 비유함.

연못에 묻혀 있을 인물(池中之物) : 못 속에 잠복해 있던 교룡(蛟龍)이 구름과 비를 얻게 되면 못에서 솟구쳐 오른다는 말로, 초야에 묻혀 있을 인물이 아니라는 뜻임.

연연산(燕然山)에 명(銘)을 새긴 것 : 두헌(竇憲)이 비석을 세워 공적을 후세에 남기듯이 문장의 명성이 오래도록 남겨지는 것을 비유한 말. 후한 때의 거기장군(車騎將軍) 두헌이 군사를 이끌고 북벌에 나서 남흉노와 연합하여 계락산(稽落山)에서 북흉노를 대파하고는 연연산에 올라가 공적비를 세우고 반고(班固)로 하여금 봉연연산명(封燕然山銘)을 짓게 하였다.(『後漢書』卷53 竇憲列傳)

延秋門(연츄문) : 경복궁(景福宮)의 서문(西門).

煙霞日輝(연하일휘) : 햇살에 빛나는 아름다운 안개와 노을.

연환경긔(連環驚計) : 중국 삼국시대에 오나라의 주유(周瑜)가 위나라 조조의 군사를 화공(火攻)할 때에 방통(龐統)을 보내어 조조로 하여금 군함을 쇠고리로 연결시키게 한 고사.

염파(廉頗)와 이목(李牧) : 모두 전국 시대 조(趙)나라 최고의 명장임.

영별사(永明寺) : 평양 금수산(錦繡山)에 있는 절.

寧爲鷄口(영위계구) : 차라리 닭의 입이 된다는 말로, 큰 짐승의 꼬리가 되느니 작은 짐승의 머리가 되어야 한다는 뜻. "닭의 머리가 될망정 소의 꼬리가 되지 말라.[寧爲鷄口 毋爲牛後]"(『戰國策』韓策)

靈鷲山(영취산) : 인도 마가타국(摩揭陀國) 왕사성(王舍城)에 있는 산. 여기에서 석가가 『法華經』(법화경) 등을 설했다.

영험도스(靈驗道士) : 신선의 술법을 닦아 영험함을 할 수 있는 도사.

오관산(五冠山) : 경기도 장단부(長湍府) 서쪽에 있는 산. 산꼭대기에 작은 봉우리 다섯이 관(冠)처럼 생겼으므로 이렇게 이름한 것임.

오던된 : 방정맞은.

오십여인 : 당시에 순교한 치명자들을 일컫는 듯함.

五十川(오십천) : 삼척부(三陟府) 남쪽으로 흐르는 내. 죽서루(竹西樓) 아래로 흐름.

오악(五嶽) 삼산(三山): 오악(五嶽)은 동서남북과 중앙에 위치한 산. 동악은 토함
산(吐含山), 남악은 지리산(智異山), 서악은 계룡산(鷄龍山), 북악은 태백산(太
白山), 중앙은 팔공산(八公山). 삼산(三山)은 삼신산(三神山). 삼신산은 신선이
살며, 불노불사약(不老不死藥)이 있다고 전해지는 전설상의 산으로, 봉래산(蓬
萊山), 영주산(瀛州山), 방장산(方丈山)을 가리킴.

오왕ᄒ면 : 말이나 소를 세게 몰 때 하는 소리. '오왕'(誤往)은 '워' 또는 '왕'.

오활(迂闊) : 우활(迂闊). 실제와는 관련이 멂. 혹은 사정에 어두움. 전국 시대에
맹자(孟子)가 인의(仁義)를 역설한 데 대하여, 당시 제선왕(齊宣王), 양혜왕(梁
惠王) 등 제후(諸侯)들이 맹자를, '너무 동떨어져서 현실 사정과 거리가 멀다.
[迂遠而闊於事情]'고 여겼다는 데서 온 말.

오희월녀(吳姬越女) : 오월(吳越)의 여자. 미인. 춘추 시대에 특히 오월 지방에 미
인이 많았던 데서 온 말.

옥골션풍(玉骨仙風) : 살빛이 옥같이 희고 골격이 깨끗하여 신선과 같이 고결한
풍채.

옥루춘곡(玉樓春曲) : 곡조 이름. 송나라 유자환(劉子寶)의 「玉樓春」(옥루춘)이
라는 시에 부친 곡조인 듯함.

옥문관(玉門關) : 중국에서 서역(西域)으로 통하는 관문. 서역에서 옥석(玉石)을
실어들일 때 이 관문을 지났기 때문에 붙여진 이름이며, 한(漢)나라 무제(武帝)
때 설치되었다. 북쪽 변새(邊塞)를 뜻하는 말로도 쓰임.

옥삼젼디(玉衫纏帶) : 옥삼(玉杉)으로 만든 전대. 옥삼은 옥색(玉色)의 푸르스름
한 빛깔의 베. 전대(纏帶)는 돈이나 물건을 넣어 가지고 다닐 수 있도록 무명이
나 베헝겊으로 만든 한쪽 끝이 터진 긴 자루.

옥애쳔리(沃野ㅣ千里) : 한없이 넓고 기름진 땅.

玉節(옥절) : 옥(玉)으로 만든 임금이 신표(信票)로 주는 패(牌).

온유돈후(溫柔敦厚) : 부드럽고 온화하며 성실한 인품이나 시를 짓는 데 기묘(奇
妙)하기보다 마음에서 우러난 정취(情趣)가 있음을 두고 이르는 말.『禮記』(예
기) 經解(경해)에서 공자가 말하기를, "그 사람됨이 온유하고 돈후한 것은 시의
가르침이다.[其爲人也 溫柔敦厚 詩敎也]" 하였다.

옴처시나 : 움츠려 있으나, 오그라져 작고 짧으나.

옴펑이 : 눈이 움푹 들어간 사람. 속이 좁은 여자.

옹종망총(臃腫謿謥) : 소용이 없는 거짓말로 더듬는 것.

왈ㅈ : 언행이 단정하지 못하고 수선스러운 사람의 별칭.

王程(왕뎡) : 관원(官員)의 노정.

왕망(王莽) : 중국 한나라 효원황후(孝元皇后)의 조카. 자는 거군(巨君). 평제(平帝) 때 대사마(大司馬)로 있으면서 권모술수를 써서 평제를 내쫓고, 어린 태자 영(嬰)을 세우고 정권을 자행하여 가황제라는 별명까지 들었다. 정치가 가혹해서 적미(赤眉)와 녹림(祿林) 등의 도둑이 봉기하여, 광무(光武)가 군사를 일으켜서 왕망을 죽이고 정치를 바로잡았다.

왕소군(王昭君) : 한나라 원제(元帝) 때 궁녀(宮女). 왕소군이 뛰어난 미모를 가지고 있으면서도 황제의 총애를 입지 못하다가 궁중 화가의 농간에 의해 흉노(匈奴)의 선우(單于)에게 시집가게 되었는데, 흉노의 땅으로 갈 적에 비파를 들고 변방 땅을 지나면서 다시는 돌아오지 못할 것을 생각하고는 눈물을 흘리면서 비파를 탔다.

왕ㅈ진(王子晉) : 주영왕(周靈王)의 태자(太子). 피리를 잘 불었으며, 신선이 되어 갔다가 30여 년 만에 학을 타고 와 구씨산(緱氏山)에 내렸다고 한다.

왼듸 : 외처(外處). 외지(外地).

왼숫기 : 왼새끼. 외로 꼰 새끼.

요디(瑤池) : 곤륜산(崑崙山)에 있다는 전설상의 못. 그 못 위에는 반도(蟠桃)라는 복사가 있는데, 3천년 만에 한 번씩 열린다고 한다. 그 복사가 익으면 서왕모(西王母)가 큰 연희를 열어서 많은 신선들을 초대한다고 한다.

浴沂(욕기) : 냇물에 목욕하는 일. 『論語』(논어) 先進篇(선진편)에 나온 말로, 공자의 질문에 증자가 기수(沂水)에서 목욕하고 무우에서 바람 쐬이고 돌아오고 싶다고 대답한 데서 유래하였다.

용심 : 남을 미워하고 심술부리는 마음.

용전여슈(用錢如水) : 돈을 물처럼 펑펑 마음대로 씀.

용통흐야 : 매우 용렬하고 미련하여.

羽盖芝輪(우개지륜) : 푸른 새 깃으로 뚜껑을 하고 지초(芝草)의 푸른빛으로 칠한 수레. 귀인이 타는 수레.

牛馬襟裾(우마금거) : 소나 말과 같은 처신. 한유(韓愈)의 「符讀書城南」(부독서성남) 시에 "사람이 못 배워서 고금을 통하지 못하면, 마소에 사람 옷 입혀 놓은 것과 같다.[人不通古今 馬牛而襟裾]"라고 한 데서 온 말.

우슌풍죠(雨順風調) : 바람 불고 비 오는 것이 때와 분량이 알맞음.

于橐于囊(우탁우낭) : 전대와 망태. 주머니.

우후(虞詡)의 증조(增竈) : 후한(後漢) 때의 장수 우후가 옛날 손빈(孫臏)의 전법과 반대로 취사하는 아궁이의 수를 늘려 병력이 증강되는 것처럼 위장한 고사. 손빈(孫臏)이 제(齊)나라의 군사를 거느리고 위(魏)나라의 장수 방연(龐涓)과 싸우게 되자, 첫날에는 취사하는 아궁이를 10만 개 만들었다가 이튿날엔 5만 개로 줄이고, 또 그 이튿날엔 3만 개로 줄여 군사들이 겁먹고 도망친 것처럼 보이게 하였다. 이에 방연이 방심하고 보병을 버려둔 채 기병만으로 추격을 하다 마릉(馬陵)에서 손빈의 복병을 만나자 자결하였다.(『史記』卷65 孫子吳起列傳) 우후는, 북방의 오랑캐가 침범했을 때 병력의 열세로 인해 몰리게 되자 구원병이 온다는 거짓 소문을 내고는 아궁이의 수를 매일 늘려 구원병이 계속 늘어나는 것처럼 보이게 하였다. 이에 어떤 이가 묻기를, "손빈은 아궁이의 수를 줄였다는데 그대는 늘리고 있으니, 무슨 까닭이오?" 하자, "손빈은 허약한 척하느라고 아궁이 수를 줄인 것이고 나는 반대로 강하게 보이려고 아궁이 수를 늘린 것이니, 이는 형세가 같지 않기 때문이다." 하였다.(『後漢書』卷88 虞詡列傳)

울료자(尉繚子) : 전국 시대의 병법자인 울료(尉繚)가 지은 병서. 그는 본말(本末)을 분명히 하고 빈주(賓主)를 구분하고 상벌(賞罰)을 명확히 시행할 것을 주장하였다.

圓覺(원각) : 석가여래의 각성(覺性). 원만(圓滿)하고 두루 갖추어져 조금도 결감(缺減)이 없는 우주의 신령스러운 깨침.

원두표(元斗杓ㅣ) : 조선 인조 때의 재상. 인조반정 때 포의(布衣)로서 공신이 되어 원평부원군(原平府院君)에 봉해졌으며, 벼슬은 좌의정(左議政)까지 올랐다.

원천강(袁天綱) : 중국 당나라 때의 점쟁이.

圓通(원통)골 : 표훈사(表訓寺) 북쪽에 있는 골짜기.

원헌(原憲) : 춘추 시대 송나라 사람. 공자의 제자. 집이 가난하여 풀로 지붕을 덮고 옹기로 낸 창문을 헌옷으로 막아 위는 비가 새고 아래는 습기가 찼으나 바르게 앉아 금슬(琴瑟)을 탔다고 한다.

元亨利貞(원형이정) : 천도(天道)의 네 가지 덕(德). 원(元)은 봄과 인(仁), 형(亨)은 여름과 예(禮), 이(利)는 가을과 의(義), 정(貞)은 겨울과 지(智)를 상징함.

越溪女(월계녀) : 월나라에는 미인이 많았다 하여 훗날 미인을 지칭함.

월궁항아(月宮姮娥ㅣ) : 달에 산다는 신. 견줄 만한 사람이 없을 정도로 아름다운 여자를 말함.

월하노인(月下老人) : 결혼을 주관하는 인물. 붉은 밧줄을 가지고 다니면서 부부의 인연이 닿는 사람들의 발목을 꽁꽁 묶어 놓는다는 설화에서 비롯됨.

위 증즐가 : '위'는 감탄사(感歎詞). '증즐가'는 음악(音樂)의 의성(擬聲).

위공〈(魏公子)의 〈란(紫鸞) : 위공(魏公)은 노(魯)나라의 군주인 유공(幽公)의
아우. 자란(紫鸞)은 그의 총희(寵姬)인 듯하며 운영전(雲英傳)에는 궁녀로 나
온다.

위당(渭塘)의 처녀 : 위당은 원나라 때 금릉(金陵) 땅. 「剪燈神話」(전등신화) 渭
塘奇遇記(위당기우기)에 보면, 원나라 때 왕생이 위당에 가서 위당의 처녀와
서로 눈이 맞아 마침내 부부가 되었다는 내용이 나온다.

위언(韋偃) : 당나라 때의 화가. 노송(老松)과 괴석(怪石)을 잘 그림. "천하에 몇
사람이 고송을 그렸던가, 필굉은 이미 늙고 위언은 아직 젊어[天下幾人畫古松
畢宏已老韋偃少]"(『九家集注杜詩』 卷7 「戲爲雙松圖歌」)

위전(位田) : 위토전(位土田). 수확을 일정한 목적에 쓰기 위해 설정한 밭.

韋編三絶(위편삼절) : 책이 다 떨어질 때까지 부지런히 읽음. 위편은 책을 묶는 가
죽 끈. 공자(孔子)가 말년에 『易經』(역경)을 좋아하여 많이 읽은 탓에 『易經』을
엮은 가죽 끈이 세 번이나 끊어졌다고 한다.

悠然胸次(유연흉차) : 여유롭고 편안한 마음상태.

유황고목도(幽篁古木圖) : 우거진 대숲과 고목을 그린 그림.

육척(六尺)의 고(孤)를 부탁하고 백리(百里)의 운명을 맡길 만한 : 유약한 왕을 보
필하고 나라의 운명을 감당할 만한 충성스런 인물. 증자(曾子)가 말하기를, "육
척의 어린 임금을 맡길 만하고 백리의 나라 운명을 부탁할 만하며[可以託六尺
之孤 可以寄百里之命] 큰 절개에 임해도 빼앗을 수 없다면 군자다운 사람인
가? 군자다운 사람이다." 하였는데, 육척지고는 본래 어린 아이를 가리키는 말
로, 어린 나이에 왕위에 오를 후계자를 의미한다. 백리지명은 조그만 나라의 운
명을 맡게 됨을 뜻한다.

六合(뉵합) : 천지와 사방. 우주.

은죽절(銀竹節) : 은으로 대마디 같이 만든, 여자의 쪽에 꽂는 장식품.

음릉(陰陵)에서 길을 잃자 명마인 오추마(烏騅馬)가 달리지 못하고 : 항우(項羽)가
유방(劉邦)의 군사에게 쫓겨 음릉에 이르러 그만 길을 잃게 되자 그곳에서 최후
의 일전을 벌였다. 그리고 배를 몰고 자신을 마중 나온 오강(烏江)의 정장(亭長)
에게 타고 다니던 오추마(烏騅馬)를 주고 자신은 스스로 목숨을 끊었다. 또한
항우가 사면초가(四面楚歌)에 처했을 때 지은 시 속에 "시운이 불리하니 오추마
도 달리지 않도다.[時不利兮騅不逝]"라고 하였다.(『史記』 卷7 項羽本紀)

음식츄심(飮食推尋) : 음식을 찾아서 다니는 것.

응신(應身) : 부처가 중생을 교화하기 위해 여러 가지로 변하여서 인간에게 모습
을 드러내는 것.

의문지망(依門之望) : 어머니가 자녀가 돌아오기를 기다리며 늘 문에 기대어 바라봄. 어머니가 자식의 무사귀환을 기다리는 마음을 이름.

의양단ㅈ(衣樣單子) : 옷 치수 단자, 흔히 신랑과 신부의 옷 치수를 적은 종이.

의제(義帝)는 겉으로 높임 : 항우(項羽)가 초회왕(楚懷王)을 높이어 의제(義帝)라 하였는데 그 의(義)는 의자(義子)·의복(義服)이란 뜻과 같다. 대개 자기는 천하의 주인이 되고, 저 의제로써 객(客)을 삼은 것이다.

離婁(이루) : 옛날 황제(黃帝) 때 인물. 1백 보(步) 밖에서 추호(秋毫)의 끝을 볼 수 있을 정도로 눈이 밝았다고 함.

이리야 : 아양이며 응석이며.

이소(離騷) : 전국 시대 초(楚)나라의 충신 굴원(屈原)이 소인(小人)들의 참소에 의해 조정에서 쫓겨난 뒤 「離騷」(이소) 등 여러 시부(詩賦)를 지어 우국충정을 남김없이 토로하고, 끝내는 멱라수(汨羅水)에 투신 자결하였는데, 그 후로 시부를 짓는 사람들이 모두 굴원을 종사(宗師)로 삼았다.

이슷ㅎ요이다 : '이슷'은 비슷[髣髴]의 고어(古語).

이원풍악(梨園風樂) : 과거에 급제한 이를 축하하기 위하여 이원(梨園)의 무리들이 행하는 풍악. 이원은 중국 당나라 때, 현종(玄宗)이 몸소 배우(俳優)의 기술을 가르치던 곳으로 뜻이 바뀌어 연예계, 극단, 배우들의 사회 따위를 이름.

이음ㅊ니 : 대대로 이어지니.

인간공도(人間公道) : 인간으로서 피할 수 없는 숙명. 죽음.

인아사상(人我之相) : 인(人)을 가벼이 알고, 아(我)의 본체를 중시하는 마음.

일광로 : 신선의 한 사람인 듯. 미상.

일녕쥬(一靈珠) : 신비의 영약(靈藥).

일등슈모(一等手母) : 신부의 단장을 해주고 그를 도와서 예식을 행하는 데에 옆에서 거들어주는 여자 하인. 여기서 일등은 가장 솜씨가 좋다는 뜻.

일슈 : 한번에, 단번에.

일필난긔(一筆難記) : 한 붓으로 이루 적을 수 없음. 간단히 기록하기 어려움을 이르는 말.

잉 무든 장글란 : 이끼 묻은 쟁기일랑.

자각봉(紫閣峰) : 신선(神仙), 도인(道人), 은사(隱士)가 머문다는 산봉우리.

즈문지예 : 1년간의 변리를 원금의 2할 이내로 정한 이율.

恣意揚揚(자의양양) : 제멋대로 방자한 생각을 가지고 기세를 올림.

즈장격지(自將擊之) : 스스로 나가서 묶어 끌어가지고 옴.

즈좌오향(子坐午向) : 자방(子方)을 등지고 오방(午方)을 바라보는 좌향. 자방위
(子方位)는 24방위(方位)의 하나로 정북(正北)을 중심으로 한 15도의 각도 안.
오방(午方)은 정남(正南)을 중심으로 한 15도의 각도 안.

自蔡(자채) : 그 해에 농사지은 벼 가운데 첫 번째로 수확하는 올벼.

自行自止(자행자지) : 제멋대로 행동함.

婥妁仙子(작약션ᄌ) : 아름다운 선녀.

將碁(장기) 버덧 : 장기짝을 벌여 놓은 듯.

장독 소리 : 독 뚜껑이나 그릇으로 쓰이는 굽이 없는 질그릇.

장사(長沙)의 언덕 : 옛날 초나라 땅으로 동정호 주변. 옛날 굴원(屈原)과 가의(賈
誼)가 쫓겨 가서 방황하던 곳이며, 항우(項羽)가 의제(義帝)를 변방으로 몰아
내어 마침내 죽게 한 곳임.

壯節寧爲爵祿涅(장절녕위작록음) : 군센 절개 어찌 작록(爵祿)에 더럽혀지랴. 하
위지(河緯地)가 세조에게 벼슬하였지만 작록이 그의 군센 절개를 더럽힐 수 없
다고 한 말이다. 그는 을해년(1455, 세조1) 이후에 받은 녹은 따로 한 방에 쌓아
두고 먹지 않았다.

장체기 : 장마다 갚는 변리를 채다.

장평(長平)의 병졸은 …… 자멸하기에 족하였다. : 똑같은 군대라도 장수가 누구
냐에 따라 승패가 갈라짐을 말함. 장평은 전국 시대 때에 조(趙)나라 군사 40만
이 진(秦)나라 장수 백기(白起)에게 몰살당한 곳. 진나라 백기가 조나라를 공격
하자 조나라에서는 처음에 명장 염파(廉頗)가 장수로 나와 진나라를 상대로 승
리할 수가 있었다. 그러나 진나라의 반간계(反間計)에 속은 조왕(趙王)이 염파
를 쫓아내고 싸움에 서투른 조괄(趙括)을 장수로 삼음에 따라, 백기가 이를 이
용하여 조나라 군대를 대패시키고 투항한 40만 군사를 구덩이에 묻어 죽였다.
조괄은 조나라의 장군인 조사(趙奢)의 아들로 병법을 조금 배워서 알게 되자
천하에 자기를 당할 자가 없을 것이라고 늘 자부하고 다녔으므로 아버지 조사
로부터 조나라 군대를 망칠 사람은 틀림없이 조괄일 것이라는 주의를 받았다
고 한다.(『史記』 卷81 廉頗藺相如列傳)

장픠(將牌) : 군관(軍官)이나 비장(裨將)들이 허리에 차던 나무로 만든 패.

재폇는 듯 : 펴놓은 듯.

쟝별리 : 장판에서 돈놀이하는데 붙는 변리.

齟齬(저어)호다 : 서로 맞지 않고 어긋나 뜻대로 되지 않음. 齟齬는 원래 윗니와 아랫니가 서로 맞지 않아 어긋난다는 뜻임.

전지(傳旨) : 임금의 명령을 전하는 글. 곧 임금의 명령서.

정관법(淨觀法) : 모든 생각의 더러움과 번뇌의 유혹을 끊어 없애고 서방정토로 가는 법. 십팔관(十八觀)이라고도 함.

정불식(程不識)이 군사를 출동할 때 : 정불식은 전한 때의 명장. 성품이 강직하고 청렴하였다. 문제(文帝) 때에 이광(李廣)과 함께 변방의 태수로서 흉노를 공격하러 출동할 때에 이광과는 달리 군대를 엄중하고도 분명하게 통솔하였다고 한다.(『史記』 卷109 李廣列傳)

정원후(定遠侯)의 비식(飛食) : 정원후가 멀리 서역에까지 이름을 날리듯 문장의 명성이 멀리 퍼진다는 것을 비유한 말. 정원후는 후한의 장수 반초(班超)의 봉호(封號). 반초가 일개 서생으로 지내고 있을 때 답답한 마음에 어떤 관상쟁이를 찾아갔는데 그가 하는 말이 "제비의 턱에 호랑이의 목을 지니고 있으니 멀리 날아가서 고기를 먹을 것이다. 이는 만리후(萬里侯)의 관상이다.[燕頷虎頸 飛而食肉 此萬里侯相也]"라고 하였다. 그 후 반초는 장수가 되어 서역(西域)의 흉노(匈奴)를 정벌하여 정원후에 봉해지고 그가 서역에 있던 31년 동안에 서역의 50여 개국이 모두 한 나라에 복속하였다.(『後漢書』 卷77 班超列傳)

정위(精衛) : 염제씨(炎帝氏)의 딸이 동해(東海)에 익사하여 변했다는 새. 이 새는 원한이 사무쳐 서산(西山)의 나무와 돌을 물어다가 동해를 메운다고 한다.

鼎鍾(정종) : 솥과 종. 옛적에 훌륭한 공적이 있으면 그 사실을 솥과 종 등에 새겨 기렸다.

져기면 : 자칫하면.

겨재 녀러신고요 : '겨재'는 시장(市場). '녀러'는 가다[行].

적벽부(赤壁賦) : 소식(蘇軾)이 일찍이 임술년 가을 7월 16일과 10월 보름, 두 차례에 걸쳐 적벽 아래 강에서 객(客)들과 함께 선유(船遊)하면서 풍류(風流)를 만끽하며 지은 부(賦). 그는 전후 두 차례에 걸쳐 전적벽부(前赤壁賦)와 후적벽부(後赤壁賦)를 짓기도 했다.

적송ᄌ(赤松子) : 고대의 신선. 장량(張良)이 한고조(漢高祖)를 도와 천하를 통일시키고 나서는 스스로 말하기를 "세 치의 혀로 제자(帝者)의 스승이 되어 만호후(萬戶侯)에 봉해졌으니, 나는 이것으로 충분하다. 이제는 인간의 일을 버리고 적송자를 따라 노닐고 싶다."고 하였다.

전두관(銓注官) : 관리를 선발하여 배치하는 일을 맡은 관리. 전주란 인물을 심사하여 적당한 벼슬자리에 배정하는 일.

견안지례(奠雁之禮) : 혼례 때, 신랑이 기러기를 가지고 신부 집에 가서 상 위에 놓고 절하는 예. 혼례식.

전장(傳掌) : 전임자가 후임자에게 맡아보던 일이나 물건을 넘겨서 맡김.

전빙(前陪) : 벼슬아치의 행차 때나 상관의 행차 때, 앞에서 인도하던 관아의 하인.

절처봉싱(絶處逢生) : 막다른 길에서 살 길을 만남.

정강말 : 정강이의 힘으로 걷는다는 뜻. 말을 타지 않고 자기 발로 걷는 경우를 일 컫음.

정긔산(精氣散) : 한방에서 위장을 범한 외감(外感)을 다스리는 탕약.

조갈병(燥渴病) : 아주 심한 갈증을 겪는 병.

조롱곳 : 조롱박[瓠]꽃.

조방군(助幇軍) : 오입판에서 남녀교합(男女交合)을 중매(仲媒)하는 사람.

朝夕(됴셕)뫼 : 아침, 저녁의 밥.

造化神功(조화신공) : 만물을 창조 변화시키는 신령스러운 조물주의 솜씨.

죠사가품(組師家品) : 조사란 한 종파를 세워서, 그 종지(宗止)를 열어 주장한 사람의 존칭.

卒(졸) 미덧 : 장기의 졸을 밀어 올리듯.

주피 혀고 : 조그마하게 짓고.

竹西樓(듁셔루) : 삼척(三陟) 진주관(眞珠館) 서쪽에 있는 누각.

중자(仲子)의 청렴 : 중자는 전국 시대 제(齊)나라 사람. 그는 매우 청렴하여, 세가 (世家)의 집안에 태어났고 형이 합(蓋) 땅에서 받는 녹이 만종(萬鍾)이 되었으 나 불의한 녹이라 하여 먹지 않으며 오릉(於陵) 땅에서 몸소 신을 짜고 아내가 길쌈하여 생계를 유지하였다.

쥬사청누(酒肆靑樓) : 술을 팔고 기생들이 있는 주점.

쥬졔 : 술을 너무 많이 마셔 술병이 난 것.

죽녁고(竹瀝膏) : 죽력(푸른 대쪽을 불에 구워서 받은 기름)을 섞어서 만든 소주. 생지황, 꿀, 계심, 석창포 따위와 함께 조제하여 아이들이 중풍으로 별안간 말을 못 할 때 구급약으로 쓰임.

즌 디 : 진 곳. 진흙탕같이 질퍽거리고 더러운 곳.

줏독 : 머리에 있는 숨구멍.

지게문 : 마루에서 방으로 출입하는 문.

지공무〻(至公無私) : 지극히 공정하여 사사로운 마음이 없음.

지서미 : 지어미[妻].

지어지선(止於至善) : 지극한 선에 이르러 그침. 『大學』(대학)의 도의 내용을 밝힌 것으로 지선(至善)은 사물 이치의 당연한 표준을 뜻하며, 지(止)는 이에 이르러 옮기지 않음을 뜻함.

지의(地衣) : 헝겊으로 가를 두르고 여럿을 이어 붙여서 만든 큰 돗자리.

지인지감(知人之鑑) : 사람을 잘 알아보는 능력.

진복팔단(眞福八端) : 천당의 복락(福樂)을 누릴 수 있는 여덟 가지 참 행복의 조건. 가난(겸손)함, 착함, 죄지음을 슬퍼함, 의로움을 행함, 자비를 베품, 마음이 깨끗함, 화목함, 박해를 받음.

眞珠舘(진쥬관) : 삼척부(三陟府)의 객관(客館).

集賢曾草賞功書(집현증초상공서) : 집현전(集賢殿)에서 일찍이 포상의 조서를 썼던 일일세. 유성원(柳誠源)이 계유년(1453, 단종1)에 집현전에 있으면서 세조의 공을 포상하는 조서(詔書)의 초고를 협박당하여 지은 것을 말한다.

츳담상(茶啖床) : 손님 대접으로 음식을 차린 상.

창결(悵缺) : 몹시 서운하고 섭섭함.

창천후토(蒼天后土) : 하늘과 땅. 천지신명.

채미가(採薇歌) : 주(周)나라 무왕(武王)이 은(殷)나라를 멸망시키자, 백이(伯夷), 숙제(叔齊)가 주나라 곡식을 먹을 수 없다 하여 수양산(首陽山)에 들어가서 고사리를 캐 먹다가 죽음에 임박하여 부른 노래. "저 서산에 올라가서 고사리를 캐도다. 폭력으로 폭력과 바꾸면서 자기의 그릇됨을 모르도다. 신농과 우순과 하우가 이제는 없으니 나는 어디로 돌아갈거나[登彼西山兮 採其薇矣 以暴易暴兮 不知其非矣 神農虞夏忽焉沒兮 我安適歸矣]."

채주(蔡州)에 쳐들어가듯이 : 당(唐)나라 헌종(憲宗) 때 오원제(吳元濟)가 반란을 일으키자, 당나라 장수 이소(李愬)가 눈 오는 밤에 방비가 소홀한 틈을 타 반군의 근거지인 채주(蔡州)를 불의에 습격하여 오원제를 사로잡은 것을 일컬음.(『舊唐書』卷133 李愬傳)

칙명(策名) : 수기에 이름을 올림.

天根(텬근) : 동방(東方)에 있는 저성(氐星)의 별명. 동천(東天)의 밑바닥이라는 뜻임.

天賦之靈(천부지령) : 하늘이 내려주신 신령스러움.

天上白玉京(텬샹빅옥경) : 제왕의 거소(居所)를 미칭(美稱)한 말. 이백(李白)의 시 "천상에는 백옥경이 있어, 오성에 십이루가 있다.[天上白玉京 十二樓五

城]」(「經亂離後天恩流夜郎憶舊遊書懷云云」)라고 한 데서 온 말.

天翁(천옹) : 하늘을 의인화(擬人化)하여 천공(天公), 천옹(天翁)이라고 함.

천파총(天把摠) : 천총과 파총. 천총은 각 영문(營門)의 정3품 벼슬. 파총은 각 군
영(軍營)의 종4품 무관 벼슬.

천황씨(天皇氏) : 중국 태고시대의 전설적인 인물. 삼황(三皇)의 으뜸.

철뉵(天翼) : 무관의 공복(公服).

瞻彼淇澳(첨피기욱) :『詩經』(시경) 衛風(위풍) 淇澳(기욱)의 "저 기수가를 보건
대 푸른 대가 성하도다……우아한 군자여 마침내 잊지 못하리라.[瞻彼淇澳 綠
竹猗猗……有斐君子 終不可諠兮]" 한 데서 온 말.

청더콩 : 채 여물지 않아 물기가 있는 콩.

초적(楚藉) : 초(楚)나라 항우(項羽). 적(籍)은 항우의 이름.

죠롱군 : 의식이 있을 때 등롱(燈籠)을 들고 다니는 사람.

츄어보면 : 밑에서 추켜 올려다보면.

取義成仁父子同(취의성인부자동) : 의(義)를 취하고 인(仁)을 이룸이 부자가 같
구나. 성삼문과 그의 부친 성승(成勝)이 동일하게 사생취의(捨生取義)하고 살
신성인(殺身成仁)했다는 것.

취란ㅈ봉(翠鸞紫鳳) : 푸른 난(鸞)새와 붉은 봉(鳳)새. 봉새는 봉황(鳳凰) 중 수컷.
난새와 봉황은 모두 상상 속의 상서로운 새.

측목(厠木) : 종이가 없거나 귀했던 옛날 변을 보고 뒤를 닦던 나무.

칙여셔 : 츠이어서. 없어져서. 기본형은 '스여디다'.

치명자(致命者) : 순교자(殉敎者).

치픠(致敗) : 살림을 탕진하고 아주 패가망신하는 것.

침음양구(沈吟良久) : 속으로 깊이 생각한 지 매우 오랜 뒤에.

타기사지(惰其四肢) : 게을러서 팔다리를 움직이지 않고 가만히 있는 모양.

濯纓歌(탁영가) : 초(楚)나라 굴원(屈原)이 조정에서 쫓겨나 강담(江潭)에서 노닐
적에 어부(漁父)를 만나 대화를 나눴는데, 어부가 세상과 갈등을 빚지 말고 어
울려 살도록 하라고 충고를 했는데도 굴원이 받아들이지 않자, 어부가 빙긋이
웃고는 뱃전을 두드리며 부른 노래. "창랑의 물이 맑으면 나의 갓끈을 씻고, 창
랑의 물이 흐리면 나의 발을 씻으면 될 걸.[滄浪之水淸兮 可以濯吾纓 滄浪之

水濁兮 可以濯吾足]"

탄협가(彈鋏歌) : 제(齊)나라 사람 풍환(馮諼)이 가난하여 맹상군(孟嘗君)에게 의
  탁해 있었는데 채소 반찬만을 먹게 하자 풍환이 기둥에 기대서서 칼을 두드리
  며 부른 노래. "긴 칼을 찬 사람아 돌아갈지어다. 식탁에는 고기반찬이 없구나.
  [長鋏歸來乎食無魚]"

貪多務得(탐다무득) : 탐욕이 않아 어떤 것이건 얻으려 힘씀.

탐살 : 탐심이 많은 악귀(惡鬼).

티셔헤(太史鞋) : 헝겊이나 가죽으로 울을 하고, 코와 뒤축 부분에 흰 줄무늬를 새
  기어 놓은 남자의 마른신의 한 가지.

티항산(太行山) : 중국 하남성과 산서성 경계에 있는 산. 길이 험준하기로 유명함.
  백거이(白居易)의 시에 "태항산 험한 길 수레를 부수지만, 인심에 비긴다면 평
  평한 길이고말고.[太行之路能摧車 若比人心是坦途]"(「太行路」) 하였다.

텬명지위셩 솔셩지위도 수도지위교(天命之謂性 率性之謂道 修道之謂敎) : 『中
  庸』(중용)의 대의(大義)를 담고 있는 구절. 하늘이 명하신 것을 성(性)이라고
  하고 그 타고난 성품 그대로를 따르는 것을 도(道)라고 하며, 도를 등급하고 제
  한하여 천하에 법이 되게 하는 것을 교(敎)라고 한다.

텬상과(天上科) : 하늘나라의 과거(科擧). 심판(審判). 인간이 세상에 있는 동안
  행하였던 감정 및 언행(言行)에 대하여, 하느님이 복음과 율법에 따른 선악(善
  惡)의 정도를 기준으로 세상에 사는 동안, 그리고 세상을 떠난 후 판결을 내리
  는 것.

텬상과유 : '과유' 미상. '천당으로 가는 길(동안)'의 뜻인 듯함.

토인(通引) : 지방 관아의 수령 앞에 딸리어 잔심부름 하던 이속.

통조지 : 통의 손잡이.

파제(破題) : 당송(唐宋) 시대에 과거 답안지의 첫머리에서 시제(試題)의 의미를
  먼저 설파하는 것. 명청(明淸) 시대 팔고문(八股文)에 이르러 고정된 법식.

八年治水(팔년치수) 夏禹氏(하우씨) : 8년간이나 계속된 홍수로 범람하는 황하수
  를 다스려서 뒤에 하(夏)나라의 임금이 된 우씨(禹氏).

픠두(牌頭) : 죄인의 형벌을 맡은 사령.

平丘驛(평구역) : 양주(楊州) 동쪽 70 리에 있는 역(驛).

포선(鮑宣)·환소군(桓少君) : 후한(後漢) 발해(渤海) 사람으로 부유한 집안에서
　　자란 환소군(桓少君)이 덕을 닦으며 검약하게 사는 포선(鮑宣)에게 시집가서,
　　청고(淸高)하게 살려는 남편의 뜻을 따라 시집올 때 데리고 왔던 종들과 사치
　　한 복식을 다 돌려보낸 다음, 짧은 삼베 치마를 입고 녹거를 끌고 시댁으로 와
　　서는 몸소 동이를 들고 물을 길어 부도(婦道)를 실천했다고 한다.
포진천물(暴殄天物) : 물건을 함부로 쓰고도 아까운 줄 모르는 일.
표편(褒貶) : 시비선악(是非善惡)을 가려 착한 사람을 기리어 표창하고 악한 사람
　　은 물리치는 것.
표빅(表白) : 원통한 것을 모두 아뢰는 것. 또는 사리를 밝힘.
표초로이 : 드러내놓기에 겉보기가 번듯하게.
風憲約正(풍헌약정) : 풍헌, 약정 모두 향약(鄕約)의 소임(所任). 향청(鄕廳)에는
　　좌수(座首), 유사(有司), 별감(別監). 면(面)에는 풍헌(風憲), 유사(有司). 리
　　(里)에는 존위(尊位) 기타 소임(所任)이 있었다. 향약은 권선징악을 취지로 한
　　향촌의 규약.

흐마 : 벌써. 이미.
한 편의 청사(靑史)[一編靑史] : 남효온이 지은 「六臣傳」(육신전).
할옷 : 왕조 때 공주나 옹주가 입던 대례복. 훗날 민간의 신부 혼례복으로 착용.
함박족박 : 통나무를 파서 큰 바가지.
함일셩 : 미상.
항개가(杭慨歌) : 춘추시대 초(楚)의 명배우인 우맹(優孟)이 손숙오(孫叔敖)가 죽
　　은 뒤 그 아들이 빈곤하므로 손숙오의 옷을 입고 손숙오인 것처럼 하여 부른
　　노래. 이후 장왕(莊王)이 감동하여 손숙오의 아들에게 봉작을 내림.
解語花(해어화) : 말을 하는 꽃이란 뜻으로 곧 미인을 지칭함. 당 현종(唐玄宗)이
　　양귀비(楊貴妃)를 일컬은 데서 비롯됨.
해월거사(海月居士) : 자허(子虛)가 사마상여(司馬相如)의 「子虛賦」(자허부)에
　　서 유래한 말로 가공적인 존재임을 뜻하는 것처럼, 해월거사 역시 바다 속의 달
　　이란 포착할 수 없는 대상이듯 역시 가공의 인물이라는 의미를 내포하고 있다.
咳唾(히타) : 가래. 여기서는 남의 주옥(珠玉) 같은 시문(詩文)을 뜻함. 이백(李白)
　　의 시에 "하늘 위에서 침을 뱉어 아래로 떨어지면, 바람 따라 모두가 옥구슬을

이루었네.[咳唾落九天 隨風生珠玉]"라는 표현이 나온다.

햐암 : 향암(鄕闇)의 'ㅇ' 탈락. 시골에 사는 어리석고 어두운 사람.

향화(香火) : 향을 피운다는 뜻으로, 제사를 이름.

헌스럽다 : 야단스럽게 화려하다.

險韻(험운) : 고시(古詩)에서 운자를 쓰는 방식의 하나. 일반적으로 거의 사용하
　　지 않는 어렵고 드문 글자로 압운(押韻)해서 읽는 사람이 시의 흐름이 순조롭
　　지 못하다고 느끼게 되므로 험운이라고 이름한다.

헛두통 : 배가 고파 일시적으로 일어나는 두통.

현순빅결(懸鶉百結) : 가난한 사람의 복장. 가난한 사람이 떨어진 옷을 꿰매 입은
　　것이 마치 메추리를 달아 놓은 것 같으므로 이른 말.

현제(賢弟) : 어진 아우. 형이 아우를 상대하여 높여 부르는 말.

형산(衡山)의 팔션년(八仙女ㄴ) : 형산(衡山)은 중국 오악(中國五嶽) 중의 남악
　　(南嶽). 팔선녀(八仙女)는 구운몽(九雲夢)에 나오는 양소유(楊少遊)의 처첩 여
　　덟 미인을 가리킴.

형장(兄長) : 아우가 형을 부르는 말. 나이가 비슷한 친구 사이에 상대방을 높여
　　이르는 말인 형장(兄丈)과는 구별됨.

縞衣玄裳(호의현상) : 흰 윗옷과 검은 치마라는 뜻으로 학의 외모를 말함.

혼검(閽禁) : 관아(官衙)에서 쓸데없는 사람이 문에 들어오는 것을 금하는 일.

혼반(婚班) : 서로 혼인을 맺을 만한 지체.

홍뇨변(紅蓼邊) : 붉은 여뀌 자란 물가.

홍독기 : 옷감을 감아 다듬이질하는 굵고 둥근 몽둥이.

홍안박명(紅顔薄命) : 얼굴에 복숭아 빛을 띤 예쁜 여자는 팔자가 사나움. 미인박
　　명(美人薄命)과 같은 말.

紅粧(홍장) 古事(고스) : 홍장(紅粧)은 고려 말기 강릉(江陵)의 명기(名妓). 당시
　　의 감사(監事) 박신(朴信)이 과만귀경(瓜滿歸京)할 제 부사(府使) 조운흘(趙
　　云訖)이 경포(鏡浦)에 뱃놀이를 차려 홍장을 선녀(仙女)로 의장(擬裝)하여 박
　　신을 현혹하였다는 고사.

紅塵(홍진) : 번거로운 인간세상.

花灼灼(화작작) : 꽃이 찬란하게 핀 모양.

화죠월셕(花朝月夕) : 꽃 피는 아침과 달 뜨는 저녁. 경치가 좋은 시절을 일컬음.

還上(환상) : 각 고을의 사창(社倉)에서 백성에게 꾸어 주었던 곡식을 가을에 받
　　아들이는 일.

환퇴(桓魋) : 춘추 시대 송(宋)나라 사람. 그가 공자를 해하려 하자, 공자께서 말씀

하길 "하늘이 나에게 덕을 부여하였으니 환퇴가 나를 어찌하겠는가?"[天生德
於予 桓魋其如予何] 하였다.

黃庭經(황뎡경) 一字(일ᄌ) : 황정경은 도가의 경서(經書). 신선이 옥황상제 앞에
서 황정경 일자(一字)를 오독(誤讀)하면 죄로 이 세상에 적하(謫下)한다는 이
야기로 많이 쓰임.

회마치힝(回馬治行) : 말을 돌려 돌아갈 행장을 차림.

悔不當年早自圖(회부당년조자도) : 당시에 일찍 스스로 도모치 못함을 후회함.
세조를 없애려고 모의했으나 거사 당일에 운검(雲劍)을 폐하고 또 세자가 참석
하지 않아 일에 차질이 생겼다. 유응부(兪應孚)가 그래도 결행하려 했으나 박
팽년(朴彭年), 성삼문(成三問)의 반대로 미루었다가 김질(金礩)의 밀고로 거사
가 실패하게 된 일.

回回아비(회회-) : 송도(松都)에 와 살던 색목인(色目人) 혹은 몽고인, 중국계 서
역인.

획린가(獲麟歌) : 노(魯)나라 애공(哀公) 14년 봄에 서쪽으로 사냥을 나가서 기린
을 얻자, 공자가 성왕(聖王)이 없는 세상에 인수(仁獸)인 기린이 나타나서 잡
힌 것을 매우 마음 아프게 여겨 "서쪽으로 사냥하여 기린을 얻다.[西狩獲麟(서
수획린)]"라는 말로 『春秋』(춘추)의 집필(執筆)을 끝냈던 것을 이른 노래.

회섭졔이막급(悔噬臍而莫及) : 배꼽을 물려고 해도 입이 닿지 않는 것과 같이 후
회해도 이미 늦어 소용없는 일이라는 말.

후로록 빗쥭 : 후루룩 비쭉, 서러워서 울려고 입술을 쭝긋거리는 모양.

휘양(揮項) : 머리에 쓰는 방한구의 하나. 남바위와 비슷하나 목덜미와 뺨까지 싸
게 되었으며 볼끼는 뒤로 잦혀 매기도 함.

黑水(흑슈) : 여강(驪江).

掀動(흔동)ᄒ다 : 떨치는 위세가 당당하여 한 세상을 진동함. 흔동일세(掀動一世).

흠향(歆饗) : 신명(神明)이나 망자(亡者)의 넋이 제사 지내는 음식 기운을 먹음.

홍구덕 : 남의 허물을 떠벌리어 굳게 하는 말.

興戎出好(흥융출호) : 쉽게 화를 내기도 하고, 좋으면 못 참고 금방 좋은 태도를
들어냄을 말함.

엮은이

류해춘 성결대학교 교수
오선주 전북대학교 강사

우리 옛 문학의 길눈 · 눈길

2010년 8월 6일 초판 1쇄 펴냄
2018년 8월 31일 초판 2쇄 펴냄

엮은이 류해춘, 오선주
펴낸이 김흥국
펴낸곳 도서출판 보고사

등록 1990년 12월 13일 제6-0429호
주소 경기도 파주시 회동길 337-15 보고사 2층
전화 031-955-9797(대표)
        02-922-5120~1(편집), 02-922-2246(영업)
팩스 02-922-6990
메일 kanapub3@naver.com / bogosabooks@naver.com
http://www.bogosabooks.co.kr

ISBN 978-89-8433-831-9 93810

정가 18,000원